MICHAEL HÜBNER
Todesplan

Michael Hübner
Todesplan

Thriller

Bibliografische Information der Deutschen Nationalbibliothek:
Die Deutsche Nationalbibliothek verzeichnet diese Publikation in
der Deutschen Nationalbibliografie; detaillierte bibliografische Daten
sind im Internet über http://dnb.dnb.de abrufbar.

Auflage 1
Originalausgabe Februar 2016
Copyright © 2016 Michael Hübner
Vertreten durch:
Dr. Harry Olechnowitz
Autoren- & Verlagsagentur
Fritschestraße 68
10585 Berlin
www.agentur-olechnowitz.de
E-Mail: olechnowitz@agentur-olechnowitz.de
info@michaelhuebner.de
Umschlagillustration
© Stillfx / Fotolia.com
© mrspopman / Fotolia.com
© Pakhnyushchyy / Fotolia.com
Herstellung und Verlag: BoD – Books on Demand, Norderstedt
ISBN: 9783739246918
www.michaelhuebner.de

Für meine Frau Doris

PROLOG

Er keuchte vor Angst, während er zwischen Bauklötzen und Spielzeugautos in der dunklen Staukammer saß, die hinter der Verkleidung der Dachschräge verborgen lag. Das Licht aus dem Kinderzimmer drang durch die Ritzen der Einstiegsluke und verlieh ihr eine unheilvolle Aura. Sonst konnte er nichts sehen, nicht einmal seine nackten Füße, auf deren Haut er noch immer die Kälte der Steinplatten im Flur spüren konnte. Er hatte nicht schlafen können – wie schon seit Wochen nicht mehr. Seit dem Tag, an dem das Monster ihn zum ersten Mal heimgesucht und sich in seinen Träumen verankert hatte. Immer wieder sorgte es dort dafür, dass er nachts aufschreckte und Angst vor der Dunkelheit hatte, die ihn umgab. Doch an diesem Abend waren es keine bösen Träume gewesen, die das verursacht hatten.

Es waren Schreie.

Die Schreie seiner Mutter.

Ein durchdringendes Kreischen, wie er es manchmal nebenan aus dem Zimmer seines Bruders vernahm, wenn der sich im Fernsehen einen dieser Filme ansah, in denen Menschen getötet wurden. Seine Panik verursachte einen Harndrang, den er gerade noch rechtzeitig hatte kontrollieren können. Irgendwann waren die Schreie verstummt, und er hatte sich getraut, das Licht anzuschalten und der Dunkelheit ihren Schrecken zu nehmen. Mit zitternden Beinen war er durch den Flur im Obergeschoss in das Zimmer seines Bruders gelaufen. Niklas, den alle nur Nick nannten und der sich gut mit Computern auskannte, vor denen er die meiste Zeit verbrachte. Er war sein erster Anlaufpunkt, wenn er Angst hatte.

Oft war er schutzsuchend in das Bett seines Bruders gekrochen, der schon erwachsen war, ihn aber immer noch verstehen konnte. Bei ihm fühlte er sich sicher und kam sich nicht wie ein ungezogenes Kind vor. Doch seit einiger Zeit hatte Niklas eine Freundin, mit der er eklige Küsse austauschte und die gelegentlich bei ihm übernachtete. Auch waren öfter Freunde mit ihren tragbaren Computern bei ihm, die manchmal bis spät in die Nacht blieben. Doch das war in Ordnung. Ihre Stimmen, die durch die Wand zu ihm drangen, hielten die Schatten in Schach.

Bis die Stimme des Monsters sich hinzugesellte.

An diesem Abend war sein Bruder nicht in seinem Zimmer gewesen. Dafür hatte er Schritte gehört, die sich ihm aus dem dunklen Erdgeschoss näherten. Die Schritte des Monsters, das aus dem Schatten ins Licht getreten war und die Treppe zu ihm emporstieg. Und bei dem Gedanken, dass er hier oben ganz alleine war, war ihm fast schwindelig vor Angst geworden. Also hatte er den einzigen Zufluchtsort gewählt, der ihm eingefallen war – die Kammer in der Dachschräge, in der er normalerweise sein überschüssiges Spielzeug verstaute und in die er sich sonst nur bei Tageslicht traute. Doch er überwand seine Angst, sah in der Dunkelheit zum ersten Mal ein sicheres Versteck.

Und nun saß er hier – in dieser Finsternis, die er so sehr fürchtete –, und seine zierliche Hand umklammerte den Hörer des Spielzeugtelefons, das Niklas ihm vor zwei Wochen zu seinem achten Geburtstag geschenkt hatte. Eigentlich war er schon zu alt für diese Art von Lernspielzeug, aber Niklas hatte ihm versprochen, es würde ihm die Angst vor der Dunkelheit nehmen, wenn er nicht da wäre, um ihn zu beschützen. Denn jedes Mal, wenn er den Hörer abnahm, erklang darin die Stimme seines Bruders, die er über das eingebaute Mikrofon aufgenommen hatte und die ihm versicherte, er müsse sich nicht fürchten, denn die Dunkelheit sei nur eine schützende Decke, die ihn unsichtbar für die Monster mache. Doch in diesem Moment wusste er, dass sein Bruder sich täuschte, denn in Wahrheit war die Dunkelheit das Tor zu einer Welt des Bösen, in der die

Schatten lebendig wurden.

Und einer dieser Schatten baute sich vor der Luke auf.

Er wollte die Luft anhalten, um das Wimmern zu unterdrücken, das ihn hätte verraten können. Doch sein angespannter Körper verlangte nach Sauerstoff, als wäre er hundert Meter gelaufen. Dann öffnete sich die Luke – und er sah in das Gesicht, in dem sich all seine Albträume manifestierten. Urin durchnässte seine Schlafanzughose, als die Klauen des Monsters nach ihm griffen. Er schrie aus Leibeskräften in den Spielzeughörer, schrie den Namen seines Bruders, der ihm versprochen hatte, immer für ihn da zu sein. Er schrie so laut um Hilfe, dass seine Stimmbänder schmerzten.

Doch als die Klauen ihn zu fassen bekamen, war in dem Haus niemand mehr am Leben, der ihn hätte hören können.

Drei Jahre später

KAPITEL 1

Das Herbstlaub raschelte unter seinen Fußsohlen, als er durch den dunklen Wald lief. Sein nackter Körper war übersät mit Wunden, in denen das Benzin wie Säure brannte. Panisch schwenkte sein Blick nach hinten, wo das spärliche Licht des Mondes nur die Schatten der Bäume umriss. Einer dieser Schatten verfolgte ihn, trieb ihn in diese Richtung. Er konnte ihn nicht sehen, aber er wusste, dass er hinter ihm war. Der Schatten, der ihn in dieser Kiste gefangen gehalten und ihn gequält und mit Benzin übergossen hatte. Und nun trieb er ihn diesen Pfad entlang durch den Wald, um sich an seinen Qualen zu erfreuen.

Die Schmerzen nahm er kaum noch wahr. Sie waren der Todesangst gewichen, die ihm die nötige Kraft verlieh, um durch diesen Wald zu laufen – getrieben von der Hoffnung, dem Schatten zu entkommen. Doch insgeheim wusste er, dass diese Hoffnung aussichtslos war.

Aus einiger Entfernung nahm er ein Rauschen wahr. Wiederholt schwoll es an, um dann wieder abzuebben – wie Meereswellen in einer Brandung. Kurz darauf erkannte er durch das dunkle Dickicht hindurch die Lichter vorbeifahrender Autos.

Eine Landstraße!

Seine Lunge schmerzte, und die Dämpfe des Benzins auf der Haut und in den Haaren benebelten seine Sinne. Bildete er sich diese Straße etwa ein?

Nein, die Geräusche waren real, ebenso die Lichter. Er würde überleben!

Das dunkle Dickicht vor ihm lichtete sich, und er konnte die Fahrbahn bereits erkennen, als der Boden unter seinen Füßen glitschig wurde und er beinahe ausgerutscht wäre. Aus den Augenwinkeln heraus nahm er einen roten Lichtpunkt wahr. Ein Zischen erklang, und für den Bruchteil einer Sekunde erhellten Funken die Nacht.

Dann stand der Boden um ihn herum in Flammen, als hätte sich das Tor zur Hölle aufgetan.

Sengende Hitze umgab ihn, die mit jedem Atemzug in ihn eindrang und seine Lunge verbrannte. Er schrie, während er wie automatisiert weiterlief, um dem Schmerz zu entkommen, der mit brachialer Gewalt über ihn hereinbrach. Die Flammen loderten, fraßen sich in seine Haut und vernichteten jegliche Hoffnung, bis nur noch der Wunsch nach Erlösung übrigblieb.

Das Kreischen blockierender Reifen erklang, als er brennend über die Fahrbahn taumelte. Dann erfassten ihn die heranrasenden Lichter, und er tauchte in ewige Dunkelheit ein.

Noch immer zuckte der Körper in den Flammen, als er unnatürlich verdreht auf dem Asphalt lag. Es dauerte einige Sekunden, bis der völlig verstörte Fahrer des Wagens ausstieg und auf den brennenden Mann zueilte. Doch er konnte nichts mehr für ihn tun – was der Schatten am Rande des Waldes mit stoischer Gelassenheit registrierte. Das Licht des schwenkbaren Kameradisplays erhellte die Konturen einer maskenhaften Fratze. Langsam vergrößerte sich der Bildausschnitt, zoomte auf das verkohlte Gesicht der Leiche, bis es den Bildschirm ausfüllte. Erst als weitere Wagen am Straßenrand hielten, deren Insassen mit ihren Handys die Polizei verständigten, stoppte der Schatten die Aufnahme, klappte das Display ein und verschmolz wieder mit den übrigen Schatten des Waldes.

KAPITEL 2

Oberkommissar Chris Bertram bahnte sich seinen Weg durch uniformierte Beamte und Techniker hindurch, bis zu der Stelle, die von Scheinwerfern taghell erleuchtet wurde. Dort traf er auf seinen Kollegen Roland Koch, der neben einem verkohlten Körper auf der Fahrbahn kniete. Seine dunkelbraunen Haare standen wirr von seinem Kopf ab, und um seinen Kinnbart hatte sich ein dunkler Schatten gelegt.

»Hallo Rokko«, begrüßte er ihn. »Wie ich sehe, haben sie dich direkt aus dem Bett geholt.«

Rokko – den niemand bei seinem richtigen Namen nannte – stand auf und wandte sich ihm zu. »Na ja«, meinte er müde und kaute wie immer auf einem Kaugummi herum, »wenn ein in Flammen stehender Mann von einem Auto überfahren wird, kann man das durchaus unter unnatürliche Todesursache verbuchen, was dann ja wohl in unsere Zuständigkeit fällt.« Er musterte Chris. Seine Haare waren frisiert und er roch nach Aftershave. »Immerhin hattest du noch Zeit für eine Rasur.«

»Rebecca ist seit ihrer Schwangerschaft nur noch im Frühdienst eingeteilt«, erläuterte Chris. »Da passt man sich dem Rhythmus an.«

»So ist das, wenn man mit einer Kollegin liiert ist«, meinte Rokko. »In welchem Monat ist sie jetzt?«

Chris streckte drei Finger seiner rechten Hand nach oben.

»Dann wird ihr schon bald ihre Uniform nicht mehr passen. Du solltest mal darüber nachdenken, eure Beziehung in trockene Tücher zu legen.« Rokko deutete auf den goldenen Ehering an seiner Hand. »Ein Kind sollte in geregelten Verhältnissen aufwachsen.«

»Vielleicht sollten wir erst einmal das hier regeln.«

Chris betrachtete den verdrehten Körper am Boden,

durch dessen verkohlte Haut an manchen Stellen rohes Fleisch schimmerte. Es war knapp zwei Jahre her, dass er unweit dieser Stelle einen verbrannten Leichnam gesehen hatte. Damals hatten sie es mit der brutalsten Mordserie zu tun bekommen, die diese Region jemals heimgesucht hatte – was Chris ein ungutes Gefühl bescherte. Dieses Waldgebiet bei Koblenz schien prädestiniert zu sein, um sadistischen Mördern eine Bühne für ihre Taten bereitzustellen.

»Das Opfer kam von dort aus dem Wald gelaufen.« Rokko deutete auf den holprigen Pfad, der an der Fahrbahn endete. »Der Fahrer des Unfallwagens befand sich auf dem Weg zur Arbeit. Er hat ausgesagt, dass der Mann lichterloh in Flammen gestanden hat, als er auf die Fahrbahn gelaufen ist.«

»Demnach wurde ein Brandbeschleuniger verwendet.«

Rokko nickte. »Benzin. Jedenfalls riecht dort hinten im Wald alles danach.«

»Können wir Selbstmord ausschließen?«

»Definitiv.«

»Sagst du mir auch, weshalb du dieser Ansicht bist?«

»Das solltest du dir besser von Thielmann erklären lassen.« Rokko deutete auf einen Mann im mittleren Alter, mit Brille und lichtem Haaransatz. Er trug die für Mediziner übliche weiße Kleidung und unterhielt sich mit Uwe Meißner, dem Leiter der Spurensicherung. »Die Forensiker haben im Wald einiges gefunden, was wir uns ansehen sollten.«

Chris zögerte nicht und ging auf die beiden zu. »Guten Morgen zusammen.«

»Was soll an dem Morgen gut sein?«, erwiderte Johann Thielmann. »Ich hatte die ganze Nacht Notdienst und nicht einmal die Zeit zum Essen. Immerhin hat mir das erspart, mein Frühstück auf den Asphalt zu kotzen.«

»Was kannst du über das Opfer sagen?«, überging Chris diesen Kommentar und kam zum Thema zurück.

»Der Mann ist definitiv tot.«

Chris rieb sich erschöpft den Nasensattel. »Es ist eindeutig zu früh für diese Art von Sarkasmus«, erwiderte er und richtete seinen Blick auf den Arzt, der durch seine forensische Zusatzausbildung bei Tötungsdelikten für ihren Dienstbezirk zuständig war. »Rokko sagte mir, du schließt Selbstmord aus.«

»Wenn das ein Selbstmord war, hänge ich freiwillig die Tagesschicht in der Intensiven dran.« Der Arzt atmete durch, als er Chris' eindringlichen Blick bemerkte. »Die Leiche ist unbekleidet, also keinerlei Ausweispapiere oder sonstige Hinweise auf die Identität des Opfers«, begann er mit seinem Bericht. »Obwohl die Hitzeeinwirkung nur von kurzer Dauer war, wurde ein beträchtlicher Teil der Epidermis durch die Flammen zerstört. Dennoch konnte ich Anzeichen von massiver Misshandlung erkennen.«

»Inwiefern?«

»Aufgrund des Zustandes der Leiche mag das absurd klingen, aber es sind deutliche Merkmale von punktuellen Verbrennungen vorhanden, die bis in die Subcutis, also die Unterhaut, vorgedrungen sind und ante mortem zugefügt wurden.«

»Im Klartext: Das Opfer wurde vor dem Tod gefoltert«, übersetzte Rokko.

Thielmann nickte zur Bestätigung. »Todesursache waren vermutlich massive innere Verletzungen, verursacht durch die Kollision mit dem Fahrzeug. Der Mann wäre aber ohnehin an den Verbrennungen gestorben. Da wäre jede Hilfe zu spät gekommen.« Thielmann griff nach seinem Koffer, der neben ihm auf dem Boden stand. »Alles Weitere muss die Rechtsmedizin klären. Meinen Bericht bekommt ihr, wenn ich ausgeschlafen habe.«

Chris verfolgte, wie Thielmann zu dem Ambulanzwagen ging. »Könnte sich das Opfer diese Verletzungen selbst zugefügt haben?«, fragte er in die restliche Runde und erntete argwöhnische Blicke. »Bitte entschuldigt meine

Skepsis«, warf er sogleich hinterher, »aber findet ihr es nicht reichlich abwegig, jemanden auf diese Weise zu töten?«

»Was abwegige Tötungsrituale betrifft, dürfte uns nichts mehr überraschen können«, meinte Meißner und spielte damit auf die Mittelaltermorde an.

Chris gab sich geschlagen. »Na schön, dann zeig mir mal, was ihr da hinten gefunden habt.«

Sie hatten Overalls über ihre Kleidung gezogen und trugen Latexhandschuhe, als sie kurz darauf mit Stablampen ausgestattet dem schmalen Pfad durch den Wald folgten, bis sie nach einigen Metern zu einer weiteren, von Scheinwerfern erhellten Stelle kamen. Der Boden dort war auf einer Fläche von etwa anderthalb Quadratmetern von Ruß geschwärzt und von Absperrband umzäunt. Verteilerkabel versorgten die Scheinwerfer mit Strom. Mehrere Nummerntäfelchen der Techniker markierten relevante Bereiche der Spurensicherung. Restdämpfe drangen aus der gelockerten Erde und hingen beißend in der Luft.

»Ich nehme an, hier wurde das Opfer mit Benzin überschüttet«, schlussfolgerte Chris.

»Falsch«, widersprach ihm Meißner. »Das ist bereits weiter oben geschehen, aber dazu kommen wir noch.« Er trat um das Absperrband herum und ging vor einem flachen schwarzen Kunststoffgehäuse in die Hocke.

»Was ist das?«, fragte Chris. »Sieht aus wie eine Fernsteuerung.«

»Im weitesten Sinne trifft das auch zu. Allerdings handelt es sich hier um einen *Fernzünder*.« Meißner deutete auf die ausziehbare Antenne an der Seite des Kastens. »Normalerweise wird er entweder direkt über die eingebaute Taste oder per Funksender ausgelöst. Dieses Exemplar hier wurde allerdings modifiziert und per Kabel mit einem Infrarotsensor gekoppelt.« Er deutete auf eine Linse, die an der Rinde eines Baumes befestigt und über den Pfad ausgerichtet war. »Als das Opfer hier entlanggelaufen ist, wurde das Signal unterbrochen, was eine elektrische Entladung ausgelöst hat, die an den Brückenzünder übertragen wurde, der das Benzin im Boden in Brand gesetzt hat.«

Chris' Augen folgten einem flachen Kabel, das aus der Front des schwarzen Kastens auf die mit Benzin getränkte Fläche führte und größtenteils verschmort war.

»Offensichtlich kennt der Täter sich mit Pyrotechnik aus«, bemerkte Chris, während er die Stelle akribisch inspizierte. »Er hat den Boden aufgelockert, damit er das Benzin besser aufnimmt. Außerdem hat er den Bereich großflächig von Gestrüpp und Blättern befreit, damit sich das Feuer nicht ausbreiten konnte.«

»Also ein umweltbewusster Sadist«, bemerkte Rokko.

»Auf jeden Fall ein Sadist der schlimmsten Sorte«, ergänzte Meißner. »Wartet ab, bis ihr den Rest gesehen habt.«

Der Pfad schlängelte sich durch dichtes Gehölz, bis er nach einigen Gehminuten in einen von Baumwurzeln durchwucherten Waldweg mündete. Das anbrechende Tageslicht verfing sich in den herbstlich verfärbten Blättern der Bäume. Etwas abseits des Weges, versteckt in einer Schneise gelegen, stand ein Waldarbeiterwagen, der nach seinem Zustand zu urteilen schon jahrzehntelang dort sein Dasein fristete. Die grüne Farbe war großflächig abgeblättert, das Holz darunter grau und verwittert. Beide Reifen waren platt und rissig, die Stützen, die das Gewicht des Wagens trugen, von Rost zerfressen.

Chris fiel sofort das Graffiti auf, das jemand mit roter Farbe auf die Seitenwand gesprüht hatte – ein aufwendig verschachteltes Zeichen, das seine Bedeutung nicht offenbarte.

»Sieht aus wie das Symbol einer Gang«, meinte Rokko.

»Nicht gerade der geeignete Ort, um eine Signalwirkung damit zu erzielen«, entgegnete Chris. »Vielleicht etwas Okkultes?«

Meißner zuckte mit den Schultern. »Wir können bis jetzt nur sagen, dass die Farbe frisch ist. Das heißt aber nicht, dass es zwangsläufig mit dem Mord in Verbindung steht.«

»Ich halte das eher nicht für einen Zufall«, sagte Rokko, während sie über das Absperrband stiegen, das die Spurentechniker weitläufig um das Areal gespannt hatten. »Müssen wir auf irgendetwas achten?«

»Passt auf, wo ihr hintretet«, erwiderte Meißner. »Der Untergrund ist von Gestrüpp und Unkraut überwuchert. Wir hatten Probleme mit der Stromversorgung, daher mussten wir uns mit Handstrahlern begnügen. Außer ein paar abgeknickten Zweigen konnten wir bisher einige Blutspuren sicherstellen. Es ist davon auszugehen, dass sie vom Opfer stammen. So dornig, wie die Büsche hier sind, hätte es auch ebenso gut nackt durch Stacheldraht laufen können.«

Wie zur Bestätigung fluchte Rokko hinter ihnen, als sich der Saum seines Overalls in dem kniehohen Dornengestrüpp verfing. Vorsichtig gingen sie um die markierten Stellen herum und näherten sich der Stirnseite des Wagens, wo sich über zwei rostigen Metallsprossen die Eingangstür befand. Beißender Benzingeruch schlug ihnen entgegen, der sich in dem sperrigen Innenraum mit dem Gestank von Schimmel und Urin vermischte.

Chris hielt sich die Hand vor Mund und Nase, als er den Wagen betrat, wobei er beinahe über die beiden Kanister am Boden gestolpert wäre. Das verbliebene Inventar im Inneren bestand im Wesentlichen aus zwei eingebauten Sitzbänken und einem gusseisernen Ofen, dessen Abzugsrohr geradewegs durch das undichte Dach nach oben ragte. Die Klappe des Ofens stand offen. Auf dem Boden davor lagen ein umgekippter Blecheimer und eine Handschaufel. Beides war mit Ruß und Kohleresten bedeckt. Daneben befand sich ein leerer Sack Grillbriketts.

»Sieht nach einer gemütlichen Männerrunde aus«, bemerkte Rokko zynisch.

Sie gingen weiter zu den beiden gegenüberliegenden Bänken. Auf der linken Seite war die Sitzfläche entfernt worden. Der Stauraum darunter, der früher zur Aufbewahrung von Werkzeugen gedient hatte, war mit einer hitzebeständigen Glasfaserdecke ausgelegt worden. An der Bretterwand dahinter, wo das Holz deutlich weniger Verwitterungsspuren aufwies, war ein massiver Eisenring angebracht, an dem eine Stahlkette befestigt war, deren Ende lose in den Stauraum hing.

»Das Opfer muss hier gefangen gehalten worden sein«, sagte Chris in Anbetracht des Vorhängeschlosses an der Kette. Angeekelt verzog er das Gesicht, als er den übrigen Inhalt des Stauraumes begutachtete. Der abgedeckte Boden der sargähnlichen Kiste war überschwemmt mit Benzin. Darin trieb neben den Resten einiger Kabelbinder auch eine Schicht aus ausgekühlten Kohleresten.

Rokko rümpfte die Nase. »Was zum Teufel hat sich hier abgespielt?«

Die Frage war rhetorisch. Jeder von ihnen konnte sich aufgrund der Fakten ausmalen, was hier passiert war. Chris war der Erste, der das Unfassbare in Worte packte.

»Das Opfer wurde zunächst in der Kiste angekettet und mit glühenden Kohlen überschüttet.«

»Das dürfte die Brandwunden erklären, von denen Thielmann gesprochen hat«, fügte Meißner hinzu.

»Offenbar hat das dem Täter aber nicht ausgereicht. Er hat den Mann auch noch mit Benzin überschüttet und durch den Wald gejagt.« Chris vermochte sich nicht vorzustellen, welchen Qualen das Opfer ausgesetzt gewesen war. Er ließ er seinen Blick über die verbliebenen Gegenstände gleiten. »Der Täter hat einiges zurückgelassen.«

»Ja, die Jungs im Labor werden Überstunden schieben müssen.«

»Was ist mit der Kleidung des Opfers?«, fragte Chris.

»Der Täter hat sie verbrannt. Wir haben Reste davon in dem Ofen gefunden.«

»Gibt es sonst verwertbare Spuren? Ich meine, der Täter muss ja irgendwie an diese abgelegene Stelle gekommen sein.«

»Soweit sind wir noch nicht«, sagte Meißner. »Für eine Sondierung der Umgebung war es bis jetzt zu dunkel.«

»Müssen wir das unbedingt hier drin besprechen?«, warf Rokko ein. »Auf nüchternen Magen ist dieser Gestank nur schwer zu ertragen.«

Sie atmeten durch, als sie wieder nach draußen vor die Absperrung traten. Die Sonne hatte sich hinter den Wolken bereits über die Baumwipfel erhoben und tauchte die vom Herbst ausgedünnten Kronen in tristes Grau. Chris hasste diese Jahreszeit. Sie war für ihn der Inbegriff von Vergänglichkeit und Verfall.

»Wozu das Benzin im Wald?«, fragte Rokko. »Der Täter hatte das Opfer bereits hier mit dem Zeug überschüttet. Warum dieser Spießrutenlauf und der Aufwand mit dem Zünder? Wieso hat er den Kerl nicht gleich mitsamt dem Wagen abgefackelt?«

Chris, der ein gewisses Talent dazu besaß, sich in die Gedankengänge eines Täters hineinzuversetzen, dachte einen Moment darüber nach, während er den Pfad entlang in den Wald starrte. »Hoffnung«, murmelte er vor sich hin. »Er hat ihm die Hoffnung vermittelt, ihn laufen zu lassen, um sie ihm dann wieder zu nehmen.« Chris wandte sich seinen Kollegen zu. »Deswegen auch die Nähe zur Straße. Sie verbindet Waldesch mit Koblenz und wird um diese Tageszeit stark von Berufspendlern frequentiert.«

Rokko runzelte die Stirn. »Soll das heißen, der Täter wollte, dass er vor ein Auto rennt? Wozu dann das Feuer?«

»Er wollte ihm die Wahl lassen«, sagte Chris. »Entweder qualvoll oder schnell zu sterben. Er hat ihm Erlösung angeboten.«

Wieder an der Straße angekommen, war Chris damit beschäftigt, sich den Overall abzustreifen, als ihm ein alter Audi auffiel, der in einiger Entfernung hinter den Einsatzfahrzeugen parkte. Der Fahrer – ein Mann von Ende dreißig, dessen markantes Gesicht ein dunkler Vollbart rahmte – stand lässig gegen die Beifahrerseite gelehnt und verfolgte das Geschehen interessiert. Als er Chris erkannte, hob er zum Gruß die Hand.

Mit einem Lächeln näherte sich Chris der Person. »So früh schon im Dienst der Öffentlichkeit unterwegs?«

»Solche Nachrichten verbreiten sich schnell, wie Sie wissen«, entgegnete der Mann. »Und dank Ihnen sind polizeiliche Absperrungen für mich kein Hindernis mehr.« Er hielt den Sonderausweis hoch, der ihn als Journalist dazu legitimierte, bis zu einem Tatort vorzudringen.

»Den haben Sie eher dem Bemühen unserer Behörde um mehr Öffentlichkeitsarbeit zu verdanken.«

»Ohne Sie als Fürsprecher hätte man den Fetzen sicher jemand anderem verliehen.«

»Ich habe Ihre Artikel über die Historie von Koblenz gelesen. Meinen Glückwunsch zur Auszeichnung.«

Der Mann winkte ab. »Nur ein unbedeutender Journalistenpreis«, meinte er bescheiden. »Wie ist das Leben als Oberkommissar?«

»Mehr Papierkram, derselbe Mist.«

»Wenigstens bezahlt man Sie besser dafür.«

Chris beäugte ihn kritisch. »Wie ich sehe, haben Sie ihn stehen lassen.«

Der Mann rieb sich durch das dichte Barthaar. »Das verleiht mir die nötige Seriosität eines Preisträgers.«

Chris lachte und reichte Marc Bondek die Hand. »Ist ein Weilchen her.«

Bondek erwiderte die Geste. »Was unnatürliche Todesfälle betrifft, war es in letzter Zeit ziemlich ruhig.«

»Tja«, meinte Chris und blickte zu dem Toten auf der Straße, »mit der Ruhe ist es wohl vorbei.«

»Handelt es sich um Mord?«

»Ja. Das ist aber momentan das Einzige, was wir wissen.«

»Wer ist der Tote?«

»Kann ich noch nicht sagen. Aber die Tötungsart ist mehr als ungewöhnlich.«

»Kommt mir alles erschreckend bekannt vor.«

»Ja«, seufzte Chris. »Bleibt zu hoffen, dass die Sache nicht ausartet, wie vor zwei Jahren.«

»Das hoffe ich mit Ihnen«, sagte Bondek, dessen Berichterstattung über die Mordserie ihn damals beinahe das Leben gekostet hätte. »Sonst müsste ich Ihnen wieder helfend unter die Arme greifen.«

Chris bedachte ihn mit einem warnenden Blick.

»Seien Sie unbesorgt, Herr Oberkommissar«, entgegnete er gelassen. »Keine Alleingänge mehr.«

»Das will ich Ihnen auch raten, denn sonst bin *ich* es, der Sie Scheiße fressen lässt!«

»Diese Sache wird mir ewig nachhängen, was?«

Chris musste grinsen. »Tja, jeder hat sein Kreuz zu tragen. Auch wenn es in Ihrem Fall eine Schranke war.«

»Sie verstehen es wirklich, Salz in meine Wunden zu streuen«, meinte Bondek und stimmte in sein Lachen mit ein.

Sie beobachteten, wie der Leichnam abtransportiert wurde.

»Ich gehe davon aus, Sie haben sich schon ein Bild der Sachlage gemacht«, wurde Chris wieder ernst.

»Einer Ihrer uniformierten Kollegen war so nett, mich aufzuklären.«

»Ich muss sicher nicht erwähnen, dass Sie die Details erst einmal für sich behalten.«

»Mein Chefredakteur würde mich ohnehin für verrückt erklären, wenn ich über einen verbrannten Toten berichte, der vor ein Auto gelaufen ist.«

Chris nickte ihm zu. »Halten Sie es allgemeiner Natur.

Ich melde mich bei Ihnen, wenn wir mehr wissen.«

»Also das Übliche.« Bondek ging um den Wagen herum und öffnete die Fahrertür. »Verraten Sie mir dennoch Ihre inoffizielle Einschätzung?«

»In Bezug auf den Fall?«

»In Bezug darauf, ob sich unsere Wege in nächster Zeit wieder öfter kreuzen werden.«

Chris zuckte mit den Schultern. »In unser beider Interesse hoffe ich das nicht«, erwiderte er, als er zu den anderen zurückging. Und das meinte er nicht, weil er Bondek nicht leiden konnte.

KAPITEL 3

Zwei Tage später

Dr. Marina Hoffmann schaute auf die Wanduhr im Sprechzimmer ihrer Praxis. Noch zwölf Minuten. Sie atmete durch und beobachtete weiter den Patienten, der ihr stumm im Sessel gegenübersaß. Es war bereits die zweite Sitzung, die sie mit ihm abhielt, und genau wie beim ersten Mal schien er auch heute nicht sehr gesprächig zu sein. In sich gekehrt sah der Mann auf seine Hände herab, die er im Schoß verschränkt hielt. Seine Daumen wippten nervös auf und ab, und hin und wieder strich er sich über seinen Vollbart. Nur vereinzelt richtete er seine Augen direkt auf sie, schien sie mit seinem Blick regelrecht zu erforschen, als wollte er sie zu etwas herausfordern. Der Name des Mannes war Thomas Reuter. Laut seinen Unterlagen war er zweiundvierzig Jahre, wirkte auf sie aber deutlich jünger. Er hatte eine makellose Haut, die eine gesunde Bräune aufwies, und seine Hände zeigten keinerlei Gebrauchserscheinungen. Dennoch ließ sein Äußeres Anzeichen von Vernachlässigung erkennen. Er schien übermüdet zu sein, und seine dunkelblonden Haare hingen ihm strähnig in die Stirn. Überhaupt passte die Frisur nicht zu seinem kantigen Gesicht, wirkte irgendwie aufgesetzt, wie überhaupt alles an ihm. Der braune Designeranzug, die teuren Lederschuhe, die aufwändigen Ringe an seinen Fingern. All das machte den Eindruck einer schlecht sitzenden Verkleidung.

Marina Hoffmann wechselte die Sitzposition und räusperte sich verhalten. »Herr Reuter, Sie müssen sich mir schon öffnen, sonst kann ich Ihnen nicht helfen.«

Er reagierte nicht, blickte weiter auf seine Hände.

Sie beugte sich zu ihm nach vorn. »Sie wollen doch, dass ich Ihnen helfe, oder?«

Er nickte kaum merklich.

»Dann müssen Sie mit mir reden.«

Reuter ließ seinen Blick durch den Raum gleiten, dessen Wände in einem cremigen Braun gestrichen waren und von einigen Kunstdrucken mit surrealen Motiven geschmückt wurden. Zwei buschig gewachsene Areca Palmen säumten die weiß gerahmten Fenster.

»Dieser Raum ist sehr geschmackvoll eingerichtet, ohne dabei aufdringlich zu wirken«, stellte er fest. Seine Stimme wirkte kräftig und sehr männlich. »Es befindet sich nichts darin, was die Aufmerksamkeit von Ihnen ablenken könnte.« Der Blick seiner Augen ruhte wieder auf ihr. »Liege ich richtig, wenn ich Sie als sehr effizient und von sich selbst überzeugt einschätze? Als jemand, der in seinem tiefsten Inneren an das Gute im Menschen glaubt? Ich vermute, das ist eine Grundvoraussetzung in Ihrem Beruf, nicht wahr?« Er runzelte nachdenklich die Stirn. »Dennoch wirken Sie auf mich, als hegen Sie ein gewisses Misstrauen gegen andere. Das ist vermutlich auch der Grund, weshalb Sie von zu Hause aus praktizieren, in dieser beschaulichen Wohngegend, und keine Angestellten beschäftigen.«

Sie versuchte, Haltung zu bewahren. »Wir sind nicht

hier, um über mich zu sprechen.«

Reuter nickte. »Ach ja, richtig«, meinte er überzogen. »Sie wollen *mir* helfen.« Er schürzte die Lippen. »Das Problem dabei ist: Ich glaube nicht, dass Sie mir helfen können.«

»Und wie kommen Sie darauf?«

Wieder dieser durchdringende Blick. »Weil es dafür bereits zu spät ist.«

Sie lehnte sich zurück. »Wenn Sie dieser Meinung sind, aus welchem Grund sind Sie dann hier?«

Eine kurze Pause. »Neugier.«

»Wie darf ich das verstehen?«

»Ich war noch nie zuvor in therapeutischer Behandlung. Und ich war gespannt darauf, wie so etwas abläuft.«

»Sie meinen, Sie sind auf der Suche nach einer Bestätigung dafür, dass Ihnen niemand helfen kann.«

Reuter zuckte mit den Schultern. »Bis jetzt haben Sie wenig dazu beigetragen, mich vom Gegenteil zu überzeugen.«

»Wie gesagt, dazu müssen Sie mit mir reden.«

Er wirkte erstaunt. »Das tue ich doch gerade.«

»Dann nennen Sie mir den wahren Grund Ihrer Anwesenheit.«

Erneut musterte er sie mit seinem stechenden Blick. »Es zwingt mich dazu.«

Marina Hoffmann wurde hellhörig. »Was zwingt Sie?«

»Mein Gewissen.«

Sie schrieb in ihr Notizbuch: *Neigung zur Schizophrenie.* Dahinter setzte sie ein Fragezeichen. »Zwingt Ihr Gewissen Sie auch zu anderen Dingen?«

Ein kaum merkliches Grinsen legte sich um seine schmalen Lippen. »Das muss für Sie ziemlich verrückt klingen.«

»Das Wort *verrückt* existiert für mich nicht.«

»Nur weil es für Sie eine andere Bezeichnung hat, bedeutet es im Grunde dasselbe.«

»Es bedeutet, dass es behandelbar ist. Dazu müsste ich allerdings wissen, was Sie so wütend macht.«
»Wer sagt denn, dass ich wütend bin?«
»Man muss kein Therapeut sein, um das zu erkennen.«
»Ach ja? Dann verschreiben Sie mir einfach ein paar Pillen.«
»So einfach ist das nicht. Zunächst muss ich der Ursache auf den Grund gehen, dann kommt die Therapie.«
»Tja, dann werden wir uns wohl weiter anschweigen müssen.«
Marina Hoffmann legte ihre Notizen auf dem kleinen Beistelltisch ab. »Herr Reuter«, begann sie mit Bedacht. »Ich denke, Sie wissen, dass ich alles, was Sie mir sagen, vertraulich behandeln muss. Sollten Sie diesbezüglich Bedenken haben, so kann ich Ihnen versichern, dass nichts davon je diesen Raum verlassen wird.«
Er grinste sie hintersinnig an. »Sie sollten vorsichtig mit Ihren Versprechungen sein.«
»Wenn Sie mir nicht vertrauen, steht es Ihnen jederzeit frei, die Therapie abzubrechen. Sie sind nicht hier, weil jemand das angeordnet hat. Sie sind aus freien Stücken zu mir gekommen.«
»Das weiß ich selbst.«
»Weshalb habe ich dann das Gefühl, Sie wollen hier nur Ihre Zeit absitzen, um dabei meine zu verschwenden? Was versprechen Sie sich davon?«
Reuter sah sie eine Weile an. Dann atmete er durch. »Wenn ich Ihnen sagen würde, dass ich schlimme Dinge getan habe, was würden Sie dann tun?«
»Meinen Job«, antwortete sie nüchtern. »Dazu müssen Sie mir aber mehr erzählen.«
»Das ist sehr schwer für mich.«
»Wie wäre es, wenn Sie es trotzdem versuchen? Das würde mir meine Arbeit erleichtern, denn üblicherweise sind meine Patienten bereit, mir Antworten zu geben.«
»Na schön«, sagte er nach kurzer Bedenkzeit. »Dann

stellen Sie mir schon die üblichen Fragen nach meiner Kindheit und meinen Eltern.«

»Würde uns das weiterbringen?«

Er schwieg, schien mit etwas in seinem Inneren zu kämpfen, etwas, das Macht über ihn hatte. Schließlich fing er sich und atmete durch. »Ich ...«, begann er zögerlich. »Ich *habe* schlimme Dinge getan.«

Sie griff langsam nach Stift und Notizbuch. »Inwiefern?«

»Da ... da ist dieser Drang in mir. Ich kann ihn nicht kontrollieren, er ist einfach zu stark.«

Sie notierte: *Zwanghaftes Verhalten / triebgesteuert.* Dabei stellte sie fest, dass ihre Hand zu zittern begann. »Und seit wann haben Sie diesen Drang?«

Er überlegte einen Moment. »Seit etwa drei Jahren.«

Sie schluckte nervös. »Und was hat diesen Drang ausgelöst?«

Er schwieg.

»Sie müssen schon etwas konkreter werden«, sagte sie und wunderte sich selbst über den fordernden Tonfall ihrer Stimme. Sie musste ihre Neugier im Zaum halten.

»Sie werden mich hassen, wenn ich das tue.«

Sie notierte: *Geringes Selbstwertgefühl.* »Meine Aufgabe ist es nicht, über Sie zu urteilen oder Sie freizusprechen. Betrachten Sie mich einfach als einen neutralen Ansprechpartner.«

»Wie neutral könnten Sie gegenüber einem Monster sein?«

Ein kalter Schauer durchfuhr sie, während sie sich Gesprächsnotizen machte. Sie wollte etwas erwidern, doch er kam ihr zuvor.

»Sie sollen wissen, dass ich bereue, was ich bin und was ich getan habe.«

»Ich kann Ihnen keine Absolution erteilen«, erwiderte sie ruhig. »Dafür bin ich die falsche Person. Ich betreibe lediglich Ursachenforschung.«

»Aber vielleicht hat nicht alles eine Ursache.« Er schlug die Beine übereinander. »Manchmal sind die Dinge eben einfach, wie sie sind. Man kann sie nicht erklären. Und auch nicht ändern. Also akzeptiert man sie, auch wenn man dabei riskiert, dass dieser Drang einen beherrscht.«

»Und dieser Drang ist es, der Sie schlimme Dinge tun lässt?«

»Ja.«

»Verspüren Sie diesen Drang ständig?«

»Nein. Er kommt in Wellen.«

»Was löst ihn aus?«

Kurzes Zögern. »Erregung.«

Ihr Puls beschleunigte sich. »In welcher Form?«

»Etwas zu tun, was man nicht tun darf«, wich er aus.

»Dann ist es das Verbotene, das Sie reizt?«

Er machte eine kurze Pause, in der er sie betrachtete. »Kann es etwas Verlockenderes geben?«

Offenbar schien Reuter seinen Spaß an diesem Frage- und Antwortspiel zu haben. Aber immerhin hatte sie es damit geschafft, ihn aus der Reserve zu locken.

»Wie würden Sie diesen Drang beschreiben?«

»Als elementar.«

»Das heißt, er bestimmt Ihr gesamtes Denken und Handeln?«

Er schien einen Moment darüber zu grübeln. »Stellen Sie sich vor, Ihr Verlangen nach etwas wäre so groß, dass es Sie innerlich auffrisst, sie förmlich verschlingt. Könnten Sie das einfach ausblenden und zur Tagesordnung übergehen?« Er beugte sich nach vorn. »Dieses Verlangen unterdrückt jeden rationalen Gedanken. Es ist wie ein Pol, der das gesamte Denken auf ein bestimmtes Ziel ausrichtet. Beruf, Familie, soziales Umfeld ... all das verschwimmt, wird bedeutungslos, und man riskiert ohne zu zögern, das alles zu zerstören, um dieses eine Ziel vor Augen zu haben.«

»Und hat dieses Ziel etwas mit Rache zu tun?«

Er schwieg.

»Was passiert, wenn Sie dieses Ziel erreicht haben?«, wich sie aus.

Er ließ sich in den Sessel zurückfallen. »Genugtuung. Totale innere Ruhe.« Der Glanz in seinen blaugrauen Augen verblasste. »Aber auch Reue und die Angst vor Entdeckung, vor Bestrafung und Ausgrenzung.«

»Sind es nicht eher diese Gefühle, die Sie innerlich auffressen?«

»Kann sein«, sagte er nach kurzem Zögern. »Aber sie sind nicht die Ursache, sondern das Resultat meines ... *Problems*, falls Sie darauf anspielen.«

»Eigentlich wollte ich darauf hinaus, dass Reue ein gutes Ansatzmittel zur Therapie ist. Denn wo Reue ist, ist auch das Verständnis, etwas Falsches getan zu haben. Und wenn es uns gelingt, dieses Schuldbewusstsein im Vorfeld zu stärken, könnten wir dem Drang damit seine Macht nehmen.«

»Einen Instinkt kann man nicht einfach unterdrücken. Ebenso gut könnten Sie versuchen, einem Raubtier die Suche nach Beute auszutreiben.«

»Das ist durchaus möglich«, meinte sie. »Man muss letztendlich nur dafür sorgen, dass das Raubtier gesättigt ist.«

»Und wie wollen Sie das in meinem Fall erreichen?«

Sie sah wieder zur Uhr. »Darüber unterhalten wir uns beim nächsten Mal. Bis dahin habe ich Zeit, mir eine Strategie zu überlegen.«

Er nickte. »Also gut«, sagte er und zwang sich zu einem Lächeln. »Wenn Sie zuversichtlich sind, bin ich es auch.«

Sie begleitete ihn zur Tür. »Würde Ihnen nächste Woche Dienstag passen?«

»Wie wäre es mit morgen?«

Sie zögerte kurz. »Das ist sehr kurzfristig. Wieso diese plötzliche Eile?«

»Sagen wir, es passt mir im Moment ganz gut.«

»Na schön«, meinte sie nach kurzer Bedenkzeit. »Morgen um die gleiche Zeit?«
Er grinste. »Ich denke, das lässt sich einrichten.«

Sie atmete durch, nachdem Reuter die Praxis verlassen hatte. Dieser Kerl war unheimlich, und er verursachte ihr eine Gänsehaut. Seine Blicke, mit denen er sie regelrecht abgetastet hatte, seine Art zu reden, ohne zu viel von sich preiszugeben. Aber genau das machte ihn aus therapeutischer Sicht wiederum interessant, denn damit hob er sich deutlich von ihren üblichen Patienten mit ihren Neurosen und stressbedingten Schlafstörungen ab. Dennoch mahnte sie etwas zur Vorsicht. Sie hatte ihre Erfahrungen auf diesem Gebiet gemacht. Schlimme Erfahrungen, die sie selbst in therapeutische Behandlung gebracht und ihre Ehe zerstört hatten. Sie hatte sich geschworen, nie wieder so weit zu gehen, sich nie wieder in solch seelische Abgründe ziehen zu lassen. Andererseits hatte sie diesen Beruf nicht ergriffen, um wegzusehen. Sie wollte etwas bewirken, Menschen helfen. Aber sie wusste mittlerweile auch, dass es Menschen gab, denen nicht zu helfen war. Diesbezüglich musste sie Reuter zustimmen. Nicht immer lag eine erkennbare Ursache für ein bestimmtes Verhalten vor. In manchen Menschen schlummerte einfach das Böse, das nur darauf wartete, nach draußen zu drängen.

Sie ging zurück zu ihrem Sessel und überflog ihre Notizen. Hinter *Zwanghaftes Verhalten / triebgesteuert* hatte sie noch weitere Begriffe notiert: *Stalker? Vergewaltiger?* Ein mulmiges Gefühl breitete sich in ihrem Magen aus, als ihr Blick auf dem letzten Begriff haften blieb, den sie doppelt unterstrichen hatte:

Mörder?

KAPITEL 4

Chris und Rokko standen in Uwe Meißners Büro, auf dessen Schreibtisch der Laborbericht lag. Meißner, der mit seinen fast ein Meter neunzig Körpergröße die beiden um einen halben Kopf überragte, erläuterte ihnen die Ergebnisse.

»Es konnten weder Fingerabdrücke noch DNA-Spuren des Täters gesichert werden«, sagte er mit der typischen Nüchternheit eines Forensikers.

»Überraschung«, spottete Rokko.

»Was ist mit den Gegenständen, die am Tatort zurückgelassen wurden?«, fragte Chris.

»Alles handelsübliche Ware. Die Kanister, die feuerfeste Decke, die Kohlebriketts ... Das alles kann man in jedem Baumarkt kaufen. Auch der Fernzünder wird im Internet in dutzenden von Shops angeboten. Normalerweise wird er für das sichere Zünden von Feuerwerkskörpern eingesetzt und erfreut sich daher auch im privaten Bereich ziemlicher Beliebtheit. Ist unmöglich zurückzuverfolgen.«

»Totale Überraschung.«

Meißner bedachte Rokko mit einem abfälligen Blick. »Wir haben dennoch etwas Interessantes gefunden«, fuhr er fort und hielt einen nummerierten Plastikbeutel hoch, in dem sich ein rötlicher Gegenstand befand, der wie die kindgerechte Version eines altertümlichen Handys aussah.

»Ein Spielzeug?«, fragte Chris skeptisch und beäugte das Kunststoffgehäuse, an dessen Front neun bunte Nummerntasten angebracht waren.

Meißner öffnete den Verschluss des Beutels. »Es handelt sich um ein sogenanntes Lerntelefon, geeignet für Kinder bis zu einem Alter von vier Jahren.« Er nahm das Spielzeug aus dem Beutel und legte es auf den Tisch.

Chris betrachtete es genauer. Das angedeutete Display darauf zeigte einen blauen Bären mit erhobener Tatze, so als wollte er ihm zuwinken. Er betätigte eine der Tasten. Ein Klingelton erklang, gefolgt von einer kindlichen Stimme: »Hallo, ich bin Tobi der Bär und will mit dir spielen.«

»Wo habt ihr es gefunden?«, fragte Chris.

»Im Stauraum der zweiten Sitzbank.«

»Das muss nicht heißen, dass es vom Täter stammt.«

»Haben wir zuerst auch gedacht, zumal es in diesem Zusammenhang keinen Sinn ergab. Bis wir auf das hier gestoßen sind.« Er deutete auf einen kleinen roten Knopf, in der rechten oberen Ecke des Displays. Daneben befand sich eine fächerförmige Öffnung. »Das Gerät hat eine Aufnahmefunktion. Man drückt diesen Knopf, und alles, was man in das eingebaute Mikrophon spricht, wird gespeichert. Das Ergebnis kann man einer bestimmten Taste zuordnen, über die man die Aufnahme abrufen kann. Drück mal die eins.«

Chris drückte die erste Nummerntaste. Das typische Rauschen einer einfachen Aufnahme erklang, das in ein Keuchen überging.

»Was soll das? Warum tun Sie mir das an?«, erklang die wimmernde Stimme eines Mannes, die sich ziemlich nah und deutlich anhörte. »Wieso halten Sie mich hier fest? Wollen Sie Geld, ist es das?«

Ein Scheppern erklang im Hintergrund. Vor seinem geistigen Auge sah Chris den Täter, wie er den Blecheimer füllte.

»Wollen Sie, dass ich etwas sage? Reden Sie mit mir, verdammt!« Ein leises Quietschen ertönte. Dann ein Geräusch, das an das Schließen eines Riegels erinnerte.

Die Ofentür, kam es Chris in den Sinn.

»Was ... was haben Sie vor?« Die Stimme klang nun ängstlicher. »O Gott, nein ... Hilfe! Hört mich denn niemand? Helft mir!« Donnernde und trampelnde Geräusche waren zu hören, dann das Rasseln einer Kette. Das Opfer versuchte, sich von seinen Fesseln zu befreien. »Bitte ...«, flehte die Stimme nun weinerlich. »Tun Sie das nicht. Reden Sie mit mir. Ich tue alles, was Sie wollen, aber bitte ...«

Wieder dieses Scheppern. Dann drangen markerschütternde Schreie aus dem kleinen Lautsprecher. Wieder und wieder schrie die Stimme aus Leibeskräften. Dann brach die Aufnahme abrupt ab.

»Weiter reicht der Speicher nicht«, kommentierte Meißner die plötzliche Stille.

Chris atmete aus. »Der Täter hat uns also eine Nachricht hinterlassen.«

»Ja«, meinte Rokko. »Anscheinend wollte er uns an seiner Art von Vergnügen teilhaben lassen.«

»Er will uns etwas mitteilen.«

»Dass er ein zurückgebliebener Irrer ist, der anstatt mit Puppen zu spielen lieber Menschen foltert und tötet?«

»Ich denke, es hat eher etwas mit seinem Motiv zu tun«, erwiderte Chris.

Meißner stimmte ihm zu. »Ich habe eine Kopie meines Berichts an das BKA weitergeleitet. Vielleicht finden die einen Zusammenhang.«

Rokko nahm das Spielzeugtelefon in die Hand und begutachtete es. »Lass mich raten«, meinte er an Meißner gerichtet. »Nicht zurückzuverfolgen.«

Meißner nickte. »Dieses Modell ist schon seit Jahren im Handel.«

»Unglaubliche Überraschung!«

»Neben Resten von Kohlestaub haben wir darauf Fingerabdrücke sicherstellen können. Und zwar die gleichen, wie wir sie auch in dem Bauwagen gefunden haben, hauptsächlich um die Kiste herum und auf der Kette.«

»Dann stammen sie vom Opfer«, sagte Rokko.

»Davon ist auszugehen. Aufgrund der starken Verbrennungen der Leiche fehlt uns allerdings ein Vergleich.«

»Er hat es ihm in die Hand gedrückt«, murmelte Chris.

»Was?«

»Das Telefon. Er wollte, dass das Opfer es festhält. Es muss eine Bedeutung für ihn haben.«

»Bist du mal wieder im Tätermodus?« Rokko schüttelte den Kopf. »Manchmal könnte man glatt meinen, du bist genauso krank wie diese Typen.«

»Ich kann mich nur gut in andere Menschen hineinversetzen, das ist alles.«

»Mit der Masche hast du früher bestimmt eine Menge Mädels dazu gebracht, dir ihr Herz auszuschütten, was?« Er schlug ihm gegen die Schulter.

»Lass den Quatsch«, meinte Chris, dem es deutlich leichter fiel, sich in die Psyche eines Täters hineinzuversetzen, als in die Logik einer Frau, was seine gescheiterte Ehe vor einigen Jahren belegte. »Hat die Überprüfung der Fingerabdrücke etwas ergeben?«

»Kein Treffer in unserer Datenbank«, sagte Meißner.

»Dann wissen wir immerhin, dass Werner Möbius nicht vorbestraft war«, schlussfolgerte Chris.

Meißner sah ihn fragend an. »Ihr wisst bereits, wer das Opfer ist?«

»Möbius wurde von seiner Frau vor fünf Tagen als vermisst gemeldet. Alter und Größe stimmen laut Rechtsmedizin mit seinen Daten überein. Wir warten noch auf den zahnmedizinischen Abgleich. Aber nachdem, was du uns gerade gezeigt hast, dürfte das reine Formsache sein.«

»Wie meinst du das?«, fragte Meißner.

»Möbius war von Beruf Kinderarzt.«

Alle Augen richteten sich auf das Spielzeugtelefon.

KAPITEL 5

Am nächsten Tag

»Frau Möbius«, sprach Chris sanft auf die Frau ein, die ihnen gegenüber am Tisch saß und seit fünf Minuten in ihr Taschentuch weinte. So lange war es her, das Rokko und er ihr die Nachricht vom Tod ihres Mannes überbracht hatten. Seitdem saß sie zusammengesunken auf dem Stuhl im Wohnzimmer ihres Hauses. Chris verabscheute solche Situationen. Er hielt sich lieber an einem blutigen Tatort auf, wo er eine gewisse emotionale Distanz zu den Opfern aufbauen und sachlich und analytisch an den Fall herangehen konnte. In Momenten wie diesem empfand er die Gabe, sich in andere Menschen hineinversetzen zu können, mehr denn je als Bestrafung.

»Frau Möbius«, versuchte er erneut zu der Frau durchzudringen, die sichtlich darum bemüht war, ihre Fassung wiederzugewinnen. Sie schluchzte und wischte sich die Tränen von den Wangen.

»Ich ... ich muss meinen Sohn anrufen«, sagte sie apathisch. »Er studiert in Hamburg, will auch Mediziner werden, genau wie sein ...« Sie kämpfte gegen weitere Tränen an. »Mein Gott, wie soll es denn jetzt weitergehen? Ich habe doch sonst niemanden mehr.«

Chris gab sich Mühe sachlich zu bleiben. »Wenn Sie wollen, stellen wir Ihnen psychologischen Beistand zur Verfügung.«

Clara Möbius schüttelte den Kopf. »Nein. Ich komme schon irgendwie zurecht. Wie ist mein Mann gestorben?«

Chris zögerte. »Er wurde von einem Auto erfasst.«

»Aber sagten Sie nicht, er wäre ermordet worden?«

Chris tauschte einen kurzen Blick mit Rokko aus. Dann lehnte er sich über den Tisch nach vorn. »Frau Möbius, ich weiß, das ist jetzt nicht einfach für Sie, aber wir hätten noch ein paar Fragen, bezüglich Ihres Mannes.« Chris verabscheute sich selbst für dieses unsensible Verhalten, aber sein Beruf war nun mal nicht der des Seelsorgers. Und über die schrecklichen Details des Mordes würde man Clara Möbius noch früh genug aufklären. Es würde ihm seine Arbeit nicht erleichtern, wenn er ihr sagte, unter welchen Umständen ihr Mann gestorben war.

Sie schnäuzte in ihr Taschentuch. »Ich will nur den Grund dafür wissen.« Sie blickte die beiden mit rotunterlaufenen Augen an. »Ich will verstehen, warum jemand meinem Mann so etwas antut.«

»Das wollen wir auch«, versicherte ihr Rokko. »Aber dafür benötigen wir Informationen von Ihnen.«

Erneutes Schluchzen. »Was wollen Sie wissen?«

»Inwieweit hat Ihr Mann mit Ihnen über Berufliches gesprochen?«, fragte Chris.

»Was meinen Sie?«

»Hätte er Ihnen von Problemen in der Praxis erzählt?«

Sie schien verwirrt. »Ich verstehe nicht.«

»Hatte Ihr Mann vielleicht Streit mit den Eltern eines Kindes, das bei ihm in Behandlung war?«

Sie betrachtete Chris entsetzt. »Nein, wie kommen Sie auf so etwas? Mein Mann war ein guter Arzt und seine Praxis immer gut besucht.«

»Es gab nie Konflikte? Eine falsche Diagnose vielleicht?«

Sie schluckte. »Worauf wollen Sie hinaus?«

Erneut warf Chris seinem Kollegen einen Blick zu, als suche er Rat bei ihm. Doch Rokko zuckte nur mit den Schultern und hielt sich zurück. Er war mehr der direkte Typ, der die Dinge beim Namen nannte. Durch die Blume zu reden, gehörte nicht zu seinen Stärken. Es war ihm schon hoch anzurechnen, dass er auf sein Kaugummi verzichtet hatte.

»Frau Möbius«, begann Chris, »leider sterben auch hin

und wieder Kinder an tödlichen Krankheiten. Und obwohl Ihr Mann in solch einem Fall sicher alles in seiner Macht Stehende getan hätte, könnte es doch durchaus sein, dass ihm jemand die Schuld am Tod eines solchen Kindes gibt.«

Clara Möbius betrachtete ihn, während sich ihre Augen mit Tränen füllten. »Wollen Sie damit etwa andeuten, mein Mann hätte einen schwerwiegenden Fehler vertuscht?«

»Wir sind nur auf der Suche nach einem Motiv für den Mord. Und dieses erscheint uns naheliegend. Wir wollen Ihrem verstorbenen Mann nichts unterstellen, glauben Sie mir. Aber Menschen machen Fehler. Und vielleicht ist Ihrem Mann ein solcher Fehler zum Verhängnis geworden.«

»Oder jemand hat ihm ungerechtfertigt einen solchen Fehler unterstellt«, ergänzte Rokko.

»Ja«, griff Chris diese Möglichkeit dankbar auf. »Eltern sind sehr sensibel, wenn es um das eigene Kind geht. Und wenn diesem Kind etwas zustößt, suchen sie mit aller Gewalt einen Schuldigen, selbst wenn der Betreffende im Grunde nichts dafür kann. Hat Ihr Mann Ihnen gegenüber mal einen solchen Fall erwähnt?«

Clara Möbius dachte einen Moment nach. Dann blickte sie abwesend auf die Tischplatte vor sich. »Nein«, sagte sie. »Davon hätte er mir bestimmt erzählt.« Sie blickte auf. »Mein Mann hat Kinder geliebt, wissen Sie? Er war unserem Sohn ein guter Vater. Natürlich hat es in seiner fast dreißigjährigen Tätigkeit als Kinderarzt auch Fälle von schlimmen Krankheiten gegeben. Doch diese wurden dann an Spezialisten in Krankenhäuser überwiesen, da mein Mann sie in seiner Praxis ohnehin nicht hätte behandeln können.«

»Hat Ihr Mann vielleicht einmal eine solche Krankheit übersehen?«

»Davon weiß ich nichts.«

»Hatte er sonst irgendwelche Feinde? Gab es in letzter Zeit Streitigkeiten oder Auseinandersetzungen mit jemand?

Hat er sich merkwürdig verhalten, oder hatte er Angst vor etwas?«

»Mein Mann war niemand, der sich von anderen hat einschüchtern lassen. Aber er war auch immer sehr nett und zuvorkommend gegenüber seinen Mitmenschen. Da können Sie jeden in der Nachbarschaft fragen.«

»Da bin ich mir sicher, Frau Möbius«, sagte Chris und lehnte sich resigniert zurück.

»Es ... es gab nur eines, wovor er wirklich Angst hatte«, ergänzte sie zögerlich.

»Und was war das?«, fragte Chris.

»Feuer.«

Wie elektrisiert sahen Rokko und Chris sich an.

»Feuer?« Chris saß nun wieder aufrecht.

»Ja. Werner hatte als Kind einen Unfall mit flüssigem Grillanzünder, hat sich dabei den ganzen Arm verbrannt. Die Narben konnte man immer noch sehen. Er hatte damals wochenlang starke Schmerzen und musste einen Wundverband tragen. Seitdem ist er schon zusammengezuckt, wenn jemand ein Feuerzeug in seiner Nähe angezündet hat. Aber inwieweit sollte Ihnen das helfen?«

Rokko strich sich nachdenklich über seinen Kinnbart. »Das wird Ihnen die Rechtsmedizin erklären, wenn Sie den Leichnam ...«

»Wir suchen nur nach Ansatzpunkten«, unterbrach ihn Chris vorsorglich. »Da kann uns alles hilfreich sein.«

Sie nickte abwesend. »Wann kann ich meinen Mann sehen?«

»Wie mein Kollege bereits zu sagen versuchte, wird sich die rechtsmedizinische Abteilung mit Ihnen in Verbindung setzen. Ich würde Ihnen jedoch davon abraten, den Leichnam zu begutachten.«

»Aber ... muss ich meinen Mann denn nicht identifizieren? In Fernsehfilmen ist das immer so.«

Chris fuhr sich nervös über den Mund. Er kam sich unbeholfen vor wie ein kleines Kind. »In diesem Fall ist das nicht nötig. Wir haben Ihren Mann bereits eindeutig über seine zahnärztlichen Unterlagen identifiziert.«

»Ach so«, sagte sie enttäuscht. Dann fing sie wieder zu weinen an. »Wir hätten nächste Woche unseren fünfundzwanzigsten Hochzeitstag gefeiert«, schluchzte sie. »Ich konnte mich noch nicht einmal von ihm verabschieden. Ich ... ich hatte in der Nacht schlecht geschlafen und bin gerade erst aufgestanden, als er das Haus verlassen hat. Durch das Fenster konnte ich noch sehen, wie er ins Auto eingestiegen und davongefahren ist. Das war das letzte Mal, dass ich ihn ...« Sie weinte bitterlich in ihr Taschentuch.

»Sie sollten Ihren Mann genauso in Erinnerung behalten, Frau Möbius«, sagte Chris und gab Rokko ein Zeichen, worauf sie sich beide erhoben. »Können wir noch irgendetwas für Sie tun?«, fragte Chris. »Sollen wir jemanden benachrichtigen, der sich um Sie kümmert?«

»Nein«, sagte sie und fing sich allmählich wieder. »Ich wäre jetzt gerne allein.«

Chris nickte verstohlen.

»Alles in Ordnung?«, fragte Rokko, der den Wagen durch den Verkehr in Richtung Präsidium lenkte.

»Ich weiß nicht«, seufzte Chris, der auf der Fahrt kein Wort gesprochen und nachdenklich aus dem Fenster gestarrt hatte. »Wir sind doch die Guten, oder?«

»Wir haben dieser Frau das nicht angetan«, meinte Rokko. »Wir sind nur die Überbringer der Nachricht.«

»Und warum fühle ich mich dann schuldig?«

»Weil du zu nah dran bist. Du musst das ausblenden.«

»Wie schaffst du das nur?«

»Indem ich mich nicht in andere hineinversetze und Abstand bewahre.« Er blickte kurz zu ihm herüber. »Du solltest dir den Rest des Tages frei nehmen und dich um deine schwangere Freundin kümmern.«

»Erstens ist Rebecca noch im Dienst, und zweitens

dürfte Deckert momentan ziemlich angepisst auf einen Urlaubsantrag reagieren.«

»Stimmt«, meinte Rokko. »Seit Gerlach auch noch ausgefallen ist, ist der Alte mies drauf.«

Peter Gerlach war mit Mitte dreißig der Jüngste in ihrem Team und fungierte in der Hauptsache als Koordinator zwischen den einzelnen Abteilungen des Präsidiums.

»Hast du mal was von Peter gehört?«

»Muss wohl an der Bandscheibe operiert werden. Anschließend Reha. Dürfte mindestens drei Monate ausfallen.«

»Großartig«, raunte Chris. »Diese verdammte Sache hätte zu keinem schlechteren Zeitpunkt passieren können. Wir sollten auf jeden Fall Einsicht in Möbius' Patientenakten anfordern.«

»Ich kümmere mich darum.«

»Gut. Setz alle verfügbaren Leute für die Auswertung ein.«

»Was glaubst du, woher der Täter von seiner Angst vor Feuer wusste?«

»Du meinst, er könnte aus Möbius' persönlichem Umfeld stammen. Dann sollten wir auch das überprüfen.« Er seufzte. »So viel zum Thema Überstundenabbau.« Sein Handy klingelte. »Bertram ... Was gibt es?«

Eine längere Pause setzte ein, in der Rokko ihn aufmerksam betrachtete, während sie vor einer roten Ampel hielten.

»Das kann ein Zufall sein«, sagte Chris zu dem Anrufer. »Also gut, wir sind bereits auf dem Weg zurück.« Er beendete das Gespräch.

»Wer war das?«

»Das Präsidium. Es gibt eine weitere Vermisstenmeldung.«

KAPITEL 6

»Winfried Gerber«, las Rokko aus dem betreffenden Eintrag im polizeilichen Netzwerk ab. »Sechsunddreißig Jahre. Betreibt ein Lokal in der Koblenzer Altstadt. Alleinstehend, keine Kinder.«

»Passt nicht gerade in das Profil«, meinte Chris, »falls man es überhaupt so nennen kann. Ist er vorbestraft?«

»Zwei Mal wegen Trunkenheit am Steuer. Das letzte Mal liegt allerdings schon drei Jahre zurück. Offenbar bechern bei ihm nicht nur die Gäste.«

»Sonst irgendetwas Auffälliges?«

Rokko schüttelte den Kopf. »Nada.«

»Vermutlich ist die Sache doch nur ein Zufall.«

»Ja, aber wenn Gerber in den nächsten Tagen brennend vor ein Auto rennt, wird man uns in der Luft zerreißen, wenn wir der Sache nicht nachgegangen sind.«

»Na schön«, gab Chris nach. »Seit wann gilt Gerber als vermisst?«

»Seit zwei Tagen.«

»Also ist er einen Tag nach Möbius' Tod verschwunden. Wer hat die Vermisstenmeldung aufgegeben?«

Rokko scrollte durch das Protokoll. »Das ist merkwürdig«, sagte er, als er die Stelle gefunden hatte. »Ist über einen anonymen Anruf getätigt worden.«

Chris runzelte die Stirn. »Steht da etwas Genaueres zu den Umständen?«

»Der Anruf ist vorgestern gegen 18 Uhr bei den Kollegen der PI 2 eingegangen. Das Protokoll wurde aber erst heute Vormittag erstellt.«

PI 2, wiederholte Chris in Gedanken. Das war Rebeccas Dienststelle. »Die müssen die Angaben überprüft haben, sonst hätten sie die Sache nicht aufgenommen.«

»Aufgrund eines anonymen Anrufs? Denen muss ziemlich langweilig sein.«

»Wer hat die Anzeige aufgenommen?«

Rokko scrollte wieder an den Anfang des Dokuments. »Ein gewisser POM Armin Pelzer.«

Chris griff zum Telefon.

»Die Anruferin klang ziemlich gefasst, wollte aber ihren Namen nicht nennen«, erklang die markante Stimme von Armin Pelzer durch den Lautsprecher des Telefons.

»Anruferin?«

»Ja. Ihre Stimme hörte sich ziemlich jung an, fast jugendlich würde ich sagen.«

»Und das hat Sie nicht verwundert?«, fragte Chris, die Augen auf Rokko gerichtet, der das Gespräch mitverfolgte.

»Anfangs schon. Doch dann erwähnte sie in Bezug auf Gerber etwas von Jugendbetreuer. Da es schon spät war, und ich ohnehin längst Dienstschluss hatte, habe ich die Sache erst heute Morgen überprüft. Bei der Stadtverwaltung sagte man mir, dass Gerber als ehrenamtlicher Betreuer fungiert und obdachlosen Jugendlichen gelegentlich Unterkunft und Verpflegung anbietet. Dort nannte man uns auch seine Festnetz- und Mobilnummer. Aber über beide Anschlüsse war er nicht zu erreichen.«

»War das Handy eingeschaltet?«

»Ja, erst Freizeichen, dann Mailbox. Ein Bewohner des Nachbargebäudes bestätigte uns, dass Gerbers Lokal seit zwei Tagen geschlossen ist. Seine Wohnung befindet sich im Stockwerk darüber. Auch dort öffnete niemand.«

»Und damit haben Sie die Sache einfach auf sich beruhen lassen?«

»Nein«, drang es gereizt aus dem Lautsprecher. »Wir haben den Verpächter ausfindig gemacht. Er besitzt einen Zweitschlüssel für das Haus, erklärte uns aber am Telefon, er habe noch bis heute Mittag geschäftlich in Köln zu tun, danach würde er sich bei uns melden. Erst *dann* habe ich die Sache auf sich beruhen lassen, da ich keine Dringlichkeit sah, die Tür einzutreten.«

»Na schön«, erwiderte Chris. »Ich werde zunächst tun, was Sie längst hätten tun sollen, nämlich eine Handyortung veranlassen. Danach melde ich mich wieder bei Ihnen. In der Zwischenzeit würde ich Sie bitten, eine Suchfahndung nach Gerber herauszugeben, denn es besteht der Verdacht, dass er etwas mit dem Mord vor drei Tagen zu tun hat.«

»Wie Sie meinen«, knurrte Pelzer und legte auf.

»War das nicht ein wenig grob?«, fragte Rokko.

»Findest du?«

»Na ja, im Grunde hat er eigentlich nichts verkehrt gemacht. Und soviel ich weiß, ist Pelzer ein direkter Vorgesetzter deiner Freundin.«

»Und nebenbei ein sexistisches Arschloch, wie ich Rebeccas Ausführungen über ihn entnehmen konnte. Hätte er gleich eine Ortung beantragt, wären wir knapp zwei Stunden im Vorsprung.«

»Eine Ortung wird uns nicht viel einbringen, wenn Gerber das Ding in der nächsten Mülltonne entsorgt hat.«

»Es ist immerhin einen Versuch wert«, sagte Chris und griff erneut zum Telefon.

KAPITEL 7

»Das ist etwas ungewohnt für mich«, sagte Thomas Reuter und rutschte auf der ledernen Couchliege des Therapieraums herum. »Normalerweise schaue ich meinem Gesprächspartner in die Augen.«

»Sie werden sich schnell daran gewöhnen«, sagte Marina Hoffmann. Sie saß im Sessel, am Kopfende der Liege, ihr Notizheft auf dem Schoß ausgebreitet. »Diese Konstellation dient zu Ihrer Entspannung und verhindert eine zu starke Fixierung auf meine Person. Sie werden feststellen, dass Sie so befreiter reden können.«

»Wir werden sehen. Versuchen Sie Ihr Glück.«

»Das hier ist kein Wettbewerb, Herr Reuter.«

»Alles im Leben ist ein Wettbewerb, Frau Doktor, das sollten Sie wissen. Oder wollen Sie mir etwa weismachen, dass ich Ihren analytischen Ehrgeiz nicht anstachle?«

»Sie wirken heute viel ausgeglichener«, ließ sie sich nicht darauf ein. »Was hat diese Wandlung ausgelöst?«

»Positive Energie!«

»Ein freudiges Erlebnis?«

»Ein äußerst befriedigendes Erlebnis.«

»Erzählen Sie mir davon.«

»Sie müssen sich schon ein bisschen mehr anstrengen.«

»Umschreiben Sie es. Was für Gefühle hat dieses Ereignis in Ihnen ausgelöst?«

Er überlegte kurz. »Ich fühlte mich wie Sie.«

»Wie meinen Sie das?«

»Kommen Sie, Doc ... Ich darf Sie doch Doc nennen?«

»Wenn das Ihr Vertrauen in mich stärkt.«

»Also gut, Doc, sagen Sie mir nicht, dass Sie und Ihresgleichen sich nicht für allmächtig halten. Sie stecken Menschen in vorgefertigte Profile und erstellen daraus Gutachten, die niemand anfechten kann.«

»Ich erstelle keine Gutachten mehr.«

»Und dafür gibt es einen Grund, nicht wahr?«

Sie sah auf ihn herab, ohne dass er ihren Blick bemerkte. Wusste dieser Mann etwas über den Vorfall in ihrer Vergangenheit? Es war durchaus möglich, dass er über die Medien davon erfahren hatte, obwohl ihr Name in diesem Zusammenhang niemals erwähnt worden war. War er deshalb hier?

Reuter.

Ihre Gedanken suchten zum wiederholten Mal nach einer Übereinstimmung. Doch sie konnte diesen Namen nicht zuordnen. Vermutlich war das alles nur ein Zufall und sie wurde langsam paranoid.

»Sie fühlen sich also gottgleich«, sagte sie.

»Wenn Sie so wollen.«

»Sind Sie ein gläubiger Mensch?«

»Wenn ich das wäre, Doc, dann würde ich mit dieser Aussage eine Todsünde begehen. Außerdem säße ich dann jetzt in einem Beichtstuhl und würde den Rosenkranz beten.«

»Stattdessen suchen Sie bei mir Vergebung?«

»Niemand würde mir vergeben. Weder Sie noch Gott. Aber damit kann ich leben.«

»Weshalb empfinden Sie dann Reue?«

»Weil mich dieser Drang zu etwas macht, was ich nicht sein will.«

»Zu einem Monster?«

»Zu jemandem, der auch Grenzen überschreitet. Manchmal ist das nötig, um das Richtige zu tun. Man muss zu dem werden, was man bekämpfen will.«

»Reden wir hier noch über Fantasien oder bereits über konkrete Taten?«

»Spielt das eine Rolle?«

»Ich muss das wissen, um darüber entscheiden zu können, ob ich Ihren Fall weiterhin übernehme.«

»Ich sagte Ihnen doch, Sie würden mich hassen.«

»Mit Hass hat das nichts zu tun.«

»Dann ist es wohl eher Befangenheit.« Er drehte seinen Kopf in ihre Richtung. »Schlimme Erfahrungen?«

Sie schluckte, obwohl ihr Mund staubtrocken war. »Kein Sichtkontakt bitte«, ermahnte sie ihn. »Konzentrieren Sie sich auf ihre Gedanken.« Es waren nicht allein therapeutische Gründe, weshalb sie das sagte. In erster Linie wollte sie nicht, dass Reuter ihre zitternden Hände bemerkte.

Er drehte sich weg und sah wieder zur Decke. »Sie wollen wissen, ob ich ein böser Junge bin.« Er seufzte. »Schwer zu sagen. Gut ... böse ... richtig ... falsch – manchmal verschwimmen die Grenzen dieser Definitionen. Wie würden Sie mich einstufen?«

»Um das fundiert tun zu können, benötige ich noch mehr Hintergrundwissen.«

Er stöhnte gelangweilt. »Na schön«, meinte er. »Stellen Sie Ihre Fragen.«

»Wie wäre es, wenn Sie mir einfach von sich erzählen? War Ihnen schon immer wichtig, was andere über Sie denken?«

»Sagen Sie bloß, es gibt wirklich Menschen, denen das egal ist.«

»Halten Sie das für so unwahrscheinlich?«

»Früher mag das vielleicht anders gewesen sein«, räumte er ein. »Aber heutzutage, wo jeder seine Meinung öffentlich stellt, wo alles bewertet und in Normen gepackt wird und man im Internet einen Shitstorm erntet, wenn man sich nicht der Mehrheit anschließt, halte ich das eher für eine Randerscheinung. Anonymität ist das neue Zauberwort, in einer zunehmend öffentlichen Welt, in der die meisten lieber wegschauen, anstatt zu handeln.«

»Und das ist der Grund dafür, weshalb Sie Ihr wahres Ich vor anderen verbergen?«

»Ich denke nicht, dass das mein *wahres Ich* ist. Es ist nur der Teil von mir, der sich gegen diese Umstände auflehnt.«

»Weil Sie es als gerecht empfinden?«

»Ich betrachte es eher als Lektion.«

»Als eine Art von Bestrafung?« Sie bemerkte, dass sich seine Gesichtszüge verhärteten.

»Es geht weit darüber hinaus.«

»Erklären Sie das.«

»Um jemandem zu verdeutlichen, was er anderen angetan hat, reicht es nicht aus, ihn einfach zu bestrafen und ihn wegzusperren. Das wird ihn nicht läutern. Man muss ihn dasselbe durchleben lassen. Er muss dieselbe Angst verspüren, dasselbe bedrückende Gefühl der Ungewissheit. Man muss ihn quasi durchs Feuer laufen lassen.«

Marina Hoffmann ließ den Stift fallen, mit dem sie sich Notizen machte.

»Mache ich Sie nervös?«, fragte Reuter, ohne sie anzusehen. »Ich meinte das natürlich im übertragenen Sinn.«

Sie bückte sich nach dem Stift am Boden. »Lassen Sie sich durch meine Ungeschicktheit nicht ablenken«, versuchte sie Haltung zu bewahren, während sie ihren Puls in den Schläfen spürte. »Erzählen Sie weiter. Hatten Sie schon immer ein solch übersteigertes Verlangen nach Vergeltung?«

»Ich hatte eine sehr ausgefüllte und geborgene Kindheit, wenn Sie darauf aus sind.«

»Was ist mit Ihrer Jugend? Diese Zeit ist deutlich anfälliger für Konflikte.«

»Auch hier werden Sie keinen dominanten Vater finden, dem ich nicht gerecht werden konnte.«

»Völlige Harmonie?«, fragte sie skeptisch.

»Natürlich nicht. Aber nichts, was über die übliche pubertäre Aufsässigkeit hinausgeht.«

»Wie haben Ihre Eltern darauf reagiert?«

»Mit gelegentlichem Ausgeh- oder Fernsehverbot. Die gängigen Maßnahmen, mit denen man frühere Generationen noch disziplinieren konnte.«

»Und hielten Sie diese Maßnahmen in Ihrem Fall für angebracht?«

»Nennen Sie mir einen Jugendlichen, der sich nicht ungerecht behandelt fühlt. Wenn es danach ginge, bräuchten wir alle einen Therapeuten.«

»Hatten Sie zu dieser Zeit viele soziale Kontakte?«

»Ich hatte einen großen Freundeskreis, ja. Und ich war sehr beliebt in unserer Clique.«

»Wenn Sie tatsächlich so gefestigt waren, was hat dann Ihrer Meinung nach diesen Drang nach Vergeltung ausgelöst?«

Es dauerte einige Sekunden, bis er antwortete. »Ein Verlust.«

Fast wäre ihr der Stift erneut aus der Hand geglitten. »Geht es etwas präziser?«

»Sagen wir, es war das dringende Bedürfnis, etwas richtig zu stellen.«

»Und was wäre das?«

»Die Tatsache, dass es Menschen gibt, die nicht therapierbar sind.«

Der Druck in ihren Schläfen nahm zu, und sie hätte beinahe den Stift zerbrochen. Sie räusperte sich, um ihre Stimmbänder von der Lähmung zu befreien. »Bezieht sich diese Erkenntnis auf eine bestimmte Person oder auf eine Gruppe von Menschen?«

Die Antwort kam schnell und direkt: »Beides.«

Ein Surren ertönte. Reuter griff in seine Hosentasche und zog sein Handy hervor.

»Ich sagte Ihnen doch, dass ich derlei Unterbrechungen während der Sitzung nicht dulde«, tadelte sie ihn. »Ich hatte Sie gebeten, das Telefon auszuschalten.« Sie konnte erkennen, dass es sich um eine Bildnachricht handelte. Das Display zeigte den Eingangsbereich eines Reihenhauses, vor dem sich offenbar einige Menschen angesammelt hatten. Mehr Details konnte sie nicht wahrnehmen, bevor Reuter das Handy wieder verstaute. Anschließend erhob er sich.

Marina Hoffmann registrierte ein entspanntes Lächeln auf seinen Lippen. »Ihre Zeit ist noch nicht um«, meinte sie etwas verunsichert.

»Es tut mir leid, aber ich muss Sie nun leider verlassen. Ein bestimmtes Ereignis erfordert meine Aufmerksamkeit.«

»Ich werde Ihnen dennoch die volle Stunde berechnen müssen.«

»Natürlich«, meinte er und sah sie an. »Sind Sie zu einem Entschluss gekommen?«

»Was meinen Sie?«

»Ob Sie mich weiterhin behandeln.«

Sie sah in seine Augen, deren kalter, stechender Blick ihr erneut eine Gänsehaut bescherte. »Das werde ich Ihnen am Montag mitteilen. Dann will ich noch einige Tests mit Ihnen durchführen«, sagte sie und unterdrückte dabei krampfhaft das Zittern ihrer Hände.

Als sie allein war, stürmte Marina Hoffmann in ihr Büro im Nebenraum. Sie meldete sich mit ihrer Abonnentennummer in der Onlineausgabe des Rheinanzeigers an und sprang zwei Tage zurück in die Mittwochsausgabe. Noch immer raste ihr Puls, während die Seite aufgebaut wurde. *Bitte, nicht schon wieder*, flehte sie in sich hinein, als sie den Artikel suchte, den sie zwei Tage zuvor in der gedruckten Ausgabe überflogen hatte. Zwei Seiten weiter wurde sie schließlich fündig. *Mysteriöser Mordfall beschäftigt die Polizei*, lautete die Überschrift. Aufmerksam las sie den Text durch. In der Mitte des Artikels angekommen, stockte ihr der Atem. *Nach erstem Ermittlungsstand muss das Opfer gezielt in Brand gesetzt worden sein.*

Die Buchstaben pulsierten vor ihren Augen, und sie spürte den Druck, der sich in ihrer Brust zu bilden begann. Sie stand kurz vor einer Panikattacke. Nach Luft ringend ließ sie sich in den Stuhl zurückfallen, schloss die Augen und versuchte, gleichmäßig zu atmen. Doch ihre Gedanken kamen nicht zur Ruhe. *Man muss ihn quasi durchs Feuer laufen lassen*, rief sie sich Reuters Umschreibung ins Ge-

dächtnis. Das konnte alles purer Zufall sein, aber dieses mulmige Gefühl bestätigte ihr, dass es nicht so war. Reuters Verschlossenheit, seine ständigen Anspielungen, ihre Arbeit betreffend.
Ein Verlust.
Wusste er etwas über die Ereignisse von vor drei Jahren? War er vielleicht sogar darin involviert gewesen? Sie hatte damals einen verhängnisvollen Fehler gemacht, der eine Reihe von schrecklichen Geschehnissen verursacht hatte. Eine Zeitlang hatte sie sich außer Stande gesehen, jemals wieder als Therapeutin arbeiten zu können. Doch es war das Einzige, zu dem sie sich je berufen gefühlt hatte. Daher hatte sie beschlossen, die Vergangenheit hinter sich zu lassen und hier neu anzufangen. In kleinerem Rahmen und unter der Bedingung, sich nie wieder mit Straftätern zu beschäftigen. Und nun drohte ihre Vergangenheit sie wieder einzuholen.

Allmählich atmete sie ruhiger und ihr Puls normalisierte sich. Sie öffnete die Augen und sah auf den Artikel vor sich. Am unteren Ende war der Name des Reporters aufgeführt. Sie musste Gewissheit haben, durfte nicht noch einmal denselben Fehler begehen. Im Moment waren es nur Vermutungen. Und die allein reichten nicht aus, um sie von ihrer Schweigepflicht zu entbinden. Das wusste Reuter. Wenn er wirklich der Mann war, den die Polizei suchte, dann war er auf einem persönlichen Rachefeldzug. Und das wiederum könnte bedeuten, er hatte es womöglich auch auf sie abgesehen.

KAPITEL 8

Es war gegen drei Uhr am Nachmittag, als Chris und Rokko vor dem Lokal eintrafen. Es befand sich in der unteren Etage eines zweistöckigen Reihenhauses, im östlichen Teil der Altstadt. Armin Pelzer wartete dort bereits auf sie. Neben ihm stand ein stämmiger Mann mit einem kantigen Gesicht. Er hatte kurze dunkelblonde Haare, mit deutlich ausgeprägten Geheimratsecken, und einen Blick wie in Stein gemeißelt. Als sie sich den beiden näherten, erkannte Chris eine weitere Person, die hinter ihnen aus dem Streifenwagen stieg. Sie hatte halblange braune Haare, die sie zu einem Pferdeschwanz gebunden trug, und zog sich ihre Dienstmütze an, als sie zu ihnen schritt.

»Ich nehme an, ich muss meine Kollegin nicht vorstellen«, sagte Pelzer an Chris gewandt.

Der betrachtete Rebecca mit einer Mischung aus Freude und Unbehagen. »Was machst du hier?«, fragte er, als wäre ihre Anwesenheit völlig abwegig. »Ich dachte, du hättest nur noch Innendienst.«

»Hallo Chris«, begrüßte sie ihn vorwurfsvoll. »Wir haben im Moment einige krankheitsbedingte Ausfälle, daher musste ich einspringen. Und ja, es ist auch schön, dich zu sehen.«

Er packte sie an der Schulter und nahm sie beiseite. »Ich finde es nicht gut, dass du in deinem Zustand …«

»Meinem Zustand?«, unterbrach sie ihn. »Ich bin schwanger, Chris, ich habe keine ansteckende Krankheit.«

»Das weiß ich. Ich finde nur, die Straße ist im Moment nicht der richtige Ort für dich.«

»Mein Frauenarzt sieht das offenbar gelassener«, meinte sie kühl. »Er hatte bei meinem letzten Termin keinerlei Bedenken.«

»Ich will doch nur, dass dir und dem Baby nichts passiert.«

»Das wird es nicht! Und jetzt hör auf, du machst mich ja lächerlich!«

Ein lautes Räuspern erklang. »Könnten Sie das bitte später klären«, meinte Pelzer. »Sie hatten es doch vorhin so eilig. Daher würde ich das jetzt gerne hinter mich bringen.«

Chris schnaufte und ging zurück zu den anderen. »Halte ich Sie etwa wieder von Ihrem Dienstschluss ab?«, konterte er.

Pelzer ignorierte die Anspielung. »Das ist Roman Petrow, der Verpächter des Ladens«, stellte er den stämmigen Mann vor.

Chris reichte ihm die Hand. »Sie haben einen Schlüssel für das Lokal?«

Der Mann nickte stoisch. »Und für die Wohnung darüber«, meinte er mit russischem Akzent. »Nur für Notfälle natürlich.«

»Tja, vielleicht haben wir ja einen.«

»Was glauben Sie da drin zu finden?«, fragte Pelzer. »Wenn Gerber tatsächlich etwas mit dem Mord zu tun hat, ist er längst über alle Berge. Oder denken Sie etwa, der wartet da drin in aller Seelenruhe auf uns.«

»Sein Handy ist jedenfalls noch dort«, entgegnete Chris. »Das zumindest hat die Ortung ergeben. Hätten Sie diese direkt veranlasst, hätte uns das nicht unnötig Zeit gekostet.«

»Nun machen Sie aber einen Punkt«, erboste sich Pelzer und trat einen Schritt auf Chris zu. »Wenn Sie mich fragen, hat diese Sache einen Scheiß mit Ihrem Mordfall zu tun. Obdachlose Jugendliche sind meist drogenabhängig und nicht nur auf der Suche nach Unterkunft und Verpflegung. Vermutlich hat einer dieser Junkies ihm eins übergebraten und die Tageseinahmen kassiert. Ich möchte wetten, Gerber liegt mit eingeschlagenem Schädel da drin und fängt langsam an zu stinken.«

»Ein Grund mehr, weshalb Sie Ihre Arbeit gewissenhafter hätten tun sollen, finden Sie nicht?«

»Schon gut«, meinte Rokko beschwichtigend und trat zwischen die beiden. »Niemand macht Ihnen einen Vorwurf. Wir sollten uns jetzt alle beruhigen und der Sache nachgehen. Ich würde vorschlagen, wir fangen mit Gerbers Wohnung an.«

Sie betraten den schmalen Eingangsbereich des Gebäudes. Auf der linken Seite befand sich der Eingang zum Lokal. Auf einer der beiden Türen gegenüber war ein Schild mit der Aufschrift »Privat« angebracht.

»Hat das Haus noch einen anderen Zugang?«, fragte Chris an Petrow gerichtet.

Der schüttelte den Kopf.

»Sie warten hier.« Chris wandte sich an Rebecca. »Und du passt auf ihn auf und behältst den Ausgang im Auge, falls Gerber sich tatsächlich noch in dem Haus aufhält und zu fliehen versucht.«

Sie nickte widerwillig.

Hinter der Tür führte eine Treppe in das obere Stockwerk. Die Aufteilung der Wohnung entsprach dem Alter des Gebäudes. Kleine verwinkelte Räume, die nur bedingt Platz zur Entfaltung boten. Auf den ersten Blick wirkte alles sauber und aufgeräumt. Nur in der Küche standen einige benutzte Teller auf der Spüle. Auf der Schlafcouch im Wohnraum lag eine zerknüllte Wolldecke. Zwei leere Bierflaschen und ein halbvoller Aschenbecher bevölkerten den Tisch davor. Die Fenster waren gekippt, dennoch roch die Luft abgestanden. Das Bett im Schlafzimmer war ungemacht, die Kleidung ordentlich im Schrank aufgereiht. Nichts deutete auf eine überhastete Flucht oder ein Verbrechen hin.

»Ist vermutlich irgendwo bei einer Tussi versackt«, meinte Pelzer und grinste selbstgefällig. »Ich wette, sie besorgt es ihm gerade, während wir nach ihm suchen.«

Chris warf ihm einen finsteren Blick zu. »Ich sehe hier nirgendwo ein Handy.« Er zog sein eigenes Mobiltelefon hervor und wählte Gerbers eingespeicherte Nummer. Doch außer dem Freizeichen war nichts zu hören.

»Vielleicht hat er es stummgeschaltet«, raunte Pelzer. »Wollte vermutlich nicht gestört werden.«

»Ich denke, wir befinden uns eher im falschen Stockwerk«, sagte Chris und ging an Rokko vorbei in Richtung Treppe. Als er unten im Flur bei Rebecca und Petrow angekommen war, betätigte er die Wahlwiederholung. Ein entferntes Läuten war hinter der zweiten Tür zu hören.

»Wohin führt diese Tür?«, fragte er an Petrow gerichtet.

»In den Keller und zum Kühlraum.«

Die breite Treppe endete an einem weiteren Gang, in dessen Wände drei Stahltüren eingelassen waren. Gleich links befand sich der besagte Kühlraum, aus dem das stetige Brummen der Kühlung durch die Tür zu hören war. Auf der anderen Seite lag der Heizungskeller. Das Klingeln wurde lauter, je weiter sie vorrückten. Vor der hinteren Tür angekommen blieben sie wie angewurzelt stehen und betrachteten das Symbol, das jemand mit Farbe darauf gesprüht hatte.

»Dasselbe Zeichen wie auf dem Bauwagen im Wald«, bemerkte Rokko.

»Dann dürften wir da drin sicher etwas Ähnliches vorfinden.« Chris tauschte das Handy gegen die Dienstwaffe aus. »Werfen wir einen Blick rein.«

Als sie in den Raum stürmten, schlug ihnen der Gestank von Kot und Urin entgegen. Der fensterlose Raum war kaum größer als eine Garage. Die blanke Glühbirne, die von der Mitte der Decke herabhing, war eingeschaltet. Zusammen mit zwei weiteren Strahlern, die auf Stativen ausgerichtet waren, erhellte sie das grausige Szenario.

Vor der hinteren Wand stand ein Bett mit Metallrahmen. Das Kopfkissen war blutgetränkt, die Matratze mit Fäkalien verunreinigt. Seitlich davor hing ein nackter menschlicher Körper an einem Seil von der Decke. Um Gerbers

Hals spannte sich eine daumendicke Schlinge. Große Teile seiner Rückenhaut waren abgezogen und mit Draht wie Flügel ausgebreitet worden. Der Kopf steckte in einem Klarsichtbeutel, durch den hindurch das blau angelaufene Gesicht von Winfried Gerber zu sehen war.

»Heilige Scheiße«, entfuhr es Rokko, der bei dem Anblick beinahe das Kamerastativ am Fußende des Bettes umgerannt hätte. Sein Blick glitt über die rotvioletten bis blaugrauen Verfärbungen an Beinen und Händen der Leiche. »Ich denke, Wiederbelebungsmaßnahmen können wir uns sparen. Der hängt hier schon ein paar Stunden.«

Chris verstaute seine Waffe. »Also schön, alle sofort raus hier«, sagte er und wandte sich an Pelzer. »Fordern Sie Verstärkung an und riegeln Sie mit Ihrem Kollegen das Gebäude ab. Ich verständige Doktor Thielmann und die Spurensicherung.«

KAPITEL 9

Chris und Rokko trugen Overalls über der Kleidung und ihre Schuhe steckten in Überziehern, als sie den Kellerraum erneut betraten.

»Ich hasse diese Anzüge«, maulte Rokko durch seinen Mundschutz hindurch. »Darin komme ich mir vor wie das Michelin-Männchen.«

»Du übertreibst mal wieder maßlos«, meinte Chris und musterte seinen Kollegen. »Du siehst eher aus wie der Tatortreiniger.«

»Sehr witzig!«

Neben ihnen befanden sich noch drei Spurentechniker in dem Raum. Einer von ihnen war Uwe Meißner. Er stand vornübergebeugt neben dem Bett und strich mit einem sterilen Wattestäbchen über eine Stelle auf der Matratze.

»Wieso hängt Gerber immer noch hier?«, fragte Chris und sah an dem Leichnam hoch.

»Thielmann wurde aufgehalten, müsste aber jeden Moment hier eintreffen. Außerdem haben wir einiges zu dokumentieren. Also fasst bitte nichts an«, sagte Meißner und deutete damit unmissverständlich an, dass sie ihn mit ihrer Anwesenheit nur an seiner Arbeit hinderten.

»Was habt ihr bis jetzt?«, fragte Chris.

»Auf der Matratze konnten wir neben Blut, Kot und Urin auch etliche Spermaflecken sicherstellen. Das Laken ist geradezu übersät damit. Die Verletzungen der Rückenhaut wurden aller Wahrscheinlichkeit nach post mortem zugefügt, sonst wäre hier mehr Blut verteilt.«

»Was ist mit der Kleidung des Opfers?«

»Die haben wir sauber übereinandergelegt zusammen mit dem Handy unter dem Bett gefunden. Ratet mal, was dort noch gelegen hat.«

»Ein Spielzeugtelefon?«, mutmaßte Chris.

»Dasselbe Modell, das wir auch am ersten Tatort gefunden haben. Auch darauf waren die Schmerzensschreie des Opfers festgehalten.«

Chris seufzte. Nun war es offiziell, dass es sich bei den Taten um eine weitere Mordserie handelte. »Wo befinden sich die Sachen?«

»Ist alles schon verpackt und auf dem Weg ins Labor.«

Rokko betrachtete die herabhängende Leiche. »Wozu die angedeuteten Flügel? Soll das einen Engel darstellen?«

»Keinen Engel«, brummte Meißner, »aber etwas Ähnliches. Wie alt ist dein Sohn?«

Rokko musterte ihn erstaunt. »Drei. Warum fragst du?«

Meißner nickte. »Verstehe, ist noch zu früh dafür.«

»Wovon zum Teufel redest du?«

Meißner deutete auf mehrere Klarsichtbeutel in seinem Koffer, deren Inhalt Chris einen kalten Schauer über den Rücken jagte.

»Sind das Zähne?«

»Neunzehn Stück«, bestätigte Meißner. »Offensichtlich hat der Täter sie dem Opfer bei vollem Bewusstsein herausgerissen. Wir haben sie sauber aufgereiht unter dem Kopfkissen gefunden.«

»Unter dem Kopfkissen?«, fragte Chris. »Wie bei Kindern, die ihre Milchzähne verlieren?«

»Ja«, meinte Rokko und betrachtete erneut die Hautlappen, die zu Flügeln ausgebreitet waren. »Und nachts kommt die Zahnfee.«

»Da hast du deine Antwort«, brummte Meißner.

Nachdem Doktor Thielmann eingetroffen und die Position der Leiche ausreichend dokumentiert hatte, hängten sie den Leichnam mit vereinten Kräften ab und legten ihn behutsam auf den Leichensack am Boden. Sogleich begann Thielmann mit seinen Untersuchungen.

»Männliche Leiche, schätzungsweise Ende dreißig«, sprach er in sein Diktiergerät. »Vermutliche Todesursache: Erstickung durch Strangulation. Ausgeprägte Leichenflecke an Händen und Beinen. Der Leichnam wurde nach Eintritt des Todes nicht bewegt. Opfer weist im Mundbereich Anzeichen von Folter oder Misshandlung auf.« Er unterbrach die Aufnahme und tastete den Körper an mehreren Stellen ab. »Für einen Kellerraum ist es zu warm«, stellte er fest. »Zimmertemperatur würde ich sagen.«

»22,3 Grad Celsius«, konkretisierte Meißner und deutete auf den elektrischen Heizstrahler in der Ecke.

Thielmann nickte und sprach wieder in das Aufnahmegerät. »Die Leichenstarre ist vollständig ausgebildet. Der Tod dürfte demnach vor etwa sechzehn bis zwanzig Stunden eingetreten sein.«

Chris betrachtete den Klarsichtbeutel, der um den Mundbereich herum blutige Schlieren aufwies. »Er hat sein Opfer auch hier vor die Wahl gestellt«, sagte er. »Langsam oder schnell zu ersticken.«

»Seinem blau angelaufenen Gesicht nach zu urteilen, hat der Mann sich für die zweite Variante entschieden«, erwiderte Thielmann. Er wollte gerade mit den Ausführungen fortfahren, als er plötzlich stockte und das Diktiergerät sinken ließ. »Hoppla«, meinte er, als er den Intimbereich des Opfers genauer unter die Lupe nahm. »Sieht so aus, als wären seine Zähne nicht das Einzige, was er eingebüßt hat. Seht ihr das hier?« Thielmann deutete auf mehrere bläulich verfärbte Einkerbungen an dem angeschwollenen Hodensack. Auch hier tastete er die Stellen ab. »Tja, wenn der Kerl nicht tot wäre, würde er jetzt zwei Oktaven höher singen.«

»Soll heißen?«, fragte Chris.

»Der Täter hat ihm die Hoden zerquetscht. Wer auch immer der Hurensohn ist, der das hier getan hat, er hat offensichtlich Spaß daran, seine Opfer zu quälen.«

KAPITEL 10

Auf der Straße hatte sich mittlerweile eine Schar aus Schaulustigen um die Absperrung herum gebildet. Zusätzliche Streifeneinheiten hatten sich postiert und baten die Leute weiterzugehen und die Fahrzeuge nicht zu blockieren. Die Oktobersonne wärmte Chris das Gesicht, als er sich den Overall vor der Tür abstreifte.

»Alles Okay?«, fragte Rokko, als er neben ihn trat. »Du siehst ziemlich blass aus.«

»Ich bin einfach nur müde«, entgegnete Chris.

»Du solltest endlich lernen, dich auf die Täter zu konzentrieren, nicht auf die Opfer.«

Chris sah ihn an. »So wie du, ja? Und wie schaffst du das?«

»Indem ich mir klarmache, dass dies hier letztendlich auch nur ein unterbezahlter Job ist, mit dem man diese Welt nicht verändern kann, dass es aber immerhin einen Ort darauf gibt, an dem man sich nicht verloren fühlt.«

Chris sah zu Rebecca, die neben Pelzer vor einem der Streifenwagen stand. »Du redest von Zuhause und Familie.«

Rokko nickte.

»Wenn da nur nicht diese ständige Angst wäre, diesen Zufluchtsort zu verlieren.«

»Du musst das positiv sehen«, meinte Rokko. »Diese Angst zeigt dir, was wirklich wichtig ist. Darauf solltest du dich konzentrieren.« Er schob sich einen Streifen Kaugummi in den Mund.

»Was findest du nur an dem Zeug«, fragte Chris.

»Es hilft mir beim Denken.«

»Du hast nicht zufällig noch einen für mich?«

Rokko reichte ihm einen Streifen. »Als hättest du das nötig. Du weißt so gut wie ich, dass wir es mit einer Mordserie zu tun haben.«

Chris nickte. »Die Folterungen, der kindliche Bezug, die Wahl, vor die der Täter das Opfer stellt – derselbe Modus Operandi.«

»Es würde mich nicht wundern, wenn Gerber panische Angst vorm Zahnarzt hatte.«

Chris dachte einen Moment über diese Möglichkeit nach. »Ich glaube nicht, dass der Täter die Opfer nach diesem Schema auwählt«, sagte er. »Es wäre ein zu großer Aufwand, sich dieses Wissen im Vorfeld anzueignen.«

»Vielleicht muss er das gar nicht. Immerhin hält er die Opfer eine Zeitlang gefangen. Da kann man einiges erfahren.«

»Nein, der Täter geht nicht willkürlich vor. Das erfordert Planung. Ich denke, er spielt mit den Urängsten seiner Opfer. Die Angst vor Schmerzen, vor dem Ersticken, vor dem Tod allgemein. Die Angst vor der Ungewissheit. Fehlt nur noch das Motiv.«

»Dir sind die Scheinwerfer und das Stativ vor dem Bett nicht entgangen, oder?«

»Vielleicht hat der Täter seine Tat dokumentiert, um sie immer wieder durchleben zu können.«

»Es gibt aber noch eine andere Möglichkeit. Denk an die Spermaflecke. Zahnfee, Kindertelefone – du weißt, auf was das hindeutet.«

Chris nickte, obwohl er diese Möglichkeit lieber ausschloss. »Wir sollten das Haus gründlich durchsuchen, vielleicht stoßen wir auf die Kamera.«

Die beiden registrierten, wie Rebecca sich von Pelzer und Petrow löste und auf sie zukam.

»Pelzer hatte recht«, sagte sie. »Gerber wurde ermordet.«

»Ja, aber das war definitiv keine Beschaffungstat«, erwiderte Chris. »Es gleicht einer rituellen Hinrichtung.«

Es folgten einige Sekunden peinlichen Schweigens, in denen Chris und Rebecca unsichere Blicke austauschten.

Rokko begriff, dass er überflüssig war. Er nahm Chris den Overall aus der Hand. »Ich werd den mal bei den Kollegen der Spurensicherung entsorgen gehen«, meinte er und verdrückte sich.

Chris sah noch, wie er zwischen den anderen verschwand, als Rebecca seinen Arm ergriff.

»Tut mir leid, dass ich vorhin so grob zu dir war«, meinte sie. »Ich weiß, du meinst es nur gut. Aber du musst mich nicht in Watte packen, nur weil wir ein Kind bekommen. Damit kannst du getrost warten, bis ich rund und hässlich bin.«

Chris grinste gezwungen. »Wann soll das sein, in fünfzig Jahren?« Er griff nach ihrer Hand. »Ich will nur, dass du auf dich aufpasst.«

»Diese Diskussion haben wir schon öfter geführt, erinnerst du dich?«

»Ja, ich weiß, du bist ein großes Mädchen.«

Sie sah ihn mit ihren braunen Augen an. »Das bin ich. Und daher brauche ich einen Mann, der mich unterstützt, keine treusorgende Mutter.«

»Hab schon verstanden«, gab er nach. »Ich werde mir meine Vorsorge für unseren Nachwuchs aufsparen.«

Sie lächelte ihn an. Dann bemerkte sie seinen Blick, der sich verändert hatte und auf etwas in der Entfernung gerichtet war.

»Was ist?«

»Siehst du die da?«, fragte er und deutete in Richtung der Schaulustigen, die sich auf der anderen Straßenseite versammelt hatten. Ein wenig dahinter, auf den Eingangsstufen eines Kaufhauses, stand ein Mädchen. Sie hatte schulterlanges, dunkles Haar, das an einer Seite über dem Ohr ausrasiert war. Ihrer Erscheinung nach zu urteilen, konnte sie nicht älter als zwölf Jahre sein, trug eine zerschlissene Jeansjacke und machte mit dem Handy Fotos von dem Gebäude, in dem sich Gerbers Lokal befand.

»Du meinst das junge Mädchen?«, fragte Rebecca. »Die ist mir vorhin schon aufgefallen, als wir mit dem Verpächter hier eingetroffen sind. Stand die ganze Zeit neben dem

Kaufhaus herum, als würde sie auf jemanden warten.«

»Sie scheint sich jedenfalls ziemlich für die Vorfälle hier zu interessieren.«

»Vermutlich ist sie einfach nur ein Teenager, der sich damit im Internet ein paar Klicks ergattern will.«

»Oder sie kannte Gerber. Pelzer sagte, die anonyme Anruferin hätte ziemlich jung geklungen.«

»Du denkst, sie weiß etwas darüber?«

»Das wird sich gleich herausstellen.«

Chris löste sich von Rebecca und ging auf die Absperrung zu. Als er die Gruppe aus Gaffern dahinter erreicht hatte, wurde das Mädchen auf ihn aufmerksam und senkte das Handy.

»Hey, du, warte mal!«, rief er ihr zu und bahnte sich einen Weg durch die Schaulustigen. Er registrierte, wie das Mädchen sich hastig wegdrehte, nach ihrer Tasche am Boden griff und die Straße entlang in Richtung Fußgängerzone davonlief.

»Machen Sie Platz«, rief Chris und kämpfte sich durch die Menschengruppe hindurch. Ein älterer Mann brachte es sogar fertig, sich zu beschweren, als Chris ihn anrempelte. Wertvolle Sekunden vergingen. Als er die Kette aus Schaulustigen endlich durchbrochen hatte, war das Mädchen bereits in der nächsten Seitenstraße verschwunden.

»Mist!«, fluchte er.

»Sparen Sie sich Ihre Puste«, meinte Pelzer, der das Ganze verfolgt hatte und außen herumgelaufen war. »Die ist weg.«

»Kennen Sie das Mädchen?«

Pelzer schüttelte den Kopf. »Nie gesehen. Aber so runtergekommen, wie die aussah, ist sie vermutlich in der Obdachlosenszene unterwegs.«

»Eine Obdachlose mit einem Smartphone?«

»Ist nichts Ungewöhnliches. Manche Freier schenken denen die Dinger, damit sie sie erreichen können.«

»Freier?«, wiederholte Chris schockiert. »Das war noch

ein halbes Kind.«

Pelzer nickte. »Die werden immer jünger. Reißen von zu Hause oder aus dem Heim aus und leben auf der Straße. Viele hängen an der Nadel oder ziehen sich sonst was rein. Höchstwahrscheinlich war sie eine von Gerbers Schützlingen.«

»Ein Grund mehr, ihr ein paar Fragen zu stellen.«

»Ich benachrichtige unsere Leute und gebe eine Beschreibung raus. Vielleicht haben wir ja Glück.«

»Danke«, sagte Chris.

Pelzer grinste. »Wir sind doch da, um zu helfen.«

KAPITEL 11

Am nächsten Tag

Marc Bondek saß am Tisch des Schnellimbisses und stocherte in seiner Currywurst herum. Eigentlich konnte er solchen Lokalitäten nicht viel abgewinnen, aber nach dem Anruf, den er vor zwei Stunden erhalten hatte, hielt er diesen Platz als Treffpunkt für angemessen genug, zumal er sich in der Nähe zum Redaktionsgebäude befand. Und obwohl die Frau am anderen Ende der Verbindung ihm die Hintergründe für dieses Treffen nur angedeutet hatte, war er ihrer Aufforderung nachgekommen. Mitverantwortlich dafür war sicher die angenehm ruhige Stimme der Frau gewesen. Auch war es nicht gerade an der Tagesordnung, dass eine Psychoanalytikerin ihn wegen eines aktuellen Mordfalls kontaktierte. Das bot aus journalistischer Sicht durchaus interessante Perspektiven und reichte aus, um seine Neugier zu wecken.

Bondek sah sich um. Er hatte sich in der Nähe des Eingangs platziert. Außer ihm waren noch etwa ein halbes Dutzend weitere Personen in dem Imbiss, in dem es penetrant nach altem Frittierfett roch. Darunter war niemand aus der Redaktion. Zwei Tische weiter blieb sein Blick auf einem übergewichtigen Mann haften, der sich eine Portion Spießbraten mit Pommes einverleibte, während er in der Tagesausgabe des Rheinanzeigers blätterte. Sein Gesicht war aufgequollen, seine Wangen rot. Er schien ungefähr noch ein Sahnetörtchen von einem dreifachen Bypass entfernt zu sein.

Bondek konzentrierte sich wieder auf den Eingangsbereich. Pünktlich zur vereinbarten Zeit betrat die Frau den Imbiss. Ihre Erscheinung bestätigte den sympathischen Eindruck, den er am Telefon von ihr hatte. Laut ihrer Internetseite war sie Jahrgang 1974 – musste also Anfang vierzig sein. Ihre dunkelblonden Haare waren auftoupiert, was ihr einen gewissen Glamour verlieh, ohne zu pompös zu wirken. Die legere Kleidung war dem Ort ihres Treffens angepasst: Lederjacke, geblümte Bluse, Jeans, blaue Stiefeletten.

Bondek erhob sich von seinem Stuhl. »Doktor Hoffmann!«

Sie lächelte, als sie ihm die Hand entgegenstreckte. »Dann müssen Sie Marc Bondek sein.«

Ihr Händedruck war selbst für eine Frau zurückhaltend. Sie hing ihre Handtasche über die Stuhllehne und setzte sich. »Vielen Dank, dass Sie diesem Treffen zugestimmt haben.«

»Am Telefon sagten Sie, Sie hätten möglicherweise Informationen zu dem Artikel, den ich geschrieben habe. Wäre da die Polizei nicht der geeignetere Ansprechpartner?«

»Sicher«, erwiderte sie und strich sich eine Strähne ihres Haares zurück, »aber die Sache ist etwas komplizierter. Kann ich auf Ihre Verschwiegenheit vertrauen?«

Bondek betrachtete sie. Sie war attraktiv, strahlte aber

eine gewisse Reife aus, die erkennen ließ, dass ihr auch die Schattenseiten des Lebens nicht unbekannt waren. »Sie wenden sich an einen Reporter und verlangen Verschwiegenheit?«

»Nur was Ihre Quelle betrifft. Niemand darf erfahren, dass diese Informationen von mir stammen.«

»Wenn diese Informationen tatsächlich den Mord betreffen, dürfte das äußerst schwierig werden. Zumal es sich mittlerweile um eine Mordserie handelt.«

Ihr Blick erstarrte. »Was sagen Sie?«

»Gestern wurde eine weitere Leiche im Keller eines Hauses in der Altstadt gefunden. Ich konnte nicht persönlich vor Ort sein, aber ich habe gute Verbindungen zur Polizei. Sie geht von demselben Täter aus.«

Marina Hoffmann ließ sich in den Stuhl zurücksinken. »Mein Gott«, hauchte sie kaum hörbar.

»Wenn Sie tatsächlich etwas darüber wissen, dann sollten Sie sich auf jeden Fall an die Ermittler wenden.«

»Das kann ich nicht«, sagte sie. Es ... es handelt sich dabei um einen meiner Patienten. Daher fallen diese Informationen unter die ärztliche Schweigepflicht.«

»Verstehe«, meinte Bondek. »Aber gilt diese Schweigepflicht auch bei Mord?«

»Ja, wenn die Tat bereits begangen wurde. Solange ich keine gesicherte Kenntnis über ein geplantes Verbrechen habe, bin ich daran gebunden.«

»Und da haben Sie sich gedacht, Sie wenden sich an einen Journalisten, als anonyme Quelle.«

Sie nickte verhalten. »Glauben Sie mir, ich stehle mich nur ungern aus meiner Verantwortung, aber ich sehe momentan keine andere Möglichkeit. Zumal ich keinerlei Beweise habe. Im Grunde sind das alles nur Vermutungen.«

»Das ist ein bisschen wenig, um es zu veröffentlichen. Was also erwarten Sie von mir?«

»Meine Informationen dürften zumindest ausreichen,

um ein paar Nachforschungen anzustellen. Und das tun Journalisten doch üblicherweise. Sie recherchieren.«

Er hielt kurz inne. »Ich habe vor zwei Jahren bereits einmal den Fehler begangen, mich in eine Mordermittlung einzumischen. Das hätte mich damals beinahe mein Leben gekostet. Sie werden verstehen, dass ich nicht scharf darauf bin, diese Erfahrung zu wiederholen.«

»Hören Sie sich wenigstens an, was ich zu sagen habe. Danach können Sie eine Entscheidung treffen. Und egal wie diese ausfällt, ich werde sie akzeptieren. Wenigstens muss ich mir dann nicht vorwerfen, in der Sache nichts unternommen zu haben.«

Einige Sekunden verstrichen, in denen Bondek nachdenklich in seinem bereits erkalteten Essen herumstocherte. Schließlich schob er den Teller beiseite. »Na schön«, meinte er. »Erleichtern Sie Ihr Gewissen. Dann sehen wir weiter.«

»Das ist in der Tat alles sehr vage«, meinte er, nachdem Marina Hoffmann ihm von den Sitzungen mit ihrem Patienten berichtet hatte. »Ein paar Anspielungen reichen nicht aus, um jemanden des Mordes zu verdächtigen.«

»Ich weiß, wie paranoid sich das anhören muss«, sagte sie. »Aber es ist schon äußerst merkwürdig, dass dieser Kerl ausgerechnet dann in meiner Praxis auftaucht, als diese Mordserie beginnt. Das ist sicher kein Zufall.«

»Aber was will er damit bezwecken? Und weshalb sucht er sich ausgerechnet Sie dafür aus?«

Marina Hoffmann zögerte. »Ich habe keine Ahnung«, sagte sie ausweichend und zupfte an einem Stapel Servietten herum, der auf dem Tisch stand. »Vielleicht will er Bestätigung. Oder er hat vor, sich für seine Taten zu rechtfertigen, ich weiß es nicht. Dafür ist er zu verschlossen und gibt nur das Nötigste von sich preis. So verhält sich einfach niemand, der angeblich nach Hilfe sucht.«

Bondek strich sich nachdenklich über seinen Bart, während er Marina Hoffmann nicht aus den Augen ließ. Sie verbarg etwas vor ihm, das war offensichtlich. Offenbar gab es einen Punkt in ihrer Vergangenheit, über den sie nicht sprechen wollte. »Hören Sie«, sagte er nach einer längeren Pause, »wenn das wahr ist, dann kann ich Ihre Unsicherheit durchaus nachvollziehen.«

»Was meinen Sie mit *Wenn?*«, fragte sie aufgebracht. »Glauben Sie, ich riskiere meine berufliche Reputation, um Ihnen Lügen aufzutischen?«

»Noch haben Sie gar nichts riskiert. Im Moment steht Ihr Wort gegen meins.« Er beugte sich zu ihr nach vorn. »Ich kenne Sie nicht. Daher kann ich unmöglich beurteilen, ob es nicht vielleicht persönliche Gründe sind, die hinter alldem stecken. Für eine Psychoanalytikerin wirken Sie jedenfalls ziemlich unausgeglichen auf mich. Sind Sie sicher, dass da nicht noch etwas ist, was ich wissen sollte?«

»Ich habe Ihnen alles gesagt«, wehrte sie ab.

Bondek lehnte sich zurück. »Ich bräuchte schon etwas Konkreteres, wenn ich der Sache nachgehen soll.«

Der Ausdruck in Marina Hoffmanns Gesicht verharrte einen Moment lang in einer Mischung aus Verärgerung und Unsicherheit. Dann griff sie in ihre Handtasche und kramte einen Umschlag hervor. Nur widerwillig legte sie ihn vor Bondek auf den Tisch. »Das sind Gesprächsnotizen und Mitschriften der Sitzungen«, sagte sie. »Darin sind auch der Name und die Anschrift des Mannes zu finden, die ich seinen Versicherungsunterlagen entnommen habe. Damit liefere ich mich Ihnen quasi aus. Das sollte als Vertrauensbeweis genügen. Allerdings kann ich Ihnen die Unterlagen nicht überlassen, wie Sie sicher verstehen werden«, fügte sie hinzu.

Bondek betrachtete den Umschlag. »Wieso ich?«

»Ich weiß nicht, an wen ich mich sonst wenden soll. Sie sind mit dem Fall vertraut. Da schien es mir naheliegend.«

Bondek öffnete den Umschlag und überflog die Aufzeichnungen. Auf der letzten Seite verharrte er schließlich an einer Stelle des Textes. »Sie schreiben hier von einer Bildnachricht auf Thomas Reuters Handy.«

Marina Hoffmann nickte. »Normalerweise verbiete ich den Gebrauch von Handys während einer Sitzung. Aber Reuter schien das nicht zu interessieren. Fast kommt es mir so vor, als will er mit mir spielen, mich herausfordern.«

»Inwiefern?«

»Na ja, als die Nachricht auf seinem Handy eingegangen ist, hat er mir das Display geradezu unter die Nase gehalten, als sollte ich es auf jeden Fall sehen. Es zeigte die Front eines Lokals oder Restaurants, vor dem sich eine Menschenmenge auf der Straße gebildet hatte.«

Bondek war wie elektrisiert. »Ein Lokal? Sind Sie sicher?«

»Ja. Den Namen der Gaststätte konnte ich allerdings nicht erkennen.«

Bondek sprang auf und ging zu dem dicklichen Mann zwei Tische weiter. Er deutete auf die Zeitung, die zusammengefaltet neben dem Mann auf dem Tisch lag. »Darf ich mir die mal ausleihen?«

»Nur zu«, schnaufte er. »Sie gehört Ihnen. Steht ohnehin nichts Interessantes drin.«

Bondek überhörte den Kommentar und schnappte sich die Zeitung. Er klappte sie auf und legte das Bild der Titelseite vor Marina Hoffmann auf den Tisch.

»Ist es das Lokal, das Sie gesehen haben?«

Ihre Augen wurden größer, als sie die Abbildung der Hausfront betrachtete. »Es ist ein etwas anderer Aufnahmewinkel, aber es handelt sich definitiv um dasselbe Gebäude.« Sie erstarrte, als sie die Schlagzeile über Bondeks Artikel las. *Weiterer mysteriöser Mord in Koblenz.* »Glauben Sie mir jetzt?«

»Ich stimme Ihnen zumindest zu, was eine Überprüfung dieses Mannes betrifft«, sagte Bondek und setzte sich neben sie. »Das Foto auf seinem Handy deutete darauf hin, dass er nicht alleine handelt. Oder er ist selbst nur eine unfreiwillige Schachfigur. Wie hat er auf die Nachricht reagiert?«

»Sehr gelassen, beinahe entspannt. Er wirkte zufrieden und hat daraufhin die Sitzung beendet.« Erneut strich sie sich eine Strähne ihres Haares nach hinten. »Was nun?«, fragte sie. »Werden Sie sich an die Polizei wenden?«

»Ich stehe zwar in direktem Kontakt mit dem zuständigen Ermittler, aber wie Sie schon sagten, fehlen uns die Beweise. Außerdem würde Bertram wissen wollen, woher ich meine Informationen habe. Ohne Sie als konkrete Quelle wird er nicht tätig werden. Ich brauche Fakten, auf die ich mich beziehen kann, ohne Sie damit in Verbindung bringen zu müssen.«

»Und wie sollen wir das anstellen?«

»Hat Reuter einen weiteren Termin bei Ihnen?«

»Ja, Montagmittag. Aber unter den gegebenen Umständen werde ich ihn nicht länger behandeln.«

»Das müssen Sie.«

»Sind Sie verrückt?«, fragte sie bestürzt. »Der Kerl könnte es auch auf mich abgesehen haben.«

»Dann würde ihn eine Ablehnung sicher nicht von seinem Vorhaben abhalten.«

»Wie beruhigend«, erwiderte sie bissig. »Als Nächstes verlangen Sie von mir, mich als Köder anzubieten.«

»Nein. Sie sollen ihn lediglich beschäftigen.«

Sie senkte ihre schmalen Augenbrauen. »Was haben Sie vor?«

»Mir ein genaueres Bild von Thomas Reuter zu machen«, sagte Bondek und rieb sich erneut den Bart.

KAPITEL 12

Zwei Tage später

Chris studierte den Bericht der Spurensicherung. Die Durchsuchung des Hauses hatte keinerlei weitere Hinweise ergeben. Weder eine Kamera noch ein Computer waren dort gefunden worden. Auch die Auswertung der Handydaten brachte sie vorerst nicht weiter. Die wenigen Bilder, die darauf sichergestellt werden konnten, ließen keinerlei Hintergründe für die Tat erkennen, und die Liste der Anrufer zu überprüfen, würde noch einige Zeit beanspruchen.

»Wie weit sind wir mit den Untersuchungen bezüglich des ersten Opfers?«

»Die Verfügung zur Durchsicht der Patientenakten ist genehmigt. Aufgrund der neuesten Entwicklungen denke ich aber nicht, dass uns das weiterhilft. Die beiden Opfer standen in keinem sichtbaren Zusammenhang. Gerber hatte keine Kinder und lebte allein. Und wie uns Clara Möbius versichert hat, war ihr Mann kein Kneipengänger und hat seine Abende in der Regel zu Hause verbracht. Die Computer in Möbius' Haus und in seiner Praxis wurden sichergestellt, die Auswertungen liegen uns aber noch nicht vor.«

»Wieso dauert das so lange?«

»Die IT ist momentan unterbesetzt«, entgegnete Rokko, der ihm gegenüber an seinem Schreibtisch saß. »Wir müssen uns also noch etwas gedulden.«

»Ist ja mal ganz was Neues«, seufzte Chris.

Die Tür wurde geöffnet und Kriminaldirektor Manfred Deckert betrat das Büro.

»Bitte sagen Sie mir, dass wir die versprochene Unterstützung in dem Fall bekommen werden«, begrüßte Chris seinen Vorgesetzten.

»Eine Soko wird dieses Mal nicht nötig sein«, meinte Deckert und fuhr sich über die Stirnglatze. »Ich hatte gerade einen Anruf aus Wiesbaden.«

»Wiesbaden?«, wiederholte Chris. »Das BKA?«

Deckert nickte. »Offenbar sieht man dort einen Zusammenhang unserer Fälle mit zwei weiteren Morden in Köln und Trier. Die wollen noch heute eine Kollegin schicken. Es wird bereits ein Büro für sie und ihren Mitarbeiter eingerichtet.«

Chris verzog das Gesicht. »Soll das heißen, man wird uns den Fall entziehen?«

Deckert zuckte mit den Schultern. »Sie sollten sich zumindest darauf einstellen, dass Sie ab jetzt nicht mehr alleine die Ermittlungen leiten.«

»Großartig«, raunte Chris, nachdem Deckert das Büro verlassen hatte.

»Betrachte es positiv«, meinte Rokko. »Das BKA hinter sich zu haben, ist sicher nicht die schlechteste Option. Die verfügen über deutlich mehr Ressourcen als wir.«

»Und diese Erhabenheit lassen sie uns vermutlich in jeder Sekunde spüren.«

»Hat die Fahndung nach dem Mädchen schon was ergeben?«

Chris betrachtete den Ausdruck des Phantombildes auf seinem Schreibtisch, das nach seinen Angaben angefertigt worden war. »Bis jetzt nicht. Wobei ich wetten möchte, dass Pelzer sich nicht gerade überschlagen hat.« Er fuhr sich unruhig durch die Haare. »Ich hasse es, von den Ergebnissen anderer abhängig zu sein. Wir sollten der Sache selbst nachgehen, solange wir noch die Kontrolle haben. Wenn das Mädchen tatsächlich in der Obdachlosenszene verkehrt, kennt sie vielleicht jemand bei den üblichen sozialen Anlaufstellen.«

»Na schön«, sagte Rokko. »Das ist immer noch besser, als hier zu sitzen und sich dein Gekeife anzuhören.«

Bis zum frühen Nachmittag hatten sie die meisten Treffpunkte und Anlaufstellen für kostenlose Übernachtungen und Verpflegung abgeklappert. Aber die dortigen Sozialhelfer hatten das Mädchen nicht wiedererkannt. Und die Obdachlosen, mit denen sie gesprochen hatten, waren nicht sehr auskunftsfreudig gewesen. Niemand von ihnen würde jemand aus den eigenen Reihen an die Polizei verraten, auch wenn es nur um eine Zeugenaussage ging. Daher versprachen sich Chris und Rokko nicht viel, als sie gegenüber dem Schlosspark die Not- und Beratungsstelle der Caritas ansteuerten.

Vor dem Gebäude lungerten vier Jugendliche herum. Sie hatten Rucksäcke dabei, in denen sie ihre Isomatten und Schlafsäcke zusammen mit ihrem wenigen Hab und Gut mit sich herumtrugen. Einer von ihnen – ein gutaussehender junger Kerl mit zerschlissener Jeansjacke und braunem Kapuzenshirt – zündete sich eine Zigarette an und gab den abgeklärten Anführer. Rokko erkannte ihn sofort: Carlo Ströder, alias Rocky. Er war schon mehrfach wegen Drogenbesitzes verhaftet worden und hatte es mit seinen siebzehn Jahren bereits geschafft, sich den Ruf eines stadtbekannten Schlägers anzueignen. Als er Chris und Rokko bemerkte, schwang er sich die Kapuze seines Shirts über den Kopf und verzog angewidert das Gesicht.

»Riecht ihr das?«, fragte Ströder die anderen und rümpfte die Nase. »Es stinkt hier gewaltig nach Bullen.«

Rokko trat vor ihn und schnippte ihm die Zigarette aus dem Mund. »Nein, *Frodo*«, sagte er betont herabsetzend. »Das ist kein Gestank, sondern regelmäßiges Gehalt und Berufung.«

»Hey Mann, bist du irre?«, beschwerte sich Ströder und deutete auf die glühende Zigarette am Boden. »Das ist Sachbeschädigung!«

»Das Einzige, was hier beschädigt ist, ist dein verseuchtes Gehirn, Carlo.«

»Nenn mich nicht so. Mein Name ist Rocky.«

»Hattest du nicht sechs Monate Jugendknast, Carlo? Seit wann bist du draußen?«

»Sieh doch in meiner Akte nach, Bulle«, zischte Ströder und zündete sich eine neue Zigarette an.

Chris hielt ihm das Phantombild entgegen. »Kennst du das Mädchen?«

»Nie gesehen.«

»Was ist mit euch?« Er hielt das Bild in die Runde. Die anderen sahen eingeschüchtert zu Boden und schüttelten den Kopf.

»Ich sagte doch, wir wissen nicht, wer das ist.« Ströder grinste. Seine Zähne waren von Nikotin verfärbt. »Und jetzt entschuldigt uns«, sagte er und schulterte seinen Rucksack. Die anderen taten es ihm gleich und folgten ihm.

»Wir sehen uns, Carlo«, rief Rokko ihm nach.

Ströder streckte ihm rücklings den Mittelfinger entgegen.

»Vermutlich schneller, als uns lieb ist«, fügte Chris noch hinzu, als Ströder mit den anderen um die Ecke verschwunden war.

»Weshalb sucht ihr nach dem Mädchen?«, fragte eine zierliche Stimme hinter ihnen.

Die beiden drehten sich um und entdeckten eine junge Frau von Mitte zwanzig, die auf den Stufen des Gebäudes hockte. Sie hatte dunkle Rastalocken und trug ein verwaschenes T-Shirt, dessen Aufschrift *Fuck the Commerce* sich über ihrer mächtigen Brust erstreckte.

»Sie gehören nicht zu denen?«, fragte Chris.

»Das sind Idioten.«

»Kennen Sie das Mädchen?« Er hielt ihr den Ausdruck entgegen.

Sie nickte. »Was wollt ihr von Lea?«

»Lea?«, fragte Chris. »Ist das ihr richtiger Name, oder nennt sie sich nur auf der Straße so?«

Die junge Frau zuckte mit den Schultern. »Es ist ein

Name. Mehr muss ich nicht wissen.«

»Und wie lautet Ihrer?«

Sie blickte zu Chris auf. »Nennt mich Alex.«

»Also gut, Alex, es geht um eine Zeugenaussage. Lea könnte wichtige Angaben zu einem Mordfall machen.«

Ihr Gesicht blieb ausdruckslos. »Ich nehme an, es geht um Gerber.«

»Sie wissen von seiner Ermordung?«

»Hört auf mich zu siezen«, meinte sie empört. »Ich habe mir dieses Leben ausgesucht, weil ich auf so einen unpersönlichen Scheiß keinen Wert lege.«

»Du lebst also freiwillig auf der Straße, Alex.«

»Es ist die einzige Form von Unabhängigkeit, die ich kenne. Und nebenbei schnappt man so einiges auf.«

»Kanntest du Gerber?«, fragte Rokko.

»Nein, aber es sind Geschichten über ihn im Umlauf. Es heißt, er habe seine Unterkunft nicht nur aus Nächstenliebe angeboten.«

»Du redest von sexuellen Übergriffen.«

»Er hat bestimmt nicht Völkerball mit seinen Schützlingen gespielt.« Ihr Lächeln entblößte erstaunlich gepflegte Zähne.

»Weshalb haben die Betroffenen das nicht gemeldet?«, fragte Chris.

»Man meidet das System, dem man sich entziehen will. Daher will niemand was mit der Polizei zu tun haben, zumal viele von uns noch minderjährig sind. Für die meisten von euch sind wir doch ohnehin nur nutzloser Abschaum. Außerdem soll Gerber sehr großzügig gewesen sein.«

»Inwiefern?«, fragte Rokko. »Hat er die Jugendlichen dafür bezahlt?«

»Nicht mit Geld. Er soll sie mit Drogen, Alkohol und Zigaretten versorgt haben.«

»Und Lea war auch eine von Gerbers *Schützlingen*.« Chris betonte das Wort missbilligend.

Der Blick der jungen Frau glitt zu Boden. »Bei Lea war das anders. Ich kann mir nicht vorstellen, dass sie sich freiwillig darauf eingelassen hat. Sie wirkte sehr naiv und verunsichert auf mich, als ich sie vor etwa einem Jahr zum ersten Mal hier getroffen habe. Wir kamen ins Gespräch, und sie erzählte mir, dass sie von zu Hause weggelaufen sei.«

»Hat sie auch Gründe dafür genannt?«

»Es sind immer dieselben Geschichten. In ihrem Fall war es Missbrauch durch den Stiefvater. Ich gab ihr ein paar Tipps, an wen sie sich wenden könnte, soziale Einrichtungen und so. Danach habe ich sie noch ein paar Mal in unregelmäßigen Abständen hier gesehen.«

»Wann zuletzt?«

»Vor etwa acht Monaten.«

»Und seitdem hattest du keinen Kontakt mehr zu ihr?«

Alex schüttelte den Kopf. Sie erhob sich und griff nach ihrer ausgefransten Stofftasche. »Ich muss jetzt los. Hier gibt's heute nichts zu holen. Ich werd es mal woanders versuchen.« Nach wenigen Schritten drehte sie sich noch einmal zu den beiden um. »Tut mir einen Gefallen«, sagte sie. »Ich weiß nicht, wo die Kleine da hineingeraten ist, aber wenn ihr Lea findet, holt sie schleunigst da raus. Sie ist nicht für ein solches Leben geschaffen.«

Wer ist das schon in dem Alter?, dachte Chris.

KAPITEL 13

Marina Hoffmann war nervös an diesem Montag, aber sie tat ihr Bestes, um sich nichts anmerken zu lassen. Ihren anderen Patienten widmete sie kaum Aufmerksamkeit. Immer wieder sah sie auf die Uhr, deren Zeiger sich unaufhörlich dem Termin mit Thomas Reuter näherten. Ihre Hände hatten wieder zu zittern begonnen, als wären sie ein Blitzableiter ihrer Anspannung.

Schließlich stand Reuter vor der Tür ihrer Praxis. Bevor sie ihn hereinbat, hatte sie Bondek eine Nachricht auf sein Handy geschickt. Nun saß sie ihrem Patienten gegenüber und gab sich alle Mühe, diese Therapiestunde mit der nötigen Professionalität zu bewältigen, ohne dabei einen Panikanfall zu bekommen. Zu sehr hatten sich die Ereignisse ihrer Vergangenheit in ihr Unterbewusstsein gebrannt und die schrecklichen Bilder und die Todesangst dort verankert. Sie waren seitdem zu ihrem ständigen Begleiter geworden. Manchmal fühlte sie sich verfolgt oder beobachtet. Und jedem neuen Patienten gegenüber empfand sie zunächst einmal Misstrauen. Eigentlich war sie diejenige, die ein Vertrauensverhältnis aufbauen musste, doch seit damals war es eher umgekehrt. Es hatte lange gedauert, bis sie überhaupt wieder den Mut dazu aufgebracht hatte, als Therapeutin zu arbeiten. Immer wieder war es vorgekommen, dass sie einen Patienten abgelehnt und unter einem Vorwand an einen Kollegen weitergeleitet hatte, aus Angst davor, erneut zu versagen und dadurch ein weiteres Unheil auszulösen. Doch mittlerweile hatte sie eine Strategie entwickelt, dieser Angst mit Trotz zu begegnen. Sie hatte wieder gelernt, am Leben teilzuhaben und ihren beruflichen Verpflichtungen nachzukommen.

Sie hatte damit begonnen, zu vergessen.

Bis Thomas Reuter bei ihr aufgetaucht war.

Er hatte es in nur drei Sitzungen geschafft, diese Ängste

wieder zu reaktivieren. Es war ein Fehler gewesen, sich auf seine Spielchen einzulassen, die in ihr erneut diesen therapeutischen Ehrgeiz geweckt hatten. Diesen Trugschluss, jedem Menschen helfen zu können, egal wie verkorkst sein Innenleben war. Und nun saß sie diesem Mann gegenüber, der in ihr das hilflose Gefühl des Ausgeliefertseins erzeugte. Ein Gefühl, das ihr nur zu vertraut war und das sie bis in ihre Albträume verfolgte.

Zum wiederholten Male schweifte ihr Blick auf die große Wanduhr.

»Halte ich Sie von irgendetwas ab?«, fragte Reuter, der damit beschäftigt war, die Fragebögen auszufüllen, die sie ihm vorgelegt hatte.

»Nein«, sagte sie mit gespielter Verwunderung. »Wie kommen Sie darauf?«

»Ich weiß nicht«, meinte er. »Sie wirken auf mich sehr nervös.«

»Konzentrieren Sie sich bitte auf die Fragen.«

Er legte den Stift beiseite. »Was soll das?«

»Was meinen Sie?«

»Seit einer geschlagenen halben Stunde sitze ich nun hier und kreuze diese lächerlichen Fragebögen an. Ich komme mir langsam vor wie ein Fünftklässler.«

»Das sind standardisierte Tests, mit deren Hilfe ich mir ein genaueres Bild Ihrer Persönlichkeit machen kann.«

»Und wie sieht dieses Bild aus?«

»Dazu muss ich Ihre Antworten erst einmal analysieren.«

Seine Augen tasteten jeden Zentimeter ihres Gesichtes ab. »Wieso habe ich den Eindruck, Sie wollen mich nur hinhalten?«

Sie rieb sich die Stirn. »Aus welchem Grund sollte ich das tun?«

»Diese Frage stelle ich mir auch gerade.«

»Sie interpretieren die Situation völlig falsch. Ich versuche lediglich, mir einen Einblick in Ihre Psyche zu verschaffen. Das setzt natürlich voraus, dass Sie die Fragen ehrlich beantworten.«

»Und wie sieht es mit Ihrer Ehrlichkeit aus, Doc? Wem wollen Sie etwas vormachen? Solche Tests finden sich auch haufenweise im Internet. Für solche Kinderspielchen benötige ich keine Therapeutin. Und sie liegen eindeutig unter Ihrem Niveau. Ich hätte wenigstens etwas Tiefgreifendes wie den Rorschachtest von Ihnen erwartet.«

»Dieser Test ist sehr umstritten, da er viel Spielraum für Interpretationen lässt. Diese Verfahren hier lassen wesentlich fundiertere Rückschlüsse zu.«

»Wie auch immer«, meinte Reuter gelangweilt. »Ich bin fertig damit. Was kommt als Nächstes, spielen wir Flaschendrehen?«

Ihre Unruhe nahm zu und ihre Beine zitterten, als sie sich erhob. »Nein, wir werden etwas anderes versuchen.« Sie spürte die kalten Schweißinseln, die sich an ihrem Rücken gebildet hatten, als sie zu dem Medienschrank ging. Sie öffnete die Klappen und gab die Sicht auf den Fernseher darin frei. Was sie vorhatte, war nicht unbedenklich, denn sie war mit Reuter allein in der Praxis. Aber sie wollte endlich Gewissheit über seine Motive haben. Doch dazu musste sie ihn aus der Reserve locken. Eine direkte Konfrontation schien ihr dafür das geeignetste Mittel zu sein. Sollte es ihr tatsächlich gelingen, Reuter auf diese Weise aus der Defensive zu drängen, könnte sie immerhin den Bezug zu ihrer Vergangenheit herstellen. Und welche Rolle er darin spielte. Denn eines stand fest: Reuter hatte sie nicht zufällig ausgewählt. Und auf Bondek alleine wollte sie sich nicht verlassen.

Mit zitternden Fingern steckte sie den Stick in den USB-Anschluss des Fernsehers und startete die Diashow.

KAPITEL 14

Bondek hatte aufgrund der Daten, die er von Marina Hoffmann erhalten hatte, einiges über Thomas Reuter im Internet erfahren können. Offenbar war er dort sehr aktiv. Wie Bondek seiner Internetseite entnehmen konnte, betrieb Reuter mit zwei weiteren Partnern ein Architekturbüro in Koblenz. Auch war er auf mehreren sozialen Netzwerken eingetragen, wo er neben privaten Seiten auch Werbung für seine Firma betrieb. Den Einträgen dort konnte Bondek entnehmen, dass Reuter sich auch im sozialen Bereich engagierte und ehrenamtlich als Co-Trainer der E-Jugendmannschaft im Fußball tätig war. Ungewöhnlich war allerdings, dass nirgendwo ein Foto von ihm zu finden war. Auf der Internetseite waren nur die Anschrift des Büros und einige Referenzbilder angegeben. Und sein Profilbild in den Netzwerken zeigte ein modernes Flachdachgebäude mit getönten Fensterfronten.

Genau dieses Gebäude beobachtete Bondek seit gut einer Stunde. Es war die Adresse von Thomas Reuter. Offenbar liefen seine Geschäfte gut. Das Anwesen hob sich deutlich von den übrigen Häusern dieser Gegend ab und spiegelte schon von Weitem einen gewissen Wohlstand wider. Gelegentlich hatte Bondek hinter den Fenstern eine Bewegung ausmachen können. Details waren allerdings nicht zu erkennen gewesen. Wie er in Erfahrung bringen konnte, hatte Reuter sich einige Tage frei genommen. Seine Sekretärin hatte am Telefon erklärt, dass er bis Mittwoch nicht persönlich zu erreichen sei und an einen seiner Partner verwiesen. Da Reuter nicht verheiratet war und keine Kinder hatte, war davon auszugehen, dass sich niemand sonst in dem Haus aufhielt. Zumindest in der letzten Stunde hatte keiner das Haus betreten oder verlassen. Das großflächige Anwesen lag am Ende der Straße, sodass es einen gewissen Abstand zu den anderen Häusern hatte.

Sichtschutzzäune und Hecken umgaben das Grundstück. Bondek hielt Ausschau nach Kameras, konnte jedoch keine entdecken.

Denk nicht mal drüber nach, ermahnte er sich selbst und rief sich das Versprechen ins Gedächtnis, das er Bertram gegeben hatte.

Keine Alleingänge.

Streng betrachtet hatte er gegen dieses Versprechen bereits verstoßen, als er sich mit dieser Frau getroffen hatte. Und erst recht durch die Tatsache, dass er sich hier aufhielt. Zumal er nicht einmal hätte sagen können, was er sich davon versprach. Es war dieser innere Zwang, mehr über Thomas Reuter erfahren zu wollen, der ihn hierher getrieben und der sich seit dem Gespräch mit Marina Hoffmann in ihm festgesetzt hatte. Diese Rastlosigkeit beherrschte ihn, seitdem er denken konnte. Und schon als Kind hatte sie ihm nichts als Ärger eingebracht. Offenbar war er jemand, der nicht aus seinen Fehlern lernen konnte und der gerne bis an seine Grenzen ging. Und darüber hinaus.

Er brauchte einfach Gewissheit. Und eine Gelegenheit.

Plötzlich hob sich das Garagentor, und ein dunkles Mercedes-Coupé fuhr die Einfahrt entlang. Es war kurz vor 13 Uhr. Reuter war auf dem Weg zu seinem Termin. Der Wagen bog bereits in die Straße ein und beschleunigte, als das Tor sich langsam zu schließen begann.

Da war seine Gelegenheit. Und Bondek handelte sofort.

Er stieg aus dem Wagen und spurtete die Einfahrt entlang auf die Garage zu. Es gelang ihm gerade noch rechtzeitig unter dem Tor hindurchzukriechen, bevor es den Boden erreichte. Kurz darauf verstummte das leise Summen des elektrischen Motors, und ihn umgab Dunkelheit.

Unmittelbar darauf blinkte etwas über ihm auf wie das Blitzlicht einer Kamera. Er erschrak, als kurz darauf die Garage hell erleuchtet war, und die Neonröhren an der Decke ein leises Brummen von sich gaben. Angespannt sah er sich um, doch es war niemand zu sehen. Offenbar war das Licht an einen Bewegungsmelder gekoppelt.

Er atmete erleichtert durch. *Soviel zum Thema Alleingang.* Aber nun war er hier und musste das durchziehen. Eine solche Gelegenheit würde er nicht ein zweites Mal bekommen.

Die Garage war sauber und geräumig. Keine Kartons, Regale mit Farbdosen oder Werkzeugkisten. Laut Polizei war der Täter technisch versiert und handwerklich begabt. Bei Reuter schien es sich augenscheinlich um jemanden zu handeln, der solche Arbeiten anderen überließ. Doch als Architekt besaß er zweifelsohne derlei Fähigkeiten.

Leise öffnete Bondek die Verbindungstür und betrat das Haus.

Die Wohnräume wirkten ebenso steril wie die Garage. Die Böden waren dunkel, die Möbel modern, kantig und kalt. All das passte gut zur Gemütslage eines Mörders ohne Persönlichkeit. Allerdings würde Bondek etwas mehr benötigen, um Reuter ans Messer zu liefern. Im Grunde wusste er aber nicht einmal, wonach er suchen sollte. Reuter verfügte zweifelsohne über genügend Intelligenz, um keine Beweise offen in seinem Haus herumliegen zu lassen. Allerdings schien er sich für unangreifbar zu halten. Anders war es für Bondek nicht zu erklären, weshalb Reuter sich dem Risiko aussetzte, sich einer Therapeutin zu offenbaren – wenn auch nur andeutungsweise. Jemand, der sich so sicher fühlte, neigte in seiner grenzenlosen Selbstüberschätzung dazu, Fehler zu begehen. Nun musste er diesen Fehler nur noch finden.

Die Sohlen seiner Schuhe quietschten auf dem polierten Steinboden. Alles schien zu glänzen und strahlte die Perfektion eines Musterhauses aus. Er durchsuchte Schubladen und Schränke – stieß dabei aber auf nichts, was den Verdacht gegen Reuter erhärtet hätte. Als er auf den Flur zurücktrat, bekam er eine Nachricht auf sein Handy. Sie war von Doktor Hoffmann. *Reuter ist eingetroffen*, lautete die knappe Mitteilung.

Das war beruhigend, andererseits brachte es ihn auch nicht weiter. Gerade als er mit dem Gedanken spielte, das Ganze abzubrechen, vernahm er ein Geräusch.

Er hielt inne und lauschte angespannt. Wie zur Bestätigung erklang das gedämpfte Wimmern ein weiteres Mal.

Er war definitiv nicht allein in dem Haus.

»Hallo«, rief er den breiten Aufgang zum Obergeschoss hinauf. »Ist jemand da?«

Das Wimmern wurde lauter. Offensichtlich war derjenige nicht in der Lage, ihm zu antworten. Bondek überlegte angestrengt. Sollte er Hilfe rufen? Immerhin hielt er sich unbefugt hier auf und hätte einiges zu erklären, sollte er sich irren. Zuerst musste er sich vergewissern, was hier vorging. Vielleicht befand sich da oben der Beweis, den er benötigte.

Er stieg die Stufen empor. Der obere Bereich war in mehrere Räume untergliedert. Bei einem davon schien es sich um ein Gästezimmer zu handeln. Auf dem ungemachten Bett lag ein offener Rucksack. Der Boden davor war übersät mit Fastfood-Verpackungen und leeren Getränkedosen. Auf der Kommode entdeckte er ein Kunststoffetui, neben dem eine Mehrwegspritze ohne Inhalt lag. Es roch abgestanden nach Schweiß und erkaltetem Essen. Auch im Badezimmer gegenüber entdeckte er Spuren von Anwesenheit. Schminktuben lagen um die Waschbecken herum verteilt, und auf dem Fenstersims stand ein leerer Perückenhalter.

Das Wimmern schwoll an. Und es kam aus dem Zimmer nebenan.

Langsam näherte er sich der offenen Tür. Als er das Zimmer betrat, stockte ihm der Atem. Es dauerte eine Weile, bis der Schock sich legte und er realisierte, was sich ihm dort erschloss. In dem Moment, als er hektisch nach seinem Handy griff, um die Polizei zu verständigen, fiel die Tür hinter ihm ins Schloss.

Er fuhr herum und sah den Schatten einer Gestalt. Dann schlug etwas Hartes mit einem dumpfen Krachen auf seinen Kopf ein.

KAPITEL 15

Das Bild auf dem Monitor zeigte eine Berglandschaft mit einem See im Vordergrund. Es war eines von gut einem Dutzend Bildern, die Marina Hoffmann am Abend zuvor zusammengestellt hatte und die nun hintereinander abliefen. Reuter sollte spontan äußern, was er beim Anblick eines jeden Bildes empfand.

»Das ist billige Küchenpsychologie«, hatte er anfangs darauf erwidert. Und natürlich hatte er recht damit. Aber sie brauchte eine Bestätigung ihres Verdachts. Und dafür schien dieser vorgeschobene Test wie geschaffen zu sein.

»Ihre Eindrücke helfen mir, ein Bild Ihrer Stimmungslage zu erstellen«, hatte sie entgegnet.

Nur widerwillig hatte sich Reuter darauf eingelassen. Nun saß er auf seinem Stuhl und sah gleichgültig auf den Bildschirm. »Harmonie«, sagte er gelangweilt beim Betrachten der Landschaft.

Marina Hoffmann musste ihre gesamte Erfahrung abrufen, um ihre Nervosität zu überspielen, die sich mit jedem weiteren Bild zuspitzte. Zum Schein notierte sie Reuters Eindrücke und machte Randbemerkungen dazu. Es half, das Zittern ihrer Hände zu verbergen. Als die neunte Aufnahme zu sehen war, spürte sie ihr Herz bis in die Schläfen pochen. Das Bild zeigte einen Mann, der auf der Straße ein Kind ansprach und es dabei zärtlich berührte. Es hätte sich dabei durchaus um Vater und Tochter handeln können, dennoch legte sich eine kalte Härte über Reuters Blick.

Sein Körper versteifte sich. »Wut«, schnaufte er, und seine Hände krallten sich in die Lehnen des Stuhls. Augenblicklich verflog dieser kurze emotionale Ausbruch, und Reuter hatte sich wieder unter Kontrolle.

»Was macht Sie so wütend daran?«

»Es ist nicht natürlich«, antwortete er gereizt. »War's das jetzt?«

»Wir sind fast durch«, sagte sie und drückte mit der Fernbedienung ein Bild weiter. Beinahe wäre sie erschrocken, als das Konterfei eines Mannes von Ende zwanzig auftauchte. Er hatte ein rundliches Gesicht, dessen kindlicher Ausdruck auf den ersten Blick so unschuldig erschien, dass ihn jedes Geschworenengericht sofort freigesprochen hätte. Der treuherzige Blick seiner weit auseinanderliegenden Augen erzeugte einen kalten Schauer auf Marina Hoffmanns Rücken. Niemals würde sie das Trügerische dieser Augen vergessen.

»Was empfinden Sie bei diesem Bild?«

Zu ihrer Überraschung fing Reuter an zu lachen.

»Herr Reuter?«, fragte sie angespannt. »Ist dieser Mann der Grund dafür, dass sie mich aufsuchen?«

Er löste seinen Blick von dem Bildschirm und richtete ihn auf Marina Hoffmann. Dann fing er an zu klatschen. »Ich gratuliere«, sagte er und stand auf. »Sie haben ausnahmsweise die richtigen Schlüsse gezogen. Und dennoch liegen Sie mal wieder falsch.«

»Was soll das heißen?«

Reuter erhob sich. »Die Therapie ist beendet.«

Er wollte zur Tür gehen, doch Marina Hoffmann stellte sich ihm entschlossen in den Weg.

»Wer sind Sie, und was wollen Sie von mir?«, stellte sie ihn zur Rede. »Ist es Rache? Sind Sie darauf aus?«

Er deutete vehement auf dem Bildschirm. »Ich will, dass sie das nicht vergessen!«

»Wie könnte ich das?«, erwiderte sie aufgebracht. »Ich habe seit diesen Vorfällen keine einzige Nacht mehr durchgeschlafen. Ständig sehe ich diese schrecklichen Bilder vor mir, das viele Blut. Ich wache schreiend auf und starre dann stundenlang in die Dunkelheit, völlig allein mit diesen Eindrücken. Ich habe dadurch alles verloren und wäre fast nicht mehr in der Lage gewesen, meinen Beruf auszuüben.«

»Und das ist gut so!«, schrie er. »Denn Sie sind letztendlich schuld an diesen *Vorfällen*.« Er betonte das Wort abschätzig. »Und offenbar haben Sie seitdem nichts dazugelernt, denn Sie sind immer noch der Meinung, man könnte solche Monster therapieren.«

»Was wäre ich für eine Therapeutin, wenn ich es nicht wenigstens versuchen würde?«

Er deutete drohend mit dem Finger auf sie. »Sie sind das eigentliche Monster, denn Sie sind von falschem Ehrgeiz zerfressen. Dabei sind Sie nicht einmal in der Lage, sich selbst zu helfen. *Sie* sind diejenige, die Angst hat!« Ein hämisches Grinsen breitete sich auf seinen Lippen aus. »Was ist das für ein Gefühl, Doc, dieser Hilflosigkeit ausgesetzt zu sein? Diese quälende Ungewissheit, die an Ihnen nagt?«

»Ist es das, was Sie Ihren Opfern vermitteln wollen, bevor Sie sie töten?«

»Ich weiß nicht, wovon Sie reden.«

»Ach nein? Ich rede davon, dass ich womöglich die Nächste auf Ihrer Liste bin.«

Seine Lider verengten sich. »Sie sind längst ein Opfer Ihrer selbst«, meinte er und blickte herablassend auf sie. »Was könnte ich Ihnen noch antun?«

Mit diesen Worten ließ er sie stehen und ging aus der Tür.

Die anschließende Stille wirkte erdrückend. Minutenlang verharrte Marina Hoffmann und sah ausdruckslos den Bildschirm an, auf dem mittlerweile die letzte Aufnahme der Präsentation eingefroren war. Es zeigte einen mehrspaltigen Artikel, dessen Schlagzeile reißerisch über dem übrigen Text thronte. Sie kannte jedes Wort davon auswendig, hatte diesen Artikel immer und immer wieder gelesen. Reuter hatte recht, sie war längst zum Opfer ihrer eigenen Schuld geworden. Und diese Rolle würde ihr ein Leben lang anhaften.

Sie wischte sich die Tränen weg, griff zum Telefon und wählte Bondeks Nummer. Sie musste ihn warnen, dass Reuter vermutlich auf dem Weg zu ihm war. Doch nach dem Freizeichen meldete sich nur die Mailbox. Nach drei weiteren Versuchen schickte sie ihm eine Nachricht.

Ein unangenehmer Druck baute sich in ihrem Magen auf. Es war das vertraute Gefühl, erneut einen schweren Fehler begangen zu haben.

KAPITEL 16

Als Chris und Rokko das Präsidium erreichten, war die Kollegin vom BKA bereits eingetroffen. Für eine Bundesbeamtin hatte sie eine auffallend ungezwungene Erscheinung. Sie trug Jeans und eine weiße Bluse unter einem grauen Blazer. Lediglich ihre blonden Haare, die sie stramm zu einem Pferdeschwanz gebunden hatte, zeugten von einer gewissen Strenge, die aber auf eine gewisse Art attraktiv an ihr wirkte. Ihr Händedruck war für eine Frau ungewöhnlich kräftig.

»Hauptkommissarin Corinna Hartfels«, stellte sie sich vor und deutete zugleich auf den Mann, der sie begleitete. »Das ist mein Kollege, Kommissar Rainer Bartels.«

Chris schüttelte auch ihm die Hand. Bartels war um die dreißig. Dunkler Anzug, weißes Hemd ohne Krawatte. Darunter zeichnete sich ein sportlich geformter Oberkörper ab. Er trug eine randlose Brille, und auf seiner linken Wange befand sich ein auffälliges Muttermal.

»Er ist Experte auf dem Gebiet der Internetkriminalität.«

»Was hat das mit den Morden zu tun?«, fragte Rokko.

»Dazu komme ich gleich«, servierte sie ihn ab. »Wie wir Herrn Deckert bereits mitgeteilt haben, sehen wir eine eindeutige Verbindung der Vorfälle hier mit zwei weiteren Morden. Die beiden Opfer waren ebenfalls Männer, und es wurden an beiden Tatorten Kindertelefone gefunden, auf denen die Schreie der Opfer festgehalten waren. Auch wurden die Tatorte mit demselben Symbol markiert, wie bei den letzten Opfern.«

»Wissen Sie etwas über die Bedeutung dieses Symbols?«, fragte Chris.

»Details entnehmen Sie bitte den Kopien der Berichte, die wir Ihnen aushändigen werden«, sagte sie. »Das erspart uns unnötige Erklärungen.«

Chris musste seinen ersten Eindruck von Corinna Hartfels revidieren. Ihre ungezwungene Erscheinung stand in krassem Gegensatz zu ihrer Vorgehensweise. Sie gestikulierte kaum, zeigte keinerlei Emotionen und ihre Stimme hatte den Ausdruck einer Computeransage. Offensichtlich war Corinna Hartfels ein Mensch, der sich nur ungern mit Nebensächlichkeiten aufhielt und der es gewohnt war zu dirigieren. Das mochte sie zu einer effizienten Ermittlerin machen, brachte ihr aber wenig Sympathiepunkte ein.

»Ich will Ihre kostbare Zeit nicht unnötig beanspruchen«, entgegnete Chris zynisch, »aber klären Sie uns wenigstens darüber auf, was es mit diesen Morden auf sich hat?«

»Wir werden Ihnen sogar aufzeigen, weshalb die Taten so aufwendig inszeniert wurden.« Durch ein Nicken übergab sie das Wort an Bartels.

Der rückte sich die Brille zurecht und setzte sich an seinen Laptop, der auf dem Schreibtisch des provisorisch eingerichteten Büros stand. »Die Auswertung der Computer ergab, dass auf den Rechnern der beiden ersten Opfer eine Software namens *Tor* installiert war. Dieses Programm ermöglicht einen anonymen Zugang zu einem bestimmten Bereich des Internets, der über keinen der üblichen Browser zu erreichen ist. Er wird allgemein als *Darknet* bezeichnet – ein eigentlich zur Umgehung von Zensur und Überwachung gedachtes Netzwerk, das sich aber zunehmend zu einem Umschlagplatz für illegale Geschäfte und Dienstleistungen aller Art entwickelt hat. Von Hackerprogrammen, über gestohlene Kreditkarten, bis hin zu Waffen und Drogen wird dort alles angeboten. Aber besonders für eine bestimmte Gruppierung bietet diese Umgebung perfekte Voraussetzungen, um ihre Veranlagung auszuleben.«

Chris runzelte die Stirn. »Reden wir über Pädophile?«

Bartels nickte.

»Bei allem Respekt«, meinte Chris ungehalten, »aber dieser Sachverhalt ist durchaus nicht neu für uns. Falls Sie es noch nicht bemerkt haben, wir sind keine unbedarfte Hinterwäldlertruppe, die sich noch über den Telefonhörer ins Internet einwählt. Uns ist durchaus bekannt, dass Pädophile über solche Netzwerke kinderpornografisches Material verbreiten.«

»Ich wollte Ihnen damit nur verdeutlichen, dass das nicht alles ist, was diese Leute dort tun.« Bartels tippte kurz auf die Tastatur des Laptops ein, dann drehte er den Computer herum, sodass Chris und Rokko den Monitor sehen konnten. Darauf war ein simpler schwarzer Hintergrund zu erkennen, auf dem sich in weißer Schrift mehrerer Einträge befanden, die mit den Pseudonymen ihrer Verfasser gekennzeichnet waren. »Das ist eines der Foren, in denen sich diese Leute dort austauschen.«

Chris musste nicht lange lesen, um zu verstehen, was Bartels meinte. In einem der Einträge befanden sich Tipps, wie man das Vertrauen von Kindern erlangte und sie am besten betäubte, um sich dann an ihnen zu vergehen. Das Ganze las sich so nüchtern wie die Bedienungsanleitung eines Fernsehers. Auch wildeste Gewaltfantasien wurden offen dargelegt.

»Kranke Bastarde«, zischte Rokko neben ihm. »Und Sie können nichts dagegen unternehmen?«

Bartels rückte sich erneut seine Brille zurecht. »Uns sind in solchen Fällen die Hände gebunden. Wie schon gesagt sind diese Netzwerke auf höchste Anonymität ausgerichtet. Vereinfacht ausgedrückt wird jeder Computer, der sich über das Programm dort einwählt, zu einem Knotenpunkt, über den die Daten umgeleitet werden. Das macht es quasi nicht zurückverfolgbar. Nur aufgrund der verwendeten Pseudonyme, die wir durch die Datenanalyse der beiden beschlagnahmten Rechner ermittelt haben, konnten wir belegen, dass die beiden ersten Opfer über dieses Netzwerk in Kontakt gestanden haben. Auch konnten wir auf beiden Rechnern kinderpornographisches Material sicherstellen.«

»Wir gehen davon aus, diese Ergebnisse decken sich mit Ihren beiden Fällen«, warf Hartfels ein. »Es wäre daher erforderlich, dass Sie uns die Daten Ihrer IT-Forensiker zum Abgleich zur Verfügung stellen.«

»Bei Gerber im Haus wurde kein Computer gefunden«, sagte Rokko.

Hartfels betrachtete ihn unterkühlt. »Finden Sie das nicht ein wenig merkwürdig?«

»Vielleicht hat der Täter ihn mitgenommen. Oder Gerber hat ihn vorsorglich woanders aufbewahrt.«

»Was ist mit dem ersten Opfer, diesem ...« Sie blätterte in ihren Unterlagen. »Diesem Kinderarzt.«

Chris räusperte sich. »In dem Fall liegen uns die Auswertungen der Computerdaten noch nicht vor.«

Hartfels seufzte und tauschte einen Blick mit Bartels aus, der zu sagen schien: »So viel zum Thema Hinterwäldlertruppe.«

Chris ignorierte den Ausdruck von Überheblichkeit in den Augen der beiden. Nachdenklich rieb er sich das Kinn. »Wenn Sie sagen, der Datenaustausch wäre unmöglich zurückverfolgbar, wie ist dann der Täter auf diese Verbindung gekommen?«

»Ich sagte es ist schwierig, nicht unmöglich«, meinte Bartels. »Mittlerweile gibt es bestimmte Verfahren zur ID-Bestimmung, wie die individuelle Kommunikationsanalyse. Sie beruht im Grunde darauf, dass gewisse Ausdrucksformen und Begriffe von den betreffenden Personen auch im normalen Datenverkehr verwendet werden. So ergibt sich mit der Zeit quasi ein schriftlicher Fingerabdruck. Manchmal nutzen die Leute aus Bequemlichkeit auch dieselben Pseudonyme im Internet, wodurch sie dann letztendlich ermittelt werden können. Auf diese Weise ist es dem FBI bereits gelungen, den Betreiber einer Drogenplattform im Darknet zu überführen. Allerdings sind solche Verfahren äußerst zeitaufwändig und führen die meisten Behörden personalpolitisch an ihre Grenzen. Und das vor dem Hintergrund, dass diese Verfahren nur selten erfolgversprechend sind und oftmals im Sande verlaufen. Eine andere, nicht weniger zeitintensive Methode besteht darin, ein Vertrauensverhältnis zu den betreffenden Personen aufzubauen und ihnen Informationen zu entlocken, die zu ihrer wahren Identität führen. Im Falle der Pädophilen erweist sich das jedoch als äußerst schwierig, da wir Ermittler uns hier in einer juristischen Grauzone bewegen.«

»Inwiefern?«, fragte Rokko und deutete auf den Bildschirm. »Was zum Teufel soll daran juristisch unklar sein?«

»Das ist nicht der Punkt«, meinte Bartels. »Aus Angst vor Enttarnung sind diese Leute äußerst misstrauisch gegenüber Neuzugängen. Um ihr Vertrauen zu gewinnen, muss man beweisen, dass man einer von ihnen ist.«

Chris nickte in Gedanken versunken. »Man muss selbst kinderpornografisches Material hochladen.«

»Ja«, bestätigte Bartels. »Selbst wenn wir daraufhin die wahre Identität des anderen erfahren, könnten wir diese Information vor Gericht nicht verwenden, da sie unter illegalen Bedingungen erbracht wurde.«

»Ein Hoch auf den Rechtsstaat«, sagte Rokko kopfschüttelnd.

»Wie dem auch sei«, überging Chris diese Bemerkung, »dem Täter scheint es irgendwie gelungen zu sein.«

»Wir sind uns ziemlich sicher, dass es sich nicht um eine Einzelperson handelt«, sagte Corinna Hartfels. »Das Ganze ist zu aufwändig und komplex, um von einem Täter ausgeführt zu werden. Wir vermuten eine Hackergruppierung dahinter. Das Darknet ist deren bevorzugte Umgebung, und selbst dort sind Pädophile nicht sonderlich willkommen. Die Hacker sehen in ihnen eine Art von Nestbeschmutzern.«

Nun schaltete sich wieder Bartels ein. »Wir hatten vor ein paar Jahren einen ähnlichen Fall, in dem eine solche Gruppierung ein Pädophilennetzwerk infiltriert hat. Die dabei abgegriffenen Daten und Adressen wurden öffentlich ins Internet gestellt. Darunter befanden sich Namen von hochrangigen Politikern und Geistlichen. Da die Beweiskette auf diesem Wege zweifelhaft und der Hackerangriff selbst ein illegales Vorgehen war, hatte die Staatsanwaltschaft keinerlei rechtliche Grundlage gegen diese Personen zu ermitteln.«

»Offensichtlich haben sie beschlossen, die Sache dieses Mal selbst in die Hand zu nehmen«, meinte Rokko. »Und wenn ich das hier lese, kann ich es ihnen nicht einmal verübeln.«

»Sie rechtfertigen also die Vorgehensweise dieser Leute«, kommentierte Hartfels.

»Ich will damit sagen, dass unser Rechtssystem mitunter die falschen Leute schützt.«

»Das mag vielleicht zutreffen«, räumte sie ein, »aber das ist noch lange keine Rechtfertigung für Selbstjustiz.«

»Haben Sie Kinder, Frau Hartfels?«, fragte Rokko.

»Nein.«

»Dann können Sie wohl kaum die Gründe nachvollziehen, die jemand zu derlei Taten verleiten. Ich behaupte nicht, dass es richtig ist, aber ich kann es zumindest verstehen.«

Hartfels verschränkte die Arme. »Ich kenne genügend Kollegen, die im Bereich der Kinderpornografie ermitteln. Einige von ihnen sind seit Jahren in therapeutischer Behandlung deswegen oder haben sich in andere Abteilungen versetzen lassen. Ich selbst habe in meiner Laufbahn beim BKA genügend dieser widerwärtigen Filme gesehen, um beurteilen zu können, wie abscheulich das Vorgehen dieser Männer ist und was die Kinder, die sie missbrauchen, alles durchmachen müssen. Und obwohl ich selbst keine Mutter bin, verurteile ich es nicht weniger als Sie es tun. Aber bevor Sie weiter Partei für die Mörder ergreifen, sollten Sie sich das hier genau ansehen!« Wieder gab sie ihrem Kollegen ein Zeichen.

Bartels tippte erneut auf die Tastatur ein. Kurz darauf

war auf dem Bildschirm das Logo einer Seite zu sehen. Es zeigte die comicartige Abbildung eines teuflisch dreinblickenden Kindergesichts mit blauroten Augen, die aussahen, als pulsiere der blanke Hass darin. Unterstrichen wurde dieser Eindruck von wirren rötlichen Haaren, die bis in die Stirn hingen.

»Das kommt mir irgendwie bekannt vor«, sagte Chris bei dem Anblick.

»Es stammt von einem Filmplakat aus den 1980er Jahren«, klärte Bartels ihn auf. »Der Titel lautet *Chucky die Mörderpuppe*. Selbst für damalige Verhältnisse ein ziemlicher Horrortrash, aber es unterstreicht die Botschaft der Täter.«

Ab jetzt kommt ihr nicht mehr ungeschoren davon, interpretierte Chris in Gedanken das Abbild dieser Kinderfratze. Weiter unten waren Verlinkungen zu sehen. Offenbar führten sie zu Videoclips. Die Miniaturbilder rechts davon zeigten vier gefesselte Männer in unterschiedlichen Positionen. »Die haben die Morde gefilmt«, entfuhr es Chris.

»Und zur Abschreckung in dieses Netzwerk gestellt«, konkretisierte Bartels.

Chris zögerte einen Moment. Dann klickte er das letzte Video an.

Es dauerte ungewöhnlich lange, bis das Video startete. Während die schrecklichen Bilder vor ihren Augen abliefen, blendete Chris die Schmerzensschreie von Winfried Gerber aus, um sich auf die Gestalt zu konzentrieren, die ihm mit einer Zange die Vorderzähne herausriss. Der Statur nach handelte es sich eindeutig um einen Mann. Er war gänzlich in Schwarz gekleidet, etwa einsachtzig groß und schlank. Mehr spezifische Merkmale waren nicht zu erkennen. Sein Gesicht verdeckte eine Latexmaske, die dem Abbild des Logos täuschend ähnlich sah und fast wie eine zweite Haut wirkte. Er trug eine Perücke aus roten Haaren, die ihm wirr vom Kopf abstanden und das Konterfei eines durchgeknallten Kleinkindes perfektionierte. Die groteske Gestalt sprach kein Wort, während sie ihre grausame Arbeit verrichtete. Als sie fertig war, richtete sie Gerber auf, stülpte ihm den Klarsichtbeutel über den Kopf und fixierte ihn mit Klebeband um seinen Hals. Gleichzeitig legte sie ihm die Schlinge um, die bereits von der Decke hing. Dann verharrte die Gestalt reglos neben ihm, den Blick auf die Kamera gerichtet und überließ Gerber sich selbst.

Der röchelte und schnappte verzweifelt nach Luft. Immer wieder zog sich das Plastik der Tüte in seine Mundhöhle und machte jeden Atemzug zur Qual. Gerbers Körper zuckte und stemmte sich gegen seine Fesseln. Dann endete seine Gegenwehr und wurde durch die Erkenntnis ersetzt, dass er so oder so sterben würde. Wenige Sekunden später sprang er von der Kante und die Schlinge zog sich zu. Nachdem ein letztes Zucken durch seinen Körper gefahren war, machte das Bild einen Zeitsprung und fror ein. Es zeigte den Körper nun nach der Häutung auf dem Rücken und mit den angedeuteten Hautflügeln. Das Wort *Zahnfee* erschien. Daneben waren ein Kreuz und das Datum seines Todes vermerkt. Eine Botschaft wurde eingeblendet: *So wird es in Zukunft jedem hier ergehen, der sich an wehrlosen Kindern vergreift oder entsprechendes Bildmaterial verbreitet. Seid gewarnt, wir finden euch. Denn alle Schuld rächt sich auf Erden. Die Erlöser.*

Chris atmete durch. »Diese Typen inszenieren die Morde nach den Pseudonymen der Opfer.«

Hartfels nickte. »Diese sind meist anzüglich oder zweideutig gewählt. So geben sie sich untereinander leichter als Ihresgleichen zu erkennen. Das erste Opfer nannte sich *Analspreizer*. Ich muss Ihnen sicher nicht erläutern, wie der Mann gestorben ist. Man hat ihm buchstäblich den Arsch aufgerissen.«

Chris fuhr sich mit der Hand über das Gesicht. Vor seinem geistigen Auge sah er den verbrannten Leichnam des

Kinderarztes, als er das Pseudonym, mit dem die dritte Verlinkung benannt war, betrachtete.

HotDoc.

Wie würde Möbius' Frau auf den Umstand reagieren, dass ihr Mann sich offensichtlich in derlei Kreisen bewegt hatte? Es würde sich kaum vermeiden lassen, sie davon zu unterrichten. Und wenn die Presse erst einmal Wind davon bekam, würde das auch eine gesellschaftliche Ausgrenzung zur Folge haben. Ganz zu schweigen von den Reaktionen der Eltern, die ihre Kinder jahrelang zu Möbius in Behandlung gebracht hatten.

Ein Kinderarzt, großer Gott!

»Etwas irritiert mich an der Sache«, meinte Chris. »Dem Opfer wurden mit einer Zange die Hoden zerquetscht. Das ist auf dem Video nicht zu sehen.«

»Möglicherweise wurde das in der Phase getan, die in dem Film übersprungen wurde«, meinte Bartels.

»Nein, da war Gerber bereits tot. Die Aufnahme im Speicher des Spielzeugtelefons lässt darauf schließen, dass sie während dieser Folterung entstanden ist, also noch vor Beginn des Videos. Darauf konnte Gerber sich normal artikulieren, das heißt, er hatte noch alle Zähne.«

»Wozu überhaupt diese Telefone?«, fragte Rokko.

»Da sind sich unsere Fallanalytiker noch nicht ganz einig«, erwiderte Hartfels. »Wir vermuten, dass sie symbolisch für den Missbrauch von Kindern stehen, quasi als Rechtfertigung für die Tat. Deshalb verewigen die Täter die Schmerzensschreie ihrer Opfer darauf und schaffen so gewissermaßen ein Synonym für die Qualen der Kinder.«

Chris schüttelte nachdenklich den Kopf.

»Sind Sie anderer Meinung?«, fragte Hartfels.

»Was die Symbolik angeht, gebe ich Ihnen recht«, meinte Chris. »Aber für mindestens einen der Täter, sollte es sich tatsächlich um eine Gruppe handeln, ist dieses Telefon ein wichtiger Bestandteil der Tat. Es hat eine Bedeutung für ihn. Er will seine Opfer dieselbe Schutzlosigkeit verspüren lassen, die die Kinder durchleben. Möglicherweise sind es eigene Erfahrungen, die er auf diese Weise umsetzt.«

»Sie meinen, er wurde als Kind selbst missbraucht.«

Chris nickte. »Das würde seine Motivation und seine Gewaltbereitschaft erklären. Denn es scheint mir ziemlich abwegig, dass eine Gruppe von Hackern ausreichend motiviert wäre, auf diese Weise zu töten, nur weil diese Leute ihr *Nest* beschmutzt haben.«

»Tja«, meinte Hartfels, »vielleicht haben sie ja auch wie Ihr Kollege Kinder und sehen darin ihre Rechtfertigung.«

Rokko warf ihr einen verärgerten Blick zu, bevor er noch einmal die Botschaft auf dem Bildschirm betrachtete. »›Und alle Schuld rächt sich auf Erden‹«, las er vor. »Ist das nicht aus einem Gedicht von Goethe?«

»Ja«, stimmte Bartels ihm zu. »Aber inwieweit sollte uns das weiterhelfen?«

»Zumindest spricht es für eine gewisse Bildung der Täter.«

»Das ist eines seiner bekannteren Zitate. Das können Sie auch überall im Internet finden.«

Rokko schloss das Fenster des Players. »Was ist das?«, fragte er und deutete auf die Seite mit den verlinkten Videos.

»Was meinen Sie?«, entgegnete Bartels und drehte den Laptop wieder in seine Richtung. Als er auf den Bildschirm sah, weiteten sich seine Augen. Darauf war nun eine fünfte Verlinkung zu erkennen. »Das ... das ist ein Livestream«, meinte er verstört, nachdem er den Player gestartet hatte. »Das passiert jetzt im Moment!«

Chris und Rokko sprangen gleichzeitig auf und liefen um den Schreibtisch herum. Alle Augen waren nun auf den Bildschirm gerichtet. Der Wiedergabebereich darauf war in vier Fenster unterteilt, die Bilder von mehreren Kameras an verschiedenen Standorten im Inneren eines Hauses einfingen: den Eingangsbereich, die Treppe zum Obergeschoss, den dortigen Flur und das Schlafzimmer. Nur auf letzterem Bild war jemand grobkörnig zu erkennen. Bei der Person handelte es sich offenbar um einen Mann, was auf den ersten Blick nur an seinen behaarten Beinen auszumachen war. Er kniete auf einem Bett und trug eine Art Schulmädchenuniform. Sein Mund war geknebelt, und seine Lippen übertrieben geschminkt. Auf seinem Kopf thronte eine blonde Perücke mit steifen Zöpfen. Straff gespannte Seile an der Decke hielten seine Arme in einer einladenden Geste der Begrüßung auseinander und fixierten zugleich seinen Körper, der in einer ungewöhnlich steifen Haltung verharrte. Etwas an dem Blick des Mannes wirkte fremdartig. Die Bildqualität war schlecht, und die Übertragung stockte immer wieder, daher waren Details aus diesem Winkel heraus nur schwer zu erkennen, aber seine Augen wirkten schwarz und leer. Dunkle Striemen liefen an seinen Wangen herunter, als hätte er Blut geweint. Die farblosen Bilder waren ohne Ton, aber der war auch nicht nötig, um zu erkennen, dass die Person unter starken Schmerzen litt.

»Wieso stockt die Übertragung immer wieder?«, fragte Rokko.

»Das hängt mit der Übertragungsstruktur im Darknet zusammen«, erläuterte Bartels. »Das Signal wird verschlüsselt und über etliche Knotenpunkte gelenkt, was die Geschwindigkeit erheblich reduziert. Daher auch nur die geringe Bildauflösung.«

»Weiß jemand von Ihnen, wo das sein könnte?«, fragte Hartfels.

Chris und Rokko schüttelten den Kopf.

»Was ist das da um seinen Hals?«, fragte Chris.

Bartels vergrößerte die Stelle. »Sieht aus wie ein Seil. Es scheint seinen Kopf zu fixieren.«

»Aber es ist nirgendwo befestigt. Sehen Sie?« Sein Finger fuhr über den Bildschirm. »Soweit ich das erkennen kann, verläuft es zweimal um seinen Hals herum, dann nach vorne an seiner Brust entlang bis zur Taille. Dort endet es in ...« Er beugte sich näher an das Bild heran. »Was ist das, ein Gürtel? Kriegen Sie das noch schärfer?«

Bartels Finger flogen über die Tastatur. Er öffnete ein Grafikprogramm und fügte den gespeicherten Screenshot ein, den er durch einige Filter jagte. »Nein«, meinte er enttäuscht. »Viel besser kriege ich es nicht hin. Die Bildqualität ist einfach zu grobkörnig. Vermutlich handelt es sich bei den Aufzeichnungsgeräten um einfache Internet- oder Überwachungskameras.«

»Seht nur!«

Rokko deutete auf das Bild des Hauseingangs. Die Tür, die nur angelehnt war, öffnete sich und mehrere uniformierte Personen betraten den Flur.

»Das ist Pelzer! Wie zum Teufel kommt der dorthin?«

Wie paralysiert starrte Chris auf den Bildschirm und beobachtete, wie Pelzer und seine drei Kollegen aus dem ersten Bild verschwanden und kurz darauf vor dem Aufgang zum Obergeschoss wieder auftauchten. Mit Entsetzen stellte er fest, dass sich auch Rebecca darunter befand. Hastig richtete sich sein Blick auf die Person auf dem Bett. »Dieser kleine Kasten am Ende der Schnur, was könnte das sein?«, fragte er Bartels.

»Ich kann das aufgrund der schlechten Bildqualität natürlich nur vermuten«, meinte der ausweichend, »aber sehen Sie diesen kleinen hellen Punkt in der Mitte? Das könnte ein Infrarotsensor oder etwas Ähnliches sein. Vielleicht eine Art Sender oder Empfänger.«

Chris Augen weiteten sich, als er begriff. Automatisch griff er zu seinem Handy, um Rebecca anzurufen. Doch dann fiel ihm ein, dass sie ihr privates Telefon im Dienst stummschaltete. »Ruf in der Zentrale an!«, schrie er an Rokko gerichtet. »Die sollen Pelzer anfunken. Sie dürfen auf keinen Fall das Schlafzimmer betreten!«

»Was? Aber ...?«

»Beeil dich!«

Rokko griff zum Hörer, während Chris angespannt auf dem Bildschirm verfolgte, wie Pelzer zusammen mit Rebecca und den beiden Kollegen bereits den Flur im Obergeschoss erreichte.

Er wusste, es war zu spät.

KAPITEL 17

Etwa fünfzehn Minuten waren vergangen, seit der Notruf in der Zentrale eingegangen war. Eine junge Frauenstimme hatte etwas von einem Einbrecher gesagt und das jemand in Lebensgefahr schwebe. Nachdem sie mit weinerlicher Stimme die Adresse durchgegebene hatte, war die Verbindung abgebrochen. Kurze Zeit darauf waren Pelzer und seine Kollegen eingetroffen. Die Eingangstür des Hauses war nur angelehnt gewesen, und auf Rufe hatte niemand reagiert. Sie hatten ihre Waffen gezogen und das untere Stockwerk durchsucht, ohne dabei jemanden anzutreffen.

Nun befanden sie sich im oberen Flur des Hauses. Überall roch es nach Chlor und Putzmitteln. Alle Türen standen offen, bis auf eine. Auf diese bewegten sie sich zu.

»Hallo!«, rief Pelzer, während er die Waffe vor sich hielt und sich seitlich der Tür näherte. »Polizei! Ist jemand da drin?«

Ein gedämpftes Wimmern erklang durch die geschlossene Tür, als würde jemand in ein Kissen schreien.

»Sieh nur«, sagte Rebecca und deutete auf das Zeichen an der Tür.

»Dasselbe Symbol wie in Gerbers Keller«, sagte Pelzer. »Aber dieses Mal scheinen wir den Mistkerl überrascht zu haben. Sein Opfer lebt jedenfalls noch.« Er deutete auf

Rebecca. »Du hältst dich zurück und gibst uns Rückendeckung. Der Rest von uns geht rein.«

Die beiden anderen Uniformierten positionierten sich, die Waffen schussbereit.

Vorsichtig überprüfte Pelzer, ob die Tür verriegelt war. Doch sie schwang einen Spaltbreit auf, als er den Griff betätigte. Augenblicklich drang das gedämpfte Schreien lauter zu ihnen durch. Wer auch immer sich in dem Raum befand, schien sich die Seele aus dem Leib zu brüllen. Aber immerhin war derjenige noch am Leben, und diese aufgeblasenen Idioten von der Kripo würden ihm den Arsch dafür küssen müssen, dass er ihnen einen Zeugen präsentierte. Mit etwas Glück vielleicht sogar den Mörder. Von hier oben gab es keinerlei Fluchtmöglichkeiten. Sollte sich der kranke Bastard noch in dem Raum aufhalten, dann würde er Bekanntschaft mit seiner Walther machen.

Pelzer wischte sich den Schweiß von der Stirn und holte tief Luft. Er zählte lautlos mit den Fingern bis drei. Dann stieß er die Tür auf und sie stürmten in den Raum.

Im selben Moment meldete sich die Zentrale über Funk.

KAPITEL 18

»Verdammt«, schrie Chris. »Wieso dauert das so lange?«

Rokko, der mit der Leitstelle telefonierte, gab ihm durch ein Schulterzucken zu verstehen, dass er auch keine Wunder vollbringen konnte. Kurz darauf gab er mit erhobenem Daumen ein Zeichen. »Sie sind dran.«

Chris richtete seinen Blick wieder auf den Bildschirm des Laptops. Zusammen mit Hartfels und Bartels beobachtete er, wie Pelzer mit seinen beiden Kollegen in das Zimmer stürmte. Sie schwenkten ihre Waffen, suchten jeden Winkel ab. Dann erstarrten sie bei dem Anblick des Mannes auf dem Bett. Einer der Beamten ging schließlich auf den Mann zu und sprach auf ihn ein. Doch der schien völlig aufgelöst zu sein. Er schüttelte wild den Kopf und zerrte verzweifelt an seinen Fesseln. Chris sah, wie Pelzer in sein Funkgerät sprach. Sein Blick kreiste suchend durch den Raum, bis er die Kamera entdeckte, die in der Höhe des Türrahmens angebracht sein musste.

»Pelzer will wissen, was los ist«, gab Rokko die Durchsage der Zentrale weiter. »Er meint, der Raum wäre sicher und der Mann brauche Hilfe.«

»Gar nichts ist sicher«, brüllte Chris. »Die sollen sich auf jeden Fall von ihm fernhalten!« Er hielt Ausschau nach Rebecca und entdeckte sie auf dem linken unteren Bild der Flurkamera. *Weit genug entfernt.*

»Sehen Sie!« Bartels deutete auf den kleinen Kasten am Bauch des Mannes, an dem das Seil um seinen Hals endete.

Mit Beunruhigung registrierte Chris, was er dort sah. Ihm blieb keine Zeit für Erklärungen. Entschlossen riss er Rokko den Hörer aus der Hand.

»Die sollen sich zurückziehen«, brüllte er in das Telefon. »Hören Sie, die sollen ihre Ärsche sofort da raus bewegen!«

Im selben Moment tauchte ein Blitz das Kamerabild in gleißendes Licht.

KAPITEL 19

Die Welt war ein undankbarer Ort. Das bestätigte sich für Pelzer in dem Gebrüll dieser gefesselten Schwuchtel. Offenbar schien der Mistkerl sich nicht sonderlich über ihre Hilfe zu freuen. Und nun gingen Pelzer auch noch diese Idioten von der Kripo auf die Nerven, die sich mal wieder in alles Einmischen mussten. Es gab Tage, da hasste er seinen Job. Er wollte gerade der Zentrale mitteilen, wo sich Bertram und seine Leute ihre Ansichten hinstecken konnten, als er aus den Augenwinkeln heraus das Blinken eines roten Lichtpunktes wahrnahm. Es ging von der kleinen Plastikbox aus, die an dem *Rock* der Schwuchtel befestigt war und in der eine blau ummantelte Schnur endete. Beides wäre ihm bestimmt früher aufgefallen, hätten ihn die grell geschminkten Lippen und die groteske Verkleidung des Kerls nicht irritiert. Im ersten Moment hatte er ihn für eine von diesen Transen gehalten, die auf dem Wohnwagenstrich ihre Dienste anboten. Die von Tränen verlaufene Schminke um seine Augen herum passte jedenfalls zu dem weibischen Gejammer, das er von sich gab. Doch bei genauerem Hinsehen wurde Pelzer bewusst, dass der Mann gar keine Augen mehr hatte. Nur leere Höhlen. Und die Tränen waren keine Tränen, sondern verkrustetes Blut.

Verdammte Scheiße, fluchte er in sich hinein, als er begriff, was hier gerade geschah. Er musste reagieren, seine Leute in Sicherheit bringen. Doch er war von einer seltsamen Lähmung befallen, die ihm seine eigene Sterblichkeit bewusst machte. Ein kalter Schauer durchzog ihn. Es war das Gefühl der Todesangst, die sich wie Säure in seine Haut fraß.

Reglos sah er mit an, wie sein langjähriger Kollege Bernd Reimann mit ausgestreckter Hand auf den Mann zuging, um ihn zu beruhigen. Er hörte die aufgebrachte Stimme aus der Zentrale, die durch sein Funkgerät drang und ihn und seine Leute mit Nachdruck aufforderte, den Raum zu verlassen. Und er sah den kleinen schwarzen Kasten, dessen Licht aufgehört hatte zu blinken.

Mit aller Kraft befreite sich Pelzer aus seiner Starre. »Runter«, schrie er und warf sich nach hinten.

Ein elektronisches Signal erklang. Noch bevor Pelzer den Boden berührt und die Hände über dem Kopf verschränkt hatte, folgte ein ohrenbetäubender Knall. Die Luft vibrierte für einen Augenblick, und er spürte, wie er von etwas am Arm getroffen wurde, während die Hitze der freigesetzten Energie über ihn hinwegzog. Er hörte ein Poltern. Ein Schrei erklang.

Die nachfolgende Stille hatte etwas Surreales – als hätte die Zeit den Atem angehalten.

Behäbig löste Pelzer die Arme um seinen Kopf. Ein Stück unterhalb seines Ellenbogens, an der Stelle, wo er das peitschende Gefühl verspürt hatte, ragte ein streichholzgroßes Fragment aus seinem Uniformhemd, dessen Stoff sich rot verfärbte. Er zog das Stück aus der blutenden Wunde und begutachtete es.

Es sah aus wie der Splitter eines Knochens.

Er untersuchte die Stelle und stellte mit Erleichterung fest, dass der Splitter nicht von ihm stammte. Doch diese Erkenntnis ließ nur eine Schlussfolgerung zu.

Langsam hob er den Blick ... und zuckte zusammen, als er in die leeren Augen des abgesprengten Kopfes sah, der vor ihm auf dem Boden lag.

KAPITEL 20

Chris stand mit den anderen um den Bildschirm herum und verfolgte, wie der Rauch sich langsam legte und den Blick auf das entsetzliche Szenario freigab. Die kopflose Leiche des Opfers saß noch immer mit ausgebreiteten Armen auf dem Bett, aufrecht gehalten von den Stahlseilen. Überall war Blut an den Wänden verteilt wie Graffiti. Pelzer und seine beiden Kollegen lagen am Boden, lebten aber augenscheinlich noch.

Mit Erleichterung registrierte er, dass Rebecca unverletzt war. Sie hockte mit gezogener Waffe neben der geöffneten Tür im Flur und spähte in den Raum hinein. Selbst auf dem unscharfen Videobild war das Entsetzen in ihrem bleichen Gesicht zu erkennen.

»Großer Gott«, fand Bartels als Erster seine Stimme wieder. »Was zum Teufel war das?«

»Eine Sprengschnur«, sagte Chris wie in Trance. »Der Auslöser war vermutlich mit der Tür gekoppelt.«

»Aber woher wussten Sie ...?«

»Es war logisch«, meinte Hartfels nüchtern. »Bei dem verbrannten Opfer im Wald sind die Täter ähnlich vorgegangen. Auslöser mit Infrarotsensor, dieses Mal mit Verzögerung. Die Sprengkraft der Schnur war relativ gering und hauptsächlich auf das Opfer ausgerichtet. Ihre Kollegen waren demnach nicht das primäre Ziel dieses Anschlags.« Sie deutete auf das Bild, in dem zwei der Beamten bereits wieder auf den Beinen standen. Der Dritte lag noch am Boden und hielt sich vor Schmerzen die Hand. »Die Verletzungen dürften demnach nur geringfügig ausgefallen sein«, fügte Hartfels hinzu.

Chris beobachtete, wie sie eine Packung Aspirin aus ihrer Tasche zog und zwei der Tabletten schluckte. Dabei wichen ihre Augen nicht von dem Bildschirm ab. Und sie wirkten ebenso gefühlskalt wie ihre Stimme. *Wie eine*

Maschine, ging es ihm bei ihrem Anblick durch den Kopf.

»Dennoch sollten wir einen Notarzt verständigen, finden Sie nicht?«, sagte er.

»Das dürften Ihre Kollegen bereits über Funk erledigen. Und ich denke, sie können vor Ort die Situation besser einschätzen. Für uns wäre es wichtiger, in Erfahrung zu bringen, wo sich das Ganze ereignet hat, um den Tatort schnellstmöglich abzuriegeln, bevor irgendwelche Sanitäter ihn verunreinigen.«

Rokko räusperte sich im Hintergrund. »Die Zentrale bestätigt, dass soeben Notarzt und Rettungswagen angefordert wurden.«

Noch immer betrachtete Chris die Frau neben sich. »Sind Sie wirklich so cool, oder ist das nur eine schützende Fassade?«

Hartfels wirkte irritiert. »Was meinen Sie? Ich mache nur meine Arbeit.«

»Seht nur«, sagte Bartels und zog das Interesse wieder auf den Bildschirm.

Der hatte sich verdunkelt. Die Übertragung war abgerissen. Doch sogleich erschien das eingefrorene Standbild des augenlosen Mannes, das mit einem Textfeld versehen war. Es enthielt das Internet-Pseudonym des Opfers: *BlindDate*. Daneben war das aktuelle Datum als Sterbetag vermerkt, gefolgt von der bereits bekannten Botschaft: *So wird es in Zukunft jedem hier ergehen, der sich an wehrlosen Kindern vergreift oder entsprechendes Bildmaterial verbreitet. Seid gewarnt, wir finden euch. Denn alle Schuld rächt sich auf Erden. Die Erlöser.*

»Existiert bereits ein Video von dem Vorfall?«, fragte Hartfels.

Bartels schloss den Player, und die Seite wurde wieder sichtbar. Die vorherige Verknüpfung war durch eine neue Verlinkung ersetzt worden. »Ja«, sagte er.

»Lade sie herunter und archiviere sie mit den anderen

Videos.« Sie sah Rokko auffordernd an, der nach wie vor den Telefonhörer in der Hand hielt. »Was ist nun? Haben wir eine Adresse?«

Rokko verharrte kurz. Dann sprach er mit der Zentrale und ließ sich die Adresse durchgeben, die er auf einem Zettel notierte. Nachdem er das Gespräch beendet hatte, knallte er Hartfels die Notiz auf den Tisch. »Hier, bitte sehr!«

»Gut«, meinte sie blasiert. »Dann verständigen Sie Ihre Leute von der Spurensicherung und fahren Sie mich dorthin. Ich warte unten auf Sie.« Sie hielt kurz inne, während sie Rokko abschätzend betrachtete. »Und nehmen Sie den Kaugummi aus dem Mund. Das Geschmatze ist eklig und stört mich beim Denken.«

Verdutzt sahen Chris und Rokko ihr hinterher, wie sie durch die Tür verschwand.

»Für was hält die uns? Für ihre Angestellten?«

»Nehmen Sie es ihr nicht krumm«, meinte Bartels, der bereits wieder auf seinem Computer tippte. »Sie ist nicht so übel, nur etwas ... nun ja ... sagen wir *speziell*, was ihre Arbeit betrifft. Wenn man sich erst einmal daran gewöhnt hat, erscheint es einem ganz normal.«

»An so etwas kann man sich gewöhnen?«, fragte Rokko.

Bartels lächelte. »Ist wie mit Arthritis«, meinte er. »Zuerst empfindet man die Schmerzen als höllisch, doch irgendwann lernt man, damit zu leben.«

»Manchmal kann auch ein guter Orthopäde hilfreich sein«, brummte Chris, schnappte sich den Zettel mit der Adresse und trat aus der Tür.

KAPITEL 21

Bei ihrer Ankunft vor dem Haus fiel Chris sofort Bondeks alter Audi auf, der schräg gegenüber abgestellt war. Er fragte sich, woher die Presse so schnell Wind von der Sache bekommen hatte. Chris hielt seinen Ausweis aus dem Fenster, worauf einer der Beamten sie durch die Absperrung winkte. In der Einfahrt des Hauses stand ein Rettungswagen, in dessen Heck zwei Sanitäter eine Bahre schoben. Die Person darauf konnte Chris nicht erkennen, da der Kopf in einer Art Stütze oder Verankerung fixiert war. Aber die Sanitäter hatten es ziemlich eilig, den Patienten zu versorgen.

»Nur geringfügige Verletzungen, hm?«, raunte er, während er Hartfels im Rückspiegel betrachtete. Sie nahm die Bemerkung ohne sichtbare Regung hin. Auch Rokko saß stumm auf dem Beifahrersitz. Es hatte fast schon etwas Befremdliches, ihn nicht auf einem Kaugummi kauen zu sehen.

»Da ist Pelzer«, sagte er und deutete auf eine Gruppe aus Polizisten, die am Rande der Einfahrt standen. Rebecca kam ihm entgegen, als er aus dem Wagen stieg.

»Es war schrecklich«, sagte sie und fiel ihm um den Hals.

Überrascht erwiderte Chris ihre Umarmung. Eigentlich hatten sie beschlossen, vor Kollegen auf solch intime Gesten zu verzichten. Doch manche Umstände verbannten solche Regeln ins Reich der Belanglosigkeiten. »Ich weiß«, entgegnete er. »Wir konnten über die Kameras alles mit ansehen. Ich habe versucht, euch zu warnen, aber es war zu spät.«

Sie löste sich von ihm. »Warum tut jemand so etwas Grausames?«

Chris hatte das Ultraschallbild ihres Kindes vor Augen, auf dem bereits zarte menschliche Züge zu erkennen waren. Ein winziger Fleck von einem Körper mit einer abgewinkelten Hand, die mehr ein Schatten war und den Eindruck erweckte, als wollte dieses ungeborene Leben bereits einen Gruß an diese Welt richten.

Eine Welt, die voller Bestien war.

In diesem Moment konnte Chris die Motive der Täter nachvollziehen, obwohl er die Vorgehensweise weder befürworten konnte noch durfte. Daher vermied er es, direkt auf Rebeccas Frage zu antworten und zuckte nur ausweichend mit den Schultern.

»Woher wussten Sie überhaupt davon?« Es war Pelzer, der sich von den anderen gelöst hatte und zu ihnen stieß. Der linke Ärmel seines Hemdes war hochgekrempelt, der Arm um den Ellenbogen bandagiert.

Chris hielt unbewusst Ausschau nach Bondek, konnte ihn aber nirgends entdecken. »Die Kollegen aus Wiesbaden hatten uns gerade über ein paar Fakten zu dem Fall aufgeklärt, wobei wir durch Zufall auf die Übertragung gestoßen sind«, klärte er Pelzer beiläufig auf.

Der musterte die blonde Frau neben Chris eingehender. »Wiesbaden?«

»Hauptkommissarin Corinna Hartfels, BKA«, stellte sie sich vor, ohne ihm die Hand zu reichen.

»Was hat das BKA mit der Sache zu tun?«

»Die Vorfälle hier stehen in direktem Zusammenhang mit zwei weiteren Morden«, klärte Chris ihn auf. »Wie es aussieht, waren alle Opfer Mitglieder der Pädophilenszene.«

Pelzers kniff wütend die Augen zusammen. »Soll das heißen, wir wären da drin beinahe draufgegangen, wegen eines gottverdammten Kinderschänders?«

»Ich denke nicht, dass Ihr Leben wirklich in Gefahr war«, erwiderte Hartfels. »Sie waren lediglich ein Teil der Inszenierung.«

»Ach ja?«, konterte Pelzer, dessen Blick sich weiter verschärfte. »Sagen Sie das mal meinem Kollegen, der zwei seiner Finger verloren hat.«

»Wissen Sie schon etwas über die Identität des Opfers?«, ging Hartfels nicht näher darauf ein.

»Das Haus gehört einem gewissen Thomas Reuter.«

»Das ist keine Antwort auf meine Frage.«

Pelzer musterte sie verdrossen. »Bis jetzt habe ich nur Bekanntschaft mit einem Splitter seiner Wirbelsäule gemacht.« Er deutete auf den Verband an seinem Arm. »Leider hatte ich danach noch keine Zeit, die Identität des Toten zu überprüfen, denn ich war zu sehr damit beschäftigt, meine Leute in Sicherheit zu bringen.«

»Das ist gut«, meinte Hartfels nachdenklich. »Dann dürfte der Raum nur geringfügig konterminiert sein.«

»Wir haben uns redlich bemüht, Ihren Tatort nicht voll zu bluten, Frau *Hauptkommissarin*.«

Hartfels trat einen Schritt auf Pelzer zu. »Kann es sein, dass Sie ein Problem mit Frauen in gehobener Position haben?«

»Darauf können Sie wetten!«

Sie nickte. »Dann sollte ich mir für meine Fragen vielleicht jemand suchen, dessen Kompetenz über die eines Neandertalers hinausgeht.«

Pelzer war kurz davor, auf sie loszugehen, als Chris schließlich einlenkte.

»Sehen Sie den Mann, der gerade aus dem Auto steigt«, sagte er zu Hartfels und deutete auf Uwe Meißner, der mit seinem Team anrückte. »Das ist der Leiter der Spurensicherung. Wenden Sie sich für alles Weitere an ihn.«

Sie warf Pelzer einen nicht zu deutenden Blick zu. Dann nickte sie und ging davon.

»Aus welchem Versuchslabor ist die denn entlaufen?«, schnaufte Pelzer.

»Wir sollten sachlich bleiben«, entgegnete Chris, der dieses Mal Mühe hatte, Pelzer zu widersprechen.

»Gut, dann klären Sie mich mal darüber auf, was für eine kranke Scheiße da drin abgelaufen ist! Wir sollten lediglich einen gemeldeten Einbruch überprüfen. Niemand hat etwas von Sprengfallen gesagt! Hinter wem seid ihr her, der verdammten al-Qaida?«

Chris schielte in Richtung des Rettungswagens, in dessen Heck weiterhin hektisch hantiert wurde. »Wie geht es Ihrem Kollegen?«

Pelzer seufzte. »Scheiße, keine Ahnung. Reimann wurde sofort ins Krankenhaus gebracht. Es dürfte wohl fraglich sein, ob er weiterhin für den Außendienst tauglich ist.«

Chris verzog die Stirn. »Und wer wird da gerade behandelt?«

»Wir haben in dem Haus ein weiteres Opfer gefunden«, schaltete sich Rebecca dazwischen. »In dem ganzen Trubel ist der Mann uns zunächst nicht aufgefallen. Erst nachdem wir den Kollegen versorgt hatten, sind wir bei der weiteren Durchsuchung der Etage in einem Nebenzimmer auf ihn gestoßen.« Sie berührte sanft den Arm von Chris. »Es ... es handelt sich dabei um den Journalisten, der mit eurer Behörde zusammenarbeitet. Ich habe ihn nicht gleich erkannt, aber er trug seinen Presseausweis bei sich.«

Einen Moment lang versteifte sich Chris. Dann riss er sich los und lief zu dem Rettungswagen, wo einer der Sanitäter noch immer damit beschäftigt war, Bondeks Körper für den Transport zu fixieren.

»Bleiben Sie bitte draußen«, sagte er mit Nachdruck.

Chris, der bereits im Innenraum des Wagens stand, zog seinen Ausweis. »Bertram, Kripo Koblenz.«

»Ist mir egal«, brummte der Mann und überprüfte die Gurte, mit denen er Bondek stabilisiert hatte, »und wenn Sie der verdammte Polizeipräsident wären. Ich brauche Platz hier drin.«

Chris sah auf Bondek herab. Sein Kopf war bandagiert und in einer Halterung fixiert. Geronnenes Blut verkrustete sein Gesicht. »Ich will nur wissen, wie es ihm geht.«

»Er ist nicht ansprechbar. Eine Vernehmung kommt somit nicht in Frage.«

»Das meine ich nicht. Ich kenne den Mann. Wir ... wir sind so etwas wie Freunde.«

»Richten Sie Ihre Fragen bitte an den Notarzt. Ich bin nur der Sanitäter.«

»Herrgott! Bitte!«

Der Mann verharrte genervt. »Stark blutende Platzwunde oberhalb der Schläfe. Laterobasale Fraktur der Schädelbasis aufgrund starker Gewalteinwirkung. Wäre er nicht bereits versorgt worden, würde er vermutlich jetzt in einem Leichenwagen liegen. Reicht Ihnen das fürs Erste?«

Chris nickte geschockt.

Der Sanitäter gab dem Fahrer ein Klopfzeichen, der daraufhin den Motor startete. »Wenn Sie uns weiterhin an unserer Arbeit hindern, können Sie Ihren Freund der Gerichtsmedizin übergeben«, sagte er unmissverständlich.

Chris ließ sich noch den Namen des Krankenhauses sagen, in das sie Bondek einlieferten. Dann hatte er ein Einsehen und schloss von außen die Türen des Hecks.

»Wie ernst ist es?«, fragte Rebecca.

»Ziemlich ernst.« Chris fuhr sich durch die Haare. »Habt ihr Bondek erstversorgt?«

»Nein. Als wir ihn gefunden haben, hatte bereits jemand seinen Kopf verbunden.«

»Merkwürdig«, meinte Chris.

»Was hatte er eigentlich in dem Haus zu suchen?«

»Keine Ahnung. Ich vermute, er hat mal wieder auf eigene Rechnung ermittelt. Und er hat echt Talent, damit auf die Schnauze zu fallen.«

Pelzers Stimme ertönte und forderte nach Rebecca.

»Ich muss los«, sagte sie. »Auf der Dienststelle wartet der Bericht auf uns.«

Während Rebecca zu ihrem Kollegen ging, sah Chris dem Rettungswagen hinterher, der aus der Einfahrt bog und mit Blaulicht die Straße entlangfuhr. Und plötzlich beschlich ihn das ungute Gefühl, Bondek zum letzten Mal lebend gesehen zu haben.

KAPITEL 22

Wie zu erwarten, brachte die Befragung der unmittelbaren Nachbarschaft keine handfesten Hinweise. Kaum jemandem war etwas Ungewöhnliches aufgefallen. Lediglich eine ältere Dame gab an, sie hätte eine junge Person in das Haus gehen sehen. Aber weder über Geschlecht noch Größe konnte sie genauere Angaben machen. Nur was die Haarfarbe betraf, legte sie sich auf einen dunklen Ton fest.

»Absolute Zeitverschwendung«, murrte Rokko, als sie eine halbe Stunde später wieder das Haus erreichten, wo gerade der Leichenwagen aus der Einfahrt fuhr.

»Offensichtlich hatte es Thielmann mal wieder eilig«, sagte Chris. »Er dürfte es in dem Fall auch nicht schwer gehabt haben, die Todesursache festzustellen.«

Kaum hatte der Wagen die Einfahrt verlassen, kam Meißner völlig aufgelöst auf die beiden zugeeilt. Sein schmales Gesicht glühte vor Zorn.

»Könnt ihr bitte dafür sorgen, dass mir diese abgeklärte BKA-Zicke nicht länger auf die Nerven geht!«, keuchte er und warf seine Latexhandschuhe wütend zu Boden. »Wenn ich die noch eine Minute länger ertragen muss, dann schmeiß ich meinen Job hin und züchte Schafe in Irland!«

Chris rieb sich entnervt die Augen. »Was ist jetzt schon wieder los?«

»Was los ist?«, fauchte Meißner. »Sie kommandiert mich und meine Leute herum wie dumme Schuljungen. Als wäre das der erste Tatort, den wir untersuchen. Ständig stellt sie meine Autorität in Frage. Stell dir vor, sie hat mich doch glatt nach Referenzen gefragt.«

Rokko konnte sich ein amüsiertes Grinsen nicht verkneifen. »Ihr Kollege aus Wiesbaden meint, man könne sich mit der Zeit an sie gewöhnen.«

»Nicht mal mit einer Wagenladung Valium könnte ich

mich an die gewöhnen«, erwiderte Meißner. »Dazu wäre schon eine Lobotomie nötig!«

»Ja, sie ist schon ein Sonnenschein, unsere Frau Hauptkommissarin.«

»Jetzt kommt mal wieder runter«, sprach Chris auf die beiden ein. »Ich bin auch nicht sonderlich angetan von Corinna Hartfels, dennoch können wir im Moment jede Hilfe gebrauchen, wenn wir nicht wollen, dass uns die Sache über den Kopf wächst. Also hört auf zu stänkern und verhaltet euch professionell!«

Nach kurzem Zögern stimmten die beiden widerwillig ein.

»Wie weit seid ihr mit dem Tatort?«, fragte er an Meißner gerichtet.

»Da drin riecht es überall nach Reinigungsmittel. Offenbar hat jemand sorgfältig seine Spuren verwischt. Allerdings scheint der Täter etwas übersehen zu haben. Wir konnten eine leere Tube Theaterschminke unter dem Waschbecken sicherstellen. Leider waren keine brauchbaren Fingerabdrücke darauf. Die Kameras im Haus gehören zu einer internen Überwachungsanlage, die der Täter angezapft hat. Die letzten gespeicherten Aufnahmen sind zwei Tage alt.«

»Ich gehe nicht davon aus, dass darauf irgendetwas Relevantes zu erkennen ist.«

»Nein. Aber wir haben eine Festplatte mit kinderpornographischem Material sicherstellen können. Bilder und Videos. Ziemlich krankes Zeug. Und ein Kindertelefon. Es lag unter dem Bett, wie beim letzten Mal. Und wieder sind die Schreie des Opfers darauf zu hören.«

»Also alles wie gehabt«, meinte Chris. »In diesem Fall war die Explosion der erlösende Effekt. Deswegen auch die Verzögerung. Sie erhöhte die Qualen des Opfers.«

»Tja, bei manchen Verabredungen kann man eben leicht den Kopf verlieren«, warf Rokko zynisch ein.

»Wir haben Überreste der Sprengschnur überall im

Raum gefunden«, sagte Meißner. »Das müsste ausreichen, um Hersteller und Fabrikat zu ermitteln.«

»Das dürfte uns nicht weiterbringen«, sagte Chris. »Wir wissen, dass die Täter sich sehr gut im Darknet auskennen. Dort wird bekanntermaßen auch mit Waffen aller Art gehandelt. Bevorzugtes Zahlungsmittel ist eine digitale Währung namens Bitcoin. Ich bin zwar kein Experte auf dem Gebiet, aber bei so viel Anonymität lässt sich das kaum bis zum Käufer zurückverfolgen.«

»Moment mal«, sagte Meißner. »*Die Täter?*«

»Das BKA vermutet eine Hackergruppierung hinter den Morden.«

»Dein zweifelnder Gesichtsausdruck lässt vermuten, dass du nicht dieser Ansicht bist.«

»Ich weiß nicht«, meinte Chris nachdenklich. »Auf den Videos war immer nur ein Täter zu sehen.«

»Er war maskiert«, bemerkte Rokko. »Es muss sich also nicht um denselben Kerl gehandelt haben. *Die* Erlöser, erinnerst du dich? Das ist eindeutig Mehrzahl.«

Chris wandte sich an Meißner. »Was wisst ihr über den Toten?«

»Laut den Ausweispapieren, die wir bei seinen Sachen gefunden haben, handelt es sich um einen gewissen Thomas Reuter, zweiundvierzig Jahre. Von Beruf Architekt, wie wir seinem Diplom im Arbeitszimmer entnehmen konnten. Außerdem hingen dort auch Bilder, die ihn zusammen mit dem Fußballteam einer Jugendmannschaft zeigen. Offenbar beschränkte sich seine Vorliebe für Minderjährige nicht nur auf Fotos und Videos.«

»Herr Meißner!«, ertönte Corinna Hartfels' fordernde Stimme aus dem Hauseingang. Die Kapuze des weißen Overalls rahmte ihr Gesicht, was ihrer strengen Ausstrahlung noch mehr Sterilität verlieh. »Ich suche Sie. Wieso stehen Sie hier draußen?«

Meißner verdrehte die Augen. »Weil ich nicht zu Ihrer alleinigen Verfügung stehe«, presste er beherrscht hervor.

Sie streifte sich die Kapuze vom Kopf. »Haben Sie das Symbol an der Tür bereits dokumentiert?«

Er atmete durch. »Ich bin sicher, meine Mitarbeiter kümmern sich darum.«

»Vielleicht sollten Sie es lieber überprüfen, denn es stellt eine gesicherte Verbindung zu den anderen Fällen her.«

»Ich weiß ja nicht, wie Sie das in Wiesbaden handhaben, aber hier überwachen wir uns nicht gegenseitig. Meine Leute wissen, was sie zu tun haben. Dafür wurden sie ausgebildet.«

»Ein wenig Kontrolle könnte trotzdem nicht schaden. Schließlich sind Sie hier der leitende Forensiker.«

»Schön, dass Sie mir dahingehend zustimmen«, kam es bissig zurück. Er bemerkte Chris' mahnenden Blick und atmete die angestaute Wut aus sich heraus. »Schon gut«, wiegelte er ab. »Ich geh wieder rein und spiele den Aufseher. Als hätte ich nichts Besseres zu tun.«

Nachdem Meißner gegangen war, packte Chris Hartfels am Arm und zog sie beiseite. »Was soll das hier werden?«, fragte er sie ruhig aber bestimmt.

»Was meinen Sie?«

»Wenn Sie den Fall übernehmen wollen, dann tun Sie das. Ansonsten halten Sie sich an unsere Regeln. Meine Leute mögen es nicht besonders, wenn man in ihr Revier eindringt und ihnen ans Bein pinkelt. Dadurch machen Sie sich garantiert keine Freunde.«

Sie wirkte irritiert. »Ich bin nicht hier, um Freundschaften zu schließen. Ich tue nur meine Arbeit.«

»Dann sollten Sie lernen, dies mit etwas mehr Feingefühl zu tun. Das hier ist nicht die Polizeiakademie und wir sind nicht Ihre Auszubildenden. Wir haben durchaus Erfahrung mit Serientätern.«

»Sie meinen die Mittelaltermorde«, sagte sie. »Ich habe den Fall studiert. Wirklich sehr ungewöhnlich. Allerdings wäre im Laufe Ihrer Ermittlungen auch beinahe ein ziviler Berater erschossen worden.«

Chris platzte der Kragen. »Auf Bundes- und Länderebene hat man natürlich deutlich bessere Referenzen vorzuweisen. Von den dilettantischen Ermittlungspannen bei den NSU-Morden will ich gar nicht erst anfangen.«

»Und genau aus diesem Grund müssen wir so gewissenhaft wie möglich vorgehen. Unsere Behörden müssen lernen, enger zusammenzuarbeiten.«

»Ist das der Grund, weshalb Sie hier sind? Was für ein Interesse hat das BKA an dem Fall?«

Sie betrachtete ihn, als wüsste sie nicht, wovon er sprach. »Das habe ich Ihnen bereits gesagt.«

»Warum klären Sie mich dann nicht über die Bedeutung der Symbole auf, die Sie für so wichtig halten?«

»Ich sagte Ihnen doch, dass in den Berichten ...«

»Wie Sie sicher wissen«, unterbrach Chris sie vehement, »hatte ich bis jetzt noch keine Gelegenheit, diese zu lesen. Daher würde es mir eine Menge Zeit einsparen, wenn Sie mich persönlich darüber aufklären. Natürlich nur, wenn Ihre Stellung als Bundesbeamtin es zulässt, sich auf das Niveau eines stümperhaften Kriminalisten wie mir herabzulassen«, fügte er hinzu.

Sie sah ihn an, als wäre er verrückt geworden. Dann lenkte sie ein: »Meinetwegen, wenn es die Sache hier verkürzt.«

Chris schluckte einen weiteren Kommentar herunter.

»Solche verschachtelten Symbole sind eine Art Wegweiser innerhalb pädophiler Gruppen«, erklärte sie. »Sie sind für Außenstehende nicht zu deuten und können stark variieren, was ihre Erscheinungsform betrifft. Manchmal ist es nur ein Schal, der um die Laterne vor einem Haus gewickelt ist oder ein paar Schuhe auf dem Gehweg. In diesem Fall ist es ein Graffiti, das man leicht für das Logo eines Künstlers oder für ein Gangabzeichen halten kann. In Wahrheit gibt es Eingeweihten zu erkennen, dass hier Kinder unter fünfzehn Jahren angeboten werden.«

Chris betrachtete sie. »Reden wir hier von einem vorsätzlichen Handel mit Kindern?«

Hartfels nickte. »Ein Kinderstrich, wie er in Deutschland zunehmend zu finden ist. Dabei wird mit den Minderjährigen ebenso verfahren wie beim erwachsenen Menschenhandel. Die Kinder werden unter falschen Zusagen meist aus Osteuropa nach Deutschland gelockt. Man verspricht den dortigen Eltern ein besseres Leben für ihre Kinder, die hier bei Pflegeeltern in geregelten Verhältnissen aufwachsen sollen. Doch dann landen sie in getarnten Kinderbordellen oder werden direkt an die Freier vermittelt. In der Vergangenheit ist es auch schon vorgekommen, dass Kinder für solche Zwecke einfach von der Straße entführt wurden.«

Sie rieb sich die Schläfen. Offenbar wirkten die Tabletten nicht.

»Wie es aussieht«, fuhr sie fort, »haben wir es nun mit einer neuen Methode zu tun. Denn offenbar werden hier gezielt obdachlose Jugendliche für diese Szene geködert und missbraucht. Daher ist dieser Fall für uns von großem Interesse. Wir sind aber auf die Zusammenarbeit der hiesigen Behörden angewiesen.«

»Verstehe«, sagte Chris. »Wir sind sozusagen Ihre Spürhunde, die sich in dieser Gegend auskennen.«

»Wie Sie bereits sagten, ist das hier Ihr Revier.«

Und ich will verdammt sein, wenn ich es zulasse, dass solche Dreckschweine hier ihr Unwesen treiben. »Das erklärt zumindest das brutale Vorgehen der Täter.«

»Ihrem Tonfall entnehme ich, dass Sie, wie einige Ihrer Kollegen, diese Morde in gewisser Weise rechtfertigen.«

»Ich finde es nur menschlich, dass man derartige Verbrechen an Kindern verabscheut und den Verantwortlichen kein Mitleid entgegenbringt«, erwiderte Chris. »Was nicht gleichbedeutend mit einer Rechtfertigung für Mord ist. Vielleicht sollten Sie versuchen, das zu unterscheiden.«

Sie nickte wenig überzeugend. »Sind wir fertig? Dann würde ich jetzt gerne mit meiner Arbeit fortfahren.«

»Ja, sicher. Tun Sie mir nur den Gefallen und gehen Sie Meißner aus dem Weg.«

»Dann geben Sie ihm bitte das hier.« Sie öffnete den Reißverschluss ihres Overalls und zog einen dunklen Gegenstand in einem Klarsichtbeutel hervor.

»Ein Handy?«

»Es lag auf dem Bett, in dem der Verletzte gefunden wurde. Vermutlich ist es bei seinem Abtransport aus der Tasche gerutscht.«

Bondeks Telefon!

»Sie können nicht einfach Beweismaterial von einem Tatort entfernen. Sie sind keine Forensikerin.«

»Ich habe eine forensische Zusatzausbildung.«

»Na toll«, entgegnete Chris mit einer ausladenden Geste. »Dann können wir ja alle Feierabend machen und Ihnen den Fall allein überlassen.«

»Selbstverständlich habe ich die Fundstelle vorher markiert und dokumentiert.«

»Ja ... dessen bin ich mir sicher.«

»Da der Verletzte nicht vernehmungsfähig ist, helfen uns die Daten darauf vielleicht weiter. Ich wollte vermeiden, dass Ihre Leute das Beweisstück übersehen.«

Chris schüttelte perplex den Kopf. »Ist Ihnen eigentlich bewusst, wie anmaßend Sie auftreten? Oder nehmen Sie das gar nicht wahr?«

Sie erwiderte nichts, blickte ihn nur mit ihren kalten Augen an, als würde er in einem Lichtspektrum existieren, das sie nicht sehen konnte. Dann drehte sie sich abrupt um und ging zurück ins Haus.

»Frau Hartfels«, rief er ihr nach, doch sie reagierte nicht.

»An der beißt selbst du dir die Zähne aus«, sagte Rokko, der neben ihn getreten war.

»Ist das zu fassen?«, hauchte Chris entgeistert. »Sie hat mich wie einen Idioten stehen lassen. Was zum Teufel ist nur los mit dieser Frau? Die hat sie doch nicht alle!«

»So viel zum Thema *professionelles Verhalten*«, meinte

Rokko in Anspielung auf die Predigt, die Chris ihnen gehalten hatte.

»Halt die Klappe!«, gab er gereizt zurück.

»Was ist das?« Rokko deutete auf den Beutel.

»Bondeks Handy.«

»Das hat *sie* dir gegeben?«

»Frag nicht«, wehrte er ab und schaute auf den Inhalt des Beutels in seiner Hand. »Ich weiß ja nicht, wie du das siehst«, meinte er, »aber ich habe keine Lust auf das Ergebnis der datentechnischen Analyse zu warten.« Ohne das Handy aus dem Beutel zu nehmen, aktivierte er das Display. Mit Erleichterung stellte er fest, dass es nicht mit einem Sperrcode gesichert war. Die Anzeige befand sich noch immer im Nachrichtenmodus und zeigte die letzte empfangene SMS an:

Reuter ist eingetroffen.

»Na sieh mal einer an«, sagte Chris und sah auf den Versender der Nachricht, der als Dr. Hoffmann gespeichert war. Er wechselte zum Startbildschirm. Vier unbeantwortete Anrufe wurden angezeigt, alle unter derselben Nummer und im Abstand von wenigen Minuten.

Chris betrachtete seinen Kollegen. »Finden wir heraus, wer dieser Doktor Hoffmann ist.«

KAPITEL 23

Den Rest des Nachmittags stand Marina Hoffmann völlig neben sich. Sie konnte sich kaum auf ihre Patienten konzentrieren, die durch ihre gedankliche Abwesenheit noch gehemmter wirkten. Ihre Innereien fühlten sich an, als wären sie zu Stein erstarrt. Immer wieder sah sie auf ihr Handy, flehte innerlich um ein Lebenszeichen von Bondek. Doch der Journalist hatte sich nicht gemeldet.

Nachdem der letzte Patient endlich die Praxis verlassen hatte, stand ihr Entschluss, die Polizei zu verständigen, bereits fest. Von nun an ging es nicht mehr nur um ihre berufliche Reputation. Ein weiteres Menschenleben verkraftete ihr Gewissen nicht.

Sie wollte gerade nach dem Telefonhörer greifen, als es an der Tür klingelte.

Bondek, schoss es ihr sofort durch den Kopf.

Fast wäre sie gestolpert, als sie übereilt durch den Flur der Praxis lief. Ihr Herz hämmerte gegen den Brustkorb, als sie die Tür aufriss.

»Doktor Marina Hoffmann?«, fragte einer der beiden Männer, in deren überraschte Gesichter sie blickte.

»Ja«, erwiderte sie unsicher.

Der etwas größere der beiden Männer hielt ihr einen Ausweis entgegen. »Kriminalpolizei. Wir würden Ihnen gerne ein paar Fragen stellen.«

Ihr Herz überschlug sich. »In welcher Angelegenheit?«

»Es geht um Ihre Verbindung zu dem Journalisten Marc Bondek«, erwiderte der kleinere, der einen dunklen Kinnbart trug und auf einem Kaugummi kaute.

»Ist ... ist ihm etwas zugestoßen?«

»Dürfen wir hereinkommen?«, fragte der Größere.

Ihre Beine zitterten, als sie die beiden Polizisten durch ihre Praxisräume in ihr Büro führte. Sie deutete ungelenk auf die Stühle vor dem Schreibtisch.

»Danke, aber wir stehen lieber«, sagte der Größere.

Sie tat es ihnen gleich.

»Mein Name ist Chris Bertram, das ist mein Kollege Roland Koch.«

Bertram. Sie erinnerte sich an den Namen. Bondek hatte ihn erwähnt. Er war der leitende Ermittler in den Mordfällen. Es konnte eigentlich nur zwei Gründe für sein Erscheinen geben: Entweder Bondek hatte sich doch an die Polizei gewandt, oder es war etwas schiefgelaufen. Über den zweiten Grund wollte sie nicht weiter nachdenken.

»Wie lange stehen Sie schon mit Marc Bondek in Verbindung?«, fragte Bertram.

»Wir haben uns erst vor ein paar Tagen kennengelernt?«

»Und warum nehmen Sie an, dass ihm etwas zugestoßen ist?«

Marina Hoffmann seufzte. »Über die genauen Umstände kann ich nicht sprechen.«

»Das ist schade, denn er ist momentan auch nicht dazu in der Lage, da er mit lebensgefährlichen Kopfverletzungen im Krankenhaus liegt.«

»Mein Gott.« Sie vergrub ihr Gesicht in den Händen. »Das ist alles meine Schuld.«

»Darf ich fragen weshalb?«

Sie schwieg, starrte den Boden an.

Bertram betrachtete sie vorwurfsvoll. »Vielleicht können Sie uns ja etwas mehr über Thomas Reuter sagen. Ist er ein Patient von Ihnen?«

»Darüber darf ich keine Auskunft erteilen.«

»Sie sind Psychiaterin?«

»Psychoanalytikerin.«

»Und in welcher Angelegenheit haben Sie Thomas Reuter betreut?«, ließ Bertram nicht locker.

»Sie wissen, dass ich nicht darüber reden darf.«

»Ich weiß nur, dass ich in einem weiteren Mordfall ermitteln muss und keine Lust auf solche Spielchen habe!«

»Mord?« Marina Hoffmann erstarrte.

»Thomas Reuter wurde heute in seinem Haus auf grausame Weise getötet.«

Ihre Gedanken überschlugen sich: Reuter war tot? Ermordet? Wie konnte das sein? Sie hatte *ihn* doch für den Mörder gehalten. Hatte sie sich etwa geirrt? War er auch nur ein Opfer? Wenn das wirklich stimmte, dann hatte sie Bondek völlig umsonst in die Sache hineingezogen.

Sie hatte sich erneut schuldig gemacht.

Ihr Magen verkrampfte sich und die Kraft wich aus ihren Beinen.

»Bitte entschuldigen Sie, aber ich muss mich setzen.« Sie ließ sich auf einen der Stühle fallen. Ihr Atem ging schwer, und es schien ihr, als läge ein ungeheurer Druck auf ihrer Brust.

»Sind Sie jetzt bereit, uns etwas mehr zu erzählen?«

»Reuters Tod entbindet mich nicht von meiner Schweigepflicht. Sie brauchen schon eine richterliche Anordnung.«

»Offensichtlich brauchte Bondek die nicht«, sagte der Mann mit dem Kinnbart. Sie hatte seinen Namen vergessen.

Marina Hoffmann blickte zu ihm auf. »Wird er überleben?«

Der Bärtige zuckte mit den Schultern. »Das kann noch niemand sagen. Er hat einen heftigen Schlag auf den Kopf abbekommen. Vermutlich hat er den Täter in dem Haus überrascht.«

Eine kurze Pause. »Wie sind Sie auf mich gestoßen?«

»Es gibt nur einen Doktor Hoffmann hier im Umkreis. Und von dem befand sich eine Nachricht auf Bondeks Handy.«

Sie schloss die Augen, erwiderte aber nichts.

Bertram atmete durch. »Hören Sie«, sagte er, »wenn ich das alles richtig deute, dann haben Sie aus den Gesprächen mit Reuter gewisse Schlüsse gezogen. Nur dass Sie sich anschließend dem Falschen anvertraut haben.«

»Ich würde eher sagen, ich habe die falschen Schlüsse gezogen.«

»Was hatte Bondek in dem Haus verloren?«, fragte Chris.

»Ich ... ich hatte ihn gebeten, Informationen über Reuter einzuholen.«

»Und aus welchem Grund?«

»Weil ...« Sie atmete durch. »Weil ich dachte, Reuter hätte etwas mit den Morden hier zu tun. Ich wusste mir keinen anderen Rat. An Sie konnte ich mich nicht wenden.«

»Und nun ist Thomas Reuter tot, und der Reporter liegt im Krankenhaus.«

Sie warf Bertram einen stechenden Blick zu. »Wollen Sie mir etwa vorwerfen, dass ich mich an meine Pflicht als Ärztin gehalten habe?«

»*Meine* Pflicht ist es, weitere Morde zu verhindern«, entgegnete Chris ruppig. »Und wenn Sie mir dabei helfen können, dann tun Sie es gefälligst!«

»Wieso sind Sie so aggressiv?«

»Weil meine Erfahrung mit Leuten Ihres Berufsstandes alles andere als rosig ist. Sie sollten mich also lieber nicht reizen, sondern mit uns zusammenarbeiten.«

»Ich wüsste nicht wie.«

»Weshalb hat Reuter Sie aufgesucht?«

Diese Frage konnte sie sich nicht einmal selbst beantworten, was kein gutes Licht auf ihre Fähigkeiten als Analytikerin warf. Aber sie wollte ihrem Versagen nicht noch mangelndes Berufsethos hinzufügen und sich auch noch einer strafrechtlichen Verfolgung durch die Ärztekammer aussetzen.

»Tut mir leid«, meinte sie kopfschüttelnd, »aber unter diesen Umständen muss ich mich auf meine Schweigepflicht berufen.«

Bertram beugte sich zu ihr herab. »Diese Informationen könnten wichtig für unsere Ermittlungen sein. Wollen Sie etwa die Mitverantwortung an weiteren Morden tragen?«

»Glauben Sie mir, das ist sicher das Letzte, was ich will«, beteuerte sie. »Genau aus diesem Grund habe ich mich dazu hinreißen lassen, mich jemandem anzuvertrauen. Ich werde diesen Fehler nicht ein zweites Mal begehen. Beweisen Sie mir erst, dass Reuter ein Mörder war, dann sehen wir weiter.«

»Wie Sie wollen«, meinte Bertram verärgert. »In dem Fall muss ich Sie bitten, uns auf die Dienststelle zu begleiten.«

KAPITEL 24

Chris war klar, dass Marina Hoffmann das Recht auf ihrer Seite hatte, solange er keine richterliche Verfügung erwirkte. Sie würde sich auch weiterhin auf ihre Schweigepflicht berufen. Aber die Umgebung eines Polizeigebäudes hatte schon oft eine einschüchternde Wirkung auf potentielle Zeugen gehabt. Er würde sie dort mit den Bildern der Leichen und der Vorgehensweise der Täter konfrontieren. Mit der Kaltherzigkeit, mit der sie Menschen folterten und töteten. Und er würde ihr klarmachen, dass hinter alldem der Handel mit Kindern, deren Ausbeutung und Prostitution stand.

Er wollte Emotionen wecken.

Seiner Erfahrung nach war das die beste Methode, um Menschen aus der Reserve zu locken. Und in diesem Fall rechnete er sich gute Chancen aus, damit Erfolg zu haben. Denn wie es aussah, hatte Marina Hoffmann sich schon einmal von ihren Gefühlen leiten lassen. Und vielleicht war sie ein zweites Mal dazu bereit. Er musste nur ein wenig Überzeugungsarbeit leisten.

Auf dem Weg zu seinem Büro führte Chris die Analytikerin geradewegs an dem Besprechungszimmer vorbei, in dem alle bislang bekannten Fakten zu den Morden in Form von Fotos und Notizen an einer großen Magnetwand befestigt waren. Durch das breite Fenster war Corinna Hartfels zu sehen, die zwei weitere Bilder an die Wand heftete. Strammen Schrittes trat sie auf den Flur hinaus, als sie die drei Ankömmlinge bemerkte. Ihr Gesichtsausdruck war wie immer eine Mischung aus Unnahbarkeit und Ablehnung und ließ nur wenig Rückschlüsse auf ihren Gemütszustand zu.

»Wo waren Sie?«, fragte sie frostig.

»Während Sie weiter *CSI* gespielt haben«, erwiderte Chris mit ebenso viel Reserviertheit, »sind wir einem Hinweis nachgegangen.«

Hartfels musterte die blonde Frau, die bei ihnen stand. »Wer ist das?«

»Doktor Marina Hoffmann, Psychoanalytikerin«, stellte Chris sie vor. »Reuter war ein Patient von ihr.«

Der Blick der Hauptkommissarin wechselte wieder zu Chris. »Inwieweit sollte uns das helfen?«

»Das wird sich noch herausstellen.«

»Wie sind Sie auf diese Verbindung gestoßen?«

Chris räusperte sich. »Das ist nicht wichtig.«

»Sie sollten derlei Dinge vorher mit mir besprechen. Sie sind jetzt nicht mehr alleine verantwortlich.«

»Dann sollten Sie lernen, *mit* und nicht *gegen* uns zu arbeiten.«

Wieder flackerte ein kurzer Moment der Unsicherheit in ihren Augen auf. »Ich versuche nur, Fehler zu vermeiden.«

»Dabei treten Sie in erstaunlich viele Fettnäpfchen.«

»Ich wäre gerne bei der Vernehmung dabei.«

»Meinetwegen«, brummte Chris und hielt Ausschau nach Marina Hoffmann. Sie hatte sich einige Schritte entfernt und starrte wie paralysiert durch das Fenster des Besprechungsraums auf die Magnetwand. An oberster Stelle waren zwei Bilder angebracht, unter denen mit schwarzem Marker der Name Thomas Reuter geschrieben stand. Das linke Bild war eine vergrößerte Kopie seines Ausweises. Die Aufnahme daneben zeigte den abgetrennten Kopf mit den ausgestochenen Augen. Offenbar hatten diese Eindrücke ihre Wirkung nicht verfehlt.

»Bitte entschuldigen Sie, es lag nicht in meiner Absicht, dass sie diese schrecklichen Bilder sehen«, log Chris.

Marina Hoffmann deutete in Richtung der oberen beiden Aufnahmen. »Ist das der Mann, der heute ermordet worden ist?«

Chris Augen folgten ihrem Zeigefinger. »Ja.«

»Das ist nicht Thomas Reuter.«

»Was sagen Sie da?«, meinte Hartfels und trat in ihre Runde. »Wir haben ihn anhand seiner Papiere einwandfrei identifiziert.«

»Das mag ja sein«, sagte Marina Hoffmann. »Aber das da auf den Bildern ist definitiv nicht der Mann, der in meiner Praxis war.«

KAPITEL 25

Sie nippte an dem Becher Kaffee, den Bertram ihr gebracht hatte, und verbrühte sich den Mund an der heißen Flüssigkeit. Der Schmerz ließ die Vorstellung, sich mit einem Phantom in ihrer Praxis unterhalten zu haben, das offensichtlich Menschen auf grauenvolle Weise umbrachte, für einen kurzen Moment weniger unheilvoll erscheinen.

»Und Sie sind sich dessen ganz sicher?«, fragte Bertram. Er saß ihr gegenüber und deutete auf das vergrößerte Lichtbild von Thomas Reuter, das vor ihr auf dem Schreibtisch lag.

Sie nickte. »Der Mann, der in meiner Praxis war, sah Reuter ähnlich, was Frisur, Haarfarbe und den gebräunten Hautton angeht. Aber sein Gesicht war kantiger und seine Lippen schmaler. Er wirkte auf mich auch jünger.«

»Aber wie ist das möglich?«, fragte der Bärtige. Er stand mit verschränkten Armen neben Bertram gegen einen Aktenschrank gelehnt. »Seit geraumer Zeit sind doch Lichtbilder auf den Chipkarten Pflicht, um solchen Missbrauch zu verhindern.«

»Nicht bei Privatpatienten, wie Thomas Reuter einer war.«

»Würden Sie den Mann wiedererkennen?«, fragte die Frau mit der strengen Frisur, die Bertram als Hauptkommissarin Hartfels vorgestellt hatte und die die Ausstrahlung eines Eisbergs besaß. Sie hatte sich rittlings neben Bertram gesetzt, die Arme über der Stuhllehne.

»Ja, sicher. Allerdings ...«

»Was?«

Sie hielt kurz inne. »Es wäre durchaus möglich, dass er jetzt nicht mehr so aussieht.«

»Wie meinen Sie das?«

»Na ja«, sagte sie, »auf mich hat seine Erscheinung von Anfang an irgendwie künstlich gewirkt.«

»Künstlich?« Bertram sah sie fragend an. »Sie meinen, er hat sein Äußeres verändert?«
»Vermutlich. Ich weiß es nicht.«
»Das würde die Theaterschminke erklären, die wir in Reuters Haus gefunden haben«, sagte der Bärtige. »Offenbar verkleidet sich der Kerl nicht nur auf den Videos.«
»Und das hat Sie nicht misstrauisch gemacht?«, fragte Hartfels.
»Ich hatte mit Patienten zu tun, die glauben, mit dem falschen Geschlecht geboren worden zu sein. Da blendet man solche Äußerlichkeiten aus.«
»Sind da sonst irgendwelche Merkmale an ihm, die sie wiedererkennen würden?«
»Seine Stimme«, erwiderte sie. »Ich würde auf jeden Fall seine Stimme erkennen. Sie war rau und durchdringend. Sehr männlich.«
Bertram lehnte sich zurück in seinen Stuhl. »Tja, leider spricht der Täter in den Videos kein Wort.«
»Von welchen Videos sprechen Sie?«
»Er hat seine Taten aufgezeichnet und die Filme in einen speziellen Teil des Internets eingestellt, hinter dessen Anonymität sich Pädophile austauschen.«
Sie versteifte sich für einen Augenblick. »Dann ... dann steckt hinter dem Ganzen also ein gezielter Feldzug gegen Kinderschänder?«
Bertram nickte. »Er will ein Exempel statuieren. Und der Täter scheut sich dabei nicht, aus dem Hintergrund zu treten. Offensichtlich aber nur unter dem Schutz einer fremden Identität oder einer Maskierung, wie in den Videos.«
Bertram schob ihr den Ausdruck eines Standbilds entgegen, den er der Magnettafel im Besprechungsraum entnommen hatte. Sie hatte das Bild dort gesehen. Es zeigte einen schwarz gekleideten Mann mit einer grotesken Kindermaske, der neben einem erhängten Leichnam stand.
»Könnte das der Mann sein, der bei Ihnen war?«

Sie betrachtete das Bild, während sich in ihrem Kopf die Gedanken überschlugen. *Pädophilie.* Ihr Verdacht bestätigte sich. Dieser Mann hatte sie aus einem ganz bestimmten Grund aufgesucht. Und dieser Grund lag drei Jahre zurück. Ihr Puls pochte in den Ohren wie ein unheilvoller Countdown.

»Doktor Hoffmann?«

»Ja«, fuhr sie zusammen. »Tut ... tut mir leid, aber das könnte so ziemlich jeder sein.«

»Sie wirken sehr nervös«, stellte Hartfels fest. Ihr Blick durchbohrte sie wie ein Messer. »Wogegen wehren Sie sich eigentlich? Wenn dieser Mann Sie unter Vortäuschung einer falschen Identität aufgesucht hat, dann entbindet Sie das von Ihrer Schweigepflicht. Da in diesem Fall auch von weiteren schweren Straftaten des Mannes auszugehen ist, hätten Sie ohnehin keine rechtlichen Konsequenzen zu befürchten.«

»Ja«, sagte sie und wich Hartfels' Blick aus, »damit dürften Sie recht haben. Dennoch bezweifle ich, dass diese Informationen Ihnen helfen würden. Es handelt sich dabei nur um Vermutungen. Dieser Mann hat mir gegenüber keine konkreten Angaben gemacht.«

»Diese Einschätzung überlassen Sie bitte uns, Frau Doktor«, sagte Bertram.

»Also gut«, gab sie schließlich nach.

Nachdem sie ihnen von den Gesprächen mit dem Unbekannten berichtet hatte, sah sie in die Gesichter ihrer drei Zuhörer.

»Ich weiß, das hört sich alles sehr verrückt an«, meinte sie, und es klang beinahe wie eine Entschuldigung. »Wäre mein Verdacht konkreter gewesen, hätte ich mich schon früher an Sie gewandt. Aber so war ich an meinen ärztlichen Eid gebunden.«

»Und haben sich stattdessen dem Reporter anvertraut.«

»Das war ein Fehler, das gebe ich zu. Aber ich hielt es

für besser, als untätig mit anzusehen, wie weitere Menschen getötet werden.«

»Das hat ja prima geklappt«, meinte Bertram höhnisch.

»Haben Sie die Sitzungen wenigstens aufgezeichnet? Dann hätten wir zumindest eine Stimmprobe des Mannes.«

»Nein. Ich mache mir grundsätzlich nur Notizen zu den Gesprächen. So habe ich einen direkteren Bezug zu meinen Patienten.«

»Immerhin wissen wir jetzt, dass der Kerl nicht alleine vorgeht«, meinte der Bärtige. »Irgendjemand muss ihm die Bildnachricht auf sein Handy geschickt haben. Denkst du, es war dieses Mädchen?«, fragte er an Bertram gerichtet. »Wie war ihr Name doch gleich?«

»Lea«, half der ihm auf die Sprünge. »Die zeitliche Abfolge stimmt jedenfalls überein. Die Handynachricht ist in etwa zu der Zeit eingetroffen, als ich sie vor Gerbers Lokal gesehen habe. Und sie hat Fotos von dem Gebäude gemacht.«

»Dann müssen wir diese Lea nur noch finden, und sie führt uns zum Täter«, meinte Hartfels.

»Die Fahndung läuft seit Tagen. Bislang ohne eine Spur. Der Täter wird sie abschotten, jetzt, wo wir nach ihr suchen.«

»Er muss also in einer bestimmten Beziehung zu ihr stehen«, mutmaßte der Bärtige. »Wir wissen, dass Lea von ihrem Stiefvater missbraucht worden ist. Wenn der Täter Ähnliches durchgemacht hat, dann schweißt sie diese Erfahrung vielleicht zusammen. Daraus ergäbe sich ein mögliches Motiv.«

Sie räusperte sich. »Bitte entschuldigen Sie, dass ich mich einmische, aber ich glaube nicht, dass der Mann, mit dem ich gesprochen habe, als Kind sexuell missbraucht worden ist. Menschen, denen so etwas wiederfahren ist, sind in der Regel sehr misstrauisch und verunsichert, was den Umgang mit anderen betrifft. Dieser Mann wirkte dagegen sehr selbstbewusst, nachdem ich zu ihm durchgedrungen bin. Auch gab er an, sehr behütet aufgewachsen zu sein.«

Bertram verdrehte die Augen. »Aber Sie sagten uns doch gerade, dass er eine ausgeprägte Wut auf alles hat, was er mit kindlichem Missbrauch in Verbindung bringt.«

»Das ist richtig. Aber meiner Meinung nach basiert diese Wut nicht auf eigenen Missbrauchserfahrungen, sondern ist Ausdruck seiner inneren Zerrissenheit.«

»Zerrissenheit?«, brauste Bertram auf. »Von was reden wir hier, von einem Psychopathen mit Schuldgefühlen?«

»Der Begriff Psychopath definiert sich durch fehlende Empathie.«

»Das weiß ich, ich bin in meiner Laufbahn schon dem einen oder anderen begegnet.«

»Dann wissen Sie auch, dass Psychopathen darauf aus sind, andere Menschen zu kontrollieren und zu verletzen, auf emotionaler oder körperlicher Ebene. Bei diesem Mann hatte ich eher den Eindruck, es widerstrebt ihm, was er tut oder sich einredet, tun zu müssen. Dennoch scheint er es für notwendig zu halten. Er sagte, manche Dinge wären nicht zu ändern, und man müsse zu dem werden, was man bekämpfen wolle. Ich denke, er bereut seine Taten.«

»Der Kerl kann Ihnen viel erzählt haben«, meinte Hartfels. »Immerhin hat er sich hinter der Identität eines anderen versteckt. Womit wir bei der Frage wären, weshalb er überhaupt zu Ihnen gekommen ist? Immerhin hat er dabei einiges riskiert.«

»Und genau aus dem Grund denke ich, hat er die Wahrheit gesagt. Er wollte sich jemandem anvertrauen.«

»Sie weichen mir aus, Frau Doktor«, blieb Hartfels unerbittlich. »Warum Sie? Es muss einen Grund dafür geben, dass der Täter Sie ausgesucht hat. Was verschweigen Sie uns?«

Sie seufzte und schlug die Hände vors Gesicht. »Es ... es gab einen Vorfall vor einigen Jahren«, rückte sie schließlich heraus. »Ich bin mir mittlerweile sicher, dass die Morde mit den Ereignissen von damals in Verbindung stehen.«

»Und Sie finden nicht, dass dies eine wichtige Information für uns ist?«

Hartfels' Blick lastete wie eine physische Kraft auf ihr. »Doch, aber ...«

»Kommen Sie mir jetzt bloß nicht wieder mit Ihrer Schweigepflicht!« Hartfels erhob sich und stemmte die Hände vor ihr auf die Tischplatte. »Menschen sterben, und Sie spannen uns hier auf die Folter. Ich hätte große Lust, Sie dafür einzusperren.«

»Glauben Sie mir, ich will Ihnen ja davon erzählen, aber das ist nicht einfach für mich. Sehen Sie doch in den Akten nach, da müsste alles aufgeführt sein.«

»Ich werde ganz bestimmt nicht noch mehr wertvolle Zeit verschwenden, indem ich Ihre Unterlagen durchforste, wenn Sie hier vor uns sitzen.«

»Bitte«, flehte sie. »Ich will das alles nicht noch einmal durchmachen.«

»Es wird Ihnen keine andere Wahl bleiben«, meinte Hartfels eisern. »Es sei denn, Sie wollen die Nacht in einer Zelle verbringen!«

Sie blickte dem Eisberg ins Gesicht. »Ich möchte wetten, Sie sind eine herausragende Ermittlerin«, zischte sie, »denn offensichtlich können Sie sich sehr gut in die Gefühlswelt eines Psychopathen hineinversetzen.«

»Wir beide unterscheiden uns nicht sehr voneinander«, konterte Hartfels unbeeindruckt. »Ich analysiere Verbrechen, Sie die Seelen Ihrer Patienten. Wir sind Suchende, und meistens finden wir die Antworten im Verborgenen. Aber um dort hinzugelangen, müssen wir unangenehme Fragen stellen. Also frage ich Sie, *Frau Doktor*«, betonte sie scharf. »Wie viele weitere Menschenleben ist Ihnen Ihr Schweigen wert?«

Sie sah auf ihre Hände herab. Das Miststück hatte recht. Im Grunde taten sie beide dasselbe. Sie waren Jäger der

Vergangenheit. So wie sie nach Verbindungen in den Köpfen ihrer Patienten suchte, um deren Blockaden zu lösen, suchten die Ermittler nach Verbindungen, die zum Täter führten. Und eine dieser Verbindungen lag in *ihrer* Vergangenheit.

Ihre eigenen Blockaden, die sie über die Jahre aufgebaut hatte, fielen in sich zusammen und schleusten sämtliche Gefühle, die sie seit dem Vorfall verdrängt hatte, schlagartig in ihr Bewusstsein. Tränen rannen ihre Wangen hinab, als müssten sie diesen Empfindungen Platz machen. Sie schloss die Augen, sah die schrecklichen Bilder aus der Tiefe der Dunkelheit auftauchen und wehrte sich nicht mehr dagegen.

Sie ließ es zu.

Dann fing sie an zu erzählen.

»Das Ganze liegt etwas mehr als drei Jahre zurück.« Ihre Stimme hatte einen monotonen Klang angenommen, der irgendwo zwischen Resignation und Verzweiflung lag. »Ich lebte damals in Trier, war verheiratet und hatte zusammen mit einer Freundin aus Studientagen eine psychologische Gemeinschaftspraxis. Ihr Name war Manuela Gelhard.«

Allein den Namen auszusprechen kostete sie Überwindung. Sie zog ein Taschentuch aus der Handtasche und trocknete ihre Tränen.

»Sie hatte sich auf die Therapie von Kindern und Jugendlichen spezialisiert, während ich auf dem Gebiet der Erwachsenenanalyse tätig war. Ich besaß damals eine Zulassung, um richterliche Gutachten für Prozesse zu erstellen, wodurch ich immer wieder mit Straftätern zu tun hatte. Einer davon war Rudolf Winkler.«

Das Bild von Winkler tauchte vor ihrem geistigen Auge auf und erzeugte eine Gänsehaut. Das rundliche, beinahe selbst noch kindlich anmutende Gesicht, die blauen Augen, in denen sie fälschlicherweise so viel Zuversicht gesehen hatte. Sie atmete durch. »Winkler hatte bereits eine Freiheitsstrafe wegen Kindesmissbrauchs abgebüßt. Aufgrund der Anzeige eines Vaters aus seiner Nachbarschaft, dessen Junge behauptete, Winkler hätte ihn unsittlich berührt, wurde er erneut verhaftet. Winkler bestritt die Vorwürfe. Er sprach von einer Hetzkampagne, da die Leute aus der Umgebung von seiner Vorstrafe wussten und ihn auf diese Weise loswerden wollten. Der Fall ging vor Gericht, und ich wurde damit beauftragt, ein psychologisches Gutachten von Winkler zu erstellen. Da Aussage gegen Aussage stand, wollte der Richter sich vor einem Freispruch absichern, in Bezug auf die psychische Stabilität des Angeklagten. Winkler war sehr kooperativ in unseren Sitzungen. Er gab sogar offen zu, sexuelle Fantasien von Kindern zu haben, meist von jungen Knaben. Er sagte, es wäre deren Reinheit, die ihn fasziniere, die vollkommene Unschuld. Seiner Akte konnte ich entnehmen, dass er sich nach seiner Haft freiwillig einer Therapie unterzogen hatte. Er meinte, er habe dort gelernt, dass es falsch sei, diese Unschuld zu zerstören. Er wüsste jetzt, was er diesen Kindern damit antue und hätte diesen Dämon, wie er den Drang nannte, unter Kontrolle. Er führte das auf seine soziale Festigung zurück. Er hatte eine Gruppe von jungen Leuten kennengelernt, mit denen er seine Leidenschaft für Computerspiele teilte. Das schien ihn zu stabilisieren. Ich machte einige Tests und stellte ihm Fragen. Dabei hatte ich nie den Eindruck, dass er bei den Antworten zögerte oder nervös war. Auch konnte ich keinerlei Auffälligkeiten feststellen, was seine emotionale Verfassung betraf. Er wirkte schüchtern, beinahe etwas zurückgeblieben, aber ausgeglichen. Bei jedem weiteren Treffen blühte er regelrecht auf. Es tat ihm gut, so offen mit jemandem zu reden, ohne dadurch Konsequenzen fürchten zu müssen, und er erklärte sich bereit, auch nach meiner Beurteilung weiterhin zu mir in die Praxis zu kommen. Er schien auf einem guten Weg zu sein. Also bescheinigte ich ihm eine vollkommene Resozialisierung und erwähnte in meinem Gutachten keinerlei Bedenken. Vielleicht war ich damals so naiv, an das Gute im Menschen zu glauben. Aber vermutlich war ich einfach nur zu sehr von mir selbst und meinen Fähigkeiten als Analytikerin überzeugt, dass ich nicht einmal in Betracht zog, mich zu irren. Der Richter berief sich auf mein Gutachten und sprach Winkler von allen Vorwürfen frei.

Sie machte eine Pause, in der sie sich sammelte.

»Wie besprochen kam Winkler auch danach noch in meine Sprechstunde«, fuhr sie fort. »Allerdings hatte ich eher den Eindruck, er tat es aus Gefälligkeit. Er wirkte deutlich verschlossener. Dann sagte er Termine ab oder erschien einfach nicht. Erst später wurde mir bewusst, was der Auslöser für dieses Verhalten war.«

Ihre Hände griffen ineinander, während ihr Blick gedankenverloren auf den Tisch gerichtet war.

»Die meisten Pädophilen, die sich freiwillig in eine Therapie begeben, bekommen als begleitende Maßnahme ein Medikament verordnet, das den Testosteronspiegel stark absenkt und dadurch jegliches sexuelle Verlangen unterdrückt. Allerdings löst dieses Medikament starke Nebenwirkungen aus, sodass die meisten Patienten es aus gesundheitlichen Gründen wieder absetzen müssen, was Rückfälle vorprogrammiert. So wie bei Rudolf Winkler. Vermutlich haben dadurch die Fantasien wieder die Oberhand gewonnen, und er hatte Angst, wieder weggesperrt zu werden. Nach zwei Monaten platzte er dann plötzlich unangemeldet in eine meiner Therapiestunden. Er war völlig aufgelöst, den Tränen nahe. Er meinte, es wäre etwas geschehen, und er bräuchte meine Hilfe, müsse dringend mit mir sprechen. Ich führte ihn nach draußen und machte ihm klar, dass ich noch andere Patienten hätte, die auch meine Hilfe bräuchten und die ich nicht einfach wegen ihm nach Hause schicken könne. Ich sagte ihm, er müsse sich gedulden und bei meiner Sprechstundenhilfe einen Termin ausmachen. Winkler sah mich nur an wie ein Kind, dem man einen Wunsch verweigert hat, drehte sich um und verschwand so schnell, wie er aufgetaucht war.«

Ihre Hände schlangen sich fest um die Lehnen des Stuhls, als müsste sie ihre Position stabilisieren.

»Zehn Tage später kam er wieder. Und dieses Mal war er nicht so einsichtig.« Wie aus einem Überdruckventil entwich ihr Atem und dehnte sich zu einem Seufzer. »Als er die Praxis betrat, stand Manuela am Empfangstresen und unterhielt sich mit Anika, unserer Sprechstundenhilfe. So zumindest haben es Ihre Kollegen im Nachhinein interpretiert.« Sie schloss die Augen, aus denen erneut Tränen flossen. »Als der erste Schuss fiel, saß ich mit einer Patientin im Sprechzimmer. Ich weiß noch, dass ich diesen Knall zunächst für etwas anderes gehalten habe – für einen zerplatzten Luftballon, wie ihn meine Kollegin an ihre kleineren Patienten verteilte oder eine zersprungene Glühbirne. All das erschien mir in diesem unwirklichen Moment plausibler. Doch dann setzte der Schrei meiner Kollegin ein, kurz bevor der zweite Schuss ertönte. Erst dann wurde mir auf erschreckende Weise klar, was sich draußen im Empfangsraum abspielte. Ich rannte zur Tür und sah durch den geöffneten Spalt, während meine Patientin panisch zu kreischen anfing.«

Sie presste sich die Hand vor den Mund und atmete tief ein.

»Manuela lag am Boden«, schluchzte sie. »In ihrer Stirn klaffte ein Loch, und ihre leblosen Augen starrten mich an, als spiegelte sich mein Versagen darin wider. Für den Rest meines Lebens werde ich diesen Anblick nicht vergessen.«

Sie wischte sich die Tränen weg und schnäuzte sich die Nase. »Anika konnte ich nicht sehen. Aber ich sah die Blutspritzer an der Wand hinter dem Empfang. Sie war erst sechsundzwanzig und bildhübsch. Winkler hatte ihr einfach ins Gesicht geschossen.«

Sie stockte, rang um ihre Fassung. Jemand reichte ihr ein neues Taschentuch. Sie nahm es dankbar entgegen, ohne zu registrieren, woher es kam.

»Aus dem Wartezimmer drangen weitere Schreie. Ich sah eine Frau, die ihre Tochter schützend umklammerte. Winkler streckte sie mit einem Kopfschuss nieder. Die Frau sackte zu Boden und begrub das schreiende Mädchen unter sich, als wollte sie es selbst im Tod beschützen. Winkler ignorierte die übrigen Patienten und kam geradewegs auf mich zu. Ich verriegelte die Tür und redete auf meine Patientin ein, sie solle Ruhe bewahren und sich verstecken. Doch sie stand mitten im Raum und schrie und kreischte hysterisch. Winkler gab drei weitere Schüsse ab. Sie durchdrangen die Tür, als wäre sie aus Pappe. Die Schreie verstummten, und ein schreckliches Gurgeln setzte ein. Ich sah, wie Blut aus einer Wunde am Hals der Frau schoss, wo eine der Kugeln sie getroffen hatte. Dann trat Winkler auf die Tür ein. Mir war klar, dass ich keine Chance hatte, ihm zu entkommen. Dennoch befreite ich mich aus meinem Schock und lief auf das Nebenzimmer zu, wo sich mein Büro befand. Kurz vor dem Zugang spürte ich einen Peitschenhieb an meinem rechten Oberschenkel. Ich hatte den Schuss nicht einmal wahrgenommen, so sehr war ich in Todesangst verfallen. Winkler war mit wenigen Schritten bei mir, zielte mit dem Lauf der Pistole auf meinen Kopf, während ich am Boden lag. Ich weiß noch, dass ich mich in diesem Moment gefragt habe, ob ich es spüren würde, wenn die Kugel mein Gehirn zerpflügt.«

Ihr von Tränen getrübter Blick driftete ab, als sie tiefer in diese Erinnerung eintauchte und sie den Mann, der ihr Leben auf den Kopf gestellt hatte, deutlich vor sich sah.

»Dann geschah etwas Merkwürdiges«, sagte sie wie in Trance. »Winkler senkte die Waffe und fing an zu weinen. Er flennte regelrecht, sein ganzer Körper bebte. Er fuchtelte wild mit der Waffe über mir und schrie: ›Ich habe Ihnen vertraut. Sie haben mir bescheinigt, dass der Dämon weg ist. Aber das ist er nicht. Sie haben mich einfach weggeschickt. Es ist Ihre Schuld. Ich wollte ihm nicht wehtun. Niemandem.‹«

Erneut schloss sie die Augen, als könnte sie diese schrecklichen Bilder dadurch ausblenden.

»Danach wurde er plötzlich ganz ruhig«, fuhr sie fort. »Er sah auf mich herab, und ich konnte wieder dieses Kindliche in seinen Augen erkennen. Ich wollte etwas sagen, auf ihn einreden ... doch im nächsten Moment hob er ohne zu zögern die Pistole und schoss sich in den Mund.«

Die Bilder, die sie heraufbeschworen hatte, verblassten schlagartig, als sie die Augen öffnete und in die reglosen Gesichter ihrer Zuhörer sah.

»Ich weiß nicht mehr, wie lange ich dort zusammen mit seiner Leiche gelegen habe, bis Ihre Kollegen eingetroffen sind«, erzählte sie weiter. »In dieser Zeit sind mir immer wieder Winklers letzte Worte durch den Kopf gegangen. *Ich wollte ihm nicht wehtun.* Erst einige Tage später erfuhr ich von den Ermittlern die Zusammenhänge.

Zu der Gruppe junger Leute, der sich Winkler angeschlossen hatte, gehörte auch der neunzehnjährige Niklas Berger. Ein Programmierer, der seine Leidenschaft für Computerspiele auch beruflich umsetzen wollte. Die anderen der Gruppe trafen sich regelmäßig bei ihm zu Hause, um Konzepte für ein eigenes Spiel zu entwickeln, welches sie dann bei einer großen Firma vorstellen wollten. Niklas lebte im Haus seiner Eltern und hatte einen kleinen Bruder namens Felix. Er war acht Jahre. Ein Alter, dem Winkler nicht widerstehen konnte. Nach den Aussagen der anderen war Winkler dem Jungen sehr angetan gewesen, und die beiden hätten sich anfänglich prima verstanden. Doch dann hätte sich Felix ihm gegenüber plötzlich ängstlich und unsicher verhalten. Vermutlich war Winkler zu diesem Zeitpunkt dem Jungen gegenüber bereits zudringlich geworden. Winkler bekam Angst, er könnte ihn verraten und die anderen etwas von seiner Neigung erfahren, was für ihn zwangsläufig den Ausschluss aus der Gruppe bedeutet hätte. Das muss auch der Grund gewesen sein, weshalb er in meine Praxis gestürmt war. Er brauchte Beistand, jemanden, dem er sich hätte anvertrauen können. Aber ich habe ihn weggeschickt. Das werde ich mir wohl nie verzeihen, denn womöglich hätte ich verhindern können, was dann geschah.« Sie atmete durch, um das Zittern in ihrer Stimme zu verscheuchen. »Wie die Ermittler herausfanden, hatte sich Winkler Rat in einschlägigen Foren gesucht, in denen sich Pädophile austauschen. Aufgrund seiner Vorstrafe hatte man ihm dort eindringlich empfohlen, den Jungen zum Schweigen zu bringen. Irgendwann würde er reden, hatte man ihm versichert, und dann würden sie ihn wieder wegsperren. Winkler muss es so sehr mit der Angst zu tun bekommen haben, dass er keinen anderen Ausweg mehr sah.«

Eine einzelne Träne rann ihre Wange entlang. Sie wischte sie mit einer energischen Bewegung weg, als hätte sie kein Anrecht darauf.

»Nur wenige Tage später klingelte er spätabends an der Tür der Bergers. Er muss zunächst versucht haben, mit den Eltern zu reden, ihnen die Situation zu erklären. Einer der Nachbarn berichtete davon, er habe laute Stimmen und Schreie gehört. Dann muss alles sehr schnell gegangen sein. Zuerst tötete er Rolf Berger mit zwölf Messerstichen in die Brust. Anschließend seine Frau Claudia. Dann ging er nach oben in das Zimmer von Felix.«

Sie schluckte, war darum bemüht, die Kontrolle über ihre Gefühle nicht vollends zu verlieren.

»Die Polizei fand ihn später nackt auf seinem Bett. Sein kleiner Körper lag dort wie aufgebahrt, als hätte Winkler versucht, das zu bewahren, was dem Jungen zum Verhängnis geworden war – seine Unschuld. Er hatte ihn mit einem Kissen erstickt. Einer der Polizisten, die Felix gefunden haben, soll bei seinem Anblick weinend nach draußen gelaufen sein. Es ist die Ohnmacht über so viel Sinnlosigkeit, die es uns unmöglich macht, solche schrecklichen Dinge rational zu betrachten. Hinzu kommen Wut und ein vollkommener Mangel an Verständnis. In meinem Fall kommen noch Schuldgefühle hinzu. Er hat mich für seine Taten mitverantwortlich gemacht.« Sie schluchzte auf. »Durch meine Verletzung war ich damals wochenlang ans Bett gefesselt und meinen Gedanken völlig ausgeliefert. Es gab keine Möglichkeit, den Bildern in meinem Kopf zu entfliehen. Ich zog mich auch nach meiner körperlichen Genesung immer mehr in mich zurück, wurde depressiv. Das hat auf Dauer meine Ehe zerstört und alles, was ich mir beruflich aufgebaut hatte. Immer wieder habe ich mich gefragt, weshalb Winkler mich am Leben gelassen hat. Und ich habe mir oft gewünscht, er hätte es nicht getan. Aber vielleicht war ich der einzige Mensch in seinem Leben, dem er sich jemals geöffnet hat und zu dem er Vertrauen entwickeln konnte. Vielleicht wollte er aber auch, dass ich bis ans Ende meines Lebens mit dieser Schuld weiterleben muss. Ich werde es wohl nie erfahren.«

Sie senkte ihren Blick und weinte.

Der Rest war Schweigen.

KAPITEL 26

Am nächsten Tag

Roman Petrow war ein Mann, der im Grunde nicht viel Humor besaß. Durch die Ereignisse der letzten Tage war ihm noch weniger zum Lachen zumute. Jemand mischte sich in seine Geschäfte ein, und das konnte er nicht länger zulassen. Seit zwei Tagen häuften sich die Anfragen im Netz. Die Leute waren verunsichert, bekamen es mit der Angst zu tun. Offensichtlich hatte es eine Gruppe von Weltverbesserern auf sie abgesehen. Und somit auch auf ihn. Er musste handeln, bevor die Bullen ihnen im Nacken saßen. Die letzten Tage hatte er sich nahezu unsichtbar gemacht, war abgetaucht, hatte nachgedacht. Nun war es an der Zeit, die Dinge zu regeln. Denn das war es, was er am besten konnte.

Er lenkte den Wagen an den Straßenrand, als er in der einsetzenden Abenddämmerung die Person erblickte, wegen der er hier war. Beinahe geräuschlos versank das getönte Fenster auf der Beifahrerseite. Das Gesicht eines gutaussehenden jungen Mannes tauchte in der Öffnung auf.

»Neuer Wagen?«, fragte er. »Nicht schlecht, Mann, gefällt mir.«

»Steig ein Rocky«, sagte Petrow und verzichtete auf den russischen Dialekt, den er üblicherweise in seine Worte einbrachte.

Sie fuhren die Clemensstraße entlang aus der Innenstadt heraus.

»Mann, ich bin froh, dich zu sehen, nach dieser ganzen Scheiße«, sagte Carlo Ströder, alias Rocky, und schob sich die Kapuze seines Shirts vom Kopf. »Dachte schon, du meldest dich nicht mehr.«

»Ich hatte einiges zu erledigen«, erwiderte Petrow.

»Klar doch.« Rocky ließ seinen Blick durch den Innenraum gleiten. »Echt coole Karre«, schwärmte er. »Hat bestimmt ein Vermögen gekostet.«

Petrow hielt seine Augen auf die Straße gerichtet. »Ist nicht meiner. Nur geliehen.«

»Ganz schön düster hier drin«, meinte Rocky in Anbetracht der verdunkelten Scheiben.

»So wird man nicht gesehen.«

»Ich stehe ja mehr auf sportliche Karren. Bald mach ich meinen Führerschein, und dann kaufe ich mir ...«

»Was habe ich dir über das Geldausgeben gesagt?«, unterbrach ihn Petrow schroff. »Ein Obdachloser mit einem Auto wirkt nicht sehr authentisch. Solange du dich als Späher in der Szene bewegst, musst du auf Luxus verzichten.«

»Und wie lange muss ich das noch durchhalten?«

Als hätte dieser Penner je anders gelebt. Er kam aus der Gosse, und dort würde er auch enden.

»Keine Sorge«, lenkte Petrow ein. »Es ist bald vorbei.«

Rocky strahlte. »Bekomme ich dann mein Geld?«

»Natürlich, wie ausgemacht.«

»Cool. Aber irgendwie auch schade, dass es vorbei ist. Es hat echt Spaß gemacht, die Tussen für euch klarzumachen. So leicht werde ich wohl nie wieder an Kohle kommen.«

»Wer weiß«, meinte Petrow. »Du hast deine Sache gut gemacht. Das ist nicht unbemerkt geblieben.« Er spürte Rockys Blick.

»Soll heißen?«

»Jemand will dich sprechen. Jemand von ganz oben.«

»Du meinst ...« Rockys Stimme überschlug sich. »Die wollen, dass ich bei euch mitmache? So richtig?«

»Ich kenne den Grund des Treffens nicht«, sagte Petrow. »Aber es könnte durchaus sein, dass du aufsteigst, Kleiner.«

Rocky atmete durch. »Oh Mann! Und ich dachte schon,

ich hätte was verbockt, wegen neulich.«

»Neulich?«

»Na ja, ich hab mit ein paar anderen bei der Caritas rumgehangen, wollte Frischfleisch abchecken. Da kamen zwei Bullen an.«

»Was wollten sie?«

»Haben nach Lea gefragt.«

Lea – klein, süß und sexy. Und wie es aussah, um einiges abgebrühter, als sie gedacht hatten. Er hatte sie vor Gerbers Lokal gesehen. Diese kleine Hure hatte sich ihm bedenkenlos präsentiert, ihm hinter dem Rücken der Bullen sogar drohende Blicke zugeworfen. Am liebsten hätte er der Schlampe den Kopf abgerissen, sie ein für alle Mal zum Schweigen gebracht. Aber vorher hätte er die Namen ihrer Verbündeten, die für sie die Drecksarbeit erledigten, aus ihr herausgeprügelt. Seit diese Sache angefangen hatte, war er nicht mehr in seinem Haus gewesen, hatte täglich die Unterkunft gewechselt, um nicht auch von der Decke baumelnd in seinem Keller gefunden zu werden. Im Grunde war er nun selbst obdachlos, obwohl die Zimmer der Hotels ihm allen Komfort boten. Aber darum ging es nicht. Ein Roman Petrow ließ sich nicht einfach in die Enge treiben. Und er ließ sich erst recht nicht von einer dahergelaufenen Rotzgöre auf der Nase herumtanzen. Das Miststück hatte ihnen nichts als Ärger eingebracht. Und sie war ein Risiko, sollten die Bullen sie in die Finger kriegen.

»Haben sie gesagt, was sie von Lea wollen?«

Rocky schüttelte den Kopf. »Nein, aber ich hab die beiden eiskalt abserviert. Hatte schon ein paarmal mit denen zu tun. Ich weiß, wie die Wichser ticken. Von mir haben die nichts erfahren.«

»Die hatten dich also schon öfter im Visier?«

»Nur wegen ein paar Drogendelikten.«

Das war eindeutig eine Untertreibung. Rocky hatte mit hartem Stoff gedealt. Einzig und allein dem Umstand seiner Minderjährigkeit hatte er es zu verdanken, nicht die nächsten Jahre beim Duschen auf die Seife achten zu müssen. Aber immerhin waren seine Kontakte in der Szene sehr hilfreich gewesen, um an das Heroin für die Mädchen zu gelangen.

»Seitdem ich für euch arbeite, mache ich das nicht mehr.«

»Du hast den Bullen doch nichts von deiner Tätigkeit für uns erzählt?«

»Nein«, versicherte Rocky, »die haben keine Ahnung, ehrlich.«

Weshalb suchten sie dann nach Lea? Und wie waren sie auf ihre Spur gekommen? Vermutlich aufgrund ihrer Ermittlungen zu Gerbers Ermordung. Obwohl das keinen Sinn ergab. Nachdem er seine Leiche im Keller entdeckt hatte, hatte er Gerbers Laptop und die gesamte Kamera- und Videoausrüstung gerade noch rechtzeitig aus der Wohnung schaffen können, bevor die Bullen eingetroffen waren. Sie waren also nicht im Besitz irgendwelcher Aufzeichnungen, die sie auf die Spur des Mädchens hätten bringen können. Und dennoch wurde nach ihr gefahndet.

»Weißt du, wo Lea ist?«

Rocky schüttelte den Kopf. »Nein. Wenn ich es wüsste, würde ich ihr gehörig den Arsch aufreißen.«

»Dazu hättest du auch allen Grund. Sie könnte dich bei den Bullen anschwärzen. Und mich auch.«

»Das wird sie nicht, denn dann müsste sie zurück zu ihrem Stiefvater.«

»Und du bist dir ganz sicher, dass die Bullen dich nicht auf dem Radar haben?«

»Nein, die nicht. Aber offenbar jemand anderes.«

Petrow richtete seinen Blick auf ihn.

Rocky spielte nervös mit seinen Fingern. »Seit ein paar Tagen habe ich das Gefühl, ich werde von jemandem verfolgt.«

»Von wem?«

»Keine Ahnung. Aber ein paar Kumpels auf der Straße

haben mir gesteckt, dass jemand nach mir gefragt hat. Und dann am Abend hab ich mit denselben Leuten am Rheinufer rumgehangen. Da hab ich so einen Typen gesehen, auf der anderen Straßenseite. Es war schon dunkel, und ich konnte nicht viel erkennen, aber der stand nur da und hat uns beobachtet. Später ist er mir nochmal aufgefallen, am Zentralplatz. Nach der Sache mit Gerber hab ich Panik bekommen. Hab in der Nacht kein Auge zugemacht und mich am Bahnhof aufgehalten, wo Menschen waren.«

»Wieso hast du mir nichts davon erzählt?«, fragte Petrow verärgert.

»Ich habe versucht, dich zu erreichen«, rechtfertigte sich Rocky. »Aber dein Handy war ausgeschaltet.«

»Ich musste ein paar Dinge regeln. Die Sache hat ziemlichen Staub aufgewirbelt, wie du dir denken kannst. Du hättest mir eine Nachricht hinterlassen können.«

»Ich hatte Panik, Mann. Dachte, die hätten dich auch gekriegt. Da bin ich abgetaucht, bis dein Anruf kam. Ich werd doch deshalb keinen Ärger kriegen?«

»Nein«, meinte Petrow ruhig. »Du hast alles richtig gemacht.«

Rocky entspannte sich. »Darf ich dich mal was fragen?«

»Nur zu.«

»Bist du wirklich Russe?«

»Meine Eltern stammen aus Russland. Ich bin hier geboren und aufgewachsen.«

»Wozu dann der Dialekt gegenüber anderen?«

»Ich habe schnell gelernt, dass man in diesem Land Menschen mit einem russischen Dialekt für minderbemittelt hält. Und es ist nie verkehrt, wenn dich andere unterschätzen. Du verstehst, was ich meine?«

Rocky nickte. »Ich denke schon. Mich halten auch viele für bescheuert. Aber ich werd sie schon bald vom Gegenteil überzeugen. Jetzt wo ich zu euch gehöre.«

Petrow spitzte die Lippen. »Ja, das wirst du.«

Er lenkte den Wagen in die Beatusstraße.

»Wo fahren wir überhaupt hin?«, fragte Rocky.
»Zum Treffpunkt.«
»Und wo soll das sein?«
»Ist nicht mehr weit. Gleich da vorne.«
Rocky sah sich um. »Was denn, hier?«
»Ich hielt diesen Ort für angemessen.«
»Echt jetzt? Was soll an einem …«
Weiter kam er nicht mehr. Sein Blut und sein Gehirn verteilten sich auf der getönten Scheibe und im Innenraum. Leblos fiel er in den Sitz zurück.

Petrow fuhr in eine der Parkbuchten, die weitläufig den Straßenrand säumten. Er schraubte den Schalldämpfer von der Waffe und verstaute beides wieder in der Tasche seiner Jacke. Nachdem er seine Spuren an Lenkrad und Schaltknüppel verwischt hatte, stieg er aus und ging die Straße entlang. Niemand war zu sehen, der ihn hätte beschreiben können. Dennoch schlug er den Kragen seiner Jacke hoch und zog sich eine Schirmmütze über, während er zu seinem Auto ging, dass er Stunden zuvor auf dem Parkplatz abgestellt hatte. Nachdem er eingestiegen war, griff er nach seinem Handy und wählte die eingespeicherte Nummer. Bereits nach wenigen Sekunden stand die Verbindung.

»Die Sache ist erledigt«, sagte Petrow. »Das dürfte Beweis genug dafür sein, das ich bereit bin, meine Kunden zu schützen.«

»Sie haben damit in erster Linie sich selbst beschützt«, erwiderte die männliche Stimme in seinem Ohr. »Finden Sie das Mädchen, und beenden Sie diesen Spuk. Dann sind wir wieder im Geschäft.«

Es knackte, und die Verbindung war beendet.

KAPITEL 27

Ihre blutverschmierten Hände zitterten, als sie den Löffel über die Flamme der Kerze hielt und dabei zusah, wie sich das Pulver darin auflöste. Eigentlich wollte sie weg von dem Zeug. Sie brauchte es jetzt nicht mehr. Doch es ließ sie nicht los, hatte sich in ihr festgekrallt wie ein tollwütiges Raubtier, das sich langsam durch ihre Eingeweide fraß.

Während sie beobachtete, wie sich der Ruß an der Unterseite des Löffels festsetzte, dachte sie an früher, als ihr Vater noch gelebt hatte – ihr richtiger Vater – und sie eine Familie gewesen waren.

Damals, als sie noch eine Kindheit hatte.

Was er wohl sagen würde, wenn er sie so sehen könnte? So heruntergekommen. So traurig. Sicher wäre er sehr enttäuscht von ihr. Dabei war er immer so stolz auf sie gewesen. Dieser große Mann, mit den starken Armen, die fast gänzlich tätowiert gewesen waren. Sie erinnerte sich an seine Stimme. Er hatte ihr abends am Bett manchmal etwas vorgelesen. Anschließend hatte er ihr über die blonden Haare gestreichelt und gesagt, sie wäre sein leuchtender Schmetterling. In seiner Nähe hatte sie sich immer behütet gefühlt.

In Sicherheit.

Doch sie hatte früh lernen müssen, dass nichts im Leben sicher war.

An dem Tag, an dem die beiden Polizisten vor der Tür standen und ihrer Mutter erklärten, dass ihr Mann mit seinem Motorrad tödlich verunglückt sei, hatte das ihrer Kindheit mit einem Schlag ein Ende gesetzt. Ihre Mutter, die eigentlich für sie hätte da sein müssen, verlor jeglichen Halt, fing an zu trinken. Sie ließ sie allein in der Wohnung, wenn sie sich abends auf Männersuche begab, in der Hoffnung, endlich jemanden zu finden, der ihr diese Verantwortung abnahm.

Dabei lernte ihre Mutter Wolfgang kennen, den alle nur »Wolfie« nannten. Er hatte ein Haus in einer beschaulichen Wohnsiedlung. Sie zogen zu ihm und ein halbes Jahr später heiratete er ihre Mutter. Zunächst schien es so, als könnten sie alle wieder glücklich sein.

Eine Familie.

Wolfie war sehr liebevoll zu ihr. Manchmal ein wenig zu sehr, wie sie fand. Da waren diese Blicke, die er ihr zuwarf, wenn sie im Sommer im Schwimmbad waren oder er sie in Unterwäsche im Badezimmer antraf. Doch sie dachte sich nichts dabei, war zu jung, zu unbedarft, um die Gefahr zu erkennen.

Bis zu ihrem zehnten Geburtstag, als Wolfie zum Wolf wurde und mitten in der Nacht neben ihrem Bett stand. Er flüsterte ihr zu, sie müsse keine Angst haben und dass er noch ein Geschenk für sie habe, von dem sonst niemand wissen dürfe. Er würde sie zur Frau machen, und es würde gar nicht wehtun.

Doch es tat weh.

Höllisch weh sogar. Aber das hielt ihn nicht davon ab.

Zwei Jahre lang nicht.

Dann lief sie vor alldem davon. Vor dem Schmerz und der Erniedrigung. Vor ihrer Mutter, die zu sehr damit beschäftigt war, ihrem neu gewonnenen Glück zu huldigen und nach außen hin das Bild einer intakten Familie zu hüten, als dass sie das Martyrium ihrer Tochter hätte erkennen können, die sich verstoßen und allein fühlte und sich mehr und mehr der Welt verschloss.

Es sollte eine Flucht in die Freiheit werden.

Es wurde eine Odyssee ins Verderben.

Denn nun war sie es, die sich auf der Straße mit den falschen Leuten anfreundete. Leute, die behaupteten, ihr helfen zu wollen; die ihr eine Unterkunft, Kleidung und Essen anboten. Viel zu spät begriff sie, dass es viele Wölfe gab, die sie »zur Frau« machen wollten.

Und sie taten es.

Jeden Abend.

In diesem Keller.

Sie wehrte sich, versuchte zu fliehen.

Die Männer spritzten ihr Heroin, machten sie gefügig. Die Droge half ihr, es durchzustehen, wurde zu ihrem einzigen Freund, mit dessen Hilfe sie sich in ihre Kindheit zurückträumte, während jemand keuchend und schwitzend auf ihr lag. Und es half ihr, den Ekel zu ertragen, die Scham und die Schmerzen. Sie musste ihr Äußeres verändern, damit sie niemand erkannte. Sie schminkte sich, rasierte sich die Haare an der Seite aus und färbte sie dunkel. Die Farbe passte zu ihrem Gemütszustand. Ihr Leuchten war verblasst, und ihre Flügel waren schwarz geworden in einer dunklen Welt.

Die Unterkünfte wechselten, die Erniedrigung blieb dieselbe. Oft machten sie Filme und Fotos davon, als wollten sie ihre Tränen und ihre Qualen für immer festhalten. Sie ließ es über sich ergehen, tat es für Nahrung und Unterkunft.

Und für Heroin.

Dann trat dieser Mann in ihr Leben. Zunächst kam er wie all die anderen Wölfe durch die Kellertür zu ihr. Doch er war anders. Durch den Schleier der Droge erkannte sie das nicht sofort, nahm seine Stimme nur diffus wahr. Normalerweise redeten die Männer kaum mit ihr. Sie benutzten nur ihren Körper, lebten ihre Fantasien an ihr aus. Dieser Mann tat nichts dergleichen. Seine Stimme klang jünger als die der anderen. Aufrichtiger. Und sie sprach von Befreiung, von Rache und Genugtuung.

Zunächst waren es nur Worte, die sie in ihrem Zustand nicht greifen konnte. Zu lange schon war sie gefangen in dieser Welt aus Rausch, Erniedrigung und Gehorsam, dass sie längst aufgegeben hatte. Halb betäubt schob sie die Beine auseinander und forderte ihn auf, endlich zu tun, weshalb er hier war, aus Angst, sonst ihre Droge nicht zu bekommen. Doch er deckte sie zu und streichelte ihr über das verschwitzte Haar. Dann ging er.

Als er wiederkam, schlief sie bereits. Er hob sie behutsam aus dem Bett und trug sie in die Wohnung im Obergeschoss des Hauses. Zwei Tage lang kümmerte er sich um sie und vermittelte ihr zum ersten Mal nach Jahren wieder das Gefühl, behütet zu sein. Er redete nicht viel, aber das war auch nicht nötig. Er sprach durch seine Taten. Und er weihte sie in seinen Plan ein. Ein Plan, dessen Baustein die Vergeltung war.

Und dieses Mal hörte sie ihm aufmerksam zu.

Dann führte er sie zurück in den Keller. Doch dieses Mal war es nicht sie, die dort nackt und gefesselt auf dem Bett lag, sondern Winfried Gerber, der ihr Monate zuvor versprochen hatte, sich um sie zu kümmern, für sie da zu sein. Der Mann, der ihre Situation schamlos ausgenutzt hatte, der vom Erlöser zum Erniedriger geworden war.

Der Mann, der sie zur Hure gemacht hatte.

Bei seinem Anblick stiegen all die negativen Gefühle der vergangenen Jahre schlagartig in ihr hoch. Das Bild ihres Stiefvaters tauchte vor ihren Augen auf, der sie aus ihrer Kindheit vertrieben und damit all dem ausgesetzt hatte. Sie sah all die Männer, die sich an ihr vergangen hatten, durchlebte die Schmerzen und diese schreckliche Angst noch einmal.

Der Hass, den sie in diesem Moment verspürte, war grenzenlos, verdrängte den letzten Rest von Menschlichkeit.

Sie empfand tiefe Genugtuung, als Winfried Gerbers Schreie durch den Keller hallten, während sie ihm die Hoden zerquetschte. Den Rest erledigte Chucky. So nannte sich der Mann, der sie befreit und auf den Pfad der Vergeltung geführt hatte.

Seitdem war Hass ihre neue Droge.

Nun musste sie nur noch vom Heroin loskommen. Doch ihr alter Freund ließ sie nicht gehen. Zwei Tage und Nächte lang hatte sie die Hölle des Entzugs durchlebt. In diesem protzigen Haus, in dem alles sauber und aufgeräumt gewesen war, als wollte der Besitzer damit seine Verkommenheit kaschieren.

Sie konnte sich noch gut an Thomas Reuter erinnern. Für ihn musste sie sich immer in eine dieser knappen Schuluniformen zwängen und vor ihm posieren, während er an sich selbst herumspielte. Und sie musste seinen Namen sagen, wenn er in ihre Körperöffnungen eindrang, bis sie blutete.

Nun war er der Schüler.

Und sie lehrte ihn, was Schmerzen waren; zwang ihn dazu *ihren* Namen zu schreien, während sie ihm die Augen ausstach, mit denen er sie begafft hatte, als wäre sie nur eine billige Ware. Ihr Hass und der Entzug machten sie zu einem Tier, das sie nicht mehr kontrollieren konnte.

Sie war selbst zur Wölfin geworden.

Und dann stand plötzlich dieser Fremde im Raum.

In ihrer rasenden Wut hielt sie ihn für einen der anderen Wölfe, der gekommen war, um sie zurückzuholen. In diesen Keller, in dem alle Hoffnung endete. Und ehe sie sich versah, hielt sie einen blutigen Golfschläger in ihren Händen.

Chucky machte sich Vorwürfe, versicherte ihr immer wieder, dass es nicht ihre Schuld sei. Er hätte sie in diesem Zustand nicht alleine lassen dürfen. Er versorgte den Mann und vollendete ihr Werk. Dann zogen sie weiter.

Und ihr alter Freund mit ihr.

Die Droge betäubte das Tier, ließ die Wölfin in ihr ruhen. Aber nur, solange sie es wollte. Manchmal war es nötig, es hervorzuholen. So wie jetzt. Aber in diesem Fall musste sie das alleine tun. Ohne die Hilfe von Chucky. Er wäre damit nicht einverstanden gewesen, denn es war nicht Bestandteil seines Plans. Aber er würde es verstehen. Denn für sie war es nötig gewesen, um sich zu befreien.

Ihre Hand zitterte noch immer, als sie sich die Spritze setzte. Augenblicklich wich das Tier zurück, gab sich dem

Rausch geschlagen, der sie erfüllte. Langsam sank sie zurück, benommen von dem Frieden, der sich in ihr ausbreitete. Sie schloss die Augen und fing an zu träumen.

Die leere Spritze glitt aus ihrer Hand und fiel neben ihre Füße, um die herum der Boden mit Blut getränkt war.

KAPITEL 28

Am nächsten Tag

Rokko blickte durch die offene Tür in den Innenraum des Wagens und betrachtete die Leiche auf dem Vordersitz.

»Ich sagte doch, wir sehen uns wieder, Carlo.« Sein Blick glitt über das Blut, das sich fontänenartig auf der Beifahrerseite verteilt hatte und zusammen mit den fleischigen Fetzen an der Scheibe einen metallisch-fauligen Gestank verbreitete. »Scheint so, als wäre dein verseuchtes Gehirn jetzt endgültig im Arsch.«

»Der Wagen ist als gestohlen gemeldet«, klärte Chris ihn auf, als er neben ihn trat. »Die Kollegen haben ihn bei einer Streifenfahrt entdeckt.«

Rokko richtete sich auf und blickte zur anderen Straßenseite, wo sich der Eingang zum Koblenzer Hauptfriedhof befand. »Der Mörder hat entweder einen makaberen Sinn für Humor oder er ist äußerst pragmatisch.«

»Das Vorgehen wirkt auf mich sehr professionell«, entgegnete Chris. »Da versucht jemand, alle Verbindungen zu kappen. Und ich denke, wir beide wissen, in welches Milieu diese Verbindungen führen.«

Rokko nickte. »Aber wie passt dann diese Flachzange ins Bild?«

»Ströder war vielleicht nicht der hellste Stern am Himmel«, meinte Chris, »aber er sah gut aus. Manchmal reicht das, um junge Mädchen um den Finger zu wickeln. Ich wette mit dir, er war bei allen sozialen Einrichtungen in der Gegend Stammgast.«

»Du meinst, er war eine Art Späher in der Szene?«

Chris nickte. »Wie es aussieht, haben die Erlöser in ein Wespennest gestochen.«

»Ja, und jetzt hat jemand Angst, dass wir ihm mit unseren Ermittlungen zu nahe kommen.«

»Habt ihr vor, den ganzen Tag hier rumzustehen?«, fragte Meißner, der seinen Alukoffer bei sich trug.

»Wir wollten uns nur einen Überblick verschaffen«, erwiderte Rokko.

Meißner sah sich um. »Wo ist denn Hauptkommissarin Klugscheißer?«

»Keine Panik«, sagte Chris. »Sie überprüft mit ihrem Kollegen die Aussage der Psychologin.«

»Psychoanalytikerin«, verbesserte ihn Rokko.

»Wie auch immer. Sie wird dir jedenfalls nicht in die Quere kommen.«

Meißner atmete auf. »Tja, dann macht mir und meinen Leuten mal ein wenig Platz.« Er spähte in den Innenraum des Wagens. »Es sei denn, ihr wollt dabei zusehen, wie ich das Gehirn von diesem Kerl von der Scheibe kratze.«

Rokko hob abwehrend die Hände. »Nein, danke. Ich habe ganz sicher nicht vor, mich wieder in eines eurer Ganzkörperkondome zu zwängen.«

Als sie an den übrigen Beamten vorbei den Parkstreifen entlang zu ihrem Wagen gingen, kam ein junger Mann von der anderen Straßenseite aus auf sie zugelaufen.

»Herr Bertram!«

Chris musterte ihn: Jung, dunkles Haar, Jeans und Sakko. Sein rechtes Handgelenk zierte ein geflochtenes Lederarmband. Er roch nach Aftershave. Und nach Ärger.

»Kann ich Sie kurz sprechen?«

»Verraten Sie mir, wer Sie sind?«

»Daniel Fischer, Rheinanzeiger.« Er reichte Chris die Hand.

Der ignorierte sie. »Das ging ja schnell«, meinte er. »Offenbar hadert man in Ihrer Redaktion nicht lange.«

Fischer sah ihn mit seinen wieselartigen Augen an. Dann hoben sich seine Augenbrauen, als er begriff. »Oh ... Sie meinen wegen meines Vorgängers.«

»Sein Name ist Marc Bondek«, erwiderte Chris ein wenig zu schroff.

»Das weiß ich. Wir sind Kollegen.«

»Ach ja? Wie alt sind Sie? Mitte zwanzig?«

»Alt genug, um für eine Zeitung zu schreiben.«

»Ich bezweifle, dass Sie sich dieser Verantwortung bewusst sind.«

»So wie Ihr Freund Bondek? Soviel ich weiß, verdankt er seine momentane Verfassung nicht unbedingt seiner Zurückhaltung.«

»Mag sein. Aber er hatte immerhin den Anstand, nicht über Dinge zu schreiben, denen er sich nicht sicher war.«

»Dann klären Sie mich auf, Herr Oberkommissar. Ich bin auf der Suche nach Antworten, genau wie Sie.«

»Schön. Wenn ich welche habe, dann melde ich mich bei Ihnen.«

»Hören Sie«, sagte Fischer und hielt ihn zurück. »Sie können mir glauben, dass wir alle in der Redaktion tief betroffen sind, über das, was Bondek zugestoßen ist. Aber das ändert nichts daran, dass die Leute wissen wollen, was hier gerade passiert. Stimmt es, dass die Morde mit der Pädophilenszene in Verbindung stehen?«

Chris versteifte sich. »Wer sagt das?«

»Man schnappt so einiges auf«, meinte Fischer. »Im Internet kursieren die wildesten Gerüchte.«

»Tja, dann haben Sie ja etwas, worüber Sie schreiben können.«

»Dann bestätigen Sie diese Verbindung?«

»Ich bestätige gar nichts.«

»Sie leugnen also die Existenz gewisser Videos im Internet?«

Chris starrte ihn an. »Mit wem haben Sie gesprochen?«

»Mit niemandem.«

»Und woher wissen Sie dann davon?«

»Über eine anonyme E-Mail, die heute Morgen an sämtliche Nachrichtenagenturen gegangen ist und in der die Täter ihre Motive ausführlich beschreiben.«

Chris blickte ratlos zu Rokko, dann wieder zu dem Reporter.

»Ist das vielleicht der Grund, weshalb Sie so kurz angebunden sind, Herr Oberkommissar?«, fragte Fischer. »Weil diese Leute Ihren Job machen?«

»Jetzt hören Sie mal zu«, entgegnete Chris erbost. »Ihnen dürfte beim Anblick dieser Filme nicht entgangen sein, dass diese Kerle eiskalte und brutale Killer sind. Einer Ihrer Kollegen liegt aus diesem Grund auf der Intensivstation und kämpft um sein Leben. Das sollten Sie sich vor Augen halten, bevor Sie in der Öffentlichkeit Fangesänge auf diese Gruppe anstimmen! Und jetzt entschuldigen Sie uns.«

»Hat mich gefreut, Herr Oberkommissar«, ertönte es höhnisch hinter ihm.

»Arroganter Pisser«, brummte Chris vor sich hin, während sie strammen Schrittes zu ihrem Dienstwagen gingen.

»Die Sache entgleitet uns«, meinte Rokko. »Wenn wir nicht bald einen Verdächtigen vorweisen können, dürfte uns ziemlich heiß unterm Hintern werden.«

»Hartfels und Bartels hängen seit gestern an der Sache von vor drei Jahren. Dieser Amoklauf könnte die erste heiße Spur sein.«

»Wir sollten auch den Vermieter, diesen Petrow überprüfen. Irgendetwas sagt mir, dass der Kerl nicht sauber ist.«

»Ich kümmere mich darum, sobald wir im Präsidium sind«, sagte Chris, als sie den Wagen erreicht hatten. »Vielleicht hat Hartfels schon etwas herausgefunden.«

»Ich bin jetzt schon gespannt, wie sie reagiert, wenn du ihr deine Theorie über die Morde verkündest.«

Chris seufzte, während sie ins Auto stiegen.

KAPITEL 29

Am Vortag hatten die Ermittler über das BKA sämtliche Akten und Vernehmungsprotokolle zu dem Fall Rudolf Winkler angefordert. Hartfels' Augen wiesen am Morgen deutliche Anzeichen von Übernächtigung auf. Sie hatte ihre Abteilung in Wiesbaden mit der Überprüfung des Falles beauftragt und vermutlich die halbe Nacht lang die Akten studiert. Sie war ungewöhnlich zurückhaltend.

Auch Bartels wirkte erschöpft. Er hatte das gesicherte Bild- und Videomaterial aus Reuters Haus durch eine spezielle Erkennungssoftware analysieren lassen. Bislang konnten drei vermisste Kinder zugeordnet werden.

»Aufgrund des von Ihnen angefertigten Phantombildes gab es einen weiteren Abgleich«, sagte Bartels. »Allerdings liegt er außerhalb des vorgegebenen Rasters. Auf den Bildern ist das Gesicht des Mädchens nicht vollständig zu erkennen.«

Chris sah auf den Bildschirm des Laptops und betrachtete die Aufnahmen. Das Mädchen, das darauf brutal missbraucht wurde, hatte schwarze Haare. Sie war stark geschminkt und trug künstliche Wimpern. Ihre Augen waren glasig und sie wirkte abwesend, als wäre ihr Körper eine seelenlose Hülle.

»Ist sie das?«, fragte Bartels.

»Gut möglich«, meinte er. »Im Hintergrund sind Teile von Gerbers Keller zu erkennen. Das dürfte die Wahrscheinlichkeit erhöhen.« Chris wandte sich ab. Er hatte genug gesehen.

»Aber wir haben immer noch keinen Namen. Der Abgleich in der Datenbank war negativ.«

»Versuchen Sie es weiter.«

»Das dürfte nicht viel bringen. Mehr Parameter habe ich nicht.«

»Wir haben ganz andere Probleme«, meinte Chris und sah auf den Ausdruck in seiner Hand. »Die Mail der Erlöser dürfte einen ziemlichen Presserummel auslösen. Dieser gequirlte Mist verbreitet sich rasend schnell über das Internet und ist quasi ein Aufruf zur Selbstjustiz. Das Letzte, was wir im Moment brauchen, ist eine rasende Meute da draußen.«

Chris betrachtete Hartfels, deren Augen auf den Bericht in ihren Händen gerichtet waren. Ihr Blick wirkte wie immer ausdruckslos und ließ nichts aus ihrem Inneren nach draußen dringen. Doch auch sie konnte die dunklen Ringe nicht verbergen, die sich um ihre Augen herum gebildet hatten.

»Haben Sie letzte Nacht überhaupt geschlafen?«, fragte Chris.

Sie sah von den Unterlagen auf und griff nach ihrer Packung Aspirin. »Es geht mir gut, danke«, speiste sie ihn ab.

»Abgesehen davon, dass Sie die Dinger wie Bonbons einwerfen, wirken Sie auf mich ziemlich erschöpft.«

Sie schluckte zwei der Pillen herunter. »Ich bin durchaus in der Lage, meine Arbeit zu machen, wenn Sie darauf anspielen.«

»Eigentlich«, meinte Chris, »wollte ich nur nett sein, aber offensichtlich kommt man damit bei Ihnen nicht weiter.« Er wandte sich wieder Bartels zu. »Wie weit sind Ihre Kollegen in Wiesbaden?«

»Wir sind sämtliche Akten zu dem Fall Winkler durchgegangen. Unter anderem auch die Inventarliste der Gegenstände im Kinderzimmer des Opfers Felix Berger.

Darunter befand sich ein Spielzeugtelefon. Dasselbe Modell, wie es an den Tatorten gefunden wurde.«

»Und wie es vermutlich jedes Kind in seinem Zimmer hat«, bemerkte Chris.

»Nur dass auf diesem die Schreie des Kindes zu hören waren. Der Junge muss wohl in seiner Panik auf den Aufnahmeknopf gedrückt haben.«

Eine kurze Pause trat ein, in der man jedem Einzelnen von ihnen ansehen konnte, wie er sich diesen schrecklichen Moment auszumalen versuchte.

»Dann haben wir also jetzt einen klaren Bezug zu dem Fall«, unterbrach Rokko das Schweigen. »Wer wusste von der Aufnahme?«

»Zunächst einmal alle Kollegen, die an dem Fall gearbeitet haben. Dann vermutlich Niklas Berger und alle Verwandten. Da wären zum einen die Großeltern beider Parteien. Und eine Tante mütterlicherseits.«

»Dann sollten wir uns auf Berger konzentrieren«, sagte Chris. »Er hat damals die Leichen im Haus gefunden, nachdem er mit seiner Freundin von einem Discobesuch heimgekehrt war. So eine Erfahrung kann einen Menschen selbst zum Mörder machen.«

»Da gibt es nur ein Problem«, sagte Hartfels.

»Und das wäre?«

Sie blätterte in den Unterlagen. »Er scheidet definitiv als Täter aus. Ist nie über den Verlust seiner Familie hinweggekommen. Mehrere Monate psychologische Betreuung. Hat sein Studium zum Spiele-Designer abgebrochen. Alkoholprobleme, Drogenexzesse, Gewaltausbrüche. Sitzt seit acht Monaten eine Haftstrafe in der JVA Trier wegen schwerer Körperverletzung ab.«

»Das nennt man wohl ein felsenfestes Alibi«, meinte Rokko. »Er muss also mit jemandem darüber gesprochen haben. Vielleicht sollten wir ihn dazu befragen.«

»Das halte ich für Zeitverschwendung«, meinte Hartfels. »Unter den gegebenen Umständen wird er uns sicher nicht

dabei helfen, das zu stoppen, was hier gerade passiert.«
»Dann setzen wir ihn unter Druck.«
Hartfels betrachtete Rokko. »Was wollen Sie tun, ihn nochmal einsperren?«
»Checken Sie seine Besucherliste.«
»Haben wir bereits getan. Keine Besuche seit seinem Haftantritt.«
»Dann nehmen wir uns sein damaliges Umfeld vor.«
»Auch das tun wir bereits«, klärte Bartels ihn auf. »Wir konzentrieren uns im Moment auf die Gruppe junger Leute, mit denen er sich damals regelmäßig getroffen hat. Es handelt sich dabei um vier männliche Personen, zwei davon können wir allerdings ausschließen. Roman Heller starb vor fünf Monaten an den Folgen einer Leukämieerkrankung, und Peter Siebert, der Älteste der Gruppe, studiert im Ausland. Die beiden anderen wohnen nach wie vor in der Umgebung von Trier und arbeiten dort als IT-Fachkräfte.«
Chris schüttelte den Kopf. »Das ist mir alles nicht stimmig genug«, meinte er und nippte an dem Becher Kaffee, den er sich am Automaten geholt hatte. »Die Taten erscheinen mir zu radikal für einen Außenstehenden.«
»Aber die beiden kannten das Opfer Felix Berger.«
»Ja, aber nur flüchtig. Das ist mir nicht persönlich genug.«
»Beide sind Informatiker, womit sie eindeutig in unser Täterprofil passen«, gab sich Bartels nicht geschlagen.
»Vielleicht verstricken wir uns zu sehr in diese Hackerthese«, meinte Chris. »Eine Direktübertragung ins Netz bekommt heutzutage jeder Halbstarke auf die Reihe. Dazu muss man kein Computergenie sein. Ebenso wenig, um ins Darknet zu gelangen und Inhalte dort zu verbreiten. Möglicherweise will der Täter nur den Anschein erwecken, es handele sich um eine Hackergruppierung.«
»Und wie ist er an die Namen und Adressen der Opfer gelangt?«, fragte Bartels.

»Haben Sie schon mal die Möglichkeit in Betracht gezogen, dass es sich dabei um Insiderwissen handeln könnte?«

»Sie reden von dem Mädchen, nach dem gefahndet wird«, klinkte sich Hartfels in die Diskussion ein.

»Ja, sie ist eine der möglichen Optionen, was die Morde hier betrifft. Ich halte es aber für unwahrscheinlich, dass sie auch in Verbindung zu den beiden Opfern in Trier und Köln steht.«

»Ich weiß nicht«, meinte Bartels skeptisch. »Wir sollten uns lieber an die Fakten halten und auf unsere Profiler vertrauen.«

»Nein, Bertram hat recht«, widersprach Hartfels.

Chris verschluckte sich an seinem Kaffee. »Hab ich Sie richtig verstanden?«, fragte er überrascht und hustete.

Sie sah ihn nichtssagend an. »Ihre Vermutung ist logisch. Und sie basiert auf der Aussage der Psychologin.«

»Psychoanalytikerin.«

Hartfels ignorierte Rokkos spitzfindige Bemerkung. »Doktor Hoffmann hat behauptet, dass der Mann, der sich für Thomas Reuter ausgegeben hat, ehrliche Reue gezeigt habe. Es ist allerdings davon auszugehen, dass sich diese Reue nicht auf die eigentlichen Taten bezieht.«

»Man muss zu dem werden, was man bekämpfen will«, konkretisierte Chris.

Bartels betrachtete die beiden abwechselnd. »Sie gehen also davon aus, dass der Kerl sich in die Pädophilenszene infiltriert hat, obwohl er gar kein Pädophiler ist?«

Chris nickte. »Auf diese Weise ist er an die Opfer herangekommen. Er hat sich ihr Vertrauen erschlichen, um an ihre wahre Identität zu gelangen, so wie Sie es beschrieben haben.«

»Ich sagte Ihnen aber auch, dass das keineswegs einfach ist. Diese Leute sind sehr misstrauisch.«

»Und den Worten Ihrer Kollegin zufolge halten sie geheime Treffen an wechselnden Orten ab, um ihrer Neigung nachzugehen. Die Symbole, mit denen die Tatorte markiert waren, sind geheime Zeichen der Szene. Damit wollte der Täter uns einen Hinweis auf sein Motiv geben. Vielleicht hat er dort im Vorfeld selbst an solchen Treffen teilgenommen. Und ich möchte wetten, dass er auf diese Weise auch Kontakt zu dem Mädchen hergestellt hat, das wir vor Gerbers Lokal gesehen haben.«

»Demnach hat er selbst Minderjährige missbraucht, nur um an diese Leute heranzukommen? Was sollte jemanden zu so etwas veranlassen?«

»Hass«, erwiderte Chris, »und zwar in einem Ausmaß, das sämtliche Hemmungen ausblendet und den Täter nur ein Ziel verfolgen lässt: Rache. Wir sollten uns das Umfeld aller übrigen Opfer von Rudolf Winkler ansehen.«

»Manuela Gelhard«, ging Hartfels die Liste der Opfer durch, die sie aus den Unterlagen zusammengestellt hatte. »Die Kollegin von Doktor Hoffmann, mit der sie gemeinsam die Praxis betrieb. Sie war zum Zeitpunkt ihres Todes verheiratet und hatte einen fünfjährigen Sohn. Wie unsere Leute in Wiesbaden bereits ermitteln konnten«, hob sie hervor, »ist der Ehemann nach dem Vorfall mit seinem Sohn nach Hamburg gezogen und lebt dort mit einer neuen Partnerin, womit er als Täter ausscheiden dürfte.«

»Und was macht Sie da so sicher?«, fragte Rokko.

»Ich habe letzte Nacht bereits ein grobes Täterprofil erstellt, das ich den neuen Gegebenheiten angepasst habe, und ...«

»Der Täter dürfte voraussichtlich nicht in einer gefestigten Beziehung leben«, fiel ihr Chris ins Wort. »Das war es doch, was Sie sagen wollten.«

Sie nickte. »Zumindest nicht, wenn wir von einem Einzeltäter ausgehen«, erwiderte sie nach einer kurzen Pause, in der Chris einen winzigen Moment lang glaubte, so etwas wie Anerkennung in ihren Augen zu entdecken. Aber vermutlich basierte dieser Eindruck eher auf Wunschdenken, denn eine solche Gefühlsregung wäre bei Corinna Hartfels gleichzusetzen mit der Entdeckung eines neuen Planeten.

»Die Morde geschahen überregional«, fuhr sie fort. »Das heißt, der Täter ist nicht an einen bestimmten Ort gebunden. Und er hat die zeitliche und finanzielle Freiheit, seine Taten zu planen und sich ausgiebig mit seinen Opfern zu beschäftigen. Das alles wäre kaum möglich, hätte er familiäre Verpflichtungen.«

Chris nickte. »Schön, dass wir uns mal einig sind.«

Hartfels blätterte in der Akte und ging zum nächsten Opfer über. »Anika Sabel, Sprechstundenhilfe. Sechsundzwanzig Jahre. Wie die gerichtsmedizinische Untersuchung ergeben hat, war sie zum Zeitpunkt ihres Todes im zweiten Monat schwanger.«

Chris fuhr mit der Hand über sein Gesicht, während er durchatmete. »Das wäre ein Motiv«, sagte er aufgewühlt und merkte, wie sich seine Innereien zusammenzogen. »Wer war der Vater?«

»Mario Steger, damals achtundzwanzig Jahre. Von Beruf Elektroinstallateur. Lebte mit dem Opfer zusammen, die beiden waren aber nicht verheiratet. Mehr Informationen über ihn liegen mir bis jetzt nicht vor, aber unsere Leute kümmern sich darum.«

Sie rieb sich die Schläfen, bevor sie weiter in der Akte las.

»Opfer Nummer drei, Rita Möller, die Mutter, die sich schützend vor ihr Kind gestellt hat. Sie war vierunddreißig Jahre, verheiratet, keine weiteren Kinder. Die neunjährige Tochter Anna ist seit dem Tod ihrer Mutter in einem katatonischen Zustand. Sie hat seit damals kein Wort mehr gesprochen und wird in einer psychiatrischen Klinik betreut.«

Chris stellte den Kaffeebecher ab. Ein plötzlicher Schwindel befiel ihn. Seine Hände schlangen sich fester um die Lehnen seines Stuhls. »Was wissen wir über den Ehemann?«

»Über ihn steht nicht viel in den Akten. Er wurde zwar

damals vernommen, befand sich zur Tatzeit aber nicht in der Praxis.«

»Ich nehme an, Ihre Leute überprüfen ihn.«

»Natürlich.«

»Ist alles in Ordnung?«, fragte Rokko, als er Chris betrachtete. »Du siehst ziemlich blass aus.«

Chris winkte ab. »Vermutlich habe ich auch nur zu wenig Schlaf abbekommen«, antwortete er ausweichend.

Hartfels deutete auf den leeren Kaffeebecher. »Sie sollten weniger von diesem Zeug in sich hineinschütten.«

Ich sollte damit aufhören, mich mit kranker Scheiße wie dieser hier zu befassen, schoss es Chris durch den Kopf. »Was ist mit der Frau, die im Sprechzimmer angeschossen wurde?«, lenkte er aufs Thema zurück.

Hartfels' Zeigefinger fuhr über den Bericht, bis sie die passende Stelle gefunden hatte. »Marlies Lempert, dreiundvierzig Jahre. Sie hat überlebt, ist seit der Tat aber stumm und gelähmt. Die Kugel hat ihren Kehlkopf durchschlagen und die Halswirbelsäule getroffen. Geschieden, keine Kinder. Wird von ihren Eltern gepflegt.«

Chris spürte, wie sein Kreislauf abzusacken begann. Er brauchte dringend einen Luftwechsel. »Entschuldigt mich kurz«, sagte er und stand auf. »Ich hol mir nur schnell einen neuen Kaffee.«

Alle verfolgten stumm, wie er aus dem Büro eilte.

Chris trat auf den Flur hinaus und lief schnellen Schrittes zur Toilette, wo er an eines der Waschbecken stürmte und sich kaltes Wasser ins Gesicht spülte. Sein Puls raste, und ihm wurde schummrig vor Augen. Nur langsam ließ das Gefühl der Ohnmacht nach, das ihn überrannt hatte. All das Leid und die Trauer, die Winkler mit seiner sinnlosen Tat ausgelöst hatte, die vielen gequälten Seelen. Chris hatte bislang nicht einmal ein Foto von ihm gesehen. Seine Fantasie verlieh ihm das Konterfei eines besessenen Irren. Und er empfand nichts als Verachtung für diesen Mann und für alle, die so waren wie er.

Er dachte an Rebecca und an ihr gemeinsames Kind, das sie in sich trug. Und zwangsläufig drängte sich ihm die Vorstellung auf, wie er sich verhalten würde, wenn *ihr* so etwas passieren, wenn *sie* zum Opfer eines fehlgeleiteten Irren würde, der seine kranken Triebe über das Wohl aller anderen stellte.

Es konnte keine gerechtere Strafe als den Tod für solche Menschen geben. Keine Krankheit, keine Abnormität und keine noch so tragische Vorgeschichte entschuldigten so viel Leid.

Er atmete durch und betrachtete im Spiegel sein blasses Ebenbild.

Du musst das ausblenden, hörte er seine innere Stimme sagen. *Solche Gedanken sind nicht gut für dich. Sie sind gefährlich!*

Die Stimme hatte recht. Derlei Ansichten waren nicht mit seinen beruflichen Ansprüchen vereinbar. Und sie konnten leicht dazu führen, dass man selbst zum Irren wurde.

Es stimmte, er war zu nah dran, ließ diese Vorfälle zu sehr in sein eigenes, in sein privates Denken vordringen.

Du musst auf Abstand gehen!

Aber das war leichter gesagt als getan. Er schloss die Augen und atmete ruhig und kontrolliert. Allmählich stabilisierte er sich, und der leichte Anfall von Schwindel fiel von ihm ab. Doch das Gefühl der Wut blieb beständig. Er hatte in seiner beruflichen Laufbahn schon viele schlimme Dinge gesehen, die ihn schon oft an diesen Punkt gebracht hatten. Doch zum ersten Mal hatte er das Gefühl, auf der falschen Seite zu stehen, der Sache nicht gewachsen zu sein. Er war im Begriff, sich selbst zu verlieren. Das konnte und durfte er nicht zulassen. Er trocknete sich das Gesicht ab und ging zurück zu den anderen.

KAPITEL 30

Er saß auf dem Bett und studierte die Schlagzeilen, die ihm über die Trostlosigkeit seiner Zelle hinweghalfen. Ein kleiner Schreibtisch, ein Stuhl, Bücherregal, Mülleimer, Waschbecken, Toilette. Es gab nicht viel, womit man sich hier drin ablenken konnte. Niemand besuchte ihn, denn niemand von früher wollte noch etwas mit ihm zu tun haben. Nach dem Tod seiner Familie war er ein anderer geworden. Ein Kämpfer, der nicht länger bereit war, gewisse Umstände zu akzeptieren. Das machte ihn in den Augen der meisten Menschen zu einem Außenseiter. Erst recht durch den Umstand, dass er hier eingesperrt war. Aber viel schlimmer war die Tatenlosigkeit, zu der ihn diese Wände zwangen. Hier drin konnte er nichts bewirken, und das machte ihn rasend vor Wut. Und je länger er hier festsaß, desto schwerer fiel es ihm, diese Wut zu zügeln. Immer wieder suchte er Streit unter den Mithäftlingen, denn er brauchte einen Pol, auf den er diese Wut ausrichten konnte. Es folgten immer drastischere Strafen. Mittlerweile durfte er nicht einmal mehr in den Aufenthaltsraum, um fern zu sehen. Die Tageszeitung war sein einziger Kontakt nach draußen. Aber selbst diese Möglichkeit nutzte er nur selten, da ihn die Artikel darin nur langweilten oder aufregten.

Seit einigen Tagen hatte sich das geändert.

Sorgfältig knickte er die Ränder des mehrspaltigen Artikels um, bis er die Kanten sauber einreißen und ihn heraustrennen konnte. Er hielt den Text in der Hand, studierte ihn ein weiteres Mal – Zeile für Zeile, bis er ihn auswendig konnte. Dann trug er ihn zu der Wand über dem Schreibtisch, wo bereits zwei weitere Artikel hingen, und haftete ihn mit einem Klebestreifen dazu. Der Anblick versetzte ihn in freudige Erregung und zauberte ein Lächeln auf sein starres Gesicht. Einen Menschen gab es da draußen, der noch immer zu ihm hielt, der ebenso dachte wie er, und der bereit war, die Dinge in die Hand zu nehmen. Ein Verbündeter, der in seinem Sinne handelte.

Erleichtert atmete Niklas Berger durch, während er die Artikel an der Wand betrachtete.

Der Plan funktionierte.

KAPITEL 31

Gleich nach der Besprechung hatte Chris sich den Rest des Tages krankgemeldet und war nach Hause gefahren. Als Grund hatte er eine Magenverstimmung angegeben, was nicht einmal gelogen war. Selten hatte er sich so ausgelaugt und elend gefühlt, als wäre sämtliche Kraft aus ihm gewichen. Er schlief den ganzen Nachmittag lang, was seinen Zustand nicht verbesserte. Selbst Rebecca fiel seine Antriebslosigkeit auf, als sie nach Hause kam.

»Was bedrückt dich«, fragte sie, nachdem sie zu Abend gegessen hatten.

»Nichts.«

»Dann muss ich deinen mangelnden Appetit wohl als Anspielung auf meine Kochkünste deuten.«

»Das Essen war hervorragend.«

»Was ist dann der Auslöser für deine Reserviertheit?«

»Ich bin einfach nur müde.«

Sie seufzte. »Diese Art von Müdigkeit kenne ich noch sehr gut an dir. Das letzte Mal hat sie dich vor zwei Jahren befallen.« Sie beugte sich zu ihm über den Tisch und ergriff seine Hand. »Es sind diese Morde, die dich beschäftigen, nicht wahr?«

Es fiel ihm schwer, ihr in die Augen zu schauen. Er konnte ihr nichts vormachen, dafür kannte sie ihn mittlerweile zu gut. Fast auf den Tag genau dreizehn Monate war es her, dass sie zu ihm gezogen war. Zunächst hatte sie sich dagegen gesträubt, ihre Wohnung in der Stadt aufzugeben und in diese ländliche Gegend überzusiedeln. Spätestens aber seit dem Moment, als der Schwangerschaftstest zwei blaue Streifen angezeigt hatte, war sie vollends überzeugt, die richtige Entscheidung getroffen zu haben. Offenbar schien ihr eine Kleinstadt der geeignetere Ort zu sein, um ein Kind großzuziehen. Chris hingegen bezweifelte mittlerweile, dass es überhaupt einen geeigneten Ort dafür gab.

Er schwieg, bezüglich ihrer Frage.

»Du solltest darüber reden«, beharrte sie.

»Ich will dich nicht auch noch damit belasten.«

»Ich muss dich sicher nicht daran erinnern, dass ich Zeuge bei einem der Morde war.«

»Wie schaffst du es dann, diesen Umstand einfach auszublenden?«

»Ich konzentriere mich auf mein privates Umfeld«, erwiderte sie. »Auf meine Beziehung zu dir, und auf die Tatsache, dass wir bald Eltern werden. Ich befasse mich mit *unserem* Schicksal, denn das ist das Einzige, auf das ich Einfluss nehmen kann. Es war entsetzlich, diesen Mann so sterben zu sehen. Und diese Bilder werden sich noch eine ganze Weile in meinem Kopf verankern. Aber ich lasse nicht zu, dass sie mich emotional beeinflussen. Denn nächste Woche ist es vielleicht ein Streit unter Nachbarn, der eskaliert, oder eine überforderte Mutter, die ihr schreiendes Kind erstickt. Aber das alles geschieht nicht in *meinem* Umfeld. Nüchtern betrachtet sind wir nur diejenigen, die den Dreck wegkehren.«

»Sicher«, stimmte Chris ihr zu. »Aber manchmal bleibt auch etwas von diesem Dreck an uns haften.«

»Genau das ist der Grund, weshalb man nach der Arbeit duschen sollte.« Sie blickte ihm in die Augen. »Du und das Baby, ihr seid meine emotionale Stütze, meine Zukunft. Darauf konzentriere ich mich. Und das solltest du auch.«

Sie hatte recht, mit allem, was sie sagte. Normalerweise sollte die Aussicht auf ein eigenes Kind ihm Hoffnung geben und ihm helfen, sich auf das Wesentliche zu konzentrieren.

Warum tat es das bei ihm nicht?

Weshalb hatte er stattdessen immer mehr das Gefühl, das es ein Fehler war?

»Mir ist nicht nach Reden zumute«, erwiderte er. »Ich will einfach nur bei dir sein.«

Sie führte ihn auf die Couch, wo sie damit begann, ihm den Nacken zu massieren. Er versuchte, sich zu entspannen, sich ihr hinzugeben. Doch der stetige Strom seiner Gedanken riss nicht ab, ließ ihn nicht zur Ruhe kommen.

Er hatte plötzlich Angst, dass es für ihn zu spät war.

KAPITEL 32

Am nächsten Tag

An diesem Morgen betrat Chris wutentbrannt das Büro, in dem Rokko und Hartfels bereits auf ihn warteten. »So eine verdammte Scheiße«, brüllte er außer sich.

»Anscheinend geht es dir wieder besser«, bemerkte Rokko höhnisch.

Chris überging den Kommentar und warf die Tageszeitung auf den Tisch. »Dieses karrieregeile Arschloch!«

»Von wem redest du?«

»Von diesem Schmierfink Fischer! Dem sollte mal jemand die Windeln strammziehen und ihn in sein Laufgitter setzen, dieser elende Wichtigtuer!«

Rokko nahm die Zeitung zur Hand. Auf der Titelseite war das komplette Schreiben der Erlöser abgedruckt. Darunter ein ausführlicher Kommentar zu den Morden.

»›Der zuständige Ermittler, Oberkommissar Chris Bertram, war diesbezüglich nicht zu einer Stellungnahme bereit‹«, las Rokko vor. »›Vielleicht ist sein Schweigen eine Bestätigung für das Versagen von Staat und Justiz, für die das Thema Kindesmissbrauch offensichtlich ein Tabuthema ist. Wie sonst ist es zu erklären, dass sich in jüngster Vergangenheit ein Bundespolitiker, auf dessen Computer kinderpornographisches Material sichergestellt wurde, mit einem Bußgeld freikaufen konnte?‹« Rokko warf die Zeitung zurück auf den Tisch. »Das ist wirklich unterste Schublade.«

»Wie kann dieser Spinner mir so etwas unterstellen?«, schrie Chris außer sich. »Ich sollte ihn auf der Stelle verklagen!«

»Sie sollten sich eher beruhigen«, meinte Hartfels.

»Mich beruhigen?«

»Ja«, bestätigte sie in ihrem üblichen, gleichgültigen Tonfall. »Diese Sache ist ärgerlich, aber sie ist kein Grund, die Beherrschung zu verlieren.«

»Doch«, brüllte Chris und tippte auf die Zeitung, »genau das ist der Grund, warum Leute die Beherrschung verlieren!«

»Ein solches Verhalten ist nicht professionell. Und zudem wenig produktiv.«

»Das mag sein, Frau Kollegin, aber es ist menschlich! Eine Eigenschaft, die Ihnen anscheinend vollkommen abgeht! Hatten Sie noch nie das Bedürfnis, jemandem in die Fresse zu schlagen?«

»Ich wüsste nicht, was das bringen sollte.«

»Nein, natürlich nicht. Sie schlucken lieber Ihre Pillen und spielen die Unnahbare. Da wir Ihnen ja offensichtlich alle solche Kopfschmerzen bereiten, sollten Sie vielleicht lieber wieder mit Ihren Kollegen in Wiesbaden verkehren.«

»Sind Sie jetzt fertig?«

»Ja, verdammt!

»Gut, dann können wir uns ja wieder auf den Fall konzentrieren.«

Chris starrte sie wütend an. »Sie sind ein triftiger Grund, um mit dem Rauchen anzufangen, wissen Sie das? Ist Ihnen eigentlich alles scheißegal?«

»Nein. Ich habe nur nicht vor, an meinen eigenen Ansprüchen zu scheitern.«

»Was soll das nun wieder heißen?«

Sie sah zu ihm auf. »Sie würden am liebsten die ganze Welt retten. Ich will nur diesen Fall lösen.«

Chris setzte zu einem Konter an, doch die Worte blieben ihm im Hals stecken. Hartfels hatte es auf den Punkt gebracht. Und diese Erkenntnis durchfuhr ihn wie ein Stromschlag.

»Tja«, meinte er nach einer kurzen Pause, »vielleicht hat sich meine Ansicht ja geändert. Und vielleicht schert mich dieser ganze Scheiß einen feuchten Dreck. Sollen sich diese Schweine doch gegenseitig abschlachten. Das erspart uns ihre Unterbringung und eine anschließende Therapie, die ohnehin nichts bewirkt!«

»Ist alles in Ordnung mit dir?«, fragte Rokko und betrachtete ihn skeptisch.

»Nein! Nichts ist in Ordnung!« Er fuhr sich mit beiden Händen durchs Gesicht und atmete tief durch. Anschließend ließ er sich auf seinen Stuhl fallen. »Entschuldigt bitte«, keuchte er. »Ich musste wohl nur mal etwas Dampf ablassen.« Er sah verstohlen zu Hartfels, die ihn nichtssagend betrachtete. »Was haben Ihre Leute herausgefunden?«

»Das Mädchen der ermordeten Mutter wird in einer Klinik in Bad Nauheim betreut.«

»Das ist nur etwas mehr als eine Autostunde von hier entfernt«, fügte Rokko hinzu. »Die dortigen Kollegen haben auf Anfrage ermittelt, dass der Vater des Mädchens sich bis vor etwa zwei Wochen fast täglich dort aufgehalten hat. Seitdem sind die Besuche nur noch sporadisch. Offensichtlich ist er gerade ziemlich beschäftigt.«

»Der Name des Mannes ist Thilo Möller«, sagte Hartfels. »Geboren in Wittlich, vierunddreißig Jahre, hat vor kurzem erst sein Haus in der Nähe von Trier verkauft und ist hierher gezogen. Er lebt allein, zumindest ist unter der Adresse keine weitere Person gemeldet.«

»Was ist mit Handydaten?«

»Die Anfrage beim Netzbetreiber läuft noch. Ich denke aber, dass bis zum Nachmittag alle Genehmigungen durch sind und uns ein Bewegungsprofil des Anschlusses vorliegt.«

Chris schielte zu Hartfels. »Es ist schon erstaunlich, wie schnell und kooperativ das System funktioniert, wenn sich eine Bundesbehörde einklinkt. Liegt uns ein Foto des Mannes vor?«

»Nur das Lichtbild seines Ausweises. Das ist allerdings schon mindestens fünf Jahre alt.«

»Immerhin etwas«, meinte Chris. »Setzen wir uns mit Doktor Hoffmann in Verbindung. Vielleicht erkennt sie den Mann wieder.«

»Hab ich schon getan«, sagte Rokko. »Im Moment hat sie noch Patienten, aber sie will gegen Abend vorbeikommen.«

»Gut. Was ist mit dem Freund der Arzthelferin? Soweit ich mich erinnere, ist er Elektroinstallateur. Es dürfte also ein Leichtes für ihn sein, Infrarotauslöser herzustellen.«

»Mario Steger«, entnahm Hartfels ihren Unterlagen. »Wohnt und arbeitet noch immer in Trier. Laut Auskunft seiner Krankenkasse keinerlei Fehlzeiten in diesem Jahr. Keine Vorstrafen oder sonstige Auffälligkeiten. Auch seine Handydaten werden überprüft. Ich denke aber, er dürfte aus dem Raster fallen.«

Chris seufzte. »Was hat die Überprüfung von Petrow ergeben?«

»Er besitzt insgesamt fünf Mietshäuser. Zwei davon liegen hier in der Gegend, zwei weitere im Kölner Raum und eins in Trier.«

»Die Standorte stimmen auffällig mit denen der Tatorte überein«, meinte Chris.

Rokko nickte. »Gegen Petrow liegen mehrere Verfahren wegen angeblicher Mietmängel und Betrug vor, die aber allesamt zurückgewiesen wurden. Insgesamt umfasst sein Besitz fast sechzig Wohneinheiten.«

»Er hätte also genügend Möglichkeiten, diesen Perversen eine Spielwiese zur Verfügung zu stellen«, sagte Chris.

»Das dürfte auf Dauer sicher lukrativer sein, als sich mit unzufriedenen Mietern herumzuschlagen. Wir sollten seine Konten überprüfen.«

Chris nickte. »Ich werde den Staatsanwalt kontaktieren.«

Bis zum Mittag hatte der Artikel in der Zeitung ein Lauffeuer ausgelöst. Die Telefone standen nicht mehr still. Empörte Bürger beschwerten sich über Beamtentum und Polizeiträgheit oder sorgten sich um die Sicherheit ihrer Kinder. Einige sprachen auch zweifelhafte Verdächtigungen gegen Nachbarn oder Bekannte aus.

Kriminaldirektor Deckert berief kurzfristig eine Besprechung ein, in der sie ihm die neuesten Entwicklungen unterbreiteten, die er am späten Nachmittag auf einer eilends eingeführten Pressekonferenz vortragen würde, um anschließend eine Stellungnahme zu dem Artikel abzugeben.

Im Gegensatz zu den anderen verbrachte Chris seine anschließende Mittagspause nicht in der Kantine. Er setzte sich in sein Auto und fuhr in die Stadt. Seine Gedanken kamen noch immer nicht zur Ruhe. Dieser Fall ließ ihn einfach nicht los, zumal sie noch immer keine wirklich heiße Spur vorweisen konnten. Das Einzige, was gesichert schien, war die Verbindung zu dem Amoklauf vor drei Jahren. Aber womöglich nutzten der oder die Täter den Vorfall auch nur für ihre Zwecke aus. Und vielleicht führten sie die Ermittlungen damit absichtlich in die Irre.

Hinter allem stand ein verdammtes *Vielleicht*.

Und das Schlimmste daran war, dass Chris diesem Umstand nicht die gewohnte Beachtung schenkte. Die Verbissenheit, mit der er normalerweise an solche Fälle heranging, war ihm abhandengekommen und hatte Platz gemacht für eine bedenkliche Art von Resignation.

Hatte Fischer mit seinem Artikel am Ende recht?

Er brauchte etwas, dass ihm vom Gegenteil überzeugte.

Sein Fuß trat das Gaspedal bis zum Anschlag nieder, und er fuhr mit überhöhter Geschwindigkeit in Richtung Krankenhaus.

KAPITEL 33

Chris betrat den Flur der Etage und blieb vor der Tür der Intensivstation stehen. »Zutritt nur für Personal und Angehörige«, verkündete das Schild daran.

Was tat er hier?, fragte er sich. Man würde ihn ohnehin nicht zu ihm lassen. Was hatte er auch für ein Recht dazu? Mehr als zwei Jahre waren vergangen, in denen er Bondek kaum gesehen hatte. Ein paar gelegentliche Telefonate, die fast ausschließlich beruflichen Zwecken gedient hatten, waren kaum ausreichend, um ihn als Freund zu bezeichnen. Und dennoch fühlte er sich ihm gegenüber verpflichtet. Vielleicht weil sie vom selben Schlag waren. Zwei Pessimisten, die der Welt nichts Gutes mehr entlocken konnten, weil sie zu oft im Dunkeln suchten.

»Kann ich Ihnen helfen?«

Chris fuhr herum und erblickte einen Pfleger. Er hielt eine Essensbox in der Hand und war offensichtlich auf dem Weg in seine Mittagspause.

»Ich wollte zu Marc Bondek.«

»Sind Sie ein Angehöriger?«

»Nein, ich ...«

»Tut mir leid«, sagte der Pfleger und deutete auf das Schild, »aber auf dieser Station haben nur Angehörige und engste Bekannte Zutritt.«

»Ich weiß. Ich wollte auch nur ...«

Was? Dein schlechtes Gewissen besänftigen, indem du der Frage nachgehst, ob du es hättest vorhersehen müssen? Schließlich war zwei Jahre zuvor etwas Ähnliches passiert. Damals war Bondek mehr oder weniger glimpflich davongekommen. Und vielleicht wollte Chris sich vergewissern, dass es dieses Mal ebenso verlaufen würde, obwohl alle Anzeichen dagegen sprachen.

»Können Sie mir wenigstens sagen, wie es ihm geht?«

»Auskünfte dürfen nur die behandelnden Ärzte geben. Und auch nur gegenüber ...«

»Angehörigen und engen Bekannten, schon klar«, vollendete Chris den Satz und zog seinen Dienstausweis hervor. »Mein Interesse ist nicht rein privater Natur. Herr Bondek ist möglicherweise ein wichtiger Zeuge in einem Mordfall.«

Der Pfleger betrachtete den Ausweis. »Herr Bondek ist im Moment nicht vernehmungsfähig, weshalb ich Sie bitten muss ...«

Die Tür der Station wurde geöffnet, und eine Frau mit dunklen, fast schwarzen Haaren trat in den Flur. Chris Augen blieben einen Tick zu lange auf ihr hübsches Gesicht gerichtet. Die Frau bemerkte seinen bewundernden Blick und schenkte ihm ein Lächeln.

»Es tut mir leid, Herr Oberkommissar«, sagte der Pfleger, nun in einem schärferen Tonfall, der andeutete, dass er nicht gewillt war, sein Mittagessen kalt zu verspeisen. »Aber wenn Sie keinen Nachweis haben, der Sie als Angehörigen von Herrn Bondek ausgibt, muss ich Sie bitten, die Station zu verlassen.«

»Das geht in Ordnung«, sagte die Frau. »Ich bin Sarah Bondek, die Schwester von Marc. Und dieser Mann gehört zu mir.«

Der Pfleger starrte sie an.

»Was ist?«, fragte sie freundlich lächelnd. »Wollen Sie auch meinen Ausweis sehen?«

Der junge Mann schüttelte den Kopf und verschwand hinter der Tür des Personalraums.

»Danke«, sagte Chris.

»Kein Problem.« Ihre graugrünen Augen musterten ihn. »Sie sind dieser Polizist, Chris ...«

»Bertram«, half er ihr auf die Sprünge.

Sie nickte. »Marc hat mir von Ihnen erzählt.«

»Hat er das?«

»Ja, er meinte, Sie wären in Ordnung – bis auf Ihren

Hang, die Dinge manchmal etwas zu ernst zu nehmen.«

Chris grinste verlegen. »Es hat wohl eher damit zu tun, dass ich zu viel über gewisse Dinge nachdenke.« Er blickte kurz auf seine Hände herab, weil er sonst das Gefühl hatte, sie anzustarren. Er schätzte sie etwas jünger als Marc, vielleicht Mitte dreißig, aber ihre Haut hatte noch immer die Ausstrahlung und die Beschaffenheit einer Zwanzigjährigen. »Was Sie angeht, war er nicht so gesprächig. Ich wusste gar nicht, dass Marc eine Schwester hat.«

»Ich lebe und arbeite in Berlin«, erwiderte sie und strich sich ihr Haar nach hinten. »Marc und ich sehen uns eigentlich nur einmal im Jahr an Weihnachten und halten fast ausschließlich übers Internet Kontakt. Unser Vater ist vor ein paar Jahren gestorben, und Mutter ist zu krank zum Reisen. Da sollte wenigstens ich ihm beistehen.«

»Wie geht es ihm?«

Ihr Lächeln löste sich auf. »Sein verdammter Dickschädel ist gebrochen. Obwohl ich das eigentlich nicht für möglich gehalten hätte.« Sie blickte zu Boden. »Es hat sich ein Hämatom gebildet. Die Ärzte können noch nicht sagen, ob er bleibende Schäden behält.« Sie schluchzte und wischte sich eine Träne aus dem Auge. »Oder ob er überleben wird. Sie haben ihn in eine Art Koma versetzt.« Sie zog ein Taschentuch aus ihrer Handtasche.

Chris verspürte den Drang, sie in die Arme zu nehmen, blieb aber auf Abstand.

»Wollen Sie ihn besuchen?«, fragte sie, nachdem sie sich wieder gefasst hatte.

»Ehrlich gesagt weiß ich eigentlich gar nicht, was ich hier will«, gestand er. »Marc und ich ... na ja, uns als Freunde zu bezeichnen wäre sicher übertrieben. Wir haben vor einiger Zeit an einem Fall zusammengearbeitet – eine ziemlich abgefahrene Geschichte. Ich nehme an, so etwas schweißt zusammen. Wir sind uns im Grunde ziemlich ähnlich.«

»Sind Sie auch so stur wie er?«

Chris grinste. »So gesehen trifft das sicher zu.«

»Marc war schon immer so.« Ihr Gesichtsausdruck nahm verträumte Züge an. »Als Kinder haben wir oft an dem breiten Bach gespielt, in einer kleinen Schlucht im Wald, unweit unseres Elternhauses. Aus dem Stamm einer der Bäume dort ragte ein massiver Ast in gut zwei Meter Höhe quer über den Bach. Und jedes Mal starrte er diesen Ast an, als wollte er ihn erobern. Aber von dieser Position aus hätte er ihn niemals erreichen können. Und da der Ast nicht bis ans andere Ufer reichte, gab es auch keinen rationalen Grund, es überhaupt zu versuchen. Und dennoch war da dieser Zwang in ihm, es trotzdem zu tun. Vermutlich hätten viele dieses Verhalten als kindliche Überheblichkeit oder dümmliche Mutprobe abgetan, aber ich denke, für ihn war es der Drang, sich selbst etwas zu beweisen, auch wenn dieser Beweis nur aus seinem Scheitern bestand.«

»Ist er gesprungen?«, fragte Chris.

»Natürlich. Er hat den Ast verfehlt und ist im eiskalten Wasser gelandet.« Sie lachte. »Wodurch er sich nicht nur einen verstauchten Fuß und eine Erkältung, sondern auch noch den Zorn unserer Mutter eingefangen hat.« Ein Ausdruck von Wehmut legte sich in ihren Blick. »Er ist einfach jemand, der die Dinge nicht erst gegeneinander abwiegt, sondern buchstäblich ins kalte Wasser springt, auch wenn es gewisse Risiken birgt. Nur leider denkt er dabei nicht an andere.« Ihr Lächeln erstarb.

»Ich sollte besser gehen«, sagte Chris.

Sie hielt ihn zurück. »Wenn Sie schon hier sind, besuchen Sie ihn. Er würde sich sehr darüber freuen.«

Chris zögerte.

»Gehen Sie nur. Ich warte hier so lange.«

Er gab nach und nickte. »Welche Zimmernummer hat er?«

Bondek lag auf dem Bett des Zimmers, umgeben von Maschinen, die seine wichtigsten Körperfunktionen überwachten: Atmung, Herzschlag, Gehirntätigkeit. Schläuche ragten aus seinem Mund und aus dem Arm. Sein Kopf war bandagiert und in einer Halterung fixiert, das Gesicht hinter dem Bart wirkte blass und eingefallen.

Dieser Anblick verdeutlichte Chris den eigentlichen Grund seines Besuchs. Er brauchte eine Bestätigung, dass er falsch lag. In seinem Inneren hatte sich etwas erhoben, das gegen seine berufliche Überzeugung kämpfte und dabei war, seine Vorstellung von Recht und Unrecht über den Haufen zu werfen. Diese Welt mochte noch so verkommen sein, aber unschuldige Kinder durften ihr nicht zum Opfer fallen.

Nicht auf diese Weise.

Diese Kinder würden nie solche Erinnerungen wie Sarah Bondek haben. Sie würden nie mit Wehmut an ihre Kindheit zurückdenken. So grausam die Morde auch waren, er hatte in ihnen einen gerechten Ausgleich für den Schaden gesehen, der diesen Kindern zugefügt worden war. Ein Schaden, für den die Dauer eines Lebens nicht ausreichte, um ihn zu beheben. Manchmal reichten Gesetze nicht aus, um für Gerechtigkeit zu sorgen. Und manchmal verhinderten sie es sogar, indem sie die eigene Instanz lähmten.

Manchmal schien das Faustrecht einfach die gerechtere Lösung zu sein.

Doch der Anblick, der sich ihm nun bot, strafte diese Aussage lügen. Denn es war nichts Gerechtes daran, diesen Mann dort liegen zu sehen. Er zahlte den Preis, den diese Art von Gerechtigkeit einforderte. Und Chris weigerte sich, den Schuldschein dafür zu unterschreiben.

Als er das Zimmer nach einer Viertelstunde verließ, stand seine Entscheidung fest: Dieser Feldzug musste gestoppt werden, bevor ihm noch mehr Unschuldige zum Opfer fielen.

Bevor er ging, hinterließ er Sarah Bondek seine Telefonnummer und bat sie, ihn zu verständigen, sobald sich etwas Neues ergab.

Ein eisiger Herbstwind schlug ihm entgegen und schleuderte ihm erste Regentropfen ins Gesicht, als er den Parkplatz des Krankenhauses betrat. Er schaltete sein Handy wieder auf Empfang. Es lag ein unbeantworteter Anruf vor. Die Nummer des Präsidiums. Chris drückte die Wähltaste.

»Wo warst du?«, fragte Rokko.

»Im Krankenhaus.«

»Wie geht es Bondek?«

»Unverändert.«

»Du musst herkommen.«

»Was ist los? Ist es wegen der Pressekonferenz?«

»Vergiss die Konferenz«, meinte er. »Die Kollegen aus Mayen haben angerufen. Es gibt zwei weitere Leichen.«

KAPITEL 34

Das kleine Einfamilienhaus lag am Rande eines Wohngebietes. Vor der Absperrung hatte sich eine Gruppe aus Anwohnern gebildet, die das Geschehen unter ihren Regenschirmen neugierig beobachteten. Als Chris in Begleitung von Rokko und Hartfels am Tatort ankam, erwartete sie bereits ein Kollege aus Mayen.

»Wir haben Sie sofort verständigt, nachdem wir das hier vorgefunden haben«, sagte der Mann. Er hatte kurzes, dichtes Haar, das über der Stirn spitz zulief. Sein Name war Dietmar Scheffler. Chris kannte ihn von einem Gewerkschaftsseminar, das sie beide vor einiger Zeit besucht hatten. »Die Nachbarin hat die beiden Leichen gefunden. Bei den Opfern handelt es sich um die Bewohner des Hauses«, erläuterte Scheffler, während sie eilig in Richtung des Hauses gingen, um dem Regen zu entkommen. »Die Frau hat ein Kind aus erster Ehe. Wie sich herausgestellt hat, ist das Mädchen seit einem Jahr als vermisst gemeldet.«

»Können wir uns drinnen umsehen?«, fragte Hartfels.

»Ja. Die Spurensicherung ist abgeschlossen. Ich habe die Leichen noch nicht abtransportieren lassen, da ich wollte, dass Sie sich selbst ein Bild davon machen.«

Sie betraten das Haus, und Scheffler führte sie durch den kurzen Flur zur Treppe. »Die Opfer befinden sich oben im Schlafzimmer. Offensichtlich wurden sie dort überrascht.«

»Gibt es Einbruchsspuren?«, fragte Hartfels.

»Nein. Der Täter muss einen Schlüssel für das Haus gehabt haben. Wir überprüfen bereits alle Angehörigen und Freunde.«

»Sie sagen *der Täter*«, hakte sie nach. »Gibt es eventuell Hinweise auf mehrere Beteiligte?«

»Die Auswertung der spurentechnischen Analyse liegt uns natürlich noch nicht vor ...«

»Und wenn, dann werden Sie diese umgehend an uns weiterleiten«, forderte Hartfels. »Ebenso wie die Vermisstenakte des Mädchens und eine Liste aller sichergestellten Gegenstände.«

»Natürlich«, entgegnete Scheffler ein wenig konsterniert, während sie den Flur des Obergeschosses erreichten. »Aber alle uns bislang bekannten Tatsachen sprechen für eine Einzeltat.«

»Weshalb sehen Sie dann eine Verbindung zu den Morden der Erlöser?«, fragte Rokko.

»Das werden Sie gleich sehen.«

Nachdem sie einigen Technikern Platz gemacht hatten, die mit ihren Koffern an ihnen vorbeigingen, erreichten sie den Durchgang zum Schlafzimmer.

Die beiden Leichen lagen nebeneinander auf dem Bett. Fast hätte man meinen können, sie würden friedlich schlafen. Dagegen sprachen allerdings die breiten Schnittwunden an ihren Kehlen. Und das viele Blut auf dem Boden. Überall waren Markierungsschilder der Techniker verteilt.

»Achten Sie bitte darauf, wo Sie hintreten.«

Chris nahm Schefflers Worte kaum wahr, richtete seine Aufmerksamkeit ganz auf die beiden Leichen. Der Frau war vom Täter kaum Beachtung geschenkt worden. Sie trug ein schlichtes Nachthemd und lag auf dem Rücken, ihre Augen waren geschlossen. Bis auf die tödliche Verletzung am Hals wies sie keinerlei Besonderheiten auf.

Ganz anders bei der männlichen Leiche. Das Gesicht war geschminkt – Kajal, Wimperntusche und grellroter Lippenstift. Der Körper war in ein geblümtes Kleid gehüllt, was eine gewisse Unschuld symbolisierte, ähnlich wie bei Thomas Reuter. Allerdings waren die Augen in diesem Fall unversehrt. Dafür schien er an anderer Stelle verstümmelt worden zu sein.

Chris deutete auf den Schritt der Leiche, um den herum das helle Kleid mit Blut beschmiert war. »Sind seine Genitalien verletzt worden?«

»Sie wurden komplett entfernt«, sagte Scheffler. »Nach dem geringen Blutverlust an der Stelle zu urteilen, vermutlich post mortem.«

»Dann wurden ihnen zuerst die Kehlen durchgeschnitten?«

Scheffler nickte. »Wie bereits erwähnt, hat der Täter die Opfer schlafend angetroffen. Den Spuren nach zu urteilen, ist zuerst das männliche Opfer getötet worden.«

Das macht Sinn, analysierte Chris, der sich bereits wieder im Tätermodus befand. *Er hätte dich eher überwältigen können. Und offensichtlich war dein Hass auf ihn größer.*

Scheffler zog einen Notizblock hervor. »Der Tod trat vor etwa sechsunddreißig Stunden ein. Laut ihren Ausweisen handelt es sich bei den Opfern um Wolfgang und Kathrin Clemens, einundvierzig und siebenunddreißig Jahre. Die Frau muss sich noch aufgerichtet haben, was der Einstich im Rückenbereich beweist. Vermutlich ist sie durch die Geräusche geweckt worden, worauf sich die Einzeltäterthese stützt. Erst danach wurde auch ihr die Kehle durchgeschnitten. Aufgrund der Mordfälle in Ihrem Bezirk haben wir Ihre Behörde sofort verständigt.«

»Das Vorgehen passt nicht ins Muster«, stellte Hartfels fest. »Es fehlt der erlösende Aspekt. Auch gibt es kein neues Video im Netz, wie mir Bartels noch vor unserem Eintreffen bestätigt hat.«

»Haben Sie ein Spielzeugtelefon gefunden?«, fragte Rokko.

Scheffler runzelte die Stirn. »Nein.«

»Sie hat es diesmal allein getan«, sagte Chris entrückt.

»Sie?«

»Wir fahnden nach einem Mädchen, das an einem der Tatorte gesehen wurde«, klärte Rokko den Kollegen auf. »Es ist davon auszugehen, dass sie Kontakt zum eigentlichen Täter hat. Wir wissen, dass sie sich Lea nennt, können aber nicht sagen, ob dies ihr richtiger Name ist. Wenn es sich hierbei um das vermisste Mädchen handelt, dann hat ihr Stiefvater dort sie vermutlich missbraucht, was der Grund für ihr Verschwinden ist. Wir glauben, sie ist dadurch in die Fänge eines Kinderpornorings geraten und zahlt es nun ihren Peinigern heim.«

Scheffler schnaufte und fuhr sich durchs Gesicht. »Das erklärt einiges. Dennoch fällt es mir schwer zu glauben, dass ein Kind zu so etwas in der Lage ist.«

»Nachdem, was dieses Mädchen durchgemacht haben muss, kann man in ihrem Fall nicht mehr von einem Kind sprechen«, sagte Chris. »Vermutlich ist sie drogenabhängig.«

»Unsere Leute haben eine Einwegspritze neben dem Bett gefunden. Außerdem Reste von Wachs.«

Chris nickte zur Bestätigung, während er weiter den Leichnam des Mannes betrachtete. Er ging auf ihn zu, seine Gedanken verdichteten sich, waren ganz auf den leblosen Körper fixiert.

Wozu das Kleid und die Schminke? Weshalb die Verstümmelung?

Er blieb neben dem Bett stehen, sah auf Wolfgang Clemens herab. Seine Hände lagen neben dem Körper, die Fingernägel waren lackiert. Um seine unbehaarte Brust war ein Büstenhalter gespannt, dessen Träger durch den Ausschnitt des Kleides verliefen.

Was hat dein krankes Hirn sich ausgemalt, als du sie zum ersten Mal betrachtet hast? Ein junges Mädchen, am Beginn der Pubertät, jungfräulich, rein und makellos. Eine verbotene Frucht, die du unbedingt kosten wolltest. Du hast dich ihr behutsam genähert, hast ihr Vertrauen gewonnen. Doch irgendwann konntest du nicht länger warten. Die Versuchung war zu groß. Du bist zu ihr gegangen, in ihr Zimmer und hast ... Was? Was hast du ihr gesagt, bevor du dich an ihr vergangen, bevor du ihre Unschuld zerstört hast? Hat sie geblutet? Hat dich das erregt?

»Wo sind die Genitalien abgeblieben?«, fragte Chris.

»Aufgrund der Blutspuren im angrenzenden Badezimmer gehen wir davon aus, dass der Täter ... dass das Mädchen sie durch den Abfluss gespült hat«, korrigierte er sich. »Offenbar wollte sie nicht, dass sie gefunden werden.«

»Nein, das ist nicht der wahre Grund dafür«, murmelte Chris, noch immer in Gedanken versunken. »Sie wollte sie auslöschen und das, wofür sie sinnbildlich stehen. Sie hat ihm dasselbe angetan, was er ihr angetan hat.« Er sah zu Hartfels und Rokko auf. »Sie hat ihn zur Frau gemacht.«

KAPITEL 35

Chucky war sehr aufgebracht gewesen, als er sie bei ihrem Eintreffen zur Rede gestellt und sie ihm erzählt hatte, wie sie spätabends aus der Wohnung geschlichen und mit dem letzten Bus zu dem Haus gefahren war. Und was sie anschließend dort getan hatte. Er hatte getobt und geflucht. Nun kenne die Polizei ihren richtigen Namen und ihre Herkunft, könne Verbindungen ziehen und die Suche nach ihr ausdehnen.

»Das ist nicht hilfreich«, hatte er geschrien.

Erst Stunden später hatte er sich wieder beruhigt. Er sagte, er habe nachgedacht und nahm sie beiseite. Dabei wirkte er noch bedrückter als sonst. Er entschuldigte sich bei ihr, sagte, er habe ihr keine Angst machen wollen und dass er sie von jetzt an nicht mehr alleine lassen werde. Er werde sich um sie kümmern. Und er werde dafür sorgen, dass sie von der Droge loskomme.

Sie weinte und erklärte ihm, dass sie das ohne Hilfe nicht schaffen werde. Ohne die Droge war sie nicht kontrollierbar. Sie brauchte sie, um die quälenden Bilder ihrer Peiniger zu verdrängen und um den Hass zu zähmen, der sonst die Oberhand gewann.

Er sagte ihr, dass es nun äußerst schwierig wäre, ihr den Stoff weiterhin zu besorgen. »Ein nahezu unmögliches Unterfangen«, wie er sich ausdrückte. Er redete oft so geschwollen. Und manchmal tat sie sich schwer, ihm zu folgen – besonders dann, wenn der Entzug einsetzte.

So wie jetzt.

Ihr war kalt, und sie zitterte. Schweiß drang ihr aus allen Poren.

Sie flehte ihn an, doch er blieb eisern – sofern man es so nennen konnte. Denn irgendwie klang plötzlich alles, was er sagte, wie eine Entschuldigung. Seine Reserven seien aufgebraucht und er könne ihr nichts mehr besorgen. Er kenne nur eine Telefonnummer, über die er ihr das Heroin besorgen könne. Der Anschluss würde womöglich überwacht. Es würde seinen Plan gefährden und das könne er auf keinen Fall riskieren. Er habe zu viel dafür geopfert.

Auf ihre Frage, was er denn für Opfer gebracht habe, antwortete er: »Meine Seele!«

Er schloss sie in das Zimmer ein, versorgte sie mit Nahrung und Wasser, obwohl sie nichts bei sich behalten konnte. Er wischte ihren Unrat weg und säuberte sie.

Einen Tag lang hielt sie durch, bekämpfte die Wölfin in sich.

Dann vergaß Chucky, die Tür zu verriegeln.

Sie wartete, bis es dunkel wurde und sie sein Schnarchen von der Couch im Nebenzimmer hörte. Seine Geldbörse und sein Handy lagen auf dem Tisch.

Kurz darauf schlich sie erneut aus der Wohnung.

KAPITEL 36

Wie sich herausstellte, war Leas richtiger Name Julia. Sie trug den Nachnamen Ihres leiblichen Vaters, Hanusch, und war dreizehn Jahre. Das Bild, das der Vermisstenanzeige beigelegt war, schien aus einer anderen Welt zu stammen.

»Kein Wunder, dass wir sie nicht zuordnen konnten«, sagte Rokko, während er die Aufnahme mit einem der Bilder verglich, die sie auf Reuters Rechner gefunden hatten. »Schwer zu erkennen, dass es sich hier um dasselbe Kind handelt.«

»Man sieht ihr an, was sie durchgemacht hat.« Erneut spürte Chris diese Wut in sich, die ihm suggerierte, das Wolfgang Clemens' Ende und das der anderen Opfer gerechtfertigt war. »Ich habe ihren richtigen Namen weitergeleitet und die Fahndung auf die Nachbarbezirke ausgedehnt«, sagte er.

»Was ist mit Petrow?«

»Nachdem wir zurückgekommen sind, habe ich einen Anruf von der Staatsanwaltschaft erhalten«, erläuterte Chris. »Der zuständige Richter sieht keinen Anlass für eine Überprüfung.«

Rokko verzog das Gesicht. »Lass mich raten«, meint er. »Euer Ehren Helmut Faber, dieser Sesselfurzer.«

Chris nickte. »Es lägen nur unzureichende Verdachtsmomente gegen Petrow vor. Wir müssten ihm schon etwas Handfesteres bieten.«

»Und wie sollen wir das machen, wenn wir ihn nicht überprüfen können?«

Chris zuckte mit den Schultern. »Wo ist unser Sonnenschein?«

»Hartfels wollte mit Bartels etwas besprechen.«

»Verstehe. Die Elite unter sich.«

»Ich finde, du tust ihr unrecht«, sagte Rokko. »Sie mag vielleicht etwas eigenwillig sein, aber sie ist eine gute Ermittlerin. Und sie arbeitet hart. Genau wie du hat sie die Zusammenhänge erkannt und ein neues Profil erstellt.«

Chris sah ihn verwundert an. »Hast du jetzt einen Fanclub gegründet?«

»Nein, ich meine ja nur, sie hat durchaus auch ...«

Die Tür wurde geöffnet und Hartfels betrat das Büro.

»Wenn man vom Teufel spricht«, sagte Chris. »Wie geht es mit der Überprüfung von Möllers Handydaten voran?«

»Bartels hat Druck beim Netzbetreiber gemacht. In einer Stunde haben wir das Profil.«

Chris sah auf die Uhr. »Gut«, seufzte er. »Dann sollten wir uns alle für heute Abend nichts vornehmen.« Er rieb sich erschöpft die Augen.

Rokko stand auf. »Ich besorg uns mal eine Kanne Kaffee«, sagte er und verließ das Zimmer.

Für einen kurzen Moment herrschte Schweigen. Dann trat Hartfels vor den Schreibtisch von Chris.

»Wie machen Sie das?«, fragte sie unverblümt.

Chris blickte zu ihr auf. »Was meinen Sie?«

»Das vorhin am Tatort. Sie haben die Leichen angestarrt und schienen plötzlich die Motive von Täter und Opfer zu kennen. Wie stellen Sie das an?«

Chris lehnte sich zurück. »Keine Ahnung«, meinte er. »Ich konnte mich schon immer gut in die Gefühlswelt anderer Menschen hineinversetzen. Das habe ich vermutlich meiner sensiblen Seite zu verdanken.« Er grinste.

Hartfels nickte, doch er merkte ihr an, dass sie keine Ahnung hatte, wovon er sprach. »Es ... es ist beeindruckend«, gab sie zu.

»Ich empfinde es eher als Belastung.«

»Und das funktioniert bei jedem?«

»Nein, nur bei Menschen, von denen ich mir aufgrund ihrer Handlungen ein Bild machen kann. Sie sind mir ehrlich gesagt ein Rätsel.«

Rokko betrat das Büro. In der Hand hielt er eine Thermoskanne.

»Seht mal, wer mir im Flur begegnet ist.«
»Sie wollten mich sprechen?«, sagte Marina Hoffmann.

Sie erläuterten ihr die Ergebnisse, die sie in Bezug auf die Opfer des Amoklaufs zusammengetragen hatten, und legten ihr das Foto von Thilo Möller vor.

Sie betrachtete es lange und ausgiebig. Dann schüttelte sie mit dem Kopf. »Nein.«

»Sind Sie sicher?«, hakte Chris nach. Er reichte ihr ein weiteres Foto. Es war eine elektronisch bearbeitete Version des vorherigen Bildes und zeigte Thilo Möller mit vollen blonden Haaren und gebräunter Haut. »Das haben unsere Computerexperten nach Ihren Angaben gefertigt.«

Wieder betrachtete sie das Bild ausgiebig und kam zu demselben Schluss. »Die Nase ... die Augen ...« Erneut schüttelte sie den Kopf.

Chris seufzte enttäuscht.

»Wir sollten das Bewegungsprotokoll seines Handys abwarten«, meinte Rokko.

»Aber ich sagte doch, das ist nicht der Mann aus meiner Praxis.«

»Es gibt Studien, die belegen, dass Zeugen sich von ihrer Wahrnehmung sehr oft täuschen lassen«, sagte Chris.

»Ich kenne diese Studien«, erwiderte sie und begegnete seinem Blick mit derselben Unterkühlung. »Sie wurden von Leuten meines Berufsstandes erstellt, und sie beruhen im Grunde auf den Aussagen von Menschen, die nur kurzzeitig Zeuge eines Verbrechens wurden. Ich saß diesem Mann stundenlang gegenüber und sehe sein Bild so deutlich vor mir, wie Ihres jetzt.«

»Wir warten die Protokolle ab«, beharrte Chris. »Dann haben wir Gewissheit.«

»Ist es nicht eher so, dass Sie dringend einen Tatverdächtigen brauchen, um aus den Schlagzeilen zu gelangen«, konterte sie und deutete auf die Tageszeitung, die noch immer auf dem Schreibtisch lag.

»Selbst wenn es stimmt, was Sie sagen«, meinte Chris, »heißt das nicht, dass Möller nicht auch in die Sache verwickelt ist. Immerhin könnte es auch eine Gruppe von Tätern sein.«

Marina Hoffmann schnaufte entrüstet. »Dieser Mann hat damals seine Frau verloren. Und seine Tochter leidet noch immer darunter. Denken Sie nicht, er hat deswegen genug durchgemacht?«

Chris blieb kühl. »Dieser Umstand und die Tatsache, dass Sie eine gewisse Mitschuld daran tragen, sind überzeugende Motive, finden Sie nicht?«

Ihre Unterlippe fing an zu zittern und sie musste sich zusammenreißen, um ihm keine Ohrfeige zu verpassen. »Kann ich jetzt gehen?«, meinte sie verbissen. »Oder brauchen Sie mich noch?«

Chris wollte gerade etwas sagen, als das Telefon auf seinem Schreibtisch klingelte. Interne Leitung.

»Ja«, meldete er sich ungehobelt. Kurz darauf versteifte er sich. »Was? ... Hat er gesagt, was er will? ... Schicken Sie ihn rauf.« Er legte den Hörer auf die Station und betrachtete Marina Hoffmann. »Sie bleiben«, sagte er barsch. »Ich will, dass Sie dabei sind.«

»Was ist los?«, fragte Rokko.

Chris blickte in die Runde. »Thilo Möller steht unten. Und er will mit uns sprechen.«

Chris betrachtete den Mann ausgiebig, dessen Foto vor ihm auf dem Tisch lag. Er schien in den letzten Jahren stark gealtert zu sein. Seine dunklen Haare waren über der Stirn deutlich lichter geworden und hatten sich an den Schläfen bereits grau verfärbt. Er war unrasiert, aber weit von einem Vollbart entfernt.

Rokko hatte ihm seinen Stuhl angeboten. Hartfels stand etwas abseits, Marina Hoffmann saß neben ihm.

»Sie sind die Ärztin, in deren Praxis das damals alles geschehen ist, nicht wahr?«, fragte Möller, nachdem sie sich ihm vorgestellt hatte.

»Ja«, erwiderte sie und senkte den Blick.

»Sie müssen sich keine Vorwürfe machen«, sagte Möller und nahm ihre Hand. »Es war nicht Ihre Schuld.«

Es fiel ihr schwer, ihm in die Augen zu sehen. »Ich hätte mich damals mit Ihnen und den anderen Betroffenen in Verbindung setzten und über all das mit Ihnen reden müssen. Aber ich war zu der Zeit selbst völlig neben mir und habe mir schlimme Vorwürfe gemacht. Später hielt ich es dann nicht mehr für angemessen.«

»Sie haben wie wir alle darunter gelitten«, meinte Möller mitfühlend. »Wir anderen haben uns damals gegenseitig gestützt. Das hat uns geholfen, besser damit fertig zu werden.«

Chris beobachtete Marina Hoffmann gespannt, konnte ihrem Verhalten aber nichts anderes entnehmen, als dass sie in Thilo Möller einen Fremden sah. »Weshalb sind Sie hier?«, fragte Chris.

Möller lehnte sich zurück und betrachtete ihn unvoreingenommen. Dabei machte er einen leicht bedrückten aber selbstsicheren Eindruck – wie ein Mann, der es gewohnt war, den Widrigkeiten des Lebens zu trotzen.

»Die Pflegerin meiner Tochter rief mich heute an und sagte mir, man habe sich nach mir erkundigt.« In seiner Stimme lag nicht der geringste Vorwurf. »Daraufhin habe ich mich mit der dortigen Polizei in Verbindung gesetzt, die mich an Sie verwiesen hat.«

»Sie hätten auch einfach anrufen können.«

»Ich wohne und arbeite in der Nähe. Da schien es mir naheliegend, Sie persönlich zu fragen, was der Grund für Ihr Interesse an meiner Tochter und mir ist.«

»Haben Sie von den Morden gehört?«, fragte Chris.

»Natürlich. Die Medien sind voll davon.«

»Wir vermuten das Motiv für die Taten in dem Amoklauf.«

Möller fuhr sich verstört übers Kinn. »Ich verstehe.«

»Sie haben damals Ihre Frau verloren«, fuhr Chris fort. »Und Ihre Tochter lebt seitdem in einer Art Schockzustand.«

»Mutismus ist die korrekte Bezeichnung«, sagte er gefasst.

»Eine Kommunikationsstörung«, lenkte Marina Hoffmann ein, »die auf tiefen Depressionen oder Angstzuständen beruht.«

»Ist sicher nicht leicht, das mit anzusehen.«

Er schluckte. »Nein.«

»Besuchen Sie Ihre Tochter deshalb so selten in letzter Zeit? Oder gibt es dafür einen anderen Grund?«

Möller sah ihn an, als hätte man ihm gerade ins Gesicht geschlagen. »Ich arbeite sehr hart, um meiner Tochter den Aufenthalt in dieser Klinik zu ermöglichen«, rechtfertigte er sich. »Der Erlös, den der Verkauf des Hauses eingebracht hat, hilft mir zwar dabei, aber ich habe schon jetzt mehr als die Hälfte davon aufgebraucht. Und die Ärzte sagen, es könnte eine sehr langwierige Therapie von Nöten sein.« Er wirkte aufgewühlt, und man merkte ihm an, wie schwer es ihm fiel, darüber zu sprechen. Dann erhellte sich sein Gesichtsausdruck. »Aber in letzter Zeit hat sie deutliche Fortschritte gemacht. Sie redet zwar noch immer kein Wort, reagiert aber mittlerweile auf ihr Umfeld, und ich kann kurze Ausflüge mit ihr machen. Leider ist mir das durch die vielen Überstunden zeitlich nur selten möglich.«

»Und das macht Sie sicher sehr wütend, nicht wahr?«, bohrte Chris weiter.

»Es macht mich eher traurig, Herr Oberkommissar.«

»Auch Trauer ist ein triftiger Grund für Vergeltung.«

»Der Mann, der dafür verantwortlich ist, ist tot. An wem sollte ich mich rächen wollen?«

»Vielleicht an allen, die ähnliche Neigungen haben, wie Rudolf Winkler sie hatte.«

»Würde das meiner Tochter helfen können?«

»Nein, aber vielleicht könnte es verhindern, dass sich so

etwas wiederholt.«

»Könnte es das?«, fragte Möller. »Können diese Morde einen Amoklauf an einer Schule verhindern? Können Sie verhindern, dass weiterhin Kinder missbraucht werden? Solche Dinge haben noch nie etwas verändert.«

»Wenn man voller Hass ist, kann man sich vieles einreden.«

Er sah Chris in die Augen. »Scheinbar trifft das auf Sie zu.«

Für einen kurzen Moment wirkte Chris verunsichert. »Sie haben durch Winklers Tat eine Menge verloren«, ging er wieder in die Offensive. »Wollen Sie mir allen Ernstes sagen, dass Ihnen das egal ist?«

Möller verschränkte die Hände ineinander. Sie wirkten schwielig und waren mit Hornhaut überzogen. Die Hände eines Arbeiters. »Das ist es ganz sicher nicht, Herr Oberkommissar«, sagte er gefasst. »Ja, ich habe damals meine Frau verloren. Und ja, das hat eine Menge Trauer und Wut in mir hinterlassen. Aber ich habe damit abgeschlossen, denn ich habe mir ein Ziel gesetzt. Alles, was heute für mich zählt, ist die Genesung meiner Tochter. Ihr widme ich meine ganze Aufmerksamkeit. Das dürfte ihr mehr von Nutzen sein als ein blutiger Rachefeldzug.«

Chris lehnte sich zurück. »Weshalb war Ihre Tochter damals in Behandlung?«

»Sie müssen darauf nicht antworten«, warf Marina Hoffmann ein, woraufhin Chris ihr einen eisigen Blick zuwarf.

Möller lächelte sie an. »Ich weiß Ihre Fürsorge zu schätzen«, sagte er, »aber ich habe nichts zu verbergen.« Er wandte sich wieder Chris zu. »Meine Tochter war schon immer ein sehr sensibler und verschlossener Mensch. Meine Frau und ich hatten es schwer, zu ihr durchzudringen. Daher hatten wir beschlossen, eine Kindertherapeutin aufzusuchen, weil wir befürchteten, dass ihre Entwicklung darunter leidet.«

»Im Nachhinein betrachtet war das sicher keine so gute Idee.«

»Sie gehen zu weit!«, ging Marina Hoffmann dazwischen.

Chris machte eine schlichtende Geste. »Der Täter hat an jedem Tatort eine Art Botschaft hinterlassen. Offenbar will er uns etwas mitteilen.«

»Und wie lautet diese Botschaft?«

Chris zuckte mit den Schultern. »Vielleicht dass jeder Tod Schmerzen hinterlässt.« Er beugte sich nach vorn. »Und manchmal besteht dieser Schmerz aus der Ohnmacht der Hinterbliebenen.«

»Und Sie denken, dass ich meinen Schmerz auf diese Weise projiziere.« Möller verschränkte die Arme. »Ich sagte Ihnen schon, dass ich derlei Groll nicht hege.«

»Wieso sind Sie hierhergezogen und nicht in unmittelbare Nähe zu Ihrer Tochter?«

»Weil ich dort keine vergleichbare Anstellung gefunden habe.«

»Und warum gerade jetzt? Soviel wir wissen, lebt Ihre Tochter schon seit einem Jahr in der Klinik.«

»Es hat eine Zeitlang gedauert, einen Käufer für das Haus zu finden. Ich musste es schließlich unter Wert abgeben, um die Schulden begleichen zu können, die sich durch die Behandlung angesammelt hatten.«

»So gesehen haben Sie nicht nur Ihre Familie verloren, Sie mussten auch noch Ihr Zuhause aufgeben. Ein Grund mehr wütend zu sein und die Welt auf Ihr Schicksal aufmerksam zu machen.« Chris schlug die Tageszeitung auf. »Immerhin hat es die Geschichte bis auf die Titelseite geschafft. Mittlerweile wird sogar landesweit darüber berichtet. Und es mehren sich die Stimmen in der Bevölkerung, die diese Taten gutheißen.«

»Weil diese Artikel nur den Unmut und das Misstrauen der Leute anstacheln«, entgegnete Möller. »Und das kann ganz sicher nicht mein Anliegen sein.«

»Ach nein?«

Möller atmete durch. Dann fasste er sich wieder und fuhr fort: »Wenn ich die Zeit finde, meine Tochter in der Klinik zu besuchen, gehe ich dort oft mit ihr im Park oder im angrenzenden Wald spazieren. Haben Sie eine Ahnung, wie viele vorwurfsvolle Blicke mir von Leuten entgegengebracht werden, die uns dort begegnen? Leute, für die Zuneigung in der Öffentlichkeit scheinbar etwas Anstößiges ist. Und jedes Mal, wenn sie mich anstarren, sehe ich geradezu die Fragen in ihren Augen: ›Was macht dieser Kerl alleine mit dem Mädchen im Wald? Wieso gehen die beiden Hand in Hand? Warum lächelt er sie die ganze Zeit über an?‹ Und am liebsten würde ich auf diese Leute zugehen und ihnen die Wahrheit ins Gesicht brüllen: weil ich meine Tochter liebe! Und weil sie diese Liebe braucht, um wieder ins Leben zurückzufinden. Weil diese Liebe ihr Hoffnung gibt! Aber ich bezweifle, dass diese Leute es begreifen würden. Und nun frage ich Sie, Herr Oberkommissar: Was ist das für eine Welt, in der ein Vater seiner Tochter keine Zuneigung mehr zeigen darf? Denken Sie wirklich, ich möchte in so einer Welt leben?«

Chris blickte schweigend auf den Tisch.

»Ich weiß, Sie tun nur Ihre Arbeit«, fuhr Möller mit Bedacht fort, »und ich trage es Ihnen nicht nach, dass Sie sie gründlich tun. Aber ich habe weder die Zeit noch das Interesse, das zu tun, was Sie mir vorwerfen. Das können Sie gerne bei meinem Arbeitgeber überprüfen.« Er legte die Visitenkarte eines Bauunternehmens auf die ausgebreitete Zeitung und tippte auf den Artikel. »Und ich bin bestimmt der letzte Mensch, der Wert auf eine solche Art von Berichterstattung legt, die das Gedankengut der Leute noch mehr vergiftet«, fügte er hinzu. »Mir wäre mehr daran gelegen, dass Sie die Mörder so schnell wie möglich zur Strecke bringen und diese Sache aus den Medien verschwindet, bevor mich bei meinem nächsten Spaziergang mit meiner Tochter mehr als nur Blicke treffen.«

Für einige Sekunden sagte niemand etwas. Chris sah verstohlen auf seine Hände. Rokko tauschte mit Marina Hoffmann ratlose Blicke aus. Nur Hartfels zeigte wie gewöhnlich keine Regung.

»Haben Sie sonst noch Fragen an mich?«

Chris musste sich zwingen, Thilo Möller in die Augen zu schauen. Er schüttelte verhalten den Kopf.

»Dann entschuldigen Sie mich bitte.« Er stand auf. »Ich würde gerne nach Hause fahren. Morgen wartet eine Menge Arbeit auf mich. Sollten Sie noch weitere Fragen haben, wissen Sie ja, wie Sie mich erreichen können.« Er deutete auf die Karte. »Wenn ich Ihnen helfen kann, diesen Wahnsinn zu stoppen, kann mir das nur recht sein.« Er drehte sich Marina Hoffmann zu und reichte ihr die Hand. »Ich wünsche Ihnen von Herzen alles Gute«, sagte er. Dann wandte er sich ab und verließ das Büro.

Danach herrschte lange Zeit Schweigen. Chris starrte den Tisch an, Rokko spielte mit seinen Fingern. Nur Hartfels wirkte, als wäre sie resistent gegen jegliche Art von Emotionen. Und je länger Marina Hoffmann sie beobachtete, desto mehr entfachte diese Frau ihre Neugier.

Schließlich war es Chris, der die Ruhe unterbrach. Er sprang auf, zerknüllte die Zeitung und warf sie wutentbrannt in den Abfall. »Verdammt«, schrie er. »Was ist nur los mit mir? Ich erkenne mich selbst nicht wieder!« Er fuhr sich durch die Haare und warf einen kurzen Blick auf Hartfels, die ihn gleichgültig betrachtete. »Anscheinend werde ich wie Sie.«

Sie ignorierte den Biss dieser Bemerkung. »Damit dürften wir wieder am Anfang stehen.«

»Ist das alles, was Ihnen dazu einfällt?«, erwiderte Chris.

»Nun ja«, meinte sie, »entweder stimmt unser Täterprofil nicht, oder wir verrennen uns in die falsche Richtung. Vielleicht gibt es keine Verbindung zum Fall Winkler.«

»Aber es muss eine Verbindung geben!«, brüllte Chris.

»Das alles kann doch kein Zufall sein.«

»Möglicherweise wollen die Täter, dass wir das denken.«

»Dann sind wir jetzt also wieder bei der Gruppenmord-Theorie.« Chris ließ sich auf den Stuhl sinken. »Machen wir eine Pause«, sagte er resigniert und rieb sich die Stirn. »Ich muss einen klaren Kopf kriegen.«

»Gut«, meinte Hartfels und erhob sich. »Ich muss ohnehin auf die Toilette.«

Marina Hoffmann sah ihr nach, wie sie den Raum verließ.

»Was ist mit Ihnen?«, fragte Chris. »Wollten Sie nicht gehen? Ich denke die Frage hat sich erübrigt, ob Sie seine Stimme erkannt haben.«

Sie stand auf und trat vor Chris' Schreibtisch. »Sie sollten dringend abschalten«, meinte sie.

»Ich stecke mitten in einer Mordermittlung. Kein guter Zeitpunkt, um Urlaub einzureichen.«

»Wenn Sie diese Anzeichen ignorieren, werden Sie irgendwann gänzlich die Kontrolle verlieren. Und dann verletzen Sie nicht nur sich selbst. Glauben Sie mir, ich weiß, wovon ich rede.«

Chris blickte aus dem Fenster. »Das Letzte, was ich jetzt brauche, ist eine Analyse meines Gemütszustandes.« Er rieb sich über die Stirn. »Ich weiß selbst, dass mit mir etwas nicht stimmt.«

»Das ist immerhin ein Anfang. Sollten Sie es sich anders überlegen, und darüber reden wollen, haben Sie ja meine Nummer.«

Sie verließ das Büro und ging in Richtung der Damentoilette.

KAPITEL 37

Marina Hoffmann stand vor dem breiten Spiegel und tat so, als richte sie ihre Frisur, als die Spülung ertönte und Hartfels aus einer der Kabinen kam. Sie trat an das Waschbecken neben ihr, nickte ihr kurz zu und wusch sich die Hände.

»Sie haben sich während der Befragung ziemlich zurückgehalten«, bemerkte Marina Hoffmann. »Bei mir waren Sie nicht so rücksichtsvoll«, fügte sie an und lächelte.

Hartfels sah auf, und ihre Blicke trafen sich im Spiegel. »Ich sah keinen Grund, mich einzumischen.«

»Weshalb nicht?«

»Ich war nicht von seiner Schuld überzeugt.«

»Hat Ihr Gefühl Ihnen das gesagt?«

»Sie hatten ihn als Täter ausgeschlossen.«

»Ich sagte lediglich, er sei nicht der Mann, der in meiner Praxis war.«

Sie hielt kurz inne. »Ich konnte nichts Verdächtiges an seinem Verhalten ausmachen.«

»Verstehe«, sagte Marina Hoffmann. »Sie meinen Mimik, Gestik, Blickkontakt – Dinge, auf die Sie trainiert sind zu achten.«

»Das ist Teil meines Berufs. Genau wie bei Ihrem. Ich sagte Ihnen ja, was das betrifft, sind wir uns sehr ähnlich.«

»Nur dass Sie Ihre Entscheidungen grundsätzlich auf Basis von Logik und Berechnung treffen. Emotionen scheinen dabei keine große Rolle zu spielen.«

»Wohin das führt, sieht man ja beim Kollegen Bertram.« Sie drückte zwei Aspirintabletten in ihre Handfläche und schluckte sie mit Wasser herunter.

»Haben Sie oft mit Kopfschmerzen zu tun?«

»Hab ich von meiner Mutter geerbt.« Hartfels zog ein Papiertuch aus dem Spender und trocknete sich die Hände.

»Leidet sie auch an Alexithymie?«

Sie verharrte in ihrer Bewegung. »Ich weiß nicht, wohin diese Unterhaltung führen soll.«

»Ich habe Sie vorhin beobachtet«, erklärte Marina Hoffmann. »Im Gegensatz zu Ihren beiden Kollegen wirkten Sie sehr reserviert. Selbst als Möller von seiner Tochter erzählte, konnte ich keinerlei emotionale Regung bei Ihnen entdecken. Kein Mitgefühl, keine Betroffenheit. Es war eher so, als pralle das Schicksal dieses Mannes an ihnen ab, ohne dabei Spuren zu hinterlassen.«

»Ich habe gelernt, mich zu kontrollieren.«

»Bis zu einem gewissen Grad mag das möglich sein«, erwiderte Marina Hoffmann, »aber niemand kann seine Gefühle dauerhaft verbergen.«

»Ist alles eine Frage der Übung.«

»Gut, dann beschreiben Sie mir, was Sie vorhin empfunden haben.«

Hartfels zerknüllte das Papiertuch und warf es in den Abfallkorb. »Sparen Sie sich Ihre Psychospielchen für Ihre Patienten auf«, sagte sie kühl. »Bei mir funktioniert das nicht.«

»Weil Sie nicht wollen?« Marina Hoffmann drehte sich zu ihr und betrachtete sie direkt. »Oder liegt es eher daran, dass Sie solche Gefühle gar nicht deuten *können*?«

Hartfels sah sie sich um.

»Keine Sorge, wir sind allein«, meinte Marina Hoffmann. »Ihrer Reaktion zufolge gehe ich davon aus, Sie wissen, worauf ich anspiele.«

Hartfels betrachtete sie stumm.

»Seit wann wissen Sie es?«

»Keine Ahnung, wovon Sie reden.«

»Waren Sie jemals in therapeutischer Behandlung?«

»Selbst wenn es so wäre, würde das unter die Schweigepflicht fallen, wie Sie ja wissen.«

»Diese Verpflichtung gilt nur für Ärzte, nicht für Patienten.«

»Es geht Sie dennoch nichts an.«

»Ich will Ihnen nur helfen.«

»Das können Sie nicht. Niemand kann das. Ihr mysteriöser Unbekannter hat recht: Es gibt Dinge, die nicht therapierbar sind.«

»Das hängt ganz vom Willen der Betroffenen ab.«

»Ich komme auch so gut zurecht. Und für meinen Beruf ist mein Zustand eher von Vorteil.«

»Weil *Ihr Zustand* Sie zu einer effektiveren Ermittlerin macht, nicht wahr?«, konkretisierte Marina Hoffmann. »Kein Mitgefühl. Nur Berechnung. Aber was ist mit Ihrem Privatleben? Lebenspartner? Freunde?«

Hartfels dachte kurz darüber nach. »Meine Arbeit füllt mich aus. Mehr brauche ich nicht.«

»Das ist die Standardausrede für einsame Menschen.«

Sie schwieg.

»Hören Sie«, sagte Marina Hoffmann, »wenn Sie schon nicht mit mir darüber reden wollen, dann vielleicht mit anderen Betroffenen. Ich könnte Ihnen Adressen nennen, zu denen Sie Kontakt aufnehmen können. Vielleicht ist nicht alles heilbar, aber darüber zu sprechen kann sehr hilfreich ...«

»Adressen?«, fragte Hartfels entrückt.

Zum ersten Mal hatte Marina Hoffmann den Eindruck, so etwas wie Interesse bei ihr geweckt zu haben. Oder zumindest das, was dem am nächsten kam. »Ja«, meinte sie. »Einrichtungen, in denen Sie sich mit Gleichgesinnten treffen, um Erfahrungen auszutauschen. Ähnlich wie bei Alkoholikern, gibt es solche Gruppen auch auf vielen anderen Gebieten.«

»Gruppen«, murmelte sie vor sich hin. Dann packte sie Marina Hoffmann am Arm. »Kommen Sie.«

»Wohin?«

»Zurück zu den anderen.«

Chris und Rokko staunten nicht schlecht, als Hartfels mit der Ärztin im Schlepptau in das Büro gestürmt kam. Beide

waren gerade im Begriff, sich ihre Jacken überzuziehen.
»Was haben Sie vor?«, fragte Hartfels.
»Den Rat einer Therapeutin befolgen und ausspannen«, erwiderte Chris. »Schlafen Sie etwa nie?«
»Dafür ist keine Zeit.«
»Wir können auch morgen noch genauso ahnungslos sein. Nur sind wir dann ausgeruhter. Gehen Sie in Ihr Hotel oder wo immer man Sie untergebracht hat.«
»Ich kenne jetzt die Verbindung!«
Chris starrte sie an. »Und diese Verbindung haben Sie auf dem Klo gefunden?«
Sie zog Marina Hoffmann nach vorn. »Sagen Sie ihm, was Sie mir gesagt haben.«
»Was meinen Sie?«
»Das mit den Alkoholikern.«
Chris und Rokko tauschten verwirrte Blicke aus.
»Dass sie sich treffen, um sich auszutauschen?«, fragte Marina Hoffmann nach.
Kaum hatte sie die Worte ausgesprochen, schob Hartfels sie beiseite, als würde sie nicht länger benötigt. Dann starrte sie Chris an, als erwarte sie eine Reaktion von ihm.
Dessen Stirn legte sich in Falten. »Und? Was hat das hiermit zu tun?«
»Thilo Möller hat vorhin gesagt, er und die anderen Betroffenen hätten sich gegenseitig Halt gegeben. Höchstwahrscheinlich haben sie auch an solchen Treffen teilgenommen.«
»Eine Selbsthilfegruppe!«, schlussfolgerte Rokko. Er hängte die Jacke wieder über den Stuhl, setzte sich an seinen Rechner und rief das Internet auf.
Chris dachte über diese Möglichkeit nach. »Können Sie das bestätigen?«, fragte er an Marina Hoffmann gerichtet.
»Im Allgemeinen schon«, sagte sie.
»Was soll das heißen? Gab es nun eine solche Gruppe oder nicht?«
»Ich sagte Ihnen doch, dass ich durch meine Verletzung

wochenlang ans Bett gefesselt war. Somit kann ich dazu nichts sagen. Aber es entspricht der üblichen Vorgehensweise in solchen Fällen. Derlei Gruppen bieten Hinterbliebenen und Überlebenden von Gewaltverbrechen eine erste Anlaufstelle, um sich mit anderen Betroffenen auszutauschen.«

Hartfels nickte. »Vielleicht befand sich darunter jemand, der Ähnliches durchlebt hat und der solche Vorfälle genauso persönlich nimmt wie Sie.«

Chris betrachtete sie stumm.

»Laut der SEKIS«, sagte Rokko, ohne vom Bildschirm aufzuschauen, »der Selbsthilfe Kontakt- und Informationsstelle, gibt es im Bereich Trier und Umgebung über einhundert solcher Selbsthilfegruppen. Darunter ist auch eine für die Opfer von Gewaltverbrechen.«

Noch immer gab Chris kein Lebenszeichen von sich. Dann fasste er Hartfels bei den Schultern, zog sie zu sich heran und küsste sie auf die Stirn. »Sie haben was gut bei mir«, sagte er.

Sprachlos verfolgte Hartfels, wie Chris sich Möllers Visitenkarte vom Schreibtisch angelte, und nach dem Telefon griff.

KAPITEL 38

Thilo Möller war bereits auf halbem Weg nach Hause, als ihn der Anruf erreichte. Er bestätigte, was Hartfels vermutete, fügte aber hinzu, dass er selbst aufgrund der Pflege seiner Tochter nur wenige Male an diesen Treffen teilgenommen habe. Er konnte sich aber noch an den Namen des Fürsprechers erinnern, der die Gruppe geleitet hatte. Eine kurze Internetrecherche brachte sie schließlich auf die entsprechende Seite, auf der zu lesen war, dass die Gruppe seit neun Jahren bestand und dass der Gründer besagter Markus Schumann war.

»Ich erinnere mich daran«, sagte Schumann, nachdem Chris ihm den Grund seines Anrufs erläutert hatte. Rokko, Hartfels und Marina Hoffmann hörten über den Lautsprecher mit. »Dieser schreckliche Vorfall hat damals für viel Zulauf bei uns gesorgt. Die meisten Betroffenen waren traumatisiert und litten an Angstzuständen.«

»Wie groß ist die Palette an Gewaltverbrechen, deren Opfer Sie betreuen?«, fragte Chris.

»Da kommt einiges zusammen«, meinte Schumann. »Von häuslicher Gewalt, über Einbrüche, bis hin zu Vergewaltigung und Mord.«

»Unser Interesse gilt jemandem, der direkt oder indirekt mit den Folgen von Kindesmissbrauch in Zusammenhang steht und der womöglich schon vorher in Ihrer Gruppe war.«

»Das trifft eigentlich nur auf einen zu«, erwiderte Schumann nach einer kurzen Bedenkzeit. »Er trat unserer Gruppe einige Monate vor dem Amoklauf bei. War anfangs eher zurückhaltend und hat nicht viel von sich erzählt, was aber nicht ungewöhnlich ist. Schon gar nicht, wenn man bedenkt, was er durchgemacht hat. Aber dann ist er regelrecht aufgeblüht.«

»Was war der Grund dafür?«

»Er hat sich mit jemandem aus der Gruppe angefreundet.«

»War dieser jemand einer der Betroffenen des Amoklaufs?«

»Ja. Wenn ich mich recht erinnere, hat er durch diese Tragödie seine gesamte Familie verloren.«

Chris sah gespannt zu den anderen. »Ist sein Name Niklas Berger?«

Eine Pause trat ein.

»Ehrlich gesagt weiß ich nicht, ob ich befugt bin, Ihnen das am Telefon mitzuteilen. Immerhin kommen die Leute im Vertrauen zu uns.«

Chris raufte sich die Haare. »Es geht hier um mehrfachen Mord, Herr Schumann. Sie werden verstehen, dass ich in dem Fall auf Persönlichkeitsrechte keine Rücksicht nehmen kann. Ich könnte mir auch einen Gerichtsbeschluss besorgen und damit zu Ihnen nach Trier kommen, aber Sie werden verstehen, dass ich auf dieses zeitraubende Prozedere gerne verzichten würde, denn es stehen Menschenleben auf dem Spiel. Wenn Sie wollen, kann ich Ihnen gerne meine Dienstnummer durchgegeben. Sie können diese bei meiner Dienststelle überprüfen und mich zurückrufen, wenn Sie das beruhigt.«

Ein Seufzen drang durch den Lautsprecher. »Schon gut«, lenkte Schumann ein. »Ich habe über die Morde gelesen. Wenn ich Ihnen damit helfen kann ...«

»Das versichere ich Ihnen.«

»Also gut. Niklas war ein ziemlich hitzköpfiger junger Mann, der eine Menge Wut über den Verlust seiner Familie in sich trug. Er meinte, man müsse endlich etwas tun, um diese Schweine zur Strecke zu bringen, wie er sich ausdrückte. Seine Ansichten wurden zunehmend radikaler und färbten auf andere ab, weshalb wir schließlich gezwungen waren, ihn aus der Gruppe auszuschließen.«

»Wie hat sein Freund darauf reagiert?«

»Er hat sich danach nicht mehr bei uns blicken lassen.«

»Wie alt war diese Person?«

»Genau weiß ich das aus dem Kopf nicht, aber ich würde schätzen Anfang dreißig. Der Name des Mannes ist Andreas Homberg.«

Marina Hoffmann saß steif auf ihrem Stuhl und starrte das Telefon an, als wäre es lebendig geworden.

Chris bedankte sich bei Schumann und beendete das Gespräch. »Was ist?«, fragte er, als er ihren Gesichtsausdruck bemerkte.

»Ich ... ich kenne den Namen«, stammelte sie. »Aus meiner Patientenliste – damals, als ich noch in Trier praktiziert habe.«

Chris betrachtete sie vorwurfsvoll. »Wollen Sie damit etwa andeuten, der Mann war ein früherer Patient von Ihnen, und Sie haben ihn nicht wiedererkannt, weil er eine Perücke getragen hat?«

»Nein, ich rede nicht von dem Mann. Ich meine seine Frau, Anita Homberg.«

»Weshalb war sie bei Ihnen? Und kommen Sie mir ja nicht wieder mit diesem Gefasel über Schweigepflicht!«

Die Starre fiel von ihr ab, während sie sich erinnerte. »Die Hombergs hatten eine neunjährige Tochter, die eines Tages nicht von der Schule nach Hause gekommen war. Die Polizei startete daraufhin eine umfangreiche Suchaktion. Mehrere Hundertschaften durchkämmten die Gegend ohne Erfolg. Erst Tage später wurde ihre Leiche durch einen Spaziergänger gefunden – in einem Waldstück, fast fünfzig Kilometer von Trier entfernt. Das Mädchen war an einer Überdosis Heroin gestorben. Und ihr Körper wies Anzeichen von sexueller Misshandlung auf. Die Ermittler gingen von organisiertem Verbrechen aus.«

»Entführung und Zwangsprostitution«, konkretisierte Hartfels. Bei ihr klang es wie ein Verkehrsdelikt.

Marina Hoffmann nickte. »Schon kurz nach dem Verschwinden des Kindes wurde Anita Homberg an mich verwiesen. Aufgrund meiner Zusammenarbeit mit staatlichen Behörden wurde ich gelegentlich für die psychologische Erstbetreuung in solchen Fällen eingesetzt. Frau Homberg neigte bereits in dieser Phase zu depressiven Schüben. Nach dem Fund der Leiche verfiel sie in einen regelrechten Schockzustand und musste für einige Zeit stationär behandelt werden. Ich habe Monate der Therapie gebraucht, bis ich sie wieder stabilisieren konnte. Aber sie hat sich nie wieder vom Tod ihrer Tochter erholt.«

»Was war mit ihrem Mann?«

»Den habe ich nie gesehen. Frau Homberg wurde immer von ihrer Mutter begleitet. Sie sagte mir, er halte nichts von Therapeuten. Gegen Ende der Therapie hat sich Anita Homberg von ihrem Mann getrennt.«

»Auf Ihr Anraten hin?«

»Nein – jedenfalls nicht direkt. Aber sie sagte, ihr Mann habe sich stark verändert. Und dass seine Wut ihr manchmal Angst mache. Ich habe ihr nur geraten, sich mit ihm auszusprechen.«

»Vielleicht sieht Andreas Homberg das etwas anders. Nach meiner Erfahrung verlangen Menschen sehr oft nach einem Schuldigen für ihr Schicksal.«

»Das stimmt«, sagte Marina Hoffmann in Gedanken. »Und in seinem Fall dürfte dieses Verlangen sehr groß sein.« Sie blickte Chris in die Augen. »Denn soviel ich weiß, wurde der Mord an seiner Tochter nie aufgeklärt.«

KAPITEL 39

Lea zitterte am ganzen Körper, als sie die Bahnhofshalle betrat. Es kam ihr vor, als herrschten draußen arktische Temperaturen. Sie litt unter Krämpfen und Übelkeit und konnte sich kaum noch auf den Beinen halten. Mit fiebrigem Blick suchte sie die Halle ab, bis sie den Gang zu den Toiletten – dem vereinbarten Treffpunkt – erblickte. Neben einem Zigarettenautomaten sah sie den Mann, der in Chuckys Handy unter dem Namen Dennis gespeichert war. Sie hatte oft im Nebenraum zugehört, wie er mit ihm telefoniert und seinen Namen gesagt hatte. Immer dann, wenn das Heroin zur Neige gegangen war. Nun stand sie selbst vor dem Mann mit dem lockigen Pferdeschwanz und der schwarzen Lederjacke. So hatte er sich am Telefon selbst beschrieben.

Dennis sah auf sie herab und musterte sie eingehend. In seinem Blick lag etwas Unheilvolles. »Du musst Susi sein.«

Sie nickte. Auf die Schnelle war ihr am Telefon kein besserer Name eingefallen.

Dennis setzte ein schmieriges Lächeln auf. »Na schön«, sagte er und sein Blick tastete sie ab, als wären seine Augen Scanner. »Du siehst aus, als könntest du einen Freund gebrauchen, *Susi*.«

Sie nickte, obwohl man es kaum von ihrem Zittern unterscheiden konnte.

»Ich weiß ja nicht«, sagte Dennis, »aber irgendwie hast du eine ziemliche Ähnlichkeit mit jemand, nach dem gerade gesucht wird.«

»Ich werde oft mit jemandem verwechselt«, antwortete sie hastig. »Scheinbar habe ich eine Doppelgängerin.«

Sein Grinsen wurde breiter. »Und wo ist der Kerl, unter dessen Nummer du mich angerufen hast? Du weißt schon, groß, blond und eine Frisur, die nicht zu ihm passt. Spricht nur, wenn es nötig ist.«

Offensichtlich war Chucky ihm gegenüber in derselben Verkleidung aufgetreten, wie bei dieser Psychotante, die er ständig aufgesucht hatte. Ihre Gedanken rasten durch ihren Kopf, ohne dass sie greifbar waren. Ein stetiger Strom aus Stimmfetzen, der es ihr beinahe unmöglich machte, sich eine vernünftige Ausrede einfallen zu lassen, mit der sie diese Leute nicht auf Chuckys Spur brachte.

Schließlich zuckte sie nur mit den Schultern. »Hab das Handy geklaut.« Manchmal war die Wahrheit das Naheliegendste.

»Soso ... geklaut.« Er beugte sich zu ihr herab. »Und da hast du dir gedacht, du wählst einfach mal Dennis' Nummer, die vermutlich unter *Drogendealer* abgespeichert ist, und fragst ihn, ob er dich glücklich machen kann.«

Selbst in ihrem Zustand begriff sie, wie bescheuert sich das anhörte. Am liebsten wäre sie davongelaufen, aber ihr blieb keine andere Wahl. Sie brauchte einen gottverdammten Schuss.

»Was ist jetzt?«, fragte sie schroff und hielt ihm die Geldbörse entgegen. »Hast du was für mich, oder nicht?«

Er richtete sich auf und sah sich um. »Immer mit der Ruhe, junge Stute. Nicht hier. Draußen im Auto.«

Sie verließen die Halle und gingen zu den Parkplätzen. Neben einem schwarzen SUV mit verdunkelten Heckscheiben blieben sie stehen. Wieder sah Dennis sich um, öffnete die hintere Tür. Dann packte er Lea blitzschnell am Kragen und stieß sie in den Innenraum.

Lea war nicht in der Verfassung, sich zu wehren. Sie krümmte sich vor Krämpfen, als sie auf der Rückbank lag, und hätte sich beinahe über die Lederpolster erbrochen. Als sie schließlich realisierte, was mit ihr geschah, vernahm sie eine bekannte Stimme neben sich.

»Hallo Lea«, ertönte es erhaben. Und zum ersten Mal nahm sie diese Stimme ohne Akzent wahr. »Endlich sehen wir uns wieder.«

Die Angst, die sie in diesem Moment überfiel, verdrängte sogar den Entzug. Urin durchtränkte den Stoff ihrer Hose, während sie panisch nach dem Türgriff tastete.

Petrow packte sie grob am Hals und drückte sie gegen die Polster. »Sag meinem Freund Hallo.« Er hielt ihr ein Handy mit einer bestehenden Verbindung entgegen.

»Sie schrie: »Fick dich!«

Petrow lehnte sich zurück und führte das Handy an sein Ohr. »Wir haben das Mädchen. Das sollte als Beweis genügen. Das Treffen findet statt.« Er beendete das Gespräch und wandte sich wieder Lea zu. »Wir haben eine Menge zu bereden, findest du nicht, du kleine Hure?« Er hielt ihr den Mund zu, um ihre Schreie zu ersticken. »Allerdings sollten wir uns einen Platz dafür suchen, an dem wir ungestörter sind. Und dort werden wir uns ausführlich über deinen Freund unterhalten.«

Er gab Dennis ein Zeichen, der daraufhin den Motor startete.

KAPITEL 40

Er beobachtete aus seinem Auto heraus, wie der schwarze SUV den Parkplatz verließ. Ein mulmiges Gefühl machte sich in ihm breit. Dabei konnte er eigentlich froh darüber sein, dass alles so verlief, wie er es geplant hatte. Junkies waren sehr berechenbar. Eine volle Geldbörse und die Nummer eines Dealers waren unwiderstehliche Gelegenheiten für jemand, dessen Verstand einzig und allein auf Nachschub fixiert war. Seine ursprüngliche Absicht, über diesen Laufburschen Rocky an Petrow heranzukommen, war durch dessen plötzliches Ableben gescheitert. Also hatte er umdenken müssen und war schnell zu einem Entschluss gelangt: Das Mädchen war der bestmögliche Köder. Petrow suchte nach ihr und würde alles daran setzen, sie schnellstmöglich zu finden. Sie war seine letzte verbliebene Option. Er hasste sich selbst dafür, Lea auf diese Weise zu benutzen, aber der Plan verlangte es. Und ihm war von Anfang an klar gewesen, dass ihm dieser Plan einiges abverlangen würde.

Er war schon einmal bereit gewesen, seine Seele dafür zu opfern. Damals, in diesem alten Bauwagen im Wald, als er zusammen mit *HotDoc* seine »Aufnahmeprüfung« absolviert hatte. Den glasigen Blick des Mädchens würde er nie vergessen. Das Mädchen, das halb betäubt in dieser modernden Baracke vor ihm gelegen hatte. Sie war kaum älter als seine Tochter gewesen. Er hatte sich überwinden müssen, um zu tun, was er getan hatte. Noch nie zuvor war er sich so schäbig vorgekommen.

Und dennoch hatte er es getan.

Für seine Tochter.

Weil es nötig gewesen war, um an die Leute heranzukommen, die für ihren Tod verantwortlich waren. Und es hatte seinen Hass auf diese Leute noch mehr angeschürt.

Sie hatten Bilder und Videos davon gemacht – Gerber

und dieser schmierige Scheißkerl aus Trier: *Analspreizer.* Von den Aufnahmen, auf denen er zu erkennen gewesen war, hatten sie ihm Kopien mitgegeben. Als *Souvenir*, wie sie sagten. Und als Erinnerung daran, dass sie ihn in der Hand hatten, sollte er auf die Idee kommen, über ihr kleines Dienstleistungsunternehmen zu plaudern.

Aber seine Art der Bestrafung sollte tiefgehender sein. Er wollte diese Schweine ebenso leiden sehen, wie die Kinder, die sie ausbeuteten; wollte sie denselben Erniedrigungen aussetzen, dieselben Qualen und dieselbe Hilflosigkeit durchleben lassen. Und er wollte sie sterben sehen, für das, was sie getan hatten. Diejenigen, die dafür verantwortlich waren. Aber auch ebenso die, deren kranke Neigungen sie bedienten.

Es war ein langer Weg gewesen, den Plan allein in die Tat umzusetzen. Und er hatte einen hohen Preis dafür gezahlt. Aber nun näherte er sich dem Ziel.

Halt durch, Lea, dachte er, während er dem Wagen durch die dunklen Straßen folgte. *Bald ist alles vorbei.* Es durfte nichts schiefgehen, sonst war sie verloren. So wie seine Tochter. Und Leas Tod konnte sein Gewissen nicht auch noch verkraften.

Wenigstens sie würde er beschützen.

Wenigstens sie.

Er schaltete das Licht aus, als er auf das verlassene Fabrikgelände in der Nähe des Rheinhafens rollte. Der dunkle SUV stand etwa dreißig Meter entfernt vor dem Rohbau einer Lagerhalle. Baumaschinen säumten das Gelände, deren Umrisse in der Dunkelheit bedrohlich wirkten. Der Lastarm eines Krans ragte über das Dach und zeichnete sich im Mondlicht vor dem klaren Himmel ab. Keine Bewegung war zu erkennen. Nur das Flackern eines Strahlers drang aus dem hinteren Teil der Halle nach draußen.

Er öffnete das Handschuhfach. Ihm war klar, dass ihm das Messer darin nichts nützen würde, sollte er sich getäuscht haben. Zum ersten Mal, seit er den Plan in die Tat

umgesetzt hatte, war er auf sein Glück angewiesen. Und das behagte ihm gar nicht. Allein für Lea konnte er nur hoffen, dass er mit seiner Einschätzung richtig gelegen hatte. Ansonsten würden sie beide in dieser Halle sterben.
Denn alle Schuld rächt sich auf Erden.
Er fragte sich, ob er in dieser Nacht *seine* Schuld begleichen musste.
Leise schloss er die Tür seines Wagens und schlich in Richtung der Halle.

KAPITEL 41

Petrow stellte den Strahler auf dem Betonboden ab und richtete ihn auf Lea. Sie saß auf einem Palettenstapel und kniff die Augen zusammen, in denen das Licht wie Säure brannte. Dennoch konnte sie Stahlstreben und Gerüste an den Wänden erkennen.

»Hier sind wir ungestört«, sagte Petrow. Sein höhnischer Unterton hallte von den blanken Wänden wider. »Diese Halle gehört einem Kunden von mir, ein Unternehmer, mit dem ich schon länger zusammenarbeite. Er war bereit, in seine zukünftigen Vergnügungen zu investieren. Du müsstest dich eigentlich an ihn erinnern können, denn er hat es dir ordentlich besorgt.« Sein Lachen hallte durch das dunkle Gebäude. »Wenn das hier alles mal fertiggestellt ist«, fuhr er fort und machte eine ausladende Geste, »dann ist das ein geradezu prädestinierter Ort für unsere Treffen. Keine miefigen Keller mehr, keine hellhörigen Wohnungen.« Er beugte sich zu ihr herab. »Hier müssen wir euch nicht einmal ruhigstellen, denn niemand wird hier eure Schreie hören.«

Sein Atem roch so widerlich, wie seine Worte klangen.

»Tagsüber«, fuhr er fort und richtete sich wieder auf, »werden hier Waren zwischengelagert. Aber nur im Hauptteil des Gebäudes. Dieser abgegrenzte Teil wird für den eigentlichen Zweck dieser Halle genutzt werden. Und ich denke, du weißt, welcher Zweck das sein wird.« Wieder dieses Lachen. »Meine Klienten werden hier nach Feierabend eine Menge Spaß haben. Ein sorgfältig ausgewählter Kundenkreis, der sich seine Neigungen einiges kosten lässt. Und dafür müssen wir Exklusivität bieten. Und vor allem Sicherheit. Das ist einer der Gründe, weshalb wir unsere Aktivitäten hierher verlagert haben. Zuerst hatten wir ein wenig Pech mit einer deiner ... nun ja, *Kolleginnen*.« Er griff in die Tasche seines Mantels und zog einen Beutel mit einem weißen Pulver hervor. »Offenbar reagierte sie ein wenig zu sehr auf das Zeug, für das du im Moment töten würdest, um es zu bekommen.«

Er wedelte mit dem Beutel vor ihrer Nase herum. Die Gier danach unterdrückte sogar ihre Angst.

»Das allein hat schon genug Staub aufgewirbelt«, fuhr Petrow fort und weidete sich an ihrer Enttäuschung, als er das Pulver wieder in seinem Mantel verschwinden ließ. »Aber dann musste ja auch noch einer dieser verdammten Kinderficker Amok laufen und dadurch die Öffentlichkeit noch mehr für dieses Thema sensibilisieren. Danach wollte keiner dieser Perversen mehr etwas riskieren.«

Er bemerkte die Überraschung in Leas Augen.

»Ja, du hast richtig gehört«, sagte er. »Ich verachte diese Leute und ihre Neigungen. Aber man muss schließlich nicht gutheißen, woran man verdient. Ich bediene lediglich einen Markt, der bedient werden will. Und damit das weiterhin so bleibt, kann ich nicht zulassen, dass jemand meine Kundschaft verschreckt. Denn nachdem ich hier viel Zeit und Geld investiert habe, kann ich es mir nicht leisten, dass dieser ganze Trubel von vorne beginnt. Also wirst du mir verdammt nochmal sagen, wer hinter alldem steckt.«

Lea zuckte zurück, als er ihr mit den Fingern über die

Haare streifte. Seine Berührung fühlte sich an wie ein elektrischer Schlag.

»Warum so schreckhaft?«, fragte er und lachte erneut.

»Nimm es mir nicht übel«, sagte Petrow, »aber ich persönlich bevorzuge reifere Früchte.« Er deutete auf den Mann mit dem Pferdeschwanz. »Mein Freund Dennis ist allerdings weniger wählerisch. Weißt du, ich bin ihm etwas schuldig dafür, dass er mich nach deinem Anruf verständigt hat. In seinem Interesse hoffe ich, du wirst uns schnell sagen, was wir hören wollen, damit Dennis noch etwas von dir hat.« Er trat hinter sie und sprach nun direkt in ihr Ohr. »Ein zertrümmerter und blutender Körper wäre sicher weniger reizvoll, selbst wenn er so jung ist wie deiner.«

Lea saß nur da und zitterte erbärmlich. Sie hätte nicht sagen können, ob die Ursache der Entzug war oder ihre Angst.

Petrow trat vor sie und hielt die Geldbörse in der Hand, die er ihr abgenommen hatte. »Darin befindet sich nur Geld. Keine Kredit- oder Kontokarte, keine Belege oder Fotos … nichts, das eine Identität preisgeben könnte. Dein Freund ist sehr umsichtig, das muss man ihm lassen. Allerdings scheint er auch ein Feigling zu sein, wenn er dich vorschickt.«

»Er … er weiß nichts davon«, sagte sie mit unsicherer Stimme.

»Ach ja?« Er schlug ihr mit voller Wucht ins Gesicht. »Willst du mir wirklich weismachen, er lässt sein Geld und sein Handy einfach so rumliegen? Was habt ihr vor?«

»Gar nichts«, beteuerte Lea und sah ihn wutentbrannt an. Ein dünner Blutfaden lief aus ihrer Nase.

Petrow schlug erneut zu.

Lea schrie.

KAPITEL 42

Als er Leas Schreie hörte, zerbrach ein weiteres Mal etwas in ihm. Er kauerte vor einer angebrochenen Palette mit Estrich-Beton, unmittelbar neben dem schmalen Zugang zum hinteren Bereich der Halle. Er hörte die Stimmen, die klangen, als läge ihr Ursprung nur wenige Meter hinter der rohen Wand, an der er lehnte.

Er schloss die Augen und versuchte, seinen rasenden Puls zu beruhigen. Dort drinnen befand sich der Mann, der seine Tochter auf dem Gewissen hatte und der für all das Leid verantwortlich war. Dieser anzügliche Mistkerl hatte soeben ein Geständnis abgelegt. Noch immer hallten die Worte wie ein Echo durch seinen Kopf, und er hörte die Verachtung darin. Als wären diese Mädchen eine Ware, die gehandelt wurde. Nur Fleisch, auf dem Weg zum Konsumenten. Wie konnte dieser Kerl nachts schlafen? Wie konnte es sein, dass es Menschen gab, die so gewissenlos waren? Er hatte selbst gemordet und schreckliche Dinge getan. Und jedes seiner Opfer hatte es verdient zu sterben. Dennoch suchten ihre Gesichter ihn regelmäßig in seinen Albträumen heim. So etwas konnte nicht spurlos an einem vorübergehen, egal wie sehr man sich einredete, das Richtige zu tun.

Das da drin konnte kein Mensch sein. Es war ein tollwütiges Tier – und die tötete man in der Regel.

Erneut hallten Leas Schreie durch die Halle.

Er biss die Zähne zusammen.

Worauf wartest du noch?

Er atmete durch. Dann richtete er sich mit zitternden Beinen auf.

KAPITEL 43

»Hey, sachte«, meinte Dennis zu Petrow. »Lass mir noch was von ihr übrig.«

»Halt die Klappe!«, schrie Petrow. Sein Gesicht war eine zornige Fratze, als er sich wieder Lea zuwandte. »Rede, wenn du nicht willst, dass ich dir deine hübsche Nase breche.«

Lea hielt sich schützend die Arme vors Gesicht. »Ich weiß von nichts, ehrlich«, wimmerte sie. »Ich brauchte einfach Stoff, es war nichts mehr da, okay? Und er wollte mir nichts besorgen.«

»Und was war der Grund dafür?«

»Er ... er hielt es für zu gefährlich.«

»Tja«, sagte Petrow und schleuderte die Geldbörse gegen ihre Brust. »Offenbar ist er weitsichtiger als du. Aber vielleicht macht ihn gerade das berechenbar.« Er gab Dennis ein Zeichen. »Geh nach draußen und behalt den Eingang im Auge. Möglicherweise gibt sich ihr mysteriöser Freund heute selbst zu erkennen, und wir können uns diesen ganzen Zirkus hier ersparen. Obwohl ich das ehrlich gesagt ein wenig bedauern würde.« Sein Blick ruhte auf Dennis. Die Zweifel, die er in seinem Gesicht las, gefielen ihm nicht. »Was stehst du hier noch rum?«, brüllte Petrow ihn an. »Das hier ist keine Peepshow!«

»Und wenn er tatsächlich hier auftaucht? Soll ich mit bloßen Händen auf ihn losgehen? Der Kerl zieht Menschen die Haut ab.«

Petrow zögerte einen Moment. Dann zog er die Pistole aus der Jacke und schraubte den Schalldämpfer auf. »Hier, nimm die, ich werde sie nicht brauchen. Aber ich will ihn lebend, verstanden?«

Dennis starrte auf die Waffe in seiner Hand.

»Auf was wartest du noch? Beweg deinen Arsch nach draußen!«

»Das wird nicht nötig sein!«

Petrow fuhr herum und lenkte den Strahler in die Richtung, aus der die dunkle Stimme erklungen war. Der Lichtkegel erfasste einen Mann mit kahl rasiertem Kopf, der in dem schmalen Durchgang stand. Er trug dunkle Kleidung, unter der die Konturen seines durchtrainierten Körpers zu erkennen waren. Der Ausdruck in seinem kantigen Gesicht wirkte entschlossen, was von dem Messer unterstrichen wurde, das er in der Hand hielt.

»Du?« Petrow konnte die Verwunderung in seiner Stimme nicht verbergen. »Du steckst hinter alldem?« Wieder lachte er auf. »Eigentlich dürfte mich das nicht überraschen. Als ich das Video von dir gesehen habe, wie du es der Kleinen in dem Bauwagen besorgst, war mir gleich klar, dass mit dir irgendwas nicht stimmt. Auf mich hat es eher gewirkt, als wolltest du es schnell hinter dich bringen.«

»Das war wohl auch der Grund dafür, weshalb ich von weiteren Treffen ausgeschlossen wurde.« Er bewegte sich langsam auf sie zu.

»Tja, wir sind nicht ohne Grund sehr misstrauisch gegenüber Leuten, die nicht zu uns passen. Aber das hat dich offenbar nicht abgehalten.«

»Uns? Sagtest du nicht gerade, du verabscheust diese Leute?«

»Ich verabscheue nicht ihr Geld.«

»Und das genügt dir als Rechtfertigung, um unschuldige Kinder zugrunde zu richten?«

»Unschuldig?« Er deutet auf Lea, die zusammengekauert auf den Paletten lag. »Diese Gören leben auf der Straße, betteln und klauen oder liegen anderen auf der Tasche. Wenn sie schon keinen Nutzen für die Gesellschaft haben, dann doch wenigstens für mich. Warum sollte ich Eltern in armen Ländern Geld dafür bezahlen, dass sie mir ihren Nachwuchs überlassen, wenn sie es hier mehr oder weniger umsonst tun?«

»Und was war mit meiner Tochter? Auf sie trifft das

kaum zu.«

»Deine Tochter?« Petrow runzelte die Stirn.

»Ja, die *Kollegin*, von der du vorhin so beiläufig gesprochen hast. Welchen Nutzen hatte *sie* für dich, dass du Abschaum sie mir genommen hast?«

Ein Ausdruck von Erleuchtung legte sich über Petrows Miene. »Daher weht also der Wind«, stellte er fest. »Wir haben deine Brut erwischt.«

»Ihr Name war Melanie«, presste der Mann hervor.

»Wie auch immer«, tat Petrow gelassen, »jetzt wird mir einiges klar.« Sein Blick ruhte einige Sekunden auf ihm. »*Chucky*. Ziemlich originell, das muss man dir lassen.«

»Warum sie? Warum meine Tochter?«

»Es ist nichts Persönliches«, sagte Petrow und brachte es dabei fertig zu grinsen. »Es gab zu der Zeit einfach nicht genügend Ausreißerinnen. Also mussten wir uns notgedrungen anderweitig umsehen.«

»Du mieses Stück Scheiße!«, brüllte Chucky und trat energisch auf Petrow zu.

»Das ist nahe genug«, sagte der und gab Dennis ein Zeichen.

Chucky stockte, als Dennis den Lauf der Pistole auf ihn richtete. Etwas in seinem Blick zerbrach.

Petrow fing erneut an zu lachen. »Trotz deines enttäuschenden Auftritts muss ich dir meinen Respekt zollen. Es muss dich eine Menge Mut und Überwindung gekostet haben, das alles auf dich zu nehmen. War es das wirklich wert?«

»Das wird sich gleich zeigen«, schnaufte Chucky.

»Immer noch optimistisch?« Petrow trat neben Lea. Er packte sie grob an den Haaren und zerrte ihr blutverschmiertes Gesicht in den Lichtkegel. »Vermutlich bist du der Ansicht, du hättest diesen Gören etwas Gutes getan, indem du einige von uns ausradiert hast. Aber es werden andere nachrücken, die nur darauf warten, ihre Triebe endlich ausleben zu können. Und ich werde ihnen weiterhin diese Möglichkeit bieten. Daran werden auch wütende Väter wie du nichts ändern.« Er warf Lea auf den Boden, wo sie zitternd und schluchzend liegen blieb. »Letztendlich hast du mir nur unsere Schwachstellen aufgezeigt. Wir werden also dafür sorgen, dass es andere nach dir noch schwerer haben, an uns heranzukommen. Aus diesem Grund wundert es mich schon etwas, dass du nach dem ganzen Theater mit diesem Zahnstocher hier auftauchst.« Er deutete auf das Messer in Chuckys Hand. »Vielleicht hättest du besser in eine effektivere Waffe investieren sollen, als deine Taten so aufwendig in Szene zu setzen. Was soll all das Getue? Mir reicht eine einzige Kugel, um meine Probleme zu lösen.« Er sah zu Dennis. »Worauf wartest du noch? Knall den Penner ab, damit wir hier fertig werden. Oder willst du mir jetzt auch noch weismachen, dass du Pazifist bist?«

Dennis zögerte. Dann trat er langsam auf Chucky zu. Als er ihn erreicht hatte, drehte er sich um und richtete die Waffe auf Petrow.

»Was soll das?«, fragte Petrow amüsiert. »Habt ihr beide euch abgesprochen?«

»Sagen wir, er hat mich über einiges aufgeklärt, was dich und dein ... *Unternehmen* betrifft«, erwiderte Dennis. »Und wie ich mich nun selbst davon überzeugen konnte, hat er recht damit.«

»Was hast du gedacht? Dass ich den Stoff für wohltätige Zwecke von dir kaufe?«

»Nein. Aber das hier mache ich nicht mit.« Er sah zu Lea am Boden. Das Blut in ihrem Gesicht hatte sich mit Tränen vermischt.

Petrow hob überrascht die Augenbrauen. »Willst du mir weismachen, es kümmert dich auch nur einen Dreck, was aus diesen Gören wird? Du verkaufst Drogen an Minderjährige!«

»Mag sein, aber sie kommen freiwillig zu mir. Es ist ihre

Entscheidung, ich zwinge sie zu nichts.«

»Verstehe, das macht es natürlich edelmütiger.«

»Jeder ist für seine Entscheidungen selbst verantwortlich. Und ich habe soeben entschieden, dass ich nicht länger für ein Arschloch wie dich arbeiten will.« Er sah Petrow hasserfüllt in die Augen. »Rocky war ein Freund von mir!«

Petrow schnaufte abfällig. »Er war ein zurückgebliebener Idiot. Und offenbar bist du nicht viel schlauer als er. Denn bevor du weiterhin so großspurig mit der Waffe auf mich zielst, solltest du dich fragen, ob sich auch eine Kugel darin befindet.«

Dennis erstarrte. Eine plötzliche Ernüchterung legte sich über sein Gesicht, als er die Waffe drehte und in den leeren Schacht an der Unterseite des Griffes blickte.

»Denkst du wirklich, ich überlasse einem heruntergekommenen Dealer wie dir eine geladene Knarre?« Er hielt das Magazin, das er vorher entfernt hatte, demonstrativ zur Schau. »Tja, wie du bereits sagtest, ist jeder für seine Entscheidungen selbst verantwortlich.« Petrow zog eine weitere Pistole aus dem Halfter unter seiner Jacke und richtete sie auf Dennis. Der Knall des Schusses hallte ohrenbetäubend von den Wänden wider.

KAPITEL 44

Dennis ließ die Waffe fallen. Er starrte auf das Loch in seiner Brust, aus dem Blut herausquoll. Ein gurgelndes Geräusch erklang, als er nach Luft schnappte. Dann fiel er vornüber zu Boden, wo er reglos liegenblieb.

Petrow lachte, während er den Lauf der Pistole nun auf Chucky richtete. »Tja«, meinte er, »Dennis hat seine Entscheidung getroffen. Wie sieht es mit dir aus? Lass das Messer fallen!«

Es widerstrebte ihm, der Aufforderung nachzukommen. Obwohl das Messer ihm keinen Vorteil einbrachte, war es zu seinem letzten Haltegriff geworden. Zum ersten Mal liefen die Dinge nicht plangemäß. Er hatte seinen Gegner unterschätzt. Aber er hatte nicht vor, sich ihm gänzlich auszuliefern.

»Warum erschießt du mich nicht einfach? Das tust du doch sowieso.«

»Vielleicht will ich die Sache ein wenig auskosten, so wie du es getan hast. Rache ist süß, das solltest gerade du wissen.« Er verstaute das Magazin in seiner Gesäßtasche. Dann ging er zu Lea, packte sie an den Haaren und zog sie am Kopf nach oben in das Licht des Strahlers. »Ich will, dass du dir anhörst, was ich mit deiner Freundin hier vorhabe. Sie wird bei unserem Treffen am Wochenende die Hauptattraktion sein. Meine Kunden sind bestimmt ganz scharf darauf, es diesem Miststück, das sie verraten hat, ordentlich zu besorgen. Und wenn sie mit ihr fertig sind, werde ich persönlich dafür sorgen, dass sie für immer das Maul hält. Ich werde sie lebendig begraben und langsam ersticken lassen. Und niemand wird ihre Schreie hören. Na, was hältst du davon?«

Die Muskeln in seiner Hand verkrampften sich, so fest umschlangen seine Finger den Griff des Messers. Er hätte seinen linken Arm hergegeben für die Chance, diesem

Dreckskerl damit sein schäbiges Grinsen aus der Visage zu schneiden. Gut fünf Schritte trennten ihn von Petrow – zu viele, um ihn zu erreichen, bevor er abdrücken konnte. Aber vielleicht gelang es ihm dennoch, dem Bastard das Messer in die Rippen zu rammen, bevor er selbst dabei draufging. Er musste auf die richtige Gelegenheit warten und Petrow hinhalten.

»Findet das Treffen hier statt? Quasi als Einweihung?«

Petrow lachte erneut. »Offenbar scheinst du nach wie vor der Ansicht zu sein, diese Information für deine Zwecke ausnutzen zu können. Aber da ich mir nun sicher sein kann, dass du den heutigen Abend nicht überleben wirst, kann ich es dir getrost verraten. Nein, das Treffen findet in einer meiner Wohnungen statt. In dieser Bauruine würden sich meine Kunden höchsten die Schwänze abfrieren.«

»Du nutzt also einige deiner Mietwohnungen als getarnte Bordelle, in denen du gleichzeitig die Kinder unterbringst.«

»Ist ein wenig aufwendiger, was das Personal betrifft, das sich um die Gören kümmern muss, aber was blieb mir anderes übrig, nachdem du und deine kleine Schlampe Gerber ausgeschaltet und das Lokal als Treffpunkt unbrauchbar gemacht habt.«

»Wie viele Kinder sind es?«

»Kommt drauf an«, meinte Petrow. »Je nach Standort zwischen vier und sechs.«

»Und was passiert mit ihnen, wenn sie zu alt für eure Zwecke geworden sind?«

»Die meisten von ihnen bleiben dem Milieu treu, um an ihr Heroin zu kommen. Es ist lediglich der Kundenstamm, der wechselt. Was hätten sie auch für Alternativen? Sie haben keine Papiere, keinen festen Wohnsitz, keine Freunde, keine Perspektive. Oftmals erledigt sich das Problem von selbst, und sie sterben irgendwann an einer Überdosis.«

Er blickte zu Lea, die neben Petrow kniete. Tränen und

Blut verklebten ihr Gesicht, und er fragte sich, ob sie nach allem, was sie hatte durchmachen müssen, jemals wieder in der Lage sein würde, ein normales Leben zu führen. Ein Leben, in dem sie das alles hinter sich lassen und Frieden finden konnte. Er hielt es fast für aussichtslos. Und er trug eine gewisse Mitschuld daran, denn er hatte sie für seine Zwecke ausgenutzt. Seinetwegen war sie zur Mörderin geworden. Mit dieser Erkenntnis würde er sterben müssen. Schon allein deshalb war er es Lea schuldig, diesen Mistkerl mit sich zu nehmen, um ihr wenigstens die Chance einzuräumen, diesem Sumpf zu entsteigen und ihr Leben zu retten.

Doch dann bemerkte er eine Veränderung in ihrem Gesicht. Es wirkte nun nicht mehr eingeschüchtert und verletzlich. Zorn und Entschlossenheit zeichneten sich darauf ab, während sie auf die ungeladene Waffe am Boden starrte.

Die Wölfin in ihr war erwacht.

Er sah, wie sich ihre Hand zur Faust ballte. Und noch ehe er es richtig realisieren konnte, hatte sie Petrow mit einem schwungvollen Haken in den Schritt geschlagen.

Petrow krümmte sich und stöhnte auf. Augenblicklich befreite sie sich aus seinem Griff und hechtete nach vorn in Richtung des Strahlers. Kurz darauf ging das Licht aus und das Innere der Halle tauchte in absolute Finsternis ein.

Dann brach die Hölle los.

Die Schüsse hallten ohrenbetäubend laut von den Wänden wider. Wie das Blitzlicht einer Kamera zuckten sie durch die Dunkelheit und froren für Sekundenbruchteile die Umgebung ein. Wahllos schoss Petrow auf alles, was er in dieser kurzen Zeit ausmachen konnte. Funken stoben auf, als eine der Kugeln von einem Betonmischer abprallte. Beim nächsten Blitz sah er neben sich eine Gestalt auftauchen. Er wollte herumschwenken, doch da spürte er bereits die kalte Klinge des Messers an seiner Kehle.

»Eine Bewegung, nur ein Zucken von dir, und ich lass dich ausbluten wie ein Schwein«, brüllte Chucky. Noch immer lastete der Lärm der Schüsse wie ein Druck auf seinen Ohren, sodass er seine eigene Stimme kaum wahrnehmen konnte. »Lass die Waffe fallen!«

Petrow zögerte einen Moment. Dann erklang ein dumpfes Poltern, als etwas auf den Betonboden fiel.

»Lea!«, rief Chucky in die Dunkelheit hinein. »Lea! Ist alles in Ordnung?«

Kurz darauf ging das Licht an.

Lea kauerte am Boden neben Dennis' Leichnam. Langsam setzte sie sich auf und richtete den Strahler auf die beiden. Sie hustete, schien aber auf den ersten Blick unverletzt zu sein.

Chucky atmete durch. Dann stieß er Petrow von sich weg und bückte sich nach der Waffe. Sofort überprüfte er das Magazin. Noch zwei Patronen, plus eine im Lauf. Das sollte vorerst genügen.

»Auf den Boden«, befahl er und richtete die Waffe auf Petrow.

Der starrte ihn unbeeindruckt an. »Ich werde nicht vor dir im Dreck kriechen.«

Ein weiterer Schuss krachte durch die Halle. Petrows Bein knickte weg und er stürzte rücklings in das unbeplankte Gerüst einer Trennwand. Eines der Holzprofile gab nach und brach mit lautem Krachen durch. Bruchstücke davon fielen auf Petrow herab, der wimmernd am Boden lag und sich mit beiden Händen das zertrümmerte Knie hielt.

Chucky trat auf ihn zu. »Du wirst noch ganz andere Dinge tun, bevor ich mit dir fertig bin.« Er zog ein Notizbuch hervor und warf es vor Petrow auf den Boden. »Du schreibst mir jetzt sämtliche Adressen auf, unter denen ihr die Mädchen festhaltet, inklusive der Wohnung, in der das Treffen stattfindet.«

Petrow sah mit schmerzverzerrter Miene zu ihm auf. Mit einer Hand hielt er sich das verletzte Knie, mit der anderen stützte er sich am Boden ab. »Einen Scheiß werde ich!«

Dieses Mal zielte er auf den Fuß und drückte ab.

Erneut verhallte Petrows Schrei in der Dunkelheit jenseits des Strahlers. Er fluchte und schlug vor Schmerzen mit den Fäusten auf den Boden.

»Zwing mich nicht dazu, auch das Messer zu benutzen«, sagte Chucky warnend und deutete mit der Klinge auf die Pistole. »Hier drin befindet sich noch eine Kugel. Entweder du sagst mir, was ich wissen will, und ich verspreche dir, ich erlöse dich von deinen Qualen. Oder ich filetiere dich Stück für Stück und zerlege dich in deine Einzelteile, bis du qualvoll verreckst. Du hast die Wahl.«

Hasserfüllt blickte Petrow zu ihm auf. Er wusste, dass es keine leeren Worte waren. »Was hast du vor?«, keuchte er. »Willst du dort auftauchen und alle abschlachten? Was glaubst du, was das ändern wird?«

»Es wird mir eine tiefe innere Befriedigung bescheren«, erwiderte er. »Und nun fang an zu schreiben! Aber ich warne dich: Die eine oder andere Adresse ist mir bereits bekannt. Also versuch besser nicht, mich zu verarschen.«

Sein Gegner rührte sich nicht, legte seine gesamte Verachtung in seinen Blick. Dann spukte er auf den Boden.

Chucky sprang vor und rammte ihm das Messer in den blutenden Fuß. »Schreib!«

Petrow quiekte wie ein Schwein. Hastig griff er nach dem Notizbuch und zog den Stift daraus hervor. Schweiß strömte über sein hochrotes Gesicht, während er tat, was von ihm verlangt wurde. Als er fertig war, warf er das Buch vor die Füße seines Kontrahenten. »Hier hast du, was du willst«, schrie er zerknirscht. »Und nun bring es zu Ende!«

Chucky hob das Notizbuch auf und überflog die Eintragungen. Er grinste zufrieden und bog das Messer in dem Fuß leicht hin und her. »Wirklich schade«, meinte er und genoss das Wimmern aus Petrows Kehle. »Fast hätte ich mir gewünscht, du hättest gelogen.«

Ein klackendes Geräusch erklang hinter ihm und lenkte ihn für eine Sekunde ab. Als er sich wieder Petrow zuwandte, traf ihn etwas mit brachialer Gewalt am Kopf.

Die Umgebung verschwamm zu einem abstrakten Gebilde, in dem Licht und Schatten miteinander verschmolzen. Er versuchte aufzustehen, sich von Petrow zu entfernen. Doch er drehte sich nur um sich selbst. Wie ein Betrunkener taumelte er umher und suchte nach Orientierung, bis er seitlich zu Boden kippte. Benommen registrierte er, wie Petrow das gebrochene Kantholz wegwarf und mit einem Aufschrei das Messer aus seinem Fuß zog. Dann baute er sich über ihm auf – ein diffuser Schatten, der die Gefühlskälte dieses Psychopathen widerspiegelte.

»So schnell wendet sich das Blatt«, sagte Petrow mit kalter Stimme. »Schlaf gut, Arschloch!« Er hob das Messer an.

Dann löste sich sein Kopf in einem blutigen Sprühnebel auf.

KAPITEL 45

Es dauerte einen Moment, bis sich seine Wahrnehmung wieder stabilisiert hatte und auf Lea traf, die einige Meter hinter ihm auf dem Boden kniete. Der Ausdruck in ihrem Gesicht spiegelte all den Hass wider, der sich über die Jahre in ihr festgesetzt hatte. Mit ausgestreckten Armen hielt sie die Waffe in den Händen, mit der Petrow zuvor bedroht worden war. Schwacher Rauch trat aus dem Schalldämpfer, dessen Ploppen viermal in Folge erklungen war. Dann registrierte er, wie ihre Hände zu zittern begannen. Die Waffe entglitt ihr und polterte zu Boden. Ihr Körper erschlaffte, und es hatte den Anschein, als würde sämtliche Lebenskraft daraus entweichen. Sie kippte vornüber und blieb reglos liegen.

»Lea!« Er rappelte sich auf. Seine linke Kopfhälfte fühlte sich taub an, und er ertastete Blut an seiner Wange. Noch immer war er wacklig auf den Beinen, doch er hatte Lea mit wenigen Schritten erreicht. Er drehte sie auf den Rücken und legte ihren Kopf in seinen Schoß. »Lea, was hast du?« Als er auf die blutgetränkte Bluse sah, wusste er die Antwort. Er schlug die Jacke beiseite und entdeckte das Einschussloch unterhalb ihres Brustkorbes. Blut sickerte daraus hervor und bildete bereits eine kleine Lache neben ihrem Körper. Eine von Petrows Kugeln hatte ihr Ziel nicht verfehlt.

»Sieht nicht gut aus, was?«, stöhnte sie.

»Nicht reden. Spar dir deine Kräfte.« Behutsam zog er ihr die Jacke aus, riss den Ärmel der Bluse ab und legte ihn gefaltet über die Wunde. Dann griff er nach der Waffe am Boden, zog das Magazin heraus und presste es auf den Stoff, der sich bereits blutrot verfärbte. Lea stöhnte auf vor Schmerzen.

»Woher hattest du das Magazin?«, fragte er, um sie abzulenken, während er weiter neben ihr hantierte.

»Hab es diesem Schwein aus der Tasche gezogen, nachdem ich ihm seine Eier blau geschlagen habe«, keuchte sie und lächelte.

»Cleveres Mädchen.«

Sie blickte zu ihm auf und sah das Blut an seinem Kopf. »Du bist verletzt.«

»Kümmer dich nicht um mich«, erwiderte er. »Ist nur ein Kratzer.«

»Du hast mich verfolgt, nicht wahr? Du wolltest, dass ich mich mit Dennis treffe.«

Er schwieg, während er die Jacke von dem Leichnam des Dealers streifte.

»Schon gut«, meinte Lea. »Ich kann das verstehen.«

Er hielt kurz inne. »Ich …«, begann er zaghaft. »Ich habe gesehen, wie schlecht es dir ging. Also rief ich Dennis an, um dir was zu besorgen. Er hatte von Rockys Ermordung erfahren und warnte mich, dass Petrow hinter uns her sei. Er sagte, er wolle das Schwein dafür drankriegen.«

»Und ich war der perfekte Köder dafür.«

Er wickelte die Jacke um Lea und legte damit einen provisorischen Druckverband an. Erneut schrie sie auf, als er die Enden fest über dem Magazin zusammenzog.

»Ich bringe dich in ein Krankenhaus«, sagte er und wollte sie hochheben, als Lea ihn am Arm packte und zurückhielt. Er sah in ihre Augen, in denen jeglicher Hass erloschen war – und zum ersten Mal hatte er den Eindruck, ihr wahres Wesen darin zu erkennen. Er sah die Gutmütigkeit eines Kindes, eines heranwachsenden Teenagers, der langsam die Welt für sich entdeckte und sich für gleichaltrige Jungs zu interessieren begann. Ein junges Mädchen, das zur Frau heranreifte und für das Gewalt nur ein Wort war, dessen Bedeutung lediglich in ihrer kühnsten Fantasie eine Vorstellung bekam. Eine Art von Unschuld, wie sie nur bis zu diesem Alter existierte und die ihr so brutal genommen worden war. Und er sah noch etwas in ihren Augen – etwas Friedvolles, in sich Abgeschlossenes. Eine gutmütige

Form von Resignation, deren Motive nicht formuliert werden mussten.

»Nicht«, sagte sie nur.

»Was redest du da? Die Wunde muss versorgt werden, sonst ...« Er begriff und sackte neben ihr zusammen. Sanft strich er ihr über das schwarz getönte Haar, durch das allmählich wieder ihre natürliche blonde Farbe schimmerte. Tränen trübten seinen Blick. »Lea, bitte«, flehte er.

»Es ist okay.« Trotz der Schmerzen klang ihre Stimme sanft und unaufdringlich. »Ich will das nicht länger.«

»Sag das nicht«, hielt er dagegen. »Du bist jung, hast genügend Zeit, das alles hinter dir zu lassen. Du kannst noch so viele gute Dinge erleben. Gib nicht auf, Lea.«

Sie hob die Hand und wischte ihm eine Träne weg. »Ich heiße Julia.«

»Das ist ein sehr schöner Name.« Er griff nach ihrer Hand. »Meiner lautet Andreas.«

»Gefällt mir besser als Chucky.« Sie lächelte gequält. Dann hustete sie Blut.

»Es tut mir so leid«, schluchzte er. »Ich habe nicht gewollt, dass es so weit kommt. Ich wollte dich nur beschützen.«

Sie drückte seine Hand. »Glaubst du an den Himmel, Andreas? An einen Ort, an dem ich meinen Vater wiedersehen kann?«

Er schluchzte erbärmlich. Dann nickte er. »Ja.«

»Und denkst du, sie lassen ein böses Mädchen wie mich dorthin?«

»Natürlich tun sie das, Julia.« Es war ungewohnt sie bei ihrem richtigen Namen zu nennen; fast so, als wäre sie eine Fremde. »Du bist nicht böse. Die anderen sind es – die, die dir das angetan haben. Du hast nichts falsch gemacht.«

Sie hustete. Erneut spritzte Blut aus ihrem Mund.

»Julia, bitte«, flehte er erneut. »Es ist noch nicht zu spät.«

»Doch, das ist es«, keuchte sie. »Das ist es schon lange.

Du kannst mir nicht mehr helfen, Andreas. Lass los, lass mich gehen.«

»Das kann ich nicht«, schrie er zornig und presste seine Hand fester auf den Verband, unter dem unablässig das Blut hervorquoll. »Ich will dich nicht auch verlieren!«

»Ich bin nicht deine Tochter«, sagte sie, und es zerriss ihm beinahe das Herz. »Mein richtiger Vater wartet auf mich, ich kann es spüren.«

Er hoffte so sehr für sie, dass es stimmte, dass es nicht nur eine Einbildung ihres sterbenden Gehirns war.

»Mir ist so schrecklich kalt.«

Er löste den Knoten über der Wunde und bedeckte mit der Jacke ihren Körper. Dann hielt er sie fest, bis das Zittern erstarb und ihre Muskeln erschlafften. Er hätte nicht sagen können, wie lange er so dasaß – weinend, seine Arme fest um ihren toten Körper geschlungen. Es kam ihm vor wie eine Ewigkeit. Irgendwann hatte er keine Tränen mehr.

»Es tut mir leid«, flüsterte er, als er ihre Augen für immer schloss. Dann richtete er sich auf und wischte sich die Feuchtigkeit aus dem Gesicht, über das sich ein finsterer Schatten gelegt hatte. Seine Gedanken überschlugen sich, formierten sich neu und schmiedeten einen weiteren Plan. Dazu würde er einige Dinge aus der Wohnung besorgen müssen. Und er würde seinen Computer benötigen. Ihm blieb nur ein Tag, bis zu dem Treffen. Doch zuerst musste er die Spuren beseitigen und die Leichen verschwinden lassen. Noch durfte nicht durchsickern, was sich hier zugetragen hatte. Nichts durfte das Treffen gefährden. Und dort würde er sie allesamt dafür büßen lassen.

Mit der Hand ertastete er die Umrisse des Notizbuchs in seiner Tasche.

Seine Mission war noch nicht zu Ende.

KAPITEL 46

Am nächsten Tag

Bereits am Abend zuvor war eine bundesweite Fahndung nach Andreas Homberg eingeleitet worden. Wie sich herausstellte, war er noch immer unter einer Adresse in Trier gemeldet. Eine Durchsuchung der Wohnung durch die ansässigen Kollegen brachte bis zum Nachmittag keine neuen Erkenntnisse.

»Kein Computer, keine Festplatte«, sagte Chris, nachdem er das Gespräch mit den Trierer Kollegen beendet hatte. »Nicht einmal eine verdammte Chipkarte befand sich in der Wohnung. Auch gibt es keinerlei Kreditkartenbelege in den letzten Monaten. Nichts, was uns Aufschluss über seinen Aufenthaltsort oder seine weiteren Pläne geben könnte.«

»Sieht so aus, als hätte er damit gerechnet, dass wir ihn irgendwann aufspüren.« Rokko saß ihm gegenüber am Schreibtisch und starrte auf seinen Monitor, auf dem alle Daten über Andreas Homberg angezeigt wurden, die sie in den letzten Stunden zusammengetragen hatten. Darunter befand sich auch eine digitale Kopie seines Ausweises. Seinem Geburtsdatum zufolge war er fünfunddreißig Jahre. Das Bild zeigte einen kahlköpfigen Mann mit kantigem Gesicht. Anhand seiner durchdringenden Augen hatte Marina Hoffmann ihn als den Mann identifiziert, der in ihrer Praxis gewesen war. Er war von Beruf Netzwerktechniker. Seinem letzten Arbeitgeber zufolge hatte er bereits vor acht Monaten gekündigt.

Chris trank den letzten Schluck Kaffee, der längst erkaltet war, und dehnte seinen verspannten Nacken. »Wenn er von Anfang an mit seiner Entdeckung gerechnet hat, dürfte ihn das noch gefährlicher machen. Homberg hat nichts mehr zu verlieren.«

»Da stimme ich Ihnen zu«, sagte Marina Hoffmann. Chris hatte sie als Beraterin hinzugezogen, woraufhin sie für diesen Tag alle Termine in ihrer Praxis abgesagt hatte. Es war ihr anzumerken, dass sie alles in ihrer Macht Stehende tun wollte, um in der Angelegenheit zu helfen.

Hartfels schien hingegen nicht sonderlich an der Unterredung interessiert zu sein. Sie saß auf einem Stuhl und war in einige Unterlagen vertieft.

»Wo steckt eigentlich Bartels?«, fragte Chris an sie gerichtet.

»Er hat vorhin einen Anruf aus Wiesbaden erhalten und wollte etwas in einer Sache überprüfen«, erwiderte sie, ohne dabei aufzublicken.

»Und welche Sache soll das sein?«

»Hat er nicht gesagt.«

»Offensichtlich haben Sie in seine Arbeitsweise mehr Vertrauen als in unsere.«

»Ich arbeite seit Jahren mit ihm zusammen«, sagte sie mit ihrer monotonen Stimme. »Es gibt keinen Grund dafür, seine Kompetenz anzuzweifeln.«

»Dasselbe gilt für mich und meine Leute.«

Sie warf ihm einen kurzen Blick zu. »Man schätzt die Qualität, die man gewohnt ist.«

»Das soll vermutlich heißen, dass Ihre Qualität die bessere ist.«

Sie antwortete nicht.

»Sind Sie verheiratet?«

»Nein.«

»Beziehung?«

»Nein.«

»Was tun Sie in Ihrer Freizeit? Haben Sie Hobbys?«

»Was sollen diese Fragen?«

»Ich versuche nur, mir ein Bild von Ihnen zu machen.«

»Wozu soll das gut sein?«

»Es würde mir helfen, den Menschen hinter der kühlen

Fassade zu sehen.«

Sie schien einen Moment zu überlegen. »Ich sehe nicht, inwieweit das für unsere Ermittlungen von Vorteil wäre.«

Chris seufzte und stand auf. »Offenbar ist bei Ihnen der Name auch Programm. Sie sind so kaltherzig wie ein Stein.« Er ging an ihr vorbei in Richtung Tür.

»Wo wollen Sie hin?«, fragte Marina Hoffmann.

»Ich werde mal nachsehen, ob es in diesem Laden noch irgendwo trinkbaren Kaffee gibt.«

»Ich begleite Sie.«

»Sie sollten nicht so hart mit ihr ins Gericht gehen«, sagte Marina Hoffmann, als sie durch den Flur an den übrigen Büros vorbeigingen.

»Das sagen ausgerechnet Sie, die ihr Gefühlsleben neulich noch mit dem eines Psychopathen verglichen hat?«

»Da wusste ich auch noch nicht, dass sie an einer Form von Alexithymie leidet.«

Er starrte sie skeptisch an. »Was soll das sein? Die Fähigkeit, andere vor den Kopf zu stoßen?«

Sie packte ihn am Arm und zwang ihn zum Stehenbleiben. »Kann ich mich darauf verlassen, dass Sie dieses Gespräch vertraulich behandeln?«

»Natürlich.«

Sie atmete durch. »Dieses Phänomen wird auch allgemein als Gefühlsblindheit bezeichnet.«

Chris senkte die Augenbrauen. »Sprechen wir hier über Autismus?«

»Autismus kann sich zwar in ähnlicher Weise zu erkennen geben«, entgegnete sie, »dennoch sind die Anzeichen deutlich komplexer. Bei Alexithymie handelt es sich eher um ein Persönlichkeitsmerkmal, bedingt durch eine frühkindliche Entwicklungsstörung.«

»Wollen Sie damit etwa andeuten, Hartfels kann keine Gefühle wahrnehmen?«

»Sie empfindet Freude oder Angst ebenso wie Sie und

ich, nur mit dem Unterschied, dass sie diese Empfindungen nicht als solche deuten kann.«

»Wie ist so etwas möglich?«

»Bereits im frühen Kindesalter lernen wir, unseren Emotionen Ausdruck zu verleihen. Ein Baby schreit oder weint, wenn es sich nicht wohlfühlt. Ebenso teilt es sich mit entsprechender Mimik mit. Wird dieser Lernprozess unterbrochen oder gestört, kann der Betroffene diese Gefühle nicht mehr zuordnen. Erhöht sich zum Beispiel seine Herzfrequenz, weil er Angst empfindet, führt er dies auf eine rein körperliche Ursache zurück. Er kann seine Gefühlswelt weder bestimmen noch formulieren. Stellen Sie sich einen Blinden vor, der versucht, einen Sonnenuntergang zu beschreiben.«

Er musste unwillkürlich an Hartfels' Frage denken, bezüglich seines Vermögens, sich in andere hineindenken zu können. »Ich verstehe«, sagte er. »Langsam wird mir klar, weshalb man sie mit dem Fall betraut hat.«

Marina Hoffmann nickte. »Bei einem so heiklen Thema wie Kindesmissbrauch ist emotionale Distanz sicher von Vorteil.«

»Aber wie schafft sie es dann, Täterprofile zu erstellen?«

»Aufgrund von Erfahrung und Logik. Emotionen spielen dabei nicht die geringste Rolle.«

Chris fragte sich, ob er Hartfels deswegen bedauern oder beneiden sollte. »Schluckt sie deshalb ständig Tabletten?«

»Betroffene leiden oft unter Symptomen wie Kopfschmerzen, da sie ihre Emotionen nicht verarbeiten können. Ich hatte vor Jahren einen ähnlichen Fall, daher ist es mir aufgefallen. Vorhin auf der Toilette habe ich sie darauf angesprochen, um sicherzugehen. Offenbar war sie deswegen schon in Behandlung.«

»Wie häufig kommt so etwas vor?«

»Das Phänomen ist weiter verbreitet, als man glauben möchte. Man geht davon aus, dass hierzulande etwa zehn

Prozent der Bevölkerung davon betroffen sind.«

»Das wiederum überrascht mich keineswegs«, erwiderte er bissig. »Offenbar sind es genau diese zehn Prozent, mit denen ich mich jeden Tag herumärgern muss.« Er bemerkte den vorwurfsvollen Ausdruck in ihren Augen. »Entschuldigen Sie meinen Zynismus, es war eine kurze Nacht.«

Wie zur Bestätigung unterdrückte sie ein Gähnen.

»Danke für Ihre Offenheit.«

»Ich wollte, dass Sie es wissen, damit Sie ... nun ja, den Menschen hinter der Fassade besser sehen können. Sie wirkt nicht mit Absicht so kalt und verletzend. Sie weiß es einfach nicht besser.«

Chris starrte auf die leere Tasse in seiner Hand. »Im Gegensatz zu ihr sollte ich das, nicht wahr? Hören Sie, es tut mir leid, was ich über Sie und Ihren Berufsstand gesagt habe. Das war nicht angemessen. Letztendlich haben Sie nur getan, was Sie für richtig gehalten haben.«

»Dieser Ansicht ist vermutlich auch Andreas Homberg. Ist so eine Sache mit Emotionen. Manchmal wäre es besser, sie einfach ausblenden zu können, speziell dann, wenn die falschen Gefühle die Oberhand gewinnen.«

Dem wusste Chris nichts entgegenzusetzen.

»Herr Bertram?«, schallte es durch den Flur.

Er drehte sich um und erblickte Bartels, der vor der Tür seines Büros stand.

»Ich habe äußerst interessante Neuigkeiten«, sagte er und hielt einen flachen Stapel mit Ausdrucken hoch. »Das sollten Sie sich unbedingt ansehen.«

KAPITEL 47

Im Büro lauschten sie allesamt Bartels Ausführungen. Er hatte sich vor einem der Schreibtische postiert und schien für seine Verhältnisse ziemlich aufgeregt zu sein.

»Ich hatte vorhin einen Anruf von meiner Abteilung in Wiesbaden«, sagte er. »Dort ist vor zwei Stunden eine Mail eingegangen, deren Inhalt uns womöglich in dem Fall weiterhelfen könnte. Allerdings haben diese Informationen rechtlich gesehen keinerlei Relevanz.«

»Reden Sie schon«, sagte Chris. »Von wem stammt diese Nachricht?«

Bartels atmete durch und rückte sich seine Brille zurecht. Es war ihm anzumerken, dass er sich mit der Herausgabe dieser Informationen schwertat. »Sagt Ihnen die Bezeichnung *Anonymous* etwas?«

»Sie meinen die Hackergruppierung, deren Mitglieder mit diesen Guy-Fawkes-Masken auftreten?«, fragte Rokko.

»Sie selbst bezeichnen sich als Kollektiv«, erläuterte Bartels. »Ein loser Zusammenschluss von Aktivisten, die sich global für die Unabhängigkeit des Internets und für Redefreiheit einsetzen. Bekanntheit durch die Medien erlangte das Kollektiv durch verschiedene Hackerangriffe auf Internetseiten von Organisationen oder Regimen, die gegen deren Überzeugungen handeln.« Eine kurze Pause trat ein, in der Bartels seine Unterlagen durchblätterte. »Vor einiger Zeit startete Anonymous einen groß angekündigten Feldzug gegen Pädophile im Netz, den sie unter dem Begriff *Operation Darknet* durchführten. Es gelang ihnen, über ein von ihnen modifiziertes Update der Tor-Software an versteckte Daten der Nutzer von Foren und Seiten zu gelangen, auf denen kinderpornografisches Material verbreitet wurde. Eine Liste mit knapp 1600 Nutzernamen kam dabei zustande, die von den Hackern im Internet veröffentlicht wurde – zum Teil mit den Realnamen und den zugehörigen Adressen. Einer dieser Namen befindet sich hier drauf.« Er reichte eines der Blätter in die Runde.

Chris nahm es entgegen und betrachtete den Nutzernamen darauf: *Analspreitzer69*. Dahinter waren der Realname und eine Adresse in Köln verzeichnet. »Das erste Opfer«, schlussfolgerte er. »Demnach hat Homberg die Liste im Internet eingesehen.«

»Oder er hat sie von seinem damaligen Freund Niklas Berger erhalten«, meinte Rokko. »Ich wette, die beiden haben den Plan gemeinsam ausgeheckt. Und als Niklas ins Gefängnis musste, hat Homberg ihn notgedrungen alleine umgesetzt.«

Bartels nickte zustimmend. »Über das erste Opfer ist Homberg in die Szene eingestiegen. Vermutlich hat er sich zum Schein mit dem Mann angefreundet und ist über ihn an weitere Adressen in Trier gelangt, wo seine Tochter entführt wurde. Auf diese Weise hat er sich ihren Peinigern Schritt für Schritt genähert. Homberg ist auf der Suche nach den Mördern seiner Tochter.«

»Und bestraft dabei auch all diejenigen, die er für mitverantwortlich hält«, ergänzte Hartfels.

»Und was hat es mit dieser Mail auf sich, von der Sie erzählt haben?«, fragte Marina Hoffmann, die interessiert zuhörte.

Bartels musterte sie streng. »Ist sie autorisiert, an dieser Besprechung teilzunehmen?«, fragte er an Chris gewandt.

»Ich habe Doktor Hoffmann als psychologische Beraterin in dem Fall hinzugezogen«, sagte er. »Sie hat fundierte Erfahrung, was gerichtliche Gutachten und somit die Beurteilung von Straftätern betrifft.«

Marina Hoffmann starrte ihn an, als wollte sie sagen: »Nein, ich mache das nicht mehr!«

»Außerdem stand Homberg in persönlichem Kontakt zu ihr«, überging Chris ihren argwöhnischen Gesichtsausdruck. »Er war gewissermaßen ihr Patient.«

»Na schön«, meinte Bartels und betrachtete sie. »Dann

ist Ihnen ja bewusst, dass alles, was hier besprochen wird, unter das Dienstgeheimnis fällt.«

»Mit Schweigepflicht kenne ich mich bestens aus«, erwiderte sie, und Chris musste grinsen.

Bartels holte tief Luft. Dann fuhr er mit seinen Ausführungen fort. »Die Nachricht besteht zu großen Teilen aus der Abschrift einer Stellungnahme auf der Internetseite der Aktivisten. Darin distanzieren sie sich von den Vorfällen, da in den Medien von einer Hackergruppierung die Rede war. Sie betonen, dass sie gegen Gewalt sind und ihre Aktion keinesfalls ein Aufruf dazu war.«

»Offenbar haben die Angst, dass ihr Image beschmutzt wird«, meinte Rokko. »Was haben die gedacht, was passiert, wenn sie diese Liste veröffentlichen? Justitia ist für dergleichen blind, wie wir wissen.«

»Genau aus dem Grund tue ich mich schwer, ihnen zu sagen, was diese Mail noch beinhaltet«, sagte Bartels. »Aber unter den gegebenen Umständen halte ich es zumindest für ratsam, diese Möglichkeit in Betracht zu ziehen.«

»Welche Möglichkeit?«, wollte Chris wissen.

»Die Nachricht enthält einen Hinweis«, erklärte Bartels. »Offenbar haben die Hacker sich in den letzten Tagen noch mal ins Zeug gelegt und einen Twitter-Account geknackt, über den sich Pädophile austauschen. Darin war von einem Treffen die Rede. Und zwar am Samstag, hier in der Stadt.«

»Ein Treffen?«, fragte Marina Hoffmann.

»Ein Treffpunkt, an dem minderjährige Kinder angeboten werden«, klärte Bartels sie auf.

Sie wirkte geschockt. »So etwas passiert hier, vor unseren Augen?«

»Oftmals werden die Kinder sogar in aller Öffentlichkeit angeboten, auf Spielplätzen oder vor Wohnsiedlungen. Die Freier wählen sie aus und verschwinden mit den Kindern in Hotels oder für diese Zwecke angemietete Wohnungen, meist in sozial schwachen Gegenden oder in Vorstädten.

So wie der Koblenzer Stadtteil Süd, von dem im Hackerprotokoll die Rede ist.«

»Dort leben über sechstausend Menschen«, sagte Chris. »Steht in diesem Protokoll auch eine genauere Angabe über den Ort des Treffens?«

»Die Pädophilenszene ist zwar sehr gut vernetzt, dennoch vermeiden es die Mitglieder, konkrete Angaben über ihre Vorhaben zu machen. Meist wird der Treffpunkt nur grob auf ein bestimmtes Gebiet begrenzt.«

»Hier kommen dann die Symbole und Hinweise ins Spiel, über die wir gesprochen haben«, schaltete sich Hartfels ein. »Sie sind eine Art Wegweiser für Eingeweihte.«

»Aufgrund der Daten, die uns die Hacker haben zukommen lassen«, fuhr Bartels fort, »konnten wir die Gegend auf diese Wohnsiedlung eingrenzen.« Er reichte Chris den Ausdruck einer geographischen Karte des Stadtgebietes, auf dem ein bestimmter Bereich rot eingezeichnet war.

»Moment mal«, sagte Rokko, der Chris über die Schulter sah. »Dort steht auch eines von Petrows Mietshäusern.«

Chris drehte sich zu ihm. »Bist du sicher?«

Rokko ging zu seinem Schreibtisch und blätterte in der Akte. »Hier«, sagte er, als er fündig geworden war, und reichte Chris das entsprechende Papier, auf dem die Adressen verzeichnet waren.

»Du hast recht«, sagte Chris.

»Dann solltest du nochmal mit dem Staatsanwalt sprechen. Allmählich kann Richter Faber die Indizien nicht mehr ignorieren.«

»Das vergessen Sie mal schnell«, meinte Bartels. »Wie ich bereits sagte, muss alles, was wir gerade besprechen, unter uns bleiben. Diese Informationen sind nicht offiziell, und aufgrund ihres Ursprungs haben sie vor Gericht keinen Bestand.«

»Verfluchte Korinthenkacker«, schimpfte Rokko.

Chris überlegte einen Moment. »Na schön«, sagte er schließlich, »dann gehen wir das Ganze eben inoffiziell an.«

»Sie sind sich bewusst darüber, auf was Sie sich da einlassen?«, fragte Hartfels. »Wenn die Sache schiefgeht, dürfte das nicht ohne Konsequenzen bleiben.«

Chris blickte in die Runde. »Sie hat recht«, sagte er. »Jeder Richter und jeder Staatsanwalt könnte uns dafür in der Luft zerreißen. Aber das hier ist unser einziger Anhaltspunkt«, lenkte er ein. »Wir können diese Information ignorieren und abwarten, was passiert. Einfach wegsehen, wie es so viele andere tun. Es spricht einiges dafür, das Homberg über dieselben Informationen verfügt. Wenn das stimmt, dürfte es weitere Tote geben. Auch wenn es sich dabei um Kinderschänder handelt, kann das nicht in unserem Sinne sein. Und selbst wenn nichts von alldem eintreten sollte, haben wir immerhin die Möglichkeit, ein paar unschuldige Kinder aus den Fängen dieser Schweine zu befreien. Ich kann natürlich nur für mich sprechen, aber das allein ist mir das Risiko wert.«

Es dauerte einige Sekunden, bis Rokko die Stille unterbrach. »Ich bin dabei«, verkündete er.

Bartels holte tief Luft. »Ich bin zwar nur Datenanalytiker«, meinte er und zuckte mit den Schultern, »aber wenn es hart auf hart kommt, dürfte ich es kaum verleugnen können, dass diese Informationen über mich gestreut wurden. Damit hänge ich wohl in der Sache mit drin.«

Chris nickte. »Was ist mit Ihnen?«, fragte er an Hartfels gerichtet. »Wären Sie in dem Fall bereit, über Ihren eigenen Schatten zu springen?«

»Sie machen einen Fehler«, sagte sie in der für sie typischen, einsilbigen Tonlage. »Und Fehler wollten wir vermeiden, erinnern Sie sich?«

»Vorrangig werden wir uns dort nur umsehen«, erwiderte Chris. »Sollten wir etwas Verdächtiges bemerken, können wir immer noch entscheiden, was zu tun ist. Ich werde für diese Aktion die alleinige Verantwortung übernehmen und Sie und Ihren Kollegen da raushalten. Ich will nur wissen, ob Sie auf unserer Seite stehen.«

Sie überlegte, und man konnte ihr ansehen, wie sie alle Eventualitäten im Kopf durchspielte. Schließlich nickte sie zur Bestätigung.

»Gut«, meinte Chris erleichtert und wandte sich Marina Hoffmann zu. »Von Ihnen brauche ich noch eine protokollierte Aussage über die Identifizierung von Andreas Homberg und Ihre Verbindung zu ihm. Die Fahndung nach ihm läuft zwar bereits an, aber erst Ihre Aussage macht ihn offiziell zu einem Verdächtigen und dürfte uns rechtlich gesehen den Rücken freihalten, sollte es dort zu einer Konfrontation mit ihm kommen.«

»Natürlich.«

»Also gut«, meinte Chris. »Wir haben eine Menge vorzubereiten.«

KAPITEL 48

Das mehrstöckige Gebäude in der südlichen Vorstadt war eines von vielen nahezu identischen Mietshäusern der Wohngegend. Es bot Platz für zehn Wohneinheiten, von denen Homberg nur eine interessierte. Seit fast zwei Stunden hielt er sich nun schon in dem Treppenhaus auf und beobachtete die Wohnung im Erdgeschoss. Drei Leute hatten in dieser Zeit das Haus verlassen, und alle waren aus den höheren Etagen gekommen.

Er sah auf die Uhr. Mittlerweile war es bereits dunkel geworden. Immerhin hatte er sich so davon überzeugen können, dass jemand in der Wohnung war. Durch das Fenster zur Straße hin hatte er Licht gesehen. Eine innere Unruhe befiel ihn und erschwerte es ihm, weiter auszuharren. Er legte seine Hand auf die prallgefüllte Sporttasche, die neben ihm auf der Stufe stand. Um die Sachen darin zu besorgen, war ein letzter Besuch in der Absteige nötig gewesen, die er unter falschem Namen angemietet hatte. Die Vorstellung, was er bald damit tun würde, erzeugte eine wohlige Vorfreude in ihm. Eigentlich hatte er gehofft, er würde endlich Ruhe finden, nachdem der Mörder seiner Tochter beseitigt war. Aber bereits zu dem Zeitpunkt, als er in die inneren Strukturen dieser Szene vorgedrungen war, war ihm sehr schnell klar geworden, dass nicht einer allein die Verantwortung für Melanies Tod trug. Petrow hatte nur den Markt bedient, wie er es formuliert hatte. Die eigentlich Schuldigen waren diejenigen, die gewissenlos die Nachfrage für diesen Markt erzeugten und dabei in Kauf nahmen, dass für ihre Veranlagung unschuldige Kinderseelen zerstört wurden. Seine Tochter war nur eines von unzähligen Opfern, die diese Leute hinterließen. Selbst wenn sie überlebten, waren sie innerlich tot. Zerstört durch jahrelangen Missbrauch. Unweigerlich musste er an Lea denken – und erneut traf ihn die Wut über ihren Verlust mit der Wucht einer Maschinengewehrsalve. Der Griff um die Tasche festigte sich, während er weiter die Tür beobachtete. Einen Moment lang überlegte er, ob er einfach klingeln und die Wohnung stürmen sollte. Doch das würde er nur dann in Betracht ziehen, wenn er keine andere Wahl hätte. Noch bestand die Hoffnung, dass er einem der Kerle begegnen würde. Das würde es ihm leichter machen, zu erfahren, was ihn dort drin erwartete. Also unterdrückte er seine Ungeduld und kauerte weiter auf den Stufen zum Keller, von wo aus er durch das Geländer die Tür zur Wohnung beobachten konnte. Er musste noch weitere zwanzig Minuten warten.

Das Ziffernblatt seiner Uhr zeigte 18:42 an, als das Licht im Treppenhaus anging und ein stämmiger Mann das Mietshaus betrat. Sein Erscheinungsbild wirkte deutlich kultivierter als das der übrigen Bewohner, die er gesehen hatte. Gepflegte Haare, Markenklamotten, südländischer Typ. In den Händen trug er eine Kiste mit dem Aufdruck eines Spirituosenherstellers. Die Sohlen seiner Schuhe quietschten, während er die Stufen hinaufstieg. Vor der Wohnung im Erdgeschoss stellte er die Kiste ab und kramte in der Tasche seiner Jacke nach dem Schlüssel. Er verharrte bei dem Versuch, das Schloss zu öffnen, als er einen harten Gegenstand in seinem Genick spürte.

»Wie viele von euch sind da drin?«

Der Mann reagierte nicht, schien seine Situation abzuwägen.

Homberg erhöhte den Druck der Waffe. »Wie viele?«

»Noch einer«, sagte der Mann mit Akzent.

»Mann oder Frau?«

»Frau.«

»Wenn du lügst, bist du tot!«

Der Mann nickte.

Homberg tastete ihn ab, konnte jedoch keine Waffe finden. »Wir gehen jetzt gemeinsam durch diese Tür«, flüsterte er dem Mann von hinten ins Ohr. »Du wirst sie aufschließen und rufen, dass du es bist. Und keine Tricks. Ich spreche eure Sprache, verstanden?«, fügte er auf Bulgarisch an. Es war so ziemlich das einzige Wort, das er kannte.

Der Mann nickte.

»Dann los!«

Das Klacken des Schlosses erklang, als der Mann die Tür öffnete. Kurz darauf rief er etwas in die Wohnung, das wie ein Name klang. Eine Frauenstimme antwortete.

Homberg stieß den Mann in die Wohnung. Kurz bevor die Tür ins Schloss zurückfiel, drang zweimal das Ploppen des Schalldämpfers durchs Treppenhaus, in dem die Automatik in diesem Moment das Licht ausschaltete.

KAPITEL 49

Es war nach acht Uhr abends, als Marina Hoffmann den Wagen vor ihrem Haus abstellte. Die Luft hatte sich abgekühlt und ein eisiger Herbstwind erfasste sie, der ihr durch Mark und Bein fuhr. Sie holte die Tüte mit Lebensmitteln aus dem Kofferraum und verriegelte den Wagen. Nachdem sie ihre Aussage gemacht und anhand der Fakten ein grobes Persönlichkeitsprofil von Andreas Homberg erstellt hatte, hatte sie noch ein paar Einkäufe getätigt. Müdigkeit hatte sich wie eine bleierne Weste um sie gelegt, und die Aussicht, die Stufen bis zur Eingangstür des Wohnbereichs hinaufsteigen zu müssen, mutete wie eine Herausforderung an ihre Willenskraft an. Sie freute sich darauf, nach einem ausgiebigen Essen die Beine hochzulegen und den Rest des Abends auf der Couch zu verbringen. Dennoch hielt sie inne, als sie den gepflasterten Zugang in dem kleinen Vorgarten erreichte, und richtete ihren Blick an der dunklen Silhouette ihres Hauses vorbei nach oben. Der Himmel war sternenklar und der Mond stand fast voll am dunklen Firmament. Marina Hoffmann schloss die Augen, spürte den kühlen Wind auf ihrer Haut und atmete tief durch. Sie hatte gelernt, solche Momente der Stille zu genießen. Noch vor einigen Jahren wäre ihr das absurd vorgekommen, und sie hätte sich vermutlich verloren gefühlt, in einer Gegend wie dieser, abseits des Trubels. Doch das war vor dem Zeitalter Rudolf Winkler gewesen. Heute kam ihr dieses Haus wie ein Geschenk des Schicksals vor. Schon bei der Besichtigung damals hatte sie dieses Gefühl beschlichen. Die Einliegerwohnung im Erdgeschoss war wie geschaffen für ihre Praxis, und sofort hatte sich das Gefühl von Zuhause in ihr eingenistet. Und von Neuanfang.

Als dieser Moment der Einkehr verflog und sie die Augen wieder öffnete, blickte sie in die Mündung einer Waffe.

Die Müdigkeit ergab sich einer augenblicklichen Lähmung, als ihr Herzschlag für eine Sekunde aussetzte. Die Tüte mit den Lebensmitteln fiel zu Boden. Einige der Früchte darin rollten über die Pflastersteine und kamen an den Schuhen des Mannes zum Erliegen, der vor ihr stand.

»Hallo Doc – Zeit für eine Therapiestunde.«

Der Klang der Stimme erzeugte eine Gänsehaut bei ihr. Sie wollte schreien, aber sie bekam keinen Ton heraus. Es fühlte sich an, als hätte jemand eine Schlinge um ihren Hals gezogen.

Sie spürte eine Hand, die sie packte und bis zu einem schwarzen SUV am Straßenrand schob.

»Einsteigen«, befahl die Stimme. »Sie fahren, Doc!«

Ihre Hände umschlangen das Lenkrad so fest, dass ihre Gelenke schmerzten. Die Angst fraß sich durch ihre Glieder, sodass sogar ihre Füße zitterten, was das Kuppeln und Beschleunigen schwierig gestaltete. Immer wieder heulte der Motor kurz auf, wenn sie schalten musste. Sie fuhren über die Balduinbrücke in Richtung Innenstadt, die zu dieser Zeit nur schwach frequentiert war.

»Was ... was ist aus Ihrem Wagen geworden?«, fand sie schließlich den Mut zu sprechen.

»Das war nicht meiner, wie Sie wissen dürften«, erwiderte Homberg.

»Und wessen Wagen ist das?«

»Der eines Toten.«

Sie schluckte. »Die ... die Polizei sucht nach Ihnen. Die wissen, wer Sie sind.«

Diese Aussage ließ ihn scheinbar unbeeindruckt.

»Und woher wissen *Sie* davon?«

Sie schielte auf die Pistole, die nach wie vor auf sie gerichtet war. »Die haben mich aufgesucht und vernommen.«

»War das der Grund, weshalb Sie so lange unterwegs waren? Ich hatte schon die Befürchtung, Sie hätten sich mal wieder Ihrer Verantwortung entzogen.« Er musterte sie streng. »Aus welchem Grund war die Polizei bei Ihnen?«

»Wegen des Reporters, den Sie niedergeschlagen haben.«

Sie hörte, wie er durchatmete.

»Was hat der mit Ihnen zu tun?«

»Ich ... ich hatte ihn um Hilfe gebeten.«

Ein verächtliches Lachen erklang. »Sie haben ihn auf Reuter angesetzt, nicht wahr? Sie haben sich eingeredet, auf diese Weise Ihre Schweigepflicht umgehen zu können. Wie erbärmlich sind Sie eigentlich?«, fragte er. »Sie dringen jeden Tag in die Psyche anderer Menschen ein, analysieren sie wie Laborratten und erteilen ihnen schlaue Ratschläge. Aber wenn es um Ihre eigenen Probleme geht, schieben Sie die Verantwortung anderen zu. Anscheinend habe ich mich nicht in Ihnen getäuscht. Ich wollte nie, dass Unschuldige zu Schaden kommen. Dank Ihnen lastet nun auch dieser Umstand auf meinem Gewissen.«

Sie passierten die Herz-Jesu-Kirche, deren dreischiffige Pfeilerbasilika in den dunklen Himmel ragte.

»Ist es wegen Ihrer Frau? Sind Sie deshalb hinter mir her?«

»Meine Frau hat nicht das Geringste hiermit zu tun«, dementierte er. »Ich benutze andere nicht als Ausrede für meine eigenen Fehler. Auch ich habe die Erfahrung machen müssen, dass manche Beziehungen nicht stark genug für derartige Schicksalsschläge sind. Immerhin eine Gemeinsamkeit, die wir miteinander teilen.«

»Wollen Sie darüber reden?«

»Lassen Sie Ihre Psychospielchen, Sie sind nicht gut darin.«

»Was wollen Sie dann von mir?«

»Keine Angst, ich habe nicht vor, Ihnen etwas anzutun, sofern Sie mich nicht dazu zwingen. Ich sagte Ihnen doch, dass es an der Zeit für eine weitere Therapiestunde ist. Nur das *Sie* dieses Mal der Patient sind und ich Ihr Therapeut. Ich zeige Ihnen die Wirklichkeit. Da vorn bitte links abbiegen.«

Sie verließen die Innenstadt in südlicher Richtung und fuhren auf den Stadtteil zu, den Bertram und seine Leute in der Besprechung erwähnt hatten. Das drückende Gefühl in Marina Hoffmanns Magen nahm zu, als sie kurz darauf einen mehrreihigen Komplex aus Mietshäusern erreichten.

»Halten Sie dort«, befahl Homberg und deutete auf eine der Parkflächen, die für die Anwohner des Hauses reserviert waren.

Marina Hoffmann schaltete den Motor aus. »Was jetzt?«

Homberg hob die Pistole an. »Aussteigen!«

Die Wohnung war großzügig ausgelegt. Entlang des Flurs taten sich vier Räume auf, die sich zu beiden Seiten erstreckten. Zur Straßenseite hin befanden sich Küche und Badezimmer. Beides edel ausgestattet. Der Zweck der beiden anderen Räume war unverkennbar. An Wänden und Decken waren Spiegelflächen angebracht, die Böden mit dunklem Teppich ausgelegt. Außerdem befand sich in jedem Zimmer eine doppelflüglige Vitrine, durch deren Glasfronten Marina Hoffmann Augenbinden, Dildos und diverse andere Sexspielzeuge erkennen konnte. Ein breites, mit Seidenwäsche bezogenes Bett bildete den Mittelpunkt. Darauf lagen jeweils ein Mann und eine Frau. Ihre Hände waren an die Bettgitter gekettet. Die Frau war bei Bewusstsein. Durch das Klebeband, das um ihren Mund gewickelt war, drangen schwache Laute. Der Mann gab kein Lebenszeichen von sich. Als Marina Hoffmann die Schussverletzungen an den Oberschenkeln der beiden sah, kam augenblicklich die Erinnerung an ihre eigenen Erlebnisse wieder hoch.

»Wer sind diese Leute?«, fragte sie aufgebracht.

»Das sind Nikolai und Elena«, stellte Homberg die beiden vor. »Sie sind Vertreter einer der Organisationen, die sich dem Handel und der Ausbeutung von Kindern verschrieben haben. Gewissenloser Abschaum. Sie waren so freundlich, mir die Namen auf der Gästeliste zu verraten. Und das aktuelle Passwort. Allerdings waren dazu ein paar Überredungskünste meinerseits nötig. Beachten Sie die beiden nicht weiter.«

Sie betrachtete die Verbände um die Verletzungen und stellte sich unweigerlich die Frage, weshalb die beiden noch lebten.

Homberg schob sie bis an das Ende des Flurs, wo sie zu einem weiteren Raum gelangten. Vor der seitlichen Wand befand sich eine kleine Bar mit zwei Hockern, unmittelbar neben einer geschlossenen Tür. Mehrere Kisten mit Champagner und anderen Spirituosen standen auf dem Boden. Etwas abseits davon befand sich eine Wohnlandschaft aus rotem Leder. Daneben ragte eine offene Schrankwand in den Raum, die den Gästen als Garderobe diente. In der Wand dahinter waren ein breites Fenster und eine Glastür eingelassen. Durch das ausfallende Licht konnte sie dahinter die Ausläufer eines Balkons erkennen.

»Wieso bin ich hier?«, fragte sie.

»Anschauungsunterricht.« Homberg öffnete die Tür neben der Bar. Der Raum dahinter war fensterlos, nicht mehr als eine größere Abstellkammer.

Marina Hoffmann schlug die Hände vor den Mund, als sie in die glasigen Augen sah, die sie wie hypnotisiert betrachteten. Vier Kinder – zwei Jungen und zwei Mädchen – schätzungsweise im Alter zwischen acht und zwölf Jahren, blickten zu ihr auf. Sie saßen auf Matratzen verteilt, die auf dem blanken Boden lagen. In der Ecke dahinter stand eine Campingtoilette. Es roch nach Essen, das Homberg den Kindern offenbar hergerichtet hatte. Ein Mädchen mit langen blonden Haaren, die zu Zöpfen geflochten waren, kaute wie automatisiert auf einer Scheibe Brot herum.

»Die Wirkung der Drogen, mit denen man sie vollgestopft hat, hält immer noch an«, sagte Homberg. Über seine Stimme hatte sich eine gewisse Traurigkeit gelegt. »Dabei wäre das vermutlich nicht einmal nötig. Sie sind so eingeschüchtert und verängstigt, dass sie nicht einmal weggelaufen sind, als sie die Möglichkeit dazu hatten. Man droht ihnen damit, ihre Familien in der Heimat zu töten, wenn sie zu fliehen versuchen. Die Familien, die sie in dem Glauben hierhergeschickt haben, ihnen dadurch eine bessere Zukunft zu ermöglichen. Die meisten dieser Kinder sprechen nicht einmal unsere Sprache. Bis auf die älteren von ihnen. Die holen sie sich von der Straße. Kein Mensch mit einem Gewissen wäre zu so etwas in der Lage.«

Marina Hoffmann wandte den Blick ab, doch Homberg packte ihren Kopf und drehte ihn wieder in Richtung der Kinder.

»Ich will, dass Sie genau hinsehen, Doc«, sagte er. »Wenn Sie das nächste Mal vorhaben, eines dieser Schweine zu resozialisieren, dann sollen Sie sich an diesen Anblick erinnern.«

»Es sind nicht alle so«, schrie sie und schlug seine Hand weg. »Viele kämpfen Tag für Tag gegen diesen Drang an, der sie verfolgt.«

»Ja, und sie verlieren!«

»Das ist nicht wahr! Viele haben gelernt, mit ihrer Neigung zu leben, ohne sie auszuleben. Das ist durchaus möglich, auch wenn es sich sehr schwierig gestaltet. Und indem ich diesen Menschen dabei helfe, versuche ich, genau so etwas zu verhindern.« Sie deutete auf die Kinder in dem Raum. »Sie werden es daher nicht schaffen, mir ein schlechtes Gewissen einzureden, indem Sie alle über einen Kamm scheren. Sie nutzen das Elend dieser Kinder doch nur für Ihre Zwecke aus. Das lässt Sie nicht gerade in einem besseren Licht dastehen. Anstatt weiterhin mit Steinen zu werfen, sollten Sie lieber dafür sorgen, dass diese Kinder medizinisch versorgt werden.«

»Das werden sie, wenn die Zeit dafür reif ist.«

»Und wann wäre das für Sie?«

Homberg atmete durch. »Wenn morgen unsere Gäste eintreffen werden und die Show beginnt. Bis dahin werden Sie sich um sie kümmern. Sie sind doch in gewissem Sinne Medizinerin. Tun Sie einmal das Richtige.« Er entriss ihr die Handtasche, in der sich ihr Handy befand. Dann packte er sie, stieß sie zu den Kindern in den Raum und verriegelte die Tür.

KAPITEL 50

Am nächsten Tag

Die Nacht war kurz gewesen. Bereits am frühen Morgen waren die Ermittler wieder zusammengekommen, um weitere Details zu besprechen. Ein langer Samstag lag vor ihnen, der in der Hauptsache aus der Überwachung und Beobachtung des besagten Mietshauses bestand. Gegen neun Uhr nahmen Chris, Rokko und Hartfels vor dem Gebäude Stellung ein. Rokko hatte den Koffer mit der Fotoausrüstung im Fußraum des Wagens deponiert. Hartfels saß auf der Rückbank und tippte auf den Laptop ein, auf dem eine direkte Verbindung zu Bartels auf dem Präsidium eingerichtet war.

»Dort steht Petrows Wagen«, sagte Rokko. Er schraubte ein wuchtiges Objektiv auf die Kamera und begann Fotos zu schießen.

»Woher weißt du, dass es seiner ist?«

Rokko grinste. »Als ich seinen Namen überprüft habe, kam ein Bußgeldbescheid wegen zu schnellen Fahrens zutage. Es sind wohl doch die kleinen Sünden, die einem zum Verhängnis werden.«

»Ich kann mir kaum vorstellen, dass er in der jetzigen Situation das Risiko eingeht, sich hier blicken zu lassen.«

»Vielleicht ist einer seiner Leute mit dem Wagen unterwegs.«

Chris schüttelte den Kopf. »Irgendetwas sagt mir, dass hier was faul ist.«

»Du und deine Eingebungen.«

Chris ließ seinen Blick durch die Straße gleiten. »Ich sehe hier nirgendwo ein Graffiti.«

»Das muss nichts heißen«, sagte Hartfels hinter ihnen. »Da dieses Symbol an jedem der Tatorte hinterlassen wurde, ist man sicher auf ein dezenteres Zeichen umgeschwenkt. Das kann alles Mögliche sein – eine leere Colaflasche neben einem Mülleimer, ein Schal an einer Laterne ...«

»Na toll«, meinte Chris. »Langsam komme ich mir vor wie in einem dieser alten Agentenfilme. Tote Briefkästen und dunkle Parkhäuser.«

»Das trifft es ziemlich genau«, erwiderte Hartfels. »Im digitalen Überwachungszeitalter finden solche analogen Austauschverfahren wieder regen Zuspruch.«

»Und was jetzt? Wir brauchen einen Anhaltspunkt, einen konkreten Verdacht, sonst sind uns die Hände gebunden.«

Chris drehte sich um, als hinter ihm die Tür geöffnet wurde und ein eisiger Wind ins Innere drang.

»Wo wollen Sie hin?«, fragte er Hartfels, die schon halb ausgestiegen war.

»Nach Anhaltspunkten suchen«, erwiderte sie. »Ich denke, ich bin am ehesten qualifiziert dafür.«

Chris und Rokko beobachteten aus dem Wagen heraus, wie sie in Richtung des Mietshauses ging.

»Man muss sie einfach lieben«, konnte sich Rokko eine Bemerkung nicht verkneifen.

Die beiden beobachteten, wie sie vor der Tür stehen blieb und die Namen auf den Klingelschildern studierte. Dann spähte sie durch den Glaseinlass ins Treppenhaus. Kurz darauf verschwand sie zwischen der Häuserzeile. Es dauerte einige Minuten, ehe sie wieder auftauchte. Sie verharrte kurz und ließ ihren Blick über die Straße gleiten. Schließlich kehrte sie zurück zum Auto.

»Es gibt nur ein Klingelschild, auf dem kein Name steht«, startete sie ihren Bericht, als sie wieder im Wagen saß. »Durch die Tür konnte ich erkennen, dass vor einer der beiden unteren Wohnungen ein paar Turnschuhe ohne Schnürsenkel stehen.«

»Und?«, fragte Chris.

»Das ist ein typisches Erkennungszeichen unter Pädophilen.«

»Ja, es könnte aber auch einfach nur ein Hinweis auf einen Anwohner mit Schweißfüßen sein«, erwiderte Rokko.

Hartfels ignorierte seinen Zynismus. »Auf der Rückseite konnte ich erkennen, dass die Fenster zum Balkon blickdicht verhangen sind, was bei keiner der anderen Wohnungen der Fall ist. An der Straße konnte ich nichts Auffälliges erkennen. Eventuell bedient Petrow einen festen Kundenkreis, dem die Wohnung als Treffpunkt bekannt ist.«

»Wozu dann der Hinweis mit den Schuhen?«

Hartfels zuckte mit den Schultern. »Macht der Gewohnheit.«

Chris seufzte und betrachtete sie im Rückspiegel. »Das ist mehr als vage. Jeder Richter würde ein Vorgehen aufgrund dieser Sachlage als einen schlechten Witz abtun, egal, was wir in dieser Wohnung finden würden.«

»Was haben Sie erwartet? Ein Schild mit der Aufschrift: *Pädophilentreff*?«

»Eigentlich hatte ich gehofft, dass dieses Symbol hier irgendwo auftaucht. Dann hätten wir einen direkten Bezug zu den Morden.«

»Und was sollen wir jetzt machen?«, fragte Rokko.

Chris betrachtete nachdenklich den Eingang des Hauses. »Na schön«, sagte er schließlich. »Wir werden Folgendes tun.«

KAPITEL 51

Marina Hoffmann schlug die Augen auf. Beinahe im selben Moment holte sie die Erinnerung ein, jagte ihr einen kalten Schauer durch ihre Glieder und vertrieb sämtliche Müdigkeit. Um ein Haar wäre sie von der Matratze aufgesprungen, doch dann bemerkte sie den kleinen Körper, der sich an ihren schmiegte. Sie spürte die Wärme und den gleichmäßigen Rhythmus des Atems. Sachte streifte ihre Hand über den Kopf des Kindes und ertastete stramm gebundene Zöpfe.

Janika.

Der Name war alles, was sie von ihr wusste. Sie hatte ihn von Samuel, dem älteren Jungen erfahren. Er war der Einzige, der ein wenig deutsch sprach. An die Namen der beiden anderen Kinder konnte sie sich nicht mehr erinnern. Samuel hatte ihr stellvertretend für die anderen seine Geschichte erzählt. Bis vor zwei Jahren hatte er mit seinen Eltern und seinen fünf Geschwistern in seiner Heimat auf dem Land gelebt. Dann kamen eines Tages diese Männer und haben ihn abgeholt. Aus dem Auto heraus hat er gesehen, wie sein Vater ein Papier unterschrieben hat. Anschließend sind die Männer mit ihm weggefahren. Zusammen mit anderen Kindern sei er dann nach Deutschland gebracht worden. Man habe sie mit Medikamenten ruhiggestellt. Manche auch mit Drogen. Mehr wollte er nicht erzählen, schüttelte auf weitere Fragen nur den Kopf und schwieg. Dann war er aufgestanden und hatte das Licht in dem Raum ausgeschaltet. Wie auf Kommando hatten sich die anderen Kinder auf die Matratzen verteilt. Marina Hoffmann hatte sich zu ihnen gelegt, und irgendwann war sie eingeschlafen.

Die Dunkelheit in dem Raum nahm ihr jegliches Zeitgefühl. Nur der schmale Lichtspalt unter der Tür zeigte ihr, dass es bereits Tag war. Aus dem Raum dahinter hörte sie

Geräusche. Kurz darauf wurde die Tür geöffnet und das Licht eingeschaltet.

Homberg schob einen Servierwagen in den Raum. Das Geschirr darauf klapperte, als die Rollen über die Türschwelle fuhren. Durch das grelle Licht der Deckenstrahler erkannte Marina Hoffmann einen großen Korb mit frischem Toast, mehrere Sorten Marmelade und Honig.

»Guten Morgen«, begrüßte sie Homberg gutgelaunt. »Zeit für eine Stärkung. Für die Kinder habe ich eine Kanne Kakao zubereitet. Ich denke Ihnen ist mehr nach einem Kaffee zumute.« Er deutete auf eine Thermoskanne aus Edelstahl. »Sie dürfen sich auch gerne im Bad etwas frischmachen.«

Sie setzte sich auf und blinzelte gegen das Licht. »Ihre Fürsorge rührt mich zu Tränen«, erwiderte sie spitzzüngig. »Ehrlich gesagt wäre es mir lieber, Sie sagen mir, was sie vorhaben.«

»Alles zu seiner Zeit«, erwiderte Homberg mit einem Lächeln und schenkte Kakao aus.

Sie betrachtete die Kinder, die verschlafen dreinblickten. Janika umschlang ihr Stofftier – einen Hund mit Schlappohren – und gähnte benommen. Nur Samuel schien bereits hellwach zu sein. Er war verschreckt aufgesprungen, als sich die Tür geöffnet hatte.

»Lassen Sie wenigstens die Kinder frei.«

Homberg stellte die Glaskaraffe ab und verteilte die gefüllten Becher. »Und wohin sollen sie gehen?«, fragte er. »Diese Kinder haben kein Zuhause mehr; keinen Ort, an den sie zurückkehren oder flüchten könnten. In ein Heim wird man sie noch früh genug stecken.«

»Dort würde man sich wenigstens um sie kümmern.«

»Zuerst werden sie eine Erfahrung machen, die es ihnen erleichtern wird, mit alldem fertig zu werden.«

»Und was für eine Erfahrung soll das sein?«

»Genugtuung.« Er sah auf die Kinder herab, bis sein

Blick auf Samuel haften blieb. »Ich werde ihnen die Möglichkeit bieten, ihre Peiniger bloßzustellen.«

»Und das halten Sie für eine gute Idee?«

»Ich halte es für gerecht.«

»Für die Kinder oder für Sie?«

Er verharrte einen Moment. »Entschuldigen Sie mich bitte«, meinte er und kehrte ihr den Rücken. »Ich habe noch eine Menge vorzubereiten.«

»Warum bin ich wirklich hier?«

Auf der Türschwelle drehte er sich zu ihr um. »Ihre Kontakte zur Polizei könnten sich als hilfreich erweisen.«

Sie runzelte die Stirn. »Sind Sie deshalb in meiner Praxis aufgetaucht? Weil Sie wollten, dass ich Verdacht schöpfe und zur Polizei gehe?«

»Mir war von Anfang an klar, dass Sie das nicht freiwillig tun würden. Vielleicht brauchte ich eine Bestätigung, dass Sie aus Ihrem Schicksal nicht das Geringste gelernt haben und auch weiterhin der Ansicht sind, man könne Pädophile therapieren. In ihrer Praxis sagen diese Leute Ihnen, was Sie hören wollen, wenn sie sich einen Vorteil davon versprechen. Ich will Ihnen zeigen, was wirklich hinter der Fassade steckt, die sie anderen gegenüber aufbauen.«

»Menschen mit einer fehlerhaften Veranlagung, für die sie letztendlich nichts können?«

Homberg atmete durch. »Sie haben es sich vielleicht nicht aussuchen können«, sagte er, »aber sie tragen wie jeder andere die Verantwortung für ihr Handeln. Aber dadurch, dass dieses Thema vielen zu unbequem ist, und deswegen totgeschwiegen und tabuisiert wird, kommen solche Menschen immer wieder davon. Wie sonst ist es zu erklären, dass mitten in einem Wohngebiet ein Kinderbordell betrieben werden kann, ohne dass jemand etwas davon mitbekommen haben will? Ich möchte wetten, den meisten hier im Haus ist schon einmal aufgefallen, dass in dieser Wohnung ungewöhnlich viele Kinder mit fremden Männern ein- und ausgehen. Dennoch betreiben diese Kerle weiterhin ihr schmutziges Geschäft, weil jeder nur die Nase über dieses Thema rümpft und wegsieht.«

»Das mag auch daran liegen, dass solche Anschuldigungen sehr schwerwiegend sind und nicht leichtfertig ausgesprochen werden sollten«, entgegnete Marina Hoffmann. »Das erhöht die Hemmschwelle der Leute. Für viele ist es einfach schwer vorstellbar, dass so etwas vor ihrer Tür passiert.«

»Dann ist es dringend an der Zeit, dass ihnen jemand die Augen öffnet.«

Er schloss die Tür und verriegelte sie.

KAPITEL 52

»Können Sie mich hören?«, sprach Chris in das Funkgerät.

»Positiv«, drang Hartfels' Stimme aus dem Lautsprecher. Etwa zwanzig Minuten hatte sie draußen warten müssen, bis endlich jemand das Mietshaus verlassen hatte und sie durch die Tür ins Treppenhaus gelangt war.

»Wie ist Ihre Position?«

»Ich befinde mich auf der Treppe zum Untergeschoss. Von hier aus habe ich die Tür zur Wohnung im Blickfeld.«

»Gut. Wir melden uns, wenn sich etwas tun sollte.«

Chris klappte den tragbaren Computer auf und startete ein Programm, das die Kamera mit dem Laptop verband. »Na schön«, meinte er an Rokko auf dem Beifahrersitz gerichtet. »Jetzt heißt es abwarten.«

In den folgenden Stunden fotografierten sie jeden, der das Mietshaus betrat. Vorher informierten sie Hartfels über Funk. Aus ihrem Versteck heraus beobachtete sie, ob die besagte Person die Wohnung betrat, und machte Meldung.

Vier Mal fiel diese positiv aus. Chris sendete die Fotos der Männer an Bartels, der sie durch die Gesichtserkennungssoftware des BKA leitete. Drei der vier Männer konnten sie auf diese Weise identifizieren. Alle waren wegen des Besitzes von kinderpornografischen Inhalten vorbestraft. Bei einem lag eine ältere Anzeige wegen sexuellen Übergriffs auf einen Minderjährigen vor, die aber wegen mangelnder Beweise nie bis vor Gericht gelangt war.

»Drei von vier«, meinte Rokko und senkte die Kamera auf seine Knie. »Damit dürfte bewiesen sein, dass es sich da drin nicht um ein Klassentreffen handelt.«

Chris klickte die Aufnahmen der Personen durch. Alle waren Männer im mittleren Alter. Bei dem letzten Bild verharrte er. »Den Kerl hab ich schon irgendwo gesehen.«

Rokko beugte sich zu ihm herüber und betrachtete die Aufnahme des Mannes, von dem es keine Erkennungsdaten gab. Er hatte lichtes Haar und markante Gesichtszüge, die ein wenig an den US-amerikanischen Schauspieler John Malkovich erinnerten.

Rokko schüttelte den Kopf. »Sagt mir gar nichts. Was ist mit den anderen? Ihre Vorgeschichte spricht für sich selbst. Oder hältst du das etwa für einen Zufall?«

»Sicher nicht.«

»Worauf wartest du dann noch?«

Chris zögerte. »Das reicht als Tatverdacht nicht aus. Es könnte sich immerhin auch um das Treffen einer privaten Selbsthilfegruppe oder dergleichen handeln.«

»So was wie die anonymen Kinderschänder? Ist das dein Ernst?«

»Ich habe mir die Vorschriften nicht ausgedacht. Aber sie sind nun mal so.«

»Und was machen wir dann hier? Wozu das alles?«

»Wir müssen weiter abwarten.«

»Warten auf was? Da drin werden vielleicht gerade Kinder missbraucht, Herrgott!«

»Vielleicht taucht Homberg hier auf. Dann haben wir

einen Grund einzugreifen.«

Eine Gruppe junger Leute zog grölend an ihnen vorbei. Sie trugen Filzhüte auf dem Kopf und waren mit knielangen Lederhosen bekleidet. Sie winkten ihnen mit ihren Bierdosen zu und zogen weiter die Straße entlang in Richtung Innenstadt, wo an diesem Wochenende ein Oktoberfest stattfand.

»Ich hätte große Lust, mich denen anzuschließen«, meinte Rokko verärgert. »Das hier ist doch Zeitverschwendung.«

Das Funkgerät knackste. »Sind bei Ihnen hier alle schon mittags betrunken?«, ertönte Hartfels Stimme.

Chris betätigte die Sprechtaste. »Waren Sie nie jung?«, fragte er zornig zurück. »Das nennt man *Spaß haben*. Googeln Sie's im Internet!« Er knallte das Funkgerät zurück in die Halterung. »Na schön«, meinte er angespannt und griff nach seinem Handy. »Ich informiere Deckert. Mal hören, was er dazu sagt.« Er war gerade im Begriff, die Nummer seines Vorgesetzten in seinen Kontaktdaten zu suchen, als Rokko ihn bremste.

»Warte!«

Chris betrachtete ihn fragend. »Du hattest es doch gerade so eilig.«

Rokko reagierte nicht auf ihn. Er hob die Kamera und schoss mehrere Bilder von einem schlanken Mann mit graumelierten Haaren, der aus einer der Seitenstraßen gekommen war und auf das Haus zuging. »Das glaub ich einfach nicht!«

»Was ist?«, fragte Chris.

»Funk Hartfels an, schnell!«

Chris legte das Handy weg und griff hastig nach dem Funkgerät. »Eine weitere männliche Person nähert sich dem Gebäude«, gab er durch.

Hartfels bestätigte.

Chris sah gerade noch, wie der Mann im Eingang verschwand. »Ich konnte ihn nur von hinten sehen. Hast du sein Gesicht drauf?«

Rokko senkte langsam die Kamera. »Ja, hab ich. Aber in dem Fall können wir uns eine Überprüfung ersparen. Sieh selbst.«

In diesem Moment tauchten die Aufnahmen auf dem Bildschirm des Computers auf. Chris starrte wie versteinert auf das Gesicht des Mannes. Er vergrößerte den Ausschnitt, um ganz sicher zu gehen.

»Verdammte Scheiße.« Er hob das Funkgerät an und betätigte die Sprechtaste. »Hat der Mann die Wohnung betreten?«

Es dauerte einige Sekunden, bis Hartfels antwortete: »Positiv!«

Chris ließ sich in den Sitz zurückfallen und fuhr sich mit der Hand durch die Haare. »Jetzt haben wir ein Problem.«

»Ja«, gab Rokko ihm recht. »Unter diesen Umständen können wir von Glück sagen, dass die Observation nicht offiziell ist, sonst würden wir eine leere Wohnung beobachten.«

Chris atmete durch, während er weiterhin das Bild von Richter Helmut Faber betrachtete.

KAPITEL 53

Helmut Faber war vierundfünfzig Jahre, ernährte sich vegetarisch, trieb regelmäßig Sport, rauchte nicht und trank nur gelegentlich ein Glas Rotwein zum Essen. Beruflich wie privat war er ein Mann, für den Selbstdisziplin ein fester Bestandteil seiner Biografie war. Er lebte nach eisernen Regeln und strebte stets nach Kontrolle. Aber da war eine Sache, die er nicht kontrollieren konnte. Dieses Verlangen, das ihn seit seiner Jugend verfolgte und ihn dazu trieb, ein zweites Leben im Untergrund zu führen. Schon oft hatte er versucht, diesen Teil seines Lebens zu beenden. Doch die Versuchung, im Internet nach Bildern zu suchen, war einfach zu groß gewesen. Und irgendwann hatte ihm das nicht mehr ausgereicht. Er hatte eine moralische Grenze überschritten. Und von da an gab es kein zurück mehr. Niemand wusste das besser als er. Anfangs hatte er sich selbst dafür gehasst. Doch mit der Zeit hatte er akzeptiert, wer er war. Die Tatsache, dass es auch andere mit seiner Neigung gab, hatte ihm dabei geholfen. Unter seinesgleichen fiel es ihm leichter, Hemmungen abzulegen und diese Neigung auszuleben. Er fing an, Spaß daran zu finden, stumpfte mehr und mehr ab, bis der Drang schließlich zur Sucht geworden war, für die er immer größere Risiken auf sich nahm. Dabei war es von Vorteil gewesen, dass er in der oberen Etage der Staatsgewalt saß. Schließlich wurde er als zuständiger Richter am Oberlandesgericht Koblenz über entsprechende polizeiliche Maßnahmen und Untersuchungen informiert. Und diesen Umstand wussten auch Petrow und seine Leute zu schätzen.
Doch dann begannen die Morde.
Jemand hielt sich nicht an die Regeln und durchbrach somit diese Schutzzone. Und dieser jemand war offenbar ein Insider. Zwei der Toten kannte Faber aus der Szene. Und dann war da noch dieses Mädchen, Lea, das plötzlich

verschwunden war. Sie kannte sein Gesicht, und es war nur eine Frage der Zeit, bis auch sein Name auf einer Liste stand oder die Polizei durch ihre Ermittlungen auf ihn stieß. Faber verlor die Kontrolle, und er hasste es, wenn das geschah. Er übte Druck auf Petrow aus, drohte auszusteigen und seine Verbindungen zu kappen, sollte er die Sache nicht regeln. Doch zunächst schien es so, als wollte Petrow nur sich selbst schützen, indem er diesen minderbemittelten Junkie ausschaltete. Faber wurde ungeduldig. Am Abend zuvor hatte er dann den Anruf erhalten: Petrow hatte das Mädchen aufgespürt und in seine Gewalt gebracht. Seit Langem wieder eine gute Nachricht. Doch die Freude darüber war nur von kurzer Dauer gewesen, nachdem er am Morgen mit dem Staatsanwalt gesprochen hatte. Die Ermittlungen verdichteten sich um eine gewisse Person, und man stünde kurz vor einer Verhaftung. Er konnte nicht riskieren, dass der Kerl womöglich seinen Namen über das Mädchen kannte. Den ganzen Vormittag über hatte er versucht, Petrow zu erreichen, doch es meldete sich nur die Mailbox. Offensichtlich hatte er eine lange Nacht hinter sich. Unter diesen Umständen wollte Faber dem geplanten Treffen eigentlich fernbleiben, doch er brauchte die Gewissheit, dass die Sache erledigt war. Und nebenbei ließ sich dieser Besuch auch damit verbinden, sein Verlangen zu stillen und ein wenig Stress abzubauen.

Er klingelte und gab über die Sprechanlage das Passwort durch: »Kindergeburtstag«. Die Tür stand bereits einen Spalt weit offen, als Faber die Wohnung betrat. »Petrow!«, rief er, nachdem er eingetreten war. »Ich weiß, dass Sie da sind, ich habe Ihren Wagen draußen stehen sehen. Was sollen die verdammten Schuhe vor der Tür? Wollen Sie unbedingt die Polizei auf uns hetzen?« Nachdem er keine Antwort erhalten hatte, ging er weiter den Flur entlang. Die Zimmertüren waren geschlossen. Aber von weiter hinten hörte er Geräusche.

»Petrow?«

Er betrat den Aufenthaltsbereich – und erstarrte auf der Stelle. »Was zum Teufel ...?«, keuchte er. Dann spürte er einen Stich. Er griff sich seitlich an den Hals und fuhr erschrocken herum.

Vor ihm stand ein Mann mit kahlgeschorenem Kopf und richtete eine Waffe auf ihn. »Das wurde aber auch Zeit, *Euer Ehren*«, sagte er mit einprägsamer Stimme. »Ich dachte schon, ich hätte Sie verschreckt.«

Entsetzt starrte Faber auf die Spritze, die der Mann in der Hand hielt.

»Keine Sorge«, meinte der. »Das ist nur das Mittel, das Sie auch den Kindern geben, um sie ruhig zu stellen. Sie werden sich ein wenig benommen fühlen, aber alles mitbekommen, was ich mit Ihnen vorhabe.«

Er taumelte einige Schritte zurück, als die Kraft aus seinen Beinen wich. »Wer sind Sie?«

»Ich denke, das wissen Sie sehr gut«, sagte der Mann und trat auf ihn zu. »Ich bin Ihr Todesengel.«

Faber stützte sich an einem Tisch ab – doch seine Hand zuckte augenblicklich zurück, als hätte er einen Stromschlag erhalten. Entsetzt blickte er auf den toten Körper, der darauf gebettet lag wie auf einem Altar.

»Ja, sehen Sie ruhig hin«, sagte der Kahlkopf. »Sie sind für ihren Tod mitverantwortlich. Und ich bin hier, um die Rechnung zu begleichen.«

»Großer ... Gott«, stammelte Faber. Dann gaben seine Knie endgültig nach, und er sackte auf die Couch, auf der bereits vier gefesselte Männer saßen.

KAPITEL 54

Chris hatte Hartfels zurückbeordert. Sie saß im Auto und lauschte den Erklärungen, die er und Rokko ihr unterbreiteten.

»Es ist durchaus nicht ungewöhnlich, dass sich Männer in einflussreichen Positionen in dieser Szene bewegen«, meinte sie, nachdem die beiden mit ihren Ausführungen fertig waren. »Macht war schon immer ein bevorzugtes Mittel, um die eigenen Fehler zu vertuschen. Und wenn der Kerl der zuständige Richter in diesem Fall ist, sollte Ihr weiteres Vorgehen wasserdicht sein. Er hat genug Strippen, an denen er ziehen kann.«

»Ja, und wir wissen nicht, wem wir noch trauen können«, fügte Rokko hinzu und zog einen Streifen Kaugummi aus seiner Jackentasche, worauf er sich sofort einen strengen Blick von Hartfels zuzog. Er seufzte und ließ den Streifen wieder verschwinden.

»Ich glaube kaum, dass Faber die gesamte Staatsanwaltschaft beeinflussen kann«, hielt Chris dagegen. »Nur weil er Richter ist, steht er nicht über dem Gesetz.«

»Sie sollten sich auf das Wesentliche konzentrieren«, ging Hartfels dazwischen.

»Und das wäre?«

»Wir wissen, dass sich mindestens fünf Personen in dieser Wohnung aufhalten, zwei davon seit über drei Stunden. Aber es ist seitdem niemand mehr herausgekommen.«

Chris drehte sich zu ihr herum. »Sie meinen, jemand hält sie dort drinnen fest?«

Sie nickte. »Wäre doch möglich, dass Homberg sich längst in der Wohnung verschanzt hat. Wenn wir von diesem Treffpunkt wissen, tut er es sicher auch.«

»Und nun wartet er in aller Ruhe darauf, dass ihm seine Opfer in die Falle gehen«, ergänzte Rokko. »In dem Fall dürfte Faber nichts dagegen haben, wenn wir ihm den

Arsch retten.«

»Ja, nur haben wir auch dafür keine Beweise.«

»Mehr als das werden wir nicht kriegen«, sagte Rokko. »Es sei denn, wir warten, bis das Ganze eskaliert.«

Chris betrachtete die Aufnahme von Faber, die noch immer den Bildschirm des Rechners füllte. Ihm blieben zwei Möglichkeiten: Sie konnten weiter abwarten und sich einreden, alles rechtlich Mögliche getan zu haben. Oder er verständigte das Präsidium und brachte damit eine Maschinerie in Gang, die im schlimmsten Fall seine Karriere ruinierte.

In diesem Moment erhielt er einen Anruf, der ihm diese Entscheidung abnahm. Auf dem Display seines Handys wurde Marina Hoffmanns Nummer angezeigt.

KAPITEL 55

Den gesamten Vormittag über hatte sie Geräusche durch die geschlossene Tür gehört. Beunruhigende Geräusche. Zunächst hatte es sich angehört, als würde Homberg Möbel verrücken. Dann erklang das Surren eines Akkuschraubers. Dazwischen immer wieder ein Knipsen, wie von einer Zange, die Kabel durchtrennt. Offenbar schien er an etwas zu arbeiten.

Dann waren Männer gekommen. Fünfmal hatte sie die Türklingel gehört. Und fünfmal war der Ablauf annähernd derselbe gewesen: Jemand hatte die Wohnung betreten, dann aufgebrachte Stimmen, ein kurzes Handgemenge, Poltern.

Die Kinder registrierten all das regungslos. Erst als Homberg die Tür öffnete, fuhren sie hoch und stellten sich wie Soldaten in Reihe auf. Bedingungslose Gehorsamkeit gegenüber ihren Peinigern.

»Ihr Auftritt, Doc«, sagte Homberg und winkte sie mit der Waffe zu sich.

»Was ist mit den Kindern?«

»Sie haben noch etwas Zeit. Es wird ihnen nichts geschehen, das verspreche ich Ihnen.«

Zögerlich trat sie aus der Tür. Als sich ihr die Leiche auf dem Tisch offenbarte, fuhr sie zusammen. »Was haben Sie getan?«

»Sie trauen mir so etwas zu?« Er schnaufte verächtlich. »Meine Mission ist es, so etwas zu verhindern. Anscheinend wollen Sie das nicht begreifen. Diese Schweine sind dafür verantwortlich!« Er deutete mit der Waffe auf die fünf Männer, die nebeneinander auf der Wohnlandschaft saßen. Sie waren allesamt nackt bis auf die Unterhose. Ihre Hände waren auf den Rücken gefesselt, und um ihre Körper herum waren seltsame Vorrichtungen mit Kabeln angebracht.

»Es sind Männer wie diese da, die für das Schicksal unzähliger Kinder wie Lea verantwortlich sind«, fuhr Homberg fort. »Ich konnte sie nicht vor ihnen beschützen. Aber ich will, dass diese Bastarde sehen, was sie mit ihrer Neigung anrichten.«

»Sie meinen Julia, nicht wahr? Julia Hanusch.« Sie erinnerte sich, dass Bertram diesen Namen in Bezug auf Hombergs minderjährige Begleiterin erwähnt hatte.

Hombergs Augen trübten sich, als er die Leiche betrachtete. »Für mich wird sie immer Lea bleiben.«

Einer der Männer begann zu schluchzen.

Homberg trat wütend auf ihn zu und richtete die Pistole auf ihn. »Wage es ja nicht, auch nur eine Träne wegen ihr zu vergießen«, schrie er. »Dazu hast du kein Recht!« Er bückte sich und griff in die Tasche am Boden. Kurz darauf hielt er einen kleinen Kasten in der Hand, der aussah wie eine überdimensionierte Fernbedienung. Er betätigte einen Drehknopf daran. Etliche der Tasten darauf begannen zu leuchten. »Oder willst du, dass ich einen der Knöpfe hier drücke?«

Der Mann schüttelte energisch den Kopf und riss sich zusammen.

»Was ... was ist das?«, fragte Marina Hoffmann ängstlich und deutete auf den Kasten in Hombergs Hand.

»Etwas, das diesen Männern schlecht bekommen wird, sollten sie nicht tun, was ich ihnen sage.«

Sie schielte den Flur entlang in Richtung Ausgang und schätzte die Entfernung ab. Sechs, vielleicht sieben Meter bis zu Wohnungstür. Bis zum Balkon erschien es ihr kürzer.

»Daran sollten Sie lieber nicht denken«, warnte Homberg. »Wenn Sie versuchen sollten, zu fliehen, sind diese Männer tot.«

»Keine Sorge«, meinte sie. »Ohne die Kinder werde ich nirgendwo hingehen.«

Homberg lächelte. »Sie scheinen zu lernen.«

»Und Sie sollten das alles noch einmal überdenken. Die Polizei weiß von diesem Treffen. Ich war selbst bei der Besprechung anwesend, und vermutlich wird diese Wohnung bereits überwacht.«

»Sie sprechen von den beiden Kerlen und der Frau, die schon den ganzen Vormittag vor dem Haus herumlungern?« Zu ihrer Überraschung grinste er. »Das trifft sich gut, denn das erspart mir Zeit und unnötige Erklärungen.«

»Sparen Sie sich lieber Ihre Spielchen und tun Sie es endlich.« Es war Richter Fabers Stimme. Er saß am gegenüberliegenden Ende der Reihe. Das Beruhigungsmittel schien seine Wirkung zu verlieren. »Drücken Sie den verdammten Knopf, damit wir es hinter uns haben!«

»Nicht so schnell, Euer Ehren.« Homberg ging zur anderen Seite und beugte sich zu Faber herab. »Zuerst kommt der Prozess, dann das Urteil, das sollten gerade Sie wissen.« Seine Gesichtszüge verhärteten sich. »Sie werden sich gefälligst damit abfinden, dass *ich* heute auf dem Richterstuhl sitze. Und wenn Sie nicht tun, was ich gleich von Ihnen verlangen werde, dann könnte das äußerst qualvoll für Sie werden. Sie sollten sich also gut überlegen, auf welche Weise Sie abtreten wollen: kopf- oder würdelos.« Er sah auf den goldenen Ehering an Fabers Hand. »Außerdem wäre da noch Ihre Frau, die ich mir als Nächstes vorknöpfen könnte, sollten Sie sich mir verweigern. So läuft das Spielchen doch bei euch, nicht wahr?«

Faber sah ihm in die Augen. »Sie verdammter ...« Er schluckte den Begriff herunter, der ihm in den Sinn kam. Unruhig sah er auf die Schnüre, die um seine Gliedmaßen gewickelt waren. »Woher haben Sie eigentlich all dieses Zeug?«

Homberg grinste. »Das Darknet ist nicht nur ein Tummelplatz für Perverse.«

»Ihnen ist hoffentlich klar, dass Sie damit nicht durchkommen werden. Oder glauben Sie ernsthaft, die werden Sie anschließend einfach hier rausmarschieren lassen.«

»Wer sagt denn, dass ich das will? Im Gegensatz zu euch feigen Schweinen habe ich nicht vor, mich meiner Verantwortung zu entziehen. Und dieses Mal werdet ihr das auch nicht!«

Er legte die Fernbedienung beiseite und bückte sich erneut nach der Tasche. Dieses Mal kamen ein Laptop, ein mobiler Drucker und eine Packung Reißzwecken daraus zum Vorschein. Dann griff er nach Marina Hoffmanns Handtasche und warf sie ihr vor die Füße. »Stehen Sie nicht tatenlos herum«, forderte er sie lautstark auf. »Ich will, dass Sie Ihre Freunde da draußen anrufen.«

KAPITEL 56

»Doktor Hoffmann?«, fragte Chris, nachdem er das Gespräch angenommen hatte.
»Ja.«
»Das ist jetzt gerade kein günstiger ...«
»Hören Sie mir einfach zu«, unterbrach sie ihn. »Ich befinde mich in der Wohnung, die Sie überwachen.«
»Was?« Chris fuhr wie elektrisiert zusammen. Geistesgegenwärtig schaltete er das Telefon auf Lautsprecher, sodass Rokko und Hartfels mithören konnten.
»Homberg hat mich gestern vor meinem Haus abgefangen und hierher gebracht. Offenbar ist er der Ansicht, er müsse mir etwas beweisen.«
»Geht es Ihnen gut?«
»Mir fehlt nichts. Es sind eher die anderen, um die ich mir Sorgen mache.«
»Sie reden von den fünf Männern, die die Wohnung betreten haben.«
»Ja. Und die Kinder.«
Die drei tauschten Blicke aus.
»Wie viele sind es?«
»Vier. Homberg hat zwar gesagt, er würde ihnen nichts tun, aber irgendetwas hat er vor. Ich vermute, er will mit dieser Aktion den Tod des Mädchens rächen.«
»Welches Mädchen?«
»Julia Hanusch. Ihre Leiche befindet sich hier in der Wohnung.«
Chris atmete durch. »Sind Sie allein?«
»Nein, Homberg hört mit. Er hat mich gebeten, Sie anzurufen und Ihnen die Situation zu schildern.«
»Er hat was?«, fragte Rokko.
»Ich soll Ihnen sagen, es befänden sich noch zwei weitere Personen in der Wohnung. Sie haben Schussverletzungen und werden verbluten, wenn Sie sich nicht beeilen.«

»Beeilen womit?«

Im Hintergrund waren plötzlich Schreie zu hören.

»Großer Gott, was tun Sie da?«, erklang Marina Hoffmanns Stimme.

Dann ein Knacken und Poltern. Weitere Schreie.

Chris bemerkte, wie die Hand, mit der er das Telefon hielt, zu zittern begann. »Doktor Hoffmann?«

»Von jetzt an sprechen Sie mit mir«, erklang eine markante männliche Stimme.

»Andreas Homberg?«

»Ja. Und wer sind Sie?«, kam es gereizt zurück.

»Oberkommissar Bertram.«

»Sind Sie der Verantwortliche?«

»Ja. Wo ist Doktor Hoffmann?«

»Sie steht hier neben mir. Es geht ihr gut. Sie hat nur ein Problem damit, das Richtige zu tun.«

»Und das wäre?«

»Dazu komme ich gleich. Zunächst hören Sie mir gut zu, Bertram. Ich will, dass Sie Verstärkung anfordern.«

Chris warf einen verblüfften Blick in die Runde. »Verstärkung?«

»Ja. Ich will, dass es hier nur so von Polizeiwagen wimmelt. Außerdem Feuerwehr, Rettungswagen, Pressevertreter und ein Kamerateam. Das volle Programm.«

»Das dürfte kein Problem sein«, erwiderte Chris.

»Und nicht zuletzt das Wichtigste«, fügte Homberg hinzu. »Jede Menge Schaulustige.«

»Unter den gegebenen Umständen weiß ich nicht, ob ich das verantworten kann.«

»Tja, das werden Sie müssen. Denn ich will, dass so viele Menschen wie möglich zu sehen bekommen, was Sie gleich sehen werden.«

Hombergs Stimme entfernte sich.

»Was in aller Welt hat er vor?«

»Da. Sehen Sie!« Hartfels deutete in Richtung der Haustür, die sich in diesem Moment öffnete.

»Verdammte Scheiße«, entfuhr es Rokko, der sofort damit begann, Fotos zu schießen. Zusammen mit Chris und Hartfels verfolgte er, wie fünf Männer mit Unterhosen bekleidet aus dem Haus kamen, die Hände auf den Rücken gefesselt. Um Hals und Gliedmaßen waren blau ummantelte Schnüre gewickelt, die jeweils an einen Infrarotsensor gekoppelt waren. Als die Männer den Gehweg zur Straße erreichten, stellten sie sich wie auf Befehl nebeneinander in einer Reihe auf. Einer von ihnen weinte jämmerlich. Ein anderer schaute beschämt zu Boden.

»Sie sollten jetzt ein paar Anrufe erledigen«, erklang Hombergs Stimme wieder aus dem Lautsprecher des Handys. »Ich will einen Menschenauflauf in dieser Straße sehen. Aber sollte sich jemand den Männern weiter als bis auf zehn Meter nähern, löse ich die Sprengladungen aus, und Sie können diese Schweine in Einzelteilen von der Straße kehren. Sie wissen, dass das keine leere Drohung ist!«

Die Verbindung wurde unterbrochen.

»Siehst du, was ich sehe?«, fragte Rokko, der eifrig Bilder machte.

Chris vergrößerte die Aufnahmen am Computer. »Er hat sie verkabelt. Dasselbe Vorgehen wie bei Reuter.«

»Was ist das da auf deren Brust?«, fragte Hartfels.

»Sieht aus wie eine Art Schild«, mutmaßte Chris. »Können wir das etwas größer haben?«

Rokko zoomte an einen der Männer heran und drückte den Auslöser. Kurz darauf erschien die Aufnahme auf dem Bildschirm.

»Allmählich wird mir klar, was Homberg mit dieser Darbietung bezwecken will«, sagte Chris, als er das DIN-A4-große Papier betrachtete, das den Bildschirm ausfüllte. Um die Reiszwecke herum, mit der es an der behaarten Brust des Mannes befestigt war, hatte sich der obere Rand blutrot verfärbt. Darunter prangten in fetten Großbuchstaben fünf Zeilen:

MEIN NAME IST
HELMUT FABER,
ICH BIN EIN
GEWISSENLOSER
KINDERSCHÄNDER!

»Er will sie bloßstellen. Und er will, dass die ganze Welt dabei zusieht.«

KAPITEL 57

Etwa zwei Stunden später säumten Dutzende von Polizei- und Einsatzfahrzeugen die Straße. Drei Krankenwagen und zwei Notärzte standen bereit. Wie von Homberg gefordert, hatte die Feuerwehr eine Sperrzone, die gleichzeitig auch einen gewissen Sicherheitsabstand bot, in einem Radius von etwa zehn Metern um die Männer errichtet. Chris hatte mit dem Leiter der Kampfmittelbeseitigung gesprochen, der ihm versicherte, das dieser Abstand ausreiche. Der geringe Durchmesser der Sprengschnüre deute auf eine relativ schwache Sprengkraft hin, die hauptsächlich auf die Körper der Männer einwirke, sodass keine direkte Gefahr für die Einsatzkräfte und die Schaulustigen bestünde. Letztere wurden stetig zahlreicher. Immer mehr Neugierige strömten in die Straße oder versammelten sich in den gegenüberliegenden Häusern an den Fenstern. Darunter befanden sich auch zunehmend Leute in bayrischen Trachten, die auf dem Weg in die Altstadt zum dortigen Oktoberfest waren. Viele machten mit ihren Smartphones Bilder und Videos von den fünf Männern, die sie in sozialen Netzwerken posteten. Auf diese Weise verbreitete sich die Neuigkeit rasend schnell. Zwei Pressewagen und das Kamerateam eines Nachrichtensenders waren mittlerweile vor Ort. Die Einsatzkräfte hatten alle Hände voll zu tun, das Chaos nicht ausufern zu lassen.

Chris stand noch immer bei den Leuten der zivilen Kampfmittelbeseitigung und sprach mit deren Einsatzleiter, einem Mann namens Frank Peters.

»Wäre es möglich, das Funksignal zu unterbrechen, um eine Zündung zu verhindern?«, übertönte Chris den Tumult im Hintergrund.

»Das könnten wir versuchen, aber es wäre nicht ratsam«, erwiderte Peters. Er war Ende dreißig, hatte kurzgeschorene Haare und ein Muttermal neben dem linken Nasenflügel. »Die Signalstärke wird am Auslösegerät angezeigt. Bricht sie ab, blinkt eine LED auf, und der Täter wäre vorgewarnt. Da sich noch mehr Geiseln in der Wohnung aufhalten, würde ich lieber davon abraten.«

Chris nickte zustimmend. »Danke. Halten Sie sich mit Ihren Männern weiterhin bereit.«

»Natürlich.«

Chris ging einige Meter an der Absperrung entlang, bis er Rokko und Hartfels erreicht hatte. Er schüttelte den Kopf. »Können wir vergessen. Was meint das SEK?«

»Dasselbe, was den Einsatz von Scharfschützen betrifft. Zu viele Leute. Außerdem ergibt sich durch die Bäume entlang der Parkstreifen vor dem Haus kein klares Schussbild. Die größte Chance, verhältnismäßig unbemerkt in die Wohnung einzudringen, wäre über den Balkon auf der Rückseite des Hauses. Allerdings birgt auch das ein hohes Risiko. Ich habe gerade mit der Zentrale gesprochen und Deckert informiert. Er ist auf dem Weg hierher.«

»Gut.« Chris beobachtete weitere Menschengruppen, die in die Straße strömten. »Langsam wird er hier ziemlich voll.«

»Ja«, stimmte Rokko ihm zu, »und es werden noch mehr

werden. Mittlerweile berichtet sogar das Fernsehen darüber. Du glaubst ja nicht, was die Geschichte im Netz für einen Wirbel ausgelöst hat.«

Großartig, dachte Chris. In diesem Moment sehnte er sich nach den Zeiten zurück, in denen eine Nachricht mindestens zwölf Stunden gebraucht hatte, um in Papierform an den Kiosken für Aufsehen zu sorgen. »Was ist mit der Verstärkung?«

»Ich habe alle verfügbaren Kräfte aus den umliegenden Dienststellen angefordert«, sagte Rokko. »Allerdings sind die meisten in der Altstadt auf dem Oktoberfest eingesetzt.«

»Dann lass sie dort abziehen. Sag denen, die Party findet hier statt.« Chris warf einen flehenden Blick auf Hartfels.

Die zuckte nur mit den Schultern. »Dieses Mal kann ich nichts für Sie tun, was die Sache beschleunigen könnte.«

Ein Halbstarker mit einem übergroßen grauen Filzhut rempelte sie an. Bierselig ließ er seinen Blick an ihr herabgleiten. »Hallo, schöne Frau«, säuselte er und grinste. »Mit dir würde ich gern mal 'ne Erfahrung machen.«

Hartfels drehte sich zu ihm. »Na mal sehen«, sagte sie und streifte ihre Jacke nach hinten, sodass das Holster an ihrem Gürtel zu sehen war. »Ich könnte dir mit meiner Dienstwaffe den Schwanz abschießen und ihn dir anschließend in den Arsch rammen, wenn dir das hilft.«

Der Halbstarke starrte sie mit großen Augen an. »Alles klar«, sagte er kleinlaut und hob abwehrend die Hände. »Schon verstanden.« Er wandte sich ab und eilte zu seiner Gruppe zurück.

»Langsam wächst sie mir ans Herz«, bemerkte Rokko und grinste.

Erneut ließ Chris seinen Blick über die stetig wachsende Anzahl von Schaulustigen gleiten. »Verdammt«, fluchte er. »Fehlt nur noch, dass die hier Bierbuden aufbauen. Wir sollten das schleunigst in den Griff kriegen.« Aus den Augenwinkeln heraus registrierte er die Ankunft eines

Fahrzeugs. Kurz darauf bahnte sich Kriminaldirektor Deckert einen Weg durch die Menge. Er sah dabei reichlich ungehalten aus.

»Was ist das hier für ein Auflauf?«, schrie er, als er Chris und die anderen erreicht hatte. »Warum ist der Bereich nicht großräumig abgesperrt?«

»Es war eine der Forderungen des Geiselnehmers«, erläuterte Chris. »Er will ein öffentliches Medienspektakel aus der Sache machen.«

Deckert sah sich missmutig um. »Tja, das ist ihm zweifelsohne gelungen. Was wissen wir über den Mann?«

»Sein Name ist Andreas Homberg.«

»Der Kerl, nach dem gefahndet wird?«

Chris nickte.

»Von wie vielen Geiseln reden wir?«

»Wir wissen von weiteren sieben Personen, die in der Wohnung festgehalten werden. Darunter befinden sich vier Kinder. Es ist aber nicht davon auszugehen, dass Homberg ihnen etwas antun wird. Seine Mission ist die Bestrafung der Täter. Ich habe vorsorglich das Jugendamt verständigt, die haben zwei ihrer Mitarbeiterinnen geschickt.«

»Haben Sie einen unserer Psychologen vor Ort?«

»Das ... das wird nicht nötig sein«, meinte Chris kleinlaut.

»Und weshalb nicht?«

»Doktor Hoffmann, unsere psychologische Beraterin in dem Fall, befindet sich unter den Geiseln.«

Deckert senkte die Augenbrauen. »Sie scheinen kein glückliches Händchen zu haben, was den Umgang mit Ihren Beratern betrifft.«

»In diesem Fall ist die Situation nicht mir zuzuschreiben. Homberg hat sie letzte Nacht in seine Gewalt gebracht.«

»Wie schätzen die Kollegen vom SEK die Sachlage ein?«

»Es ist so gut wie unmöglich, an Homberg heranzukommen, ohne dass er es bemerkt und den Auslöser drückt. Das sollte wirklich unsere letzte Option sein.«

»Und wie sehen die anderen Optionen aus?«

Chris strich sich übers Kinn. »Ich denke, es lag nie in Hombergs Absicht, sich einer Verhaftung zu entziehen.«

»Sie meinen, er wird sich freiwillig stellen, wenn er erreicht hat, was er will?«

»Wenn es ihm nur darum ginge, diese Männer zu töten, hätte er das längst getan. Er will ein Exempel statuieren, will der Öffentlichkeit zeigen, was sich hier im Verborgenen abspielt und die Verantwortlichen an den Pranger stellen. Danach wird er aufgeben.«

»Ja«, meinte Deckert skeptisch, »oder er drückt den Auslöser und schießt sich dann eine Kugel in den Kopf.«

»Sie unterschätzen Doktor Hoffmann. Sie wird alles unternehmen, um dies zu verhindern. Es könnte sich durchaus als Vorteil erweisen, dass Homberg sie festhält.«

Deckert sah zu den fünf Männern, die nach wie vor reglos auf dem Gehsteig verharrten. »Ist das tatsächlich Richter Faber, den ich dort sehe?«

»Ja. Es gibt begründeten Verdacht, dass er hier mehrfach Kinder missbraucht hat.«

»Heilige Scheiße«, fluchte Deckert. »Ich wollte es nicht glauben, als ich davon erfahren habe. Die Presse wird ein Riesenfass aufmachen. Wir dürfen uns in dieser Angelegenheit keine Fehler leisten.«

»Ich habe bereits eine Streife zu Fabers Haus geschickt und bei der Staatsanwaltschaft eine Beschlagnahmung aller Computer darin veranlasst. Ich bin mir sicher, darauf werden sich weitere Hinweise finden. Ich warte noch auf die Bestätigung.«

»Wozu dann die Streife?«

»Ich will vermeiden, dass in dem Fall irgendetwas vertuscht wird. Der Richter hat eine Menge einflussreicher Freunde.«

Deckert strich sich über die Stirnglatze. Ein sicheres Zeichen dafür, dass er angespannt war. »Sie haben recht, wir sollten auf Nummer sicher gehen. Diese Sache dürfte ohnehin kein gutes Licht auf uns werfen.«

»Das müssen wir in Kauf nehmen.« Chris ließ einige Sekunden verstreichen, bevor er fortfuhr. »Da wäre noch etwas«, meinte er. »Der Kollege Bartels hat die Identität eines weiteren Mannes feststellen können. Es handelt sich dabei um Gregor Siemes, der Dritte von links.«

Deckert betrachtete den Mann aus der Entfernung. »Sieht aus wie ein bekannter Schauspieler.«

»Er ist der Gründer eines großen Internetunternehmens, das einen Standort hier in Koblenz errichtet. Die Bauarbeiten für ein großes Logistikzentrum haben bereits vor zwei Monaten begonnen. Die Sache war tagelang in der Presse.«

»Das wird ja immer besser.«

Plötzlich hörten sie aufgebrachte Stimmen hinter sich. Als sie sich umdrehten, sahen sie eine Frau in gehobenem Alter, die sich durch die Schaulustigen zwängte und entgegen ihrer damenhaften Erscheinung dabei nicht zimperlich vorging. Sie war hochgewachsen und trug einen dunkelgrauen Hosenanzug, der ihre schlanke Figur betonte. Ihr makellos braunes Haar war hochgesteckt, und jede ihrer Bewegungen wirkte elegant.

»Verdammt«, fluchte Deckert. »Das hat uns gerade noch gefehlt.«

»Wer ist das?«, fragte Chris.

»Die Frau von Richter Faber.«

KAPITEL 58

Gemeinsam mit den Kindern stand Homberg neben dem Fenster zur Küche und verfolgte die Vorgänge auf der Straße. Dabei vermied er es, sich direkt ins Sichtfeld zu stellen und spähte stattdessen an den Vorhängen vorbei nach draußen. Das reichte aus, um seine Stimmung zu erhellen und ihm ein Lächeln auf die Lippen zu legen.

»Seht ihr«, meinte er, »diese Männer können euch nichts mehr tun. Es sind nur Witzfiguren.«

Samuel übersetzte, doch die Kinder zeigten keine Reaktion.

»Freut ihr euch denn gar nicht? Ihr seid in Sicherheit.«

»Sie sind bereits zu traumatisiert, um das zu begreifen«, sagte Marina Hoffmann, die hinter ihnen in der Tür stand.

»Reden Sie mit ihnen, sagen Sie ihnen, dass alles gut wird.«

»Ein paar Worte reichen nicht aus, um den Schaden zu begleichen, der bei diesen Kindern angerichtet wurde. Aber Gewalt ist sicher das am wenigsten geeignete Mittel dafür. Dieses Prinzip funktioniert nicht einmal bei Ihnen, nicht wahr?«

Er drehte sich zu ihr um. Sein Lächeln war verschwunden. »Es verläuft alles nach Plan.«

»Wie lange gedenken Sie, diese Männer da draußen noch zur Schau zu stellen?«

Homberg ließ den Vorhang zurückgleiten. »Sie wollen es einfach nicht verstehen, nicht wahr? Diese Männer sind nicht die Opfer.« Er deutete mit dem Auslöser auf die Kinder. »Sie sind es! Das da draußen sind keine zerschundenen Seelen, deren Ausreden für ihre Taten in einer schrecklichen Kindheit zu suchen sind. Es sind Männer mit geregelten Einkommen, in einflussreichen Positionen, die ihre Stellung und ihr Geld dazu missbrauchen, um ihre kranken Neigungen auszuleben. Dabei sind viele von denen nicht einmal pädophil veranlagt. Es geht ihnen einfach einer ab, wenn sie Macht über diese Kinder ausüben und sie quälen können. Ist Ihnen bewusst, dass mit Kinderhandel und Zwangsprostitution weltweit mehr Geld verdient wird als mit Waffen? Jedes kinderpornographische Bild, das diese Kerle im Internet herunterladen, fördert das Leid von Kindern wie diesen. Denn solange jemand bereit ist, für diesen Dreck zu bezahlen, wird es immer Leute geben, die diesen Umstand für ihre Zwecke ausnutzen. Die einzige Therapie, die diesen Mistkerlen Einhalt gebietet, ist die, sie für den Rest ihres Lebens zu brandmarken, damit jeder weiß, wer sie in Wahrheit sind.«

»Und was ist mit Ihnen?«, hielt Marina Hoffmann dagegen. »Sie versprechen diesen Kindern Genugtuung und machen sie zu Mitschuldigen, so wie Sie es mit Julia Hanusch gemacht haben. Hat das irgendetwas verbessert oder ungeschehen gemacht?«

»Hören Sie auf damit«, raunte Homberg.

»Sie sind mitverantwortlich für ihren Tod«, fuhr sie ungehindert fort. »Und das macht Sie letztendlich nicht besser als diese Männer da draußen. Vielleicht sind die Gründe, die Sie anfänglich zu diesem Feldzug veranlasst haben, gerechtfertigt. Aber sehen Sie sich jetzt an – Sie sind nur ein Abbild dessen, was Sie bekämpfen wollen. Es geht gar nicht mehr um die Sache. Da sind nur noch Rachsucht und Mordlust übrig. Im Grunde sind Sie ebenso triebgesteuert wie diese Männer da draußen. Das war vermutlich auch einer der Gründe, weshalb Sie zu mir in die Praxis gekommen sind, weil Sie bemerkt haben, wie ähnlich Ihr Antrieb denen dieser Männer gleicht. Also erlösen Sie sich endlich selbst, indem Sie aufgeben und diesem Spuk ein Ende bereiten.«

Homberg hielt sich die Ohren zu. »Sie sollen aufhören«, schrie er wie ein Besessener. »Es ist erst zu Ende, wenn alles getan ist!« Er drehte sich um und sah in die verstörten Gesichter der Kinder, die zu ihm aufblickten. »Hört nicht auf sie«, sagte er und sah dabei Samuel an. »Es wird alles gut, das verspreche ich euch. Wenn ihr gleich tut, was wir besprochen haben, wird man sich anschließend gut um euch kümmern.«

In diesem Moment klingelte Marina Hoffmanns Handy in seiner Hosentasche.

»Maria Faber steht hier neben mir«, erklang die Stimme des Oberkommissars. »Sie bittet um die Erlaubnis, zu ihrem Mann vortreten zu dürfen.«

Homberg spähte am Vorhang vorbei zu den Absperrgittern, hinter denen die Polizei damit beschäftigt war, Pressevertreter und Schaulustige auf Abstand zu halten. Dazwischen sah er Bertram, der mit dem Telefon am Ohr in seine Richtung blickte. Neben ihm stand eine Frau, die ihn mit ihren hochgesteckten Haaren knapp überragte.

Homberg überlegte einen Moment. »Lassen Sie sie durch. Das könnte interessant werden.«

KAPITEL 59

Helmut Faber zitterte am ganzen Körper. Aber es war nicht allein die kalte Luft, die ihm zu schaffen machte. Die Reißzwecke in seiner Brust schmerzte bei jedem Atemzug. Seine Fessel schnürte ihm das Blut ab, sodass er kein Gefühl mehr in den Händen hatte. Hinzu kam, dass er dringend urinieren musste. Er würde es sich nicht mehr lange verkneifen können. Auch die Tatsache, dass er von Hunderten von Menschen begafft wurde, würde daran nichts ändern können. Die Natur forderte ihren Tribut. Das hatte sie bei ihm schon immer getan. Seiner Veranlagung hatte er es zu verdanken, dass er hier vorgeführt wurde wie ein Gefangener. Er hatte die meiste Zeit seines Lebens auf der anderen Seite gestanden – dort, wo die Kontrolle ausgeübt wurde. Hier hatte er bald nicht einmal mehr die Kontrolle über seine Blase, was diesen schaulustigen Idioten sicher den Tag versüßen würde. Sie würden darüber lachen und weitergaffen. Und es würden noch mehr von ihnen kommen. Eine weitere Gesetzmäßigkeit der Natur.

Dann war da noch sein Nachbar – ein dicklicher Mann um die fünfzig, mit einer Körperbehaarung, mit der er sich ohne weiteres jedem Wolfsrudel hätte anschließen können. Ein ständiges Schluchzen unterstrich seine jämmerliche Erscheinung. Zwei Mal hatte er diesen Schwächling bereits ermahnt, er solle sich zusammenreißen. Aber offensichtlich war er der Meinung, er müsste ihre Situation noch peinlicher gestalten, als sie es ohnehin schon war. Das alles nervte Faber gewaltig, und eigentlich war er davon ausgegangen, dass es nicht noch schlimmer hätte kommen können. Doch nun sah er zu der Absperrung hinüber, die seine Ausgrenzung versinnbildlichte und die im Grunde schon immer zwischen ihm und dem Rest gestanden hatte. Sie wurde an einer Stelle geöffnet, und eine Frau trat hindurch. Sie war groß und bewegte sich trotz ihres gehobenen Alters mit der Anmut eines Laufstegmodels. Mit Bedauern registrierte er, dass es sich dabei um die Frau handelte, die nun seit fast zwanzig Jahren an seiner Seite stand. Irgendwie war es ihm in all der Zeit gelungen, seine Neigung vor ihr geheim zu halten. Schon oft hatte er das Bedürfnis verspürt, mit ihr darüber zu reden, ihr diesen dunklen Fleck auf seiner Seele zu beichten. Aber wie erklärt man jemandem etwas, für das man selbst keine Erklärung hat? Ebenso gut hätte er eine Begründung dafür suchen können, weshalb jemand homosexuell war. Weil es verdammt noch mal so war! Nur mit dem Unterschied, dass für Schwule mittlerweile Paraden abgehalten und Gesetze geändert wurden. Jemand wie er war hingegen gezwungen, sein Begehren im Untergrund auszuleben. Also verschwieg er ihr all die Jahre diesen Zwang, der ihn in regelmäßigen Abständen überkam. Sie hätte es ohnehin nicht verstanden. Niemand konnte das, der nicht selbst davon betroffen war. Doch nun änderte sich alles. Von nun an gab es keine Geheimnisse mehr. Und auf eine gewisse Art verspürte er sogar Erleichterung darüber. Aber auch Wut und Scham, dass sie ihn so sehen musste. Sie, die so voller Anmut war und dennoch zu ihm aufgeblickt hatte. Er brachte es nicht fertig, ihr in die Augen zu sehen, als sie vor ihm stehenblieb und das Klackern ihrer Absätze verstummte. Und mit ihnen die Menge im Hintergrund.

»Maria«, sagte er kaum hörbar. »Was machst du hier?«

»Die Frage sollte ich dir stellen, findest du nicht?«, sagte sie mit fester Stimme.

Er konnte ihren Blick förmlich auf seiner Haut spüren.

»Dann ist es also wahr, was die Polizisten vor unserem Haus mir zu erklären versucht haben«, fuhr sie fort. »Immer wieder habe ich ihnen versichert, dass es sich um einen Irrtum handeln müsse, dass es unmöglich mein Mann sein könne, dem sie solch schlimme Dinge vorwerfen. Meinem Mann, dem Richter, mit dem ich seit zwanzig Jahren das Bett teile! Ich habe sie für verrückt erklärt und sie gebeten, auf der Stelle zu verschwinden. Dann habe ich diese Nachricht von einer Freundin erhalten.«

Sie hielt ihm ihr Smartphone entgegen, auf dem das Gesprächsprotokoll eines Internetdienstes aufgelistet war. Er schloss die Augen, wollte es nicht sehen.

»Darin befindet sich der Link zu einem Video, das seit über einer Stunde im Netz kursiert. Ich wollte es immer noch nicht glauben. Als ich dich darauf erkannt habe, hielt ich es für eine Fälschung, für einen äußerst makaberen Scherz. Daraufhin bin ich sofort hierher gefahren, um mich selbst davon zu überzeugen. Kannst du dir meine Enttäuschung vorstellen, als ich dich leibhaftig hier in Unterhosen stehen sah? Vorgeführt vor all diesen Menschen? Was hat das alles zu bedeuten?«

Er öffnete die Augen, wagte es aber immer noch nicht, sie anzusehen. »Hör zu Maria«, begann er zaghaft, »ich stehe nicht freiwillig hier, man zwingt mich dazu, das zu tun.«

»Wer zwingt dich und warum?«

Er zuckte mit den Schultern. Ein letzter Rest von Selbstverleugnung. »Ich weiß es nicht. Irgendein Irrer, der sich an mir rächen will. Der Scheißkerl hat auch damit gedroht, dir etwas anzutun. Ich hatte keine Wahl.«

»Versuch nicht, mich vorzuschieben«, entgegnete sie streng. »Es gibt einen Grund dafür, weshalb dich jemand zu so etwas zwingt. Und den will ich jetzt von dir hören.«

Wie konnte sie ihm nur so hartherzig entgegentreten? Er verspürte einen gewissen Widerwillen in sich aufsteigen. Es war der verzweifelte Versuch, vor sich selbst davonzulaufen, dem Unausweichlichen zu entgehen. »Ehrlich gesagt hätte ich von dir etwas mehr Mitgefühl erwartet.«

»Mitgefühl?«, sagte sie vorwurfsvoll. »Willst du mir etwa weismachen, dass *du* hier das Opfer bist? Bitte sag mir nicht, dass du mich für so einfältig hältst.«

»Nein, ich ...«

»Was hast du in dieser Wohnung gewollt?«

»Maria, bitte ...«

»Antworte mir, ich will es aus deinem Mund hören. Ist es wahr, was dort auf dem Zettel an deiner Brust steht?«

Er schwieg, sah weiter auf seine Füße, deren Zehen bereits blau angelaufen waren.

»Sieh mich gefälligst an«, forderte sie, und er gehorchte. »Und jetzt sag mir: Hattest du jemals sexuellen Kontakt mit Minderjährigen?«

Alle Kontrollen versagten, als er in ihre Augen sah. Jegliche Reste von Trotz und von Verleugnung lösten sich und verursachten einem emotionalen Dammbruch. Er schluchzte wie ein kleines Kind, als er nickte. »Ich kann nichts dafür, es ist wie ein Zwang, den ich nicht kontrollieren kann.« Sein Magen verkrampfte sich, als er den Ausdruck in ihren Augen erkannte, die maßlose Enttäuschung, die sich darin widerspiegelte. Erst nach einigen Sekunden fand sie ihre Stimme wieder.

»Wie lange schon?«

»Es ... es fing bereits in meiner Jugend an. Zuerst waren es lange Zeit nur Bilder. Aber irgendwann wurde der Drang zu groß. Ich weiß nicht mehr genau, wann es anfing, wann ich ...«

Sie verpasste ihm eine schallende Ohrfeige. »Wie lange fickst du schon Kinder?«, schrie sie so laut, dass es jeder hören konnte.

Seine Wange glühte vor Schmerz. Seine Seele stand bereits lichterloh in Flammen. Er holte tief Luft. »Seit etwa zwölf Jahren.«

Sie schluckte, trat einen Schritt zurück. Lange Zeit betrachtete sie ihn, als wüsste sie nicht, wer vor ihr stand. »Dann ist das also der Grund dafür, weshalb du nie eigene Kinder haben wolltest, weshalb ich nie das Gefühl verspüren durfte, Mutter zu sein. Weil du sonst womöglich über dein eigenes Kind hergefallen wärst.«

Er schluchzte, und sein Atem ging stoßweise. »Glaub mir, ich wollte dir nie wehtun, wollte nicht, dass du da mit reingezogen wirst.«

»Das ist alles?«, fragte sie geschockt. »Das ist deine ganze Rechtfertigung? Was ist mit den Kindern, die du in all den Jahren missbraucht hast? Hast du dich mal gefragt, was du ihnen damit angetan hast, du verdammter Mistkerl!« Eine einzelne Träne rann ihre Wange herab. Sie wischte sie trotzig beiseite. »Was hast du all die Jahre in mir gesehen, wenn wir miteinander geschlafen haben? Ein Schulmädchen?«

Er schüttelte verzweifelt den Kopf. »Ich habe dich immer geliebt, Maria, das musst du mir glauben. Das hier ist etwas anderes. Du kennst mich, ich ...«

»Nein«, hauchte sie unter Tränen. »Ich dachte, ich würde einen Mann kennen, für den moralische Werte etwas zählen. Der aufrichtig und stolz ist und für andere einsteht. Ein Mann, an den ich geglaubt habe. Aber offensichtlich hat es diesen Mann nie gegeben. Du hast uns allen nur etwas vorgespielt.« Erneut wischte sie sich die Flüssigkeit aus den Augen. »Ich habe immer hinter dir gestanden, habe zu dir gehalten, auch wenn es kein anderer tun wollte«, sagte sie mit bebender Stimme. »Aber dieses Mal nicht. Hierfür musst du dich alleine verantworten.« Sie trat einen Schritt auf ihn zu. »Du willst mein Mitgefühl? Hier hast du es!« Angewidert spukte sie ihm vor die Füße. Eine Geste der Abscheu, die so wenig zu ihrer würdevollen Erscheinung passte wie eine Zigarette zu einer Schwangeren. Dann wandte sie sich von ihm ab und ging zurück zu der Absperrung.

In diesem Moment breitete sich in Faber eine innere Leere aus, die ihn aufzufressen drohte. Ein schwarzes Loch, das die Reste seiner Seele einsaugte. Es war eine Einsamkeit, wie sie nur ein Außenseiter erfahren konnte; ein Verstoßener, der von allen geächtet wurde. Und das Schlimmste an dieser Erfahrung war die Erkenntnis, dass die Menschen hinter der Absperrung recht hatten. Vielleicht konnte er nichts für die Veranlagung, die ihn steuerte. Aber er allein war dafür verantwortlich, diesem Trieb nachgegeben und dabei bewusst die Konsequenzen in Kauf genommen zu haben. Er hatte diese Leere schon oft in sich gespürt – jedes Mal, wenn er aus einer dieser Wohnungen oder einem Keller gekommen war. Dennoch hatte er es zugelassen. Immer wieder. Über Jahre hinweg. Bis diese innere Leere sich mit Gleichgültigkeit gefüllt hatte. Und mit der Angst vor Entdeckung. Nun füllte sie sich mit etwas noch Gewaltigerem: Wut. Zum einen über sich selbst. Zum anderen über die Leute, die nun damit begannen, ihn lautstark zu beschimpfen. Mit welchem Recht taten sie das? Sie hatten nicht die geringste Ahnung, was es hieß, so zu sein wie er. Aber die meiste Wut richtete sich gegen Homberg. Ihm allein hatte er all das zu verdanken: die Erniedrigung, die öffentliche Zurschaustellung, die Entfremdung von seiner Frau, die in diesem Moment hinter die Absperrung trat – zu denen, die ihn verachteten. Homberg hatte sein Leben zerstört. Und dafür würde der Bastard büßen müssen.

Faber nahm einen tiefen Atemzug und brüllte seine Wut in den grau verhangenen Himmel.

Dann traf ihn etwas am Kopf, und er sackte benommen zusammen.

KAPITEL 60

Die Menge tobte, als Maria Faber wieder hinter die Absperrung trat. Manche spendeten Applaus, andere riefen ihr Mut zu. Einige hielten selbstbeschriebene Plakate in die Höhe. *Höchststrafe für Kinderschänder*, konnte Chris auf einem davon lesen. Er musste leicht zu Maria Faber aufblicken, als sie unmittelbar neben ihm stehen blieb.

»Sie wollen unser Haus durchsuchen?«, fragte sie ihn und wartete erst gar keine Antwort ab. »Von mir haben Sie keine Gegenwehr zu erwarten. Ich will, dass Sie alles tun, um die Machenschaften meines Mannes aufzudecken. Und ich will, dass er in vollem Maße dafür büßt.«

Mit diesen Worten ging sie davon und verschwand zwischen den Schaulustigen, die sie euphorisch bejubelten.

Chris blickte zu Deckert. Der nickte nur mit dem Kopf.

»Ich werde die Spurensicherung informieren«, sagte er.

»Dann fordern Sie besser auch gleich eine Hundertschaft der Bereitschaftspolizei an.«

»Ich leg noch einen Wasserwerfer drauf«, meinte Deckert. »Das sollte die Menge abschrecken.«

»Oder es stachelt sie noch weiter an«, hielt Chris dagegen.

»Sehen Sie nur zu, dass die Sache hier nicht eskaliert, bis die Kräfte eingetroffen sind, sonst braucht Homberg den Auslöser nicht mehr zu drücken.«

Chris drängte sich zur Absperrung, vor der die uniformierten Kollegen alle Mühe hatten, die aufgebrachte Menge zurückzudrängen. Ein Schrei übertönte den Tumult. Es war Faber, der wie ein Irrer den Himmel anbrüllte. Offenbar hatte er durch die Begegnung mit seiner Frau den Verstand verloren. Sein Geschrei steigerte die Empörung der Menschen noch. Plötzlich wurden aus der Menge heraus Gegenstände in Richtung der Männer geschleudert. Chris verfolgte, wie eine Dose mit Hustenpastillen scheppernd auf dem Boden aufschlug und dort ihren restlichen Inhalt verstreute. Ein halbvoller Becher verfehlte sein Ziel nur knapp. Der Trinkverschluss platze ab und zwei der Männer wurden mit heißem Kaffee bespritzt. Alle bis auf Faber drehten sich weg oder duckten sich.

»Wie es aussieht, haben Sie die Lage mal wieder nicht unter Kontrolle, Herr Oberkommissar.«

Chris blickte in die wieselartigen Augen von Daniel Fischer, der mit seinem Reporterteam an der Abgrenzung Stellung bezogen hatte.

»Aber immerhin verschafft mir das eine Story«, sagte der Reporter und grinste. »Wie wäre es jetzt mit einer Stellungnahme?«

Chris warf ihm einen finsteren Blick zu. »Die können Sie haben«, sagte er deutete auf die tobende Menge. »Genau das ist es, was Ihre Art von Berichterstattung in den Köpfen der Leute auslöst: Wut und Hass. Daran sollten Sie denken, wenn Sie das nächste Mal eine Ihrer Storys veröffentlichen. Und jetzt gehen Sie mir aus dem Weg, oder ich stelle sie zu den Männern nach vorne. Dann können Sie aus erster Hand berichten, wie es sich anfühlt, mit Dreck beworfen zu werden!«

Er ließ Fischer hinter sich und trat zwischen zwei der Absperrgitter hindurch, als ein Aufschrei durch die Leute ging. Sie jubelten, als wäre ein Tor bei einem Fußballspiel gefallen. Chris sah, wie Faber einen Schritt zurücktaumelte, bevor er auf die Knie sackte und dort benommen verharrte. Erst jetzt fiel ihm die Getränkedose auf, die von Faber wegrollte und dabei einen feinen Nebel aus Bier versprühte. Blut rann aus einer Wunde an Fabers Stirn und tropfte in sein Gesicht. Die Dose musste ihn voll erwischt haben.

»Herrgott! Tun Sie endlich was!«

Es war Pelzer, der sich gegen die Menge stemmte. »Wir werden hier gleich überrannt!«

Chris atmete durch. Dann griff er zu seinem Handy und rief Homberg an.

KAPITEL 61

»Herr Oberkommissar«, meldete sich Homberg. Das Handy lag vor ihm auf dem Tisch und war auf Lautsprecher geschaltet. Er spähte durch das Fenster und registrierte mit Genugtuung das Kamerateam an der seitlichen Absperrung, das den gesamten Vorgang gefilmt hatte. »Das war eine mehr als interessante Vorstellung. Diese Frau verdient meinen absoluten Respekt.«

»Sie haben gerade ihre Ehe zerstört«, kämpfte Chris Stimme gegen den Lärm im Hintergrund an. »Ich denke nicht, dass sie sonderlich scharf auf Ihre Wertschätzung ist.«

»Ich habe nur die Bühne für dieses Drama geschaffen. Für den Inhalt sind andere verantwortlich.«

»Ihr Publikum wird langsam ungehalten. Einer der Männer ist verletzt. Erlauben Sie mir, ihn ärztlich zu versorgen.«

»Nein. Der wird schon wieder.«

»Seien Sie vernünftig. Lassen Sie wenigstens einen Sanitäter zu ihm.«

»Niemand nähert sich dem Richter! Er soll das Leid und die Erniedrigung spüren, die er selbst jahrelang verursacht hat.«

»Na schön, Homberg, Sie hatten Ihren Spaß. Die Lage hier draußen eskaliert allmählich. Wollen Sie die Leute hier mit aller Gewalt zu Mord anstiften?«

»Die Menge wird sich gleich wieder beruhigen.«

»Das denke ich nicht. Hören Sie, wir haben alle Ihre Forderungen erfüllt. Jetzt sind Sie an der Reihe. Lassen Sie wenigstens die Kinder frei.«

Homberg blickte hinter sich, wo Doktor Hoffmann mit den Kindern stand. Er gab Samuel ein Zeichen, worauf sich die vier in Bewegung setzten. »Sie nicht!«, befahl er Doktor Hoffmann und richtete die Waffe auf sie.

»Was meinen Sie?«, erklang Bertrams Stimme über den Lautsprecher.

Homberg grinste. »Ich meine, Ihre Bitte hätte zu keinem günstigeren Zeitpunkt eintreffen können. Die Kinder sind bereits auf dem Weg nach draußen.«

KAPITEL 62

Rokko und Hartfels hatten sich zu Chris durchgekämpft. Die Lage wurde immer unübersichtlicher. Angestachelt durch die Berichterstattung im Internet strömten mehr und mehr neugierige Menschen in die Straße, um dem Schauspiel beizuwohnen. Es mussten mittlerweile um die Tausend sein – nicht mitgerechnet die unzähligen Beobachter in den gegenüberliegenden Häusern. Es hatte bereits einige Schlägereien und mehrere Verhaftungen gegeben. Das Ganze nahm allmählich das Ausmaß einer Großdemonstration an, und die Schreie nach Bestrafung und Vergeltung wurden immer lauter.

»Eben ist ein Mannschaftswagen der Kollegen eingetroffen«, schrie Rokko gegen die Protestrufe an. »Eine Gruppe habe ich zur Verstärkung an die Absperrung und die seitlichen Flanken geschickt. Die andere riegelt beide Zufahrten zur Straße ab. Homberg hat erreicht, was er wollte. Noch mehr Menschen verkraftet dieser Zirkus nicht.«

Chris nickte und klopfte ihm anerkennend auf die Schulter. »Ich habe gerade mit Homberg gesprochen. Er hat sich bereiterklärt, die Kinder freizulassen. Das dürfte die Menge hier ein wenig besänftigen.«

Wie auf Kommando verebbten die Zurufe, und es kehrte Ruhe ein. Chris folgte den Blicken der Leute und drehte sich zur geöffneten Eingangstür des Mietshauses, aus der vier Kinder traten. Eines der beiden Mädchen hielt ein Stofftier umklammert. In der anderen Hand trug sie ein Blatt Papier, das im aufkommenden Herbstwind flatterte. Auch in den Händen der anderen Kinder konnte Chris ein derartiges Papier erkennen. Erst als sie sich in einer Reihe vor den fünf Männern aufgestellt hatten und die Ausdrucke nach oben hielten, konnte er den Text darauf erkennen:

UND WIR SIND
DEREN OPFER!

KAPITEL 63

Mit Tränen in den Augen beobachtete Homberg das Blitzlichtgewitter, das sich über seine Bühne ergoss. Es war ein erhabener Moment für ihn. Drei Jahre der Vorbereitung und der Selbstaufgabe fanden darin ihren Abschluss. Und auch wenn er einen hohen Preis dafür gezahlt hatte, war es dieser Anblick wert gewesen.

»Sehen Sie«, sprach er zu Marina Hoffmann, als die Menge verstummte und die Leute sich beruhigten. »Es sind die Kinder, die diese Welt besänftigen. Es sollte unser aller Anliegen sein, sie um jeden Preis zu beschützen.«

»Da haben Sie sicher recht«, stimmte sie ihm zu. »Allerdings bezweifle ich sehr, dass Ihre Methode dafür die richtige ist.« Sie betrachtete ihn. »Sie haben erreicht, was Sie wollten. Und was nun?«

»Jetzt bleiben nur noch wir beide übrig, Doc«, erwiderte er und sah wieder aus dem Fenster.

»Sie vergessen die beiden in den Zimmern.«

»Die zählen nicht.«

»Es geht ihnen den Umständen entsprechend gut, falls es Sie interessiert.«

Er schwieg.

»Weshalb haben Sie sie nicht getötet?«

»Sie sollen leiden.«

»So wie Sie?«

Er sah stumm aus dem Fenster.

»Wieso bin ich hier?«

Ein langgezogener Seufzer. »Sie sind mein Gewissen.«

»Ist es dafür nicht ein bisschen spät?«

Er sah auf den Fernauslöser in seiner Hand, dessen Tasten nach wie vor leuchteten. Dann richtete er seinen Blick wieder nach draußen, wo Samuel sich als Erster löste und zu der Absperrung ging. Die anderen Kinder folgten ihm und wurden von den Einsatzkräften in Empfang genommen und mit Decken ausgestattet.

»Sie wollen diese Männer nach wie vor töten, nicht wahr?« Sie näherte sich ihm von der Seite. »Es wäre der krönende Knalleffekt ihres Rachefeldzugs, ihnen vor all diesen Menschen die Köpfe abzusprengen.«

»So lautet der Plan«, antwortete Homberg. »Ich war der Überzeugung, meine Botschaft würde sich länger in den Köpfen der Leute einprägen, wenn ich die Männer in aller Öffentlichkeit hinrichte.«

»Aber nun sind Sie sich diesbezüglich nicht mehr sicher.« Kurz vor der Wand blieb sie stehen, als sie erreicht hatte, dass er sie ansah. »Was ist der Auslöser für Ihre Zweifel?«

»Ich habe darüber nachgedacht, was Sie vorhin gesagt haben. Es geht schon lange nicht mehr darum, die Menschen nur auf etwas aufmerksam zu machen, indem ich sie aus ihrem kapitalistischen Tiefschlaf wachrüttle.« Er bemerkte die Überraschung in ihrem Gesicht, als er die Waffe ablegte. »Sie müssen wissen, ich war schon immer ziemlich anfällig dafür, mir einzubilden, ich könnte etwas verändern. Als Student bin ich zu Demos gegangen, habe Plakate verteilt und Farbbeutel auf Pelzmäntel geworfen. Ziemlich naiv, was?«

»Es ist nichts falsch daran, für eine Sache einzutreten, an die man glaubt.«

»Sicher. Aber eigentlich hätte mir schon damals klar werden müssen, dass nichts davon wirklich etwas bewirkt. Stattdessen wurde meine Einstellung immer radikaler.«

»Eine typische Trotzreaktion.«

Er nickte. »Dann lernte ich meine Frau kennen und unsere Tochter kam zur Welt. Das veränderte zum ersten Mal etwas – nämlich mich. Plötzlich wurde mir klar, dass ich jahrelang nur gegen mich selbst gekämpft habe. Erst durch dieses neugeborene Leben konnte ich Einfluss nehmen, indem ich meiner Tochter die richtigen Werte vermittelte. Denn es sind unsere Kinder, durch die wir diese Welt verbessern können, indem wir ihnen unsere Fehler aufzeigen.« Der verträumte Ausdruck in seinem Gesicht verschwand und wurde durch eine unerbittliche Härte ersetzt, die seine Unterlippe zum Zittern brachte. »Dann haben diese Schweine mir meine Tochter genommen. Und plötzlich war da nichts mehr, an das ich hätte glauben können. Bis ich diesem jungen Mann begegnet bin.«

»Sie reden von Niklas Berger.«

»Er brachte mich mit einer Gruppe von Leuten zusammen, die Teil eines weltweit agierenden Kollektivs sind. Aktivisten, die bereit sind, mit ihren Mitteln für ihre Überzeugungen zu kämpfen. Wir erzählten ihnen unsere Geschichten. Daraufhin startete das Kollektiv eine großangelegte Aktion, die sich gezielt gegen Pädophile richtete.«

»Operation Darknet.«

Er nickte zur Bestätigung. »Ich nehme an, Sie haben über Ihre Freunde bei der Polizei davon erfahren.«

»Man findet im Internet eine Menge Informationen über die Aktionen dieses Kollektivs.«

Er lächelte gezwungen. »Leider brachte die Aktion nicht die gewünschte Aufmerksamkeit. Von den gehackten Daten, die daraufhin im Netz veröffentlicht wurden, nahm kaum einer Notiz. Und wenn doch, dann hatte es keinerlei sichtliche Konsequenzen für die Betroffenen.«

»Und das konnten Sie und Niklas nicht akzeptieren.«

»Nein. Wir wollten weiter gehen, doch das lehnten sie ab. Also schnappten Niklas und ich uns einige der Namen von der Liste und entwarfen unseren eigenen Plan. Anfangs war mir die Bedeutung des Spielzeugtelefons nicht bewusst. Doch dann klärte Niklas mich darüber auf, indem er mir von seinem Bruder erzählte. Und wie er gestorben war. Man hat das Telefon in der kleinen Dachkammer gefunden, in der er sich versteckt hatte. Er muss vor Angst fast wahnsinnig geworden sein. Also fand Niklas es nur gerecht, die Todesangst dieser Dreckskerle auf eben diese Weise einzufangen. Das hat mir gefallen, auch wenn es einen eindeutigen Bezug in unsere Richtung herstellte. Aber das war uns egal. Wir hatten beide nichts mehr zu verlieren.

Als Niklas ins Gefängnis musste, war das ein herber Rückschlag. Zunächst dachte ich, ich schaff das nicht alleine. Doch ich hatte schon zu viel in den Plan investiert, war zu sehr darauf fixiert, ihn umzusetzen. Als ich mir das erste dieser Schweine vorknöpfte, war ich wahnsinnig aufgeregt, und anschließend habe ich geheult wie ein Kind. Aber dann folgte diese Genugtuung. Sie dämpfte den Schmerz. Also nahm ich sie mir einen nach dem anderen vor. Auf diese Weise kam ich an immer mehr Namen und Orte, an denen sie sich trafen. Und mit jedem dieser Namen kam ich dem Kerl, der für all das verantwortlich war, immer näher. Es war wie ein Rausch, den ich nicht mehr kontrollieren konnte.«

»Und ich sollte Sie ausnüchtern, indem ich Sie vom Gegenteil überzeuge.«

»Ich wollte nur, dass jemand dafür büßt. Aber die Polizei war machtlos. Glauben Sie mir, ich hätte alles dafür gegeben, wenn ich den Tod meiner Tochter als Schicksal hätte betrachten können, als etwas, das einfach passiert ist. Denn als ich den wahren Grund erfahren habe, kam er mir noch sinnloser vor.« Tränen strömten über seine Wange. Er ließ es geschehen, sah keinen Anlass, sich ihrer zu schämen. »Sie musste sterben, weil die Nachfrage den Markt überstiegen hat. Weil es zu viele perverse Männer wie die da draußen gibt, die ihre kranken Fantasien nicht mehr zügeln können. Immer wieder schrecke ich nachts aus dem Schlaf, weil ich im Traum das Gesicht meiner Tochter sehe, während sie von einem dieser Kerle vergewaltigt wird und wieder und wieder nach ihrem Vater schreit, der nicht da ist, um sie zu beschützen, weil er mal wieder keine Zeit hat und auf irgendeinem beschissenen Meeting festhängt!« Wütend fegte er mit dem Arm mehrere Tassen von der Spüle, die lautstark ihre Scherben über den Boden verteilten. »Wissen Sie, wie sehr ich mir gewünscht habe, diese Bastarde umzubringen? Ich habe meinen Job gekündigt und mein Haus verkauft, nachdem meine Frau mich verlassen hatte. Ich habe alles, was ich hatte, geopfert, habe mich selbst verraten. Und nun stehe ich hier, nach all den schlimmen Dingen, die ich getan habe, und bringe es einfach nicht fertig. Ich müsste nur auf diese Knöpfe drücken, aber ich kann es nicht.« Verstört sah er in die Augen der Therapeutin. »Warum?«

»Weil es nichts verändern würde.«

Die simple Erkenntnis ihrer Worte traf ihn wie ein Blitz.

»Ebenso wenig, wie es nach den anderen Morden der Fall war«, fuhr sie fort. »Da war nur dieses Fünkchen Genugtuung, das schnell wieder verblasst ist. Aber Ihren Hass konnte es nicht besänftigen. Dazu ist nur Vergebung in der Lage.«

»Wie könnte ich jemandem vergeben, der nicht einmal Reue zeigt?«

»Die meisten von ihnen bereuen ihre Taten durchaus. Aber ihr Trieb ist einfach stärker. Deshalb akzeptieren sie es irgendwann und schweigen. *Sie* haben dieses Schweigen durchbrochen, indem sie die Männer unmittelbar damit konfrontiert haben.«

»Und Sie denken, dass bewirkt etwas?«

»Ich denke, Sie haben den Menschen die Augen für dieses Problem geöffnet, indem Sie es öffentlich gemacht haben. Das wird eine Menge Diskussionen auslösen.«

»Ach wirklich?« Er deutete durch das Fenster auf die Menge. »Die meisten von denen sind vermutlich nur hier, um ihre Sensationslust zu stillen. In ein paar Wochen, wenn die Meldungen aus den Medien verschwunden sind, spricht niemand mehr darüber.«

»Das mag vielleicht sein«, pflichtete sie ihm bei. »Dennoch ist Ihre Botschaft in den Köpfen der Menschen angekommen. Zumindest dahingehend, dass man sehr schnell der Versuchung erliegen kann, das Falsche zu tun. Tun *Sie* jetzt das Richtige«, sagte sie mit Nachdruck. »Sie müssen diese Männer nicht mehr töten, um ihnen zu schaden. Sie strafen sie mehr, wenn Sie sie am Leben lassen.«

Er sah auf die Tasten der Fernbedienung in seiner Hand, dachte an die letzten Wochen und Monate, durchlief noch einmal die schrecklichen Dinge, die er getan hatte. Er dachte an seine Tochter Melanie. An Lea, die eigentlich Julia hieß. Und an alle, die das gleiche Schicksal mit ihnen teilten. Stellvertretend für sie alle stand er hier – als Sprachrohr ihrer gequälten Seelen, dem plötzlich die Stimme versagte, weil es die falsche Tonart angeschlagen hatte.

Langsam legte er die Zündvorrichtung auf dem Tisch ab und drehte den kleinen Schlüssel darin herum. Augenblicklich deaktivierte sich die Tastenbeleuchtung. »Genau diese Erkenntnis hatte ich auch, als ich gestern in die Gesichter der Kinder gesehen habe. Ich wollte ihnen nicht auch die falschen Werte vermitteln, ihnen nur ihre Angst nehmen. Aber ich brauchte jemand, der darauf achtet, dass ich nicht wieder die Kontrolle verliere.« Er zog den Schlüssel ab und schob ihn zusammen mit dem Handy zu Marina Hoffmann über den Tisch. »Sagen Sie es ihm. Und geben Sie ihm das hier.« Er legte das Notizbuch auf den Tisch, in dem Petrow seine Angaben festgehalten hatte.

Sie griff nach dem Handy und wählte Bertrams Nummer. »Hier spricht Doktor Hoffmann«, meldete sie sich, nachdem die Verbindung hergestellt war. »Es ist vorbei. Sie können sich den Männern jetzt gefahrlos nähern. Herr Homberg wird sich freiwillig stellen. Ich werde gleich mit ihm nach draußen kommen.« Sie legte auf.

Durch das Fenster konnte Homberg verfolgen, wie Bertram hektisch Anweisungen über Funk gab. Sofort stieß ein Trupp von Männern nach vorne, die damit begannen, die Zündschnüre zu demontieren.

»Sieht so aus, als hätte ich all die Schaulustigen da draußen ziemlich enttäuscht.«

»Sie haben die richtige Entscheidung getroffen«, sagte Doktor Hoffmann.

Er sah auf die Waffe mit dem Schalldämpfer herab, die noch immer vor ihm lag. »Mag sein. Aber was macht Sie so sicher, dass ich mit Ihnen nach draußen kommen werde?«

»Sie sagten vorhin, Sie würden sich Ihrer Verantwortung stellen.«

»Ich könnte gelogen haben. Immerhin würde mir das eine Menge Ärger ersparen.«

»Durch Suizid würden Sie alles verraten, wofür Sie gekämpft haben. Denn darum ging es Ihnen doch: Sie wollten diese Männer zur Verantwortung zwingen. Wie feige wäre es, wenn Sie sich jetzt Ihrer eigenen Verantwortung entziehen? Damit würden Sie den Menschen die falsche Botschaft übermitteln.«

Er sah lange in ihre Augen. »Ich habe mich in Ihnen getäuscht, Doc«, sagte er und lächelte. »Sie sind eine gute Analytikerin.«

»Sie sollten lieber vorsichtig mit solchen Komplimenten sein. Sie haben mich gerade erst von meiner Selbstüberschätzung kuriert, schon vergessen?«

Er übergab ihr die Waffe. »Gehen wir.«

KAPITEL 64

Chris hatte vier Männer auf beiden Seiten des Eingangs postiert und sie instruiert, das Homberg mit einer weiblichen Geisel das Gebäude verlassen werde. Nur wenige Augenblicke später verfolgte die Menge stumm, wie Marina Hoffmann als Erste durch die Tür nach draußen trat. Sie hielt die deaktivierte Zündvorrichtung und eine Pistole nach oben und verkündete lautstark, dass Homberg nicht bewaffnet sei und sich ergeben werde. Als der ihr schließlich mit erhobenen Händen folgte, nahmen ihn die Beamten sofort in Empfang. Homberg wehrte sich nicht, als die Männer ihn bäuchlings zu Boden drückten und ihm Handschellen anlegten. Anschließend richteten sie ihn auf und führten ihn zur Straße hin ab.

Chris stand auf Höhe der fünf Männer, die von den Sprengkörpern befreit worden waren und von Polizei und ärztlichem Personal umringt wurden. Ein Sanitäter war gerade dabei, Richter Fabers Platzwunde zu versorgen, als ihn die beiden Polizisten mit Homberg im Griff erreicht hatten.

»Warten Sie kurz«, wies Chris die Kollegen an und wandte sich Homberg zu, der ihn ausdruckslos betrachtete. »Ich hätte da noch eine Frage.«

»Nur zu, Herr Oberkommissar«, sagte Homberg. »Ich habe nichts zu verbergen.«

»Ebenso wie der Keller, war diese Wohnung ein bekannter Treffpunkt unter Petrows Kunden.«

Homberg nickte.

»Wozu dann die Schuhe vor der Tür?«

»Ich musste Sie doch bei Laune halten«, erwiderte er. »Sie brauchten einen Hinweis, um welche Wohnung es sich handelt. Ich wollte schließlich nicht, dass Sie unverrichteter Dinge wieder abrücken.«

Chris betrachtete ihn abschätzend. »Sie haben die Mail

an das BKA geschickt, nicht wahr? Warum dieses Versteckspiel über Anonymous?«

Homberg nahm einen tiefen Luftzug. »Nun ja, die hatten dort die Befürchtung, mit den Morden in Verbindung gebracht zu werden. Ich musste also in deren Namen ein wenig Wiedergutmachung leisten und diesen Kampf hinter einer anderen Maske austragen.« Er sah zu Marina Hoffmann, die am Rande des Gehsteigs stand, wo die fünf Männer von mehreren Streifenpolizisten umringt wurden, und einem der Beamten die Waffe und den Fernzünder übergab. »Ich habe Doktor Hoffmann ein Notizbuch überreicht. Darin befinden sich weitere Adressen. Außerdem habe ich ein paar Namen hinzugefügt, die ich durch meine Aktionen erfahren habe. Ich hoffe, Sie tun das Richtige damit.«

»Ich werde alles in meiner Macht stehende tun, das verspreche ich Ihnen.« Der Ausdruck in Hombergs Augen ließ vermuten, dass er wusste, dass dies vermutlich nicht ausreichen würde. »Wo ist Petrow?«

»Sie finden seine Leiche im Kofferraum seines Wagens.«

»Hat er Julia Hanusch getötet?«

Homberg sah zu Boden und nickte. »Aber *ich* habe sie auf dem Gewissen.«

Chris betrachtete ihn lange. Er war sich nicht darüber im Klaren, ob er diesen Mann bewundern oder bedauern sollte. Einer der Gründe seines Feldzuges war letztendlich auf die Machtlosigkeit der Justiz in solchen Fällen zurückzuführen. Das machte sein Vorgehen nicht richtig, ließ aber ein gewisses Verständnis dafür zu. Was Homberg betraf, konnte Chris jedenfalls nicht die übliche Verachtung für die Taten eines Mörders aufbringen.

Schließlich gab er den beiden Beamten ein Zeichen, die Homberg daraufhin an den fünf Männern vorbei abführten. Für einen kurzen Moment trafen dabei die Blicke von Richter Faber und Homberg aufeinander.

Dann geschah das Unfassbare.

Chris sah es kommen. Doch es passierte so schnell, dass er kaum reagieren konnte. Es war, als befände er sich für Sekunden in einem anderen Spektrum, in dem nur für ihn die Zeit stehen blieb und er zum Beobachten verdammt war. Er sah den Hass in Fabers Augen, der ihn zu neuem Leben erweckte. Er sah, wie der Richter den Sanitäter beiseite stieß und auf den Polizisten zusprang, der nur wenige Augenblicke zuvor bei Marina Hoffmann gestanden hatte. Faber entriss ihm die Waffe und richtete sie auf Homberg, der mit seinen Begleitern bereits einige Meter entfernt war.

Durch den Schalldämpfer war der Schuss kaum wahrnehmbar. Erst als die Kugel in Hombergs Hinterkopf eindrang und Blut und Gehirnmasse verteilte, schrie die Menge aus Schaulustigen auf. In Panik strömten die Menschen auseinander oder warfen sich schutzsuchend auf den Boden. Einige von ihnen wurden fast totgetrampelt. Faber gab noch drei weitere Schüsse in die Menge ab. Eine der Kugeln zertrümmerte einer jungen Frau den Ellenbogen, eine weitere schlug in das Objektiv einer Fernsehkamera ein. Das dritte Geschoss streifte einen Mann am Hals und drang dann in die Schulter einer älteren Dame ein. Es grenzte an ein Wunder, dass niemand sonst getötet wurde.

Chris hatte sich mittlerweile aus seiner Starre befreien können und nach seiner Waffe gegriffen, als ein fünfter Schuss die Luft zerriss. Es war Hartfels, die am schnellsten reagiert hatte. Faber wurde in die Brust getroffen und sackte sofort zu Boden. Drei Stunden später erlag er im Krankenhaus seiner Verletzung.

EPILOG

Drei Wochen später

Chris stand im Büro von Kriminaldirektor Deckert. Sein Puls war normal. Was auch immer hier gleich passieren würde, er würde die Entscheidung ohne eine Regung hinnehmen. Ob für oder gegen ihn – es war ihm egal.

Drei Wochen lang hatte eine eigens gegründete Kommission die Vorfälle untersucht. Zivilisten waren verletzt, zwei weitere Menschen getötet worden. Nun galt es zu klären, ob dies hätte verhindert werden können. Für Chris eine rein rhetorische Frage. Fehler basierten meist auf dem Unvorhersehbaren. Trat es ein, und rückte somit in den Fokus, war es leicht, mit dem Finger auf jemanden zu zeigen. Hinterher war man bekanntlich immer schlauer. Und wenn man das eigentliche Übel nicht beseitigen konnte, dann suchte man den Schuldigen eben in den eigenen Reihen.

Chris war während der laufenden Untersuchung beurlaubt worden. Um nicht noch mehr Medieninteresse auszulösen, hatte man von einer offiziellen Suspendierung abgesehen. Der einzige Unterschied in dieser Wortspielerei bestand darin, dass er weiterhin seine Bezüge bekam. Es fiel ihm schwer, seine Wohnung zu verlassen und seine Aussage vor der Kommission zu machen. Er besaß kaum noch Antrieb, fühlte sich elend und schwach. Wie befallen von einer Krankheit, die nach Jahren ihr Recht beanspruchte auszubrechen. Die letzten Wochen hatte er die meiste Zeit im Bett und auf der Couch verbracht und es tunlichst vermieden, eine Zeitung in die Hand zu nehmen oder sich Nachrichten anzusehen. Erst in den vergangenen drei Tagen hatte er damit begonnen, das Kinderzimmer zu renovieren, nachdem bei der letzten Untersuchung sichergestellt worden war, dass sie einen Sohn bekamen. Es war das Einzige, in dem er noch einen Sinn sah. Dann war am Morgen der Anruf gekommen. Und nun stand er hier, unrasiert und unmotiviert.

»Ich hoffe, Sie wollen das Zeug in Ihrem Gesicht nicht noch weiter sprießen lassen«, sagte Deckert bei seinem Anblick. »Es sei denn, Sie haben vor, sich als Undercover-Ermittler bei der Drogenfahndung zu bewerben.«

Chris war nicht nach Lachen zumute.

»Sie können den grimmigen Gesichtsausdruck wieder ablegen«, meinte Deckert. »Die Untersuchungskommission hat Sie von allen Vorwürfen freigesprochen. Sie sind einem anonymen Hinweis nachgegangen, was bei der Dringlichkeit der Sachlage durchaus gerechtfertigt war. In Anbetracht der Sicherheit der Geiseln, allen voran der vier Kinder, hatten Sie keine andere Wahl, als den Forderungen des Geiselnehmers Folge zu leisten. Außerdem ist man zu der Ansicht gelangt, dass Sie unter diesen Umständen Ihr Möglichstes getan haben, um die Sicherheit der Menschen zu gewährleisten. Dass die Sache solche Ausmaße annimmt, konnten Sie unmöglich vorhersehen.« Er reichte Chris seinen Dienstausweis. »Herzlichen Glückwunsch, Sie sind wieder im Dienst.«

Chris spürte eine Hand auf seiner Schulter. Es war die von Rokko, der neben ihn getreten war. »Willkommen zurück, Kumpel. Ich soll dich von Hartfels grüßen. Sie hat sich mächtig für dich ins Zeug gelegt. Schätze, die Typen von der Kommission haben dich nur deshalb rehabilitiert, damit sie endlich ihre Ruhe vor ihr haben.«

Chris zeigte noch immer keine Regung. »Das war's also?«, fragte er schließlich. »Keine Konsequenzen?«

»Nicht ganz«, meinte Deckert. »Der Kollege, dem Faber die Waffe entrissen hat, muss mit einem Disziplinarverfahren rechnen. In den Augen der Kommission hat er grob fahrlässig gehandelt, als er sich Faber mit einer ungesicherten Waffe genähert hat.«

»Blödsinn«, zischte Chris. »Wie war das mit, *war nicht vorherzusehen?*«

»Irgendjemand muss dafür bluten, so läuft das Spiel nun mal.«

»Was ist mit den verbliebenen vier Männern?«

»Gegen sie wurde Anklage wegen Kindesmissbrauchs und der Begünstigung des organisierten Menschenhandels erhoben. Zwei von ihnen haben bereits ein umfangreiches Geständnis abgelegt. Die beiden anderen schweigen zu den Vorwürfen. Dieser Unternehmer hat eine ganze Armada von Anwälten beschäftigt. Aber die werden ihm in dem Fall auch nichts nützen. Es liegen Hinweise vor, dass die im Bau befindliche Halle auch zu Zwecken des organisierten Kindesmissbrauchs dienen sollte. Die einhellige Aussage der vier Kinder und der beiden anderen dürfte die Anklage wasserdicht machen.«

Chris atmete durch. »Wie geht es Doktor Hoffmann?«

»Sie praktiziert bereits wieder. Und sie hat sich zukünftig als Beraterin angeboten. Offenbar ist sie der Meinung, sie habe etwas gutzumachen.«

»Sind Sie Hombergs Notizen durchgegangen, die sie mir ausgehändigt hat?«

Nun war es Deckert, der durchatmete. »Wir haben alle darin aufgeführten Namen und Adressen überprüft. Aber aufgrund des Medienrummels, der um diese Sache veranstaltet wurde, waren die Wohnungen bereits leergeräumt und gesäubert. Nicht einmal Fingerabdrücke waren darin zu finden. Offiziell sind die Wohnungen nicht vermietet. Und gegen die genannten Personen liegt nichts vor. Wir konnten zwar einigen über die Telefondaten einen direkten Kontakt zu Petrow nachweisen, aber das alleine reicht nicht für weitere Untersuchungen aus, geschweige denn für eine Anklage.«

Chris sah auf den Dienstausweis in seinen Händen herab, der ihm zum ersten Mal nutzlos vorkam. Ein Dokument der Machtlosigkeit. »Und was jetzt? Einfach weitermachen? Weiterhin gegen Windmühlen kämpfen?«

»Macht man das nicht immer so, wenn eine Akte geschlossen ist und man ausnahmsweise den Schuldigen erwischt hat?«, fragte Rokko.

Chris wandte sich ihm zu. »Und wer soll das in dem Fall gewesen sein?«

Sein Handy klingelte. Chris sah auf die angezeigte Nummer und nahm den Anruf an. In der nächsten Minute hörte er nur schweigend zu, während etwas in seinem Blick brach und den Glanz in seinen Augen stumpfer machte.

»Danke für Ihren Anruf«, sagte er schließlich und beendete das Gespräch.

»Wer war das?«, fragte Rokko.

»Die Schwester von Bondek. Er ist vor einer Stunde gestorben.«

Chris schloss die Augen.

Zehn Minuten später saß er am Steuer seines Wagens und fuhr mit überhöhter Geschwindigkeit die Bundesstraße 9 entlang aus der Stadt heraus. Er spürte den Puls in seinen Schläfen hämmern. Gleichzeitig baute sich ein dumpfer Druck in seinem Magen auf und erzeugte eine brennende Übelkeit. Er ignorierte es, bog auf die umliegende Autobahn und trat das Gaspedal voll durch. Als er zehn Minuten später die kleine Ortschaft erreicht hatte und den Wagen an der Straße vor seiner Wohnung abstellte, waren die Krämpfe in seinem Magen kaum noch auszuhalten. Gekrümmt stürmte er in die Wohnung und rief nach Rebecca. Er fand sie im Kinderzimmer, wo sie dabei war, die Wände mit blauer Farbe zu streichen.

Sie betrachtete ihn mit besorgtem Blick. »Wie ist es gelaufen?«

»Volle Rehabilitation«, stöhnte er außer Atem.

Sie legte die Farbrolle auf dem Eimer ab. »Du wirkst nicht besonders glücklich darüber.«

»Ich habe um einen Tag Bedenkzeit gebeten.«

Sie runzelte nachdenklich die Stirn. »Bedenkzeit? Du machst mir Angst. Was ist los?«

»Ich muss erst etwas klären.«

»Und das wäre.«

Er ging auf sie zu und fasste ihre Hand, die voller Farbsprenkler war. »Würdest du mich heiraten?«

Sie sah ihn mit großen Augen an. »Hast du getrunken?«

»Nein, mir ist nur einiges klargeworden.«

»Und das wäre?«

Er streifte ihr über die Wange. »Ich will dich nicht verlieren.«

Sie wirkte irritiert. »Das wirst du nicht. Zumindest nicht, wenn du wieder normal bist.«

»Ich war noch nie klarer. Und ich will keine Angst mehr haben, keine Zweifel. Das Leben ist zu kurz dafür. Du und das Baby, ihr seid der Grund, weshalb ich das jeden Tag da draußen durchstehe. Weil ich anschließend nach Hause kommen und das alles hinter mir aussperren kann. Ihr seid zu meiner Welt geworden. Die Einzige, die für mich noch zählt. Und diese Welt soll eine Zukunft haben. Deshalb frage ich dich: Willst du meine Frau werden?«

Sie zögerte einen Moment. Dann spitzte sie die Lippen. »Wirst du dich dann wieder rasieren und deinen Job behalten?«

Er hob die Hand zum Schwur. »Versprochen!«

Sie atmete erleichtert durch. »Ich hatte schon die Befürchtung, du würdest den Rest deiner Tage auf der Couch verbringen.« Sie lächelte hintersinnig und schlug ihm gegen die Schulter. »Hey, ich trage deinen Sohn in mir, natürlich will ich deine Frau werden, du Blödmann. Ich habe schon gedacht, du fragst nie. Allerdings«, fügte sie an und hielt ihn auf Abstand, »sollten wir uns damit beeilen, bevor ich nicht mehr in mein Brautkleid passe. Ich habe nämlich vor, grandios darin auszusehen.«

Er strahlte sie an. Die Schmerzen in seinem Bauch waren verschwunden. Und mit ihnen alle Zweifel, was die

Zukunft betraf. Er umarmte sie und nahm sich vor, sie nie wieder loszulassen.

ANMERKUNG DES AUTORS

Diese Geschichte ist frei erfunden. Dennoch tragen sich die Machenschaften des organisierten Kinderhandels, wie ich sie beschreibe, tagtäglich so oder in ähnlicher Weise zu. Und zwar nicht in einem unterentwickelten Land voller Armut, sondern hier in Deutschland, einem der umsatzstärksten Märkte der Branche.

Ein Kollektiv aus Internetaktivisten mit dem Namen *Anonymous* existiert wirklich. Auch deren groß angelegter Hackerangriff unter der Bezeichnung *Operation Darknet* und die anschließende Veröffentlichung der gehackten Daten im Netz hat tatsächlich stattgefunden. Alle weiteren Bezüge darauf entspringen meiner Fantasie und dienen allein der Handlung.

Ob es tatsächlich möglich ist, einen Livestream über das Darknet zu gewährleisten, vermag ich zwar nicht mit Sicherheit zu sagen, ich halte es aber für extrem unwahrscheinlich. Man möge mir diese künstlerische Freiheit verzeihen.

Ein besonderer Dank gilt meinen Testlesern – Petra Liebenstein, Lea Hansmann, Torsten Dobberstein, Marie Meinhard, Sandra Scheepers, Anja Szonn, Verena Hoitz, Marion Reichartz, Daniela Schmid, Petra Worm, Jennifer Etiz, Frederik Parg, Katja Berwian, Marion Vilz, Kristin Bönisch, Melanie Staller, Susann Kunze, Doreen Mösel – die durch ihre Anregungen zur Qualität dieses Buches beigetragen haben. Danke für eure Aufmerksamkeit und eure Begeisterung!

Ich hoffe, ich konnte auch Ihnen – trotz des ernsten und schwer verdaulichen Themas – ein paar Stunden spannende Unterhaltung bieten. Sollte es mir damit gelungen sein, Sie ein wenig nachdenklich zu stimmen, dann habe ich bereits mehr erreicht, als ich mir erträumen kann.

Auf Ihre Meinung bin ich jedenfalls sehr gespannt. Daher würde ich mich über eine Bewertung auf einem Buchportal Ihrer Wahl sehr freuen. Besuchen Sie mich auch auf meiner Webseite *www.michaelhuebner.de* oder auf *Facebook*.

Die Reihe um Chris Bertram wird fortgesetzt.

Michael Hübner
Februar 2016

Weitere Bücher von Michael Hübner

Reihe um Chris Bertram:
»Todespakt«
»Todesplan«

Unabhängig davon:
»Stigma«
»Sterbestunde«
»Todesdrang«
»Die Kunst zu morden«